庫

ライアー

大沢在昌

徳間書店

1

この街は好きになれない。一番の理由はスモッグだ。

上海《シャンハイ》オリエンタルパークホテル四十八階のスイートルームにはまった窓からは、市街部をすっぽりとおおった、黄色いカーテンのようなスモッグが広く見渡せる。

小学校に上がるまで智《さとし》は小児喘息《ぜんそく》をもっていた。二年生くらいから症状は軽くなり、五年生になった今は、ほとんどでない。それでも、これだけ空気の悪いところにいると考えると少し不安になる。

父親の洋祐《ようすけ》も子供の頃喘息もちだったというから、遺伝したのだろう。今日は二人で杭州《こうしゅう》にでかけている。電車で片道一時間かかるというし、湖で有名な名勝だから、上海より空気がきれいなのを願う他ない。

　わたしは瀬戸圭子《せとけいこ》に会うことになっていた。瀬戸圭子は高校時代の友人で、今は商社マンに嫁いでおり、その夫が上海駐在中という設定だ。

　瀬戸圭子は、わたしと洋祐の結婚式にも出席した。研究所の所員で、互いに偽装《カバー》が必要なとき、同級生になったり姉妹を演じたりしてきた。

　万一に備え、瀬戸圭子も一昨日から上海入りしていた。洋祐はわたしの交友関係にはほとんど興味を示さない。彼には、智とわたしがいればよいのだ。

　早く自分だけの家族が欲しかった、とわたしにいったことがある。母親を十六歳のときに亡《な》くし、実の父親とそりが合わなければ、そう思うものかもしれない。

　携帯が振動し、わたしはイヤホンマイクをつまんだ。

「はい」

「今、エレベータに乗った。かなり効いている。状況は？」

　サポーター役の栃崎《とちざき》が訊《たず》ねた。

「問題ない」

　わたしは答え、ソファから立ちあがった。

　指定暴力団浜山《はまやま》連合船井《ふない》会唐仁《とうじん》一家の組長、木筑定夫《きづきさだお》は名門私大を卒業後、稼業《かぎょう》を継ぐために一家に所属した。いけいけの武闘派で鳴らした父親と異なるのは、数字が読めたことだ。大学時代、潤沢な小遣いを株式投資でふくらませ、卒業時には足立区内にアパートを二棟所有していた。そこに入居していたのは大半が不法滞在の外国人で、彼らから高い家賃をとることでさらに資金を増やした。

さらに一家に入ってからは、投資の領域を土地投機に広げ、腕を見込まれた浜山連合の総長に、「金庫番」としてとりたてられた。

浜山連合本部が、東日本を中心にもつ縄張りから吸い上げる、みかじめ、売春、覚せい剤、などの上納金は、年間二十億円を超えるといわれている。

そこから毎年五億円を海外のオフショア銀行を通して中国や香港《ホンコン》、ベトナム、カンボジアといった国々の不動産に投資し、洗浄し増やしているのが木筑定夫だ。昨年、父親が死去し、正式に組長を襲名した。その際唐仁一家は、浜山連合の序列三位にくり上がった。今年四十歳の木筑が十年以内に浜山連合の若頭《わかがしら》になるのはまちがいないと見られている。

委員会が木筑を対象者に指定した理由は、浜山連合の経済力を急速に成長させたその手腕にある。日本全土で三番目の勢力と目されている浜山連合がこの先、力をつけていけば、やがて二番目の勢力となり、さらに一番の勢力をもつ組織とこれまで以上の摩擦は避けられない。

木筑は中学時代、将来の夢と題した作文で「天下をとる」と書いている。つまり、最大組織との抗争も辞さない可能性が高いというわけだ。

委員会はそれを憂慮した。さらに木筑は、海外への不動産投資の過程で、上海やタイ、ベトナムの犯罪組織とのコネクションを作りあげている。ことに上海の新興組織「血性幇《けっせいパン》」とのつながりは深く、「血性幇」の首領、楊仲則《ようちゅうそく》とは互いに朋友を称している。「血性幇」は、この十年のあいだに急速に上海市内で勢力を拡大した愚連隊系の組織で、その背景には上海系政治勢力の急伸を嫌った、共産党本部の圧力があった。北京《ペキン》にまで影響を及ぼしつつあった上海政府の一部要人を、党本部は汚職の容疑で逮捕、弾圧した。その結果、旧来の犯罪組織の力が削《そ》がれ、「血性幇」が成長する余地をもたらしたのだ。

木筑は、唐仁一家の若頭で大学の日本拳法《けんぽう》部の後輩だった、藤本栄《ふじもとさかえ》ひとりを連れただけで訪中している。藤本は木筑のボディガードを兼ねているが、それだけ上海における身の安全に関しては、楊仲則を信頼しているということだろう。

委員会は、日本国内での研究所の処理活動を禁じている。海外での処理活動に関しても「対象者は日本人のみとする」という規則がある。

今回の木筑の訪中をうけて、処理計画をたてたのはわたしだった。

木筑の上海滞在は四日間だ。初日と二日目は、上海の銀行、法律事務所との打ち合わせ、会食が行われ、三日目の今日、ようやく楊と昼食を共にした。

昼食のあと、木筑は楊と夕方から再び街にくりだすことになっている。木筑はそう酒に強いほうではなく、昼食のときはビールを一杯と、紹興酒《しょうこうしゅ》を一、二杯しか口にしない。紹興酒を飲むときはオンザロックと決めているようだ。

昼食は、ホテルの五十五階に入った「松龍鎮酒家《しょうりゅうちん》」を楊が予約したことをわたしたちはつきとめた。

木筑の部屋の冷蔵庫におかれているすべてのミネラルウォーターのボトルを、昨夜のうちにとりかえてあった。ミネラルウォーターには、無味無臭だが、アルコールの酔いを強くする作用を持つ薬品を溶かしてある。それを今朝飲んだ結果、木筑は酒に酔いやすい体になっている。

その目的は、木筑を昼食後、四十八階の部屋に戻らせることにあった。

上海オリエンタルパークホテルは、全浴室がガラス張りであるのが売りだ。浴槽につかりながら、上海の眺望を楽しむことができる。

ただその施工《せこう》に関しては、半年前の開業当初から、突貫工事の弊害が指摘されていた。

昼食時に飲んだ酒の酔いを、木筑は一度部屋に戻ってさまそうとする。そこで浴槽に湯をはり、入浴しようと考え、ついでにわずかに開く浴室の窓の把手《とって》を押す。

その窓の蝶番《ちょうつがい》は、ストッパーが働かない、欠陥製品だった。浴槽から身をのりだし、幅一メートルほどの窓の把手を押した木筑は、本来なら二十センチしか開かない筈《はず》の窓が全開になったせいで、落下して命を落とす予定だ。

蝶番への細工はすでにすませていた。同じような欠陥のある蝶番を、木筑の訪中が決まってからの二カ月のあいだに、他の五つの部屋にしかけていた。これまでのところ落下事故は起こっていないが、クレームが二度、フロントに寄せられている。ホテル側はそれを公《おおやけ》にはしていない。開業したてで悪い評判がたつのを恐れたのだろう。クレームのあと、ホテル側も各部屋の浴室窓をチェックし、五つのうち二つを交換している。蝶番は初めからゆるゆるではなく、軽い力で押した程度ならストッパーが働くようになっていて、見落としがでることは計算ずみだ。

もちろんたった今わたしがとりかえた蝶番はちがう。少し押しただけで、窓が全開になる仕組だ。

わたしは工具を納めたバッグを手にクローゼットに入った。中洋折衷のこのホテルの部屋にはクローゼットやタンス類がやたらにあり、わたしが隠れたクローゼットには使われた形跡がない。

五つの部屋の蝶番をとりかえたのは、宿泊客として入った、研究所員だ。研究所がおこなう処理は、あくまでも事故や病死と現地当局が判断するような偽装を施すのが鉄則だ。

海外での事故を装《よそお》っての処理には、時間と費用がかさむ。研究所の活動が日本国内で可能ならば、費用と手間を大幅に節約できると、所員は思っている。

しかしそうなれば、処理に歯止めがかからなくなると委員会は考えていて、それはわたしたち所員も同感だった。

処理対象者の指定には、最短でも六カ月間の検討期間が設けられることになっている。

検討をおこなうのは研究所ではない。研究所はただの実行機関であって、判断権限をもたない。

もちろん、そんな権限をもつ組織が存在することすら国民は知らされていない。

「研究所」というのは通称だ。「委員会」もまた、通称であるように。

ドアノブにカードキィがさしこまれるカチリという音が聞こえた。

「大丈夫すか」

藤本の声がした。

「ああ。ひと眠りすりゃさっぱりするだろう。まさかあれだけで酔っちまうとはな」

木筑が答える声が聞こえ、ソファにどすんと腰を落とす響きが伝わった。

「疲れたんですよ。きのうおとついと、カンペー、カンペーだったのだから。日本で飲む酒とはちがいますからね」

「年だよ、年」

「何いってるんですか。オヤジがそれじゃ困りますよ」

「大丈夫だ。夜には復活する。楊がとびきりの女を用意するといってたからな」

藤本が笑い声をたてた。

「お願いします。俺も楽しみにしてるんですから」

「おう。任せておけ」

「じゃ俺は土産ものでも見てきます」

「ホテルでいいのがあったら、サインで買ってかまわないぞ」

「ありがとうございます。じゃ、失礼します」

ドアが閉まった。

ごそごそと洋服を脱ぐ音と放屁《ほうひ》が聞こえた。わたしはクローゼットの中で待った。やがて軽い鼾《いびき》が聞こえてきた。ゆっくりと二百を数え、わたしはクローゼットの扉を開いた。

ネクタイを外したワイシャツに下半身はトランクスひとつの木筑が、スイートのリビングの長椅子《ながいす》に仰向《あおむ》けに横たわっていた。

ポケットからプラスチックの小壜《こびん》をとりだし、キャップをひねって外すと木筑に近づいた。端整だが、寝顔にも険がある。

小壜の口を木筑の口もとにもっていく。揮発性の強い匂《にお》いに、木筑は一瞬眉《まゆ》をひそめ、いやいやするように首を傾けた。が、目を開くことなく鼾をかきつづけている。

わたしは小壜をしまうと、木筑の髪をつかみ、軽く頭をゆすった。

木筑は起きなかった。小壜の中身は強力な麻酔剤だった。中国国内では販売はもちろん使用もされていない。万一、解剖で血液検査がおこなわれても、中国公安部に検出されるおそれのない薬を使ったのだ。

携帯のボタンを押した。栃崎が応答すると、

「準備完了」

とだけ告げて切った。

数分で栃崎と副所長の大場《おおば》が到着し、わたしはドアを開けて迎えいれた。

部屋に入ると、二人はその場でスーツを脱ぎ下着姿になった。持参したシャワーキャップと手袋をつける。

異様な姿だが、遺留物を残さないためだ。わたしもシャワーキャップと手袋をつけている。

「バスルームの準備をする。服を脱がせて」

わたしは二人にいって、バスルームに入った。浴槽の栓を閉じるとバスフォームを垂らし、湯をだした。

浴槽に湯がたまるのを待って部屋に戻った。

全裸にされた木筑が横たわっている。わたしは二人に頷《うなず》いてみせた。

二人は木筑の頭と足を両端から抱え、担《かつ》ぎあげた。そのままバスルームへと運ぶ。

木筑の体に刺青《いれずみ》は入っていない。色白だがひきしまった体をしている。麻酔のせいか、性器が勃起《ぼっき》していた。

「待って」

わたしはいって、急いではいていたジーンズを脱いだ。バスルームの中で大場と栃崎に抱えられた木筑の体に、バスタブの湯を手ですくってかけた。死体が乾いていたら、偽装がだいなしになる。

それから木筑の右手に窓の把手をつかませた。そして把手を押した。窓は全開になった。

ビル風の唸《うな》りが、ぽっかりと開いた窓から流れこんだ。大場が木筑の頭を抱えたまま、浴槽に足を入れた。

「せえの」

栃崎がいい、三人で木筑の体を窓から押しだした。

一瞬、木筑は空中に浮いているように見えた。が、すぐに見えなくなった。

窓から首をだして確認する愚はおかさない。

かすかにドスッという音が聞こえたような気がした。

「撤収」

大場がいい、わたしはバスルームの前に用意しておいた持参のタオルで足をふき、それを大場と栃崎に回した。

すぐに大騒ぎになるだろうが、全裸の落下死体が、この部屋の人間だとわかるには時間がかかる筈だ。

床に足跡を残さないよう、ていねいに体をふいた二人は手早くスーツを身につけた。ドアを開き、廊下をうかがうと、キャップを外し部屋をでていく。二人は別々のエレベータに乗ってホテルを離れることになっていた。

最後に残ったわたしはジーンズをはき、遺漏がないか室内をチェックした。計画立案者が最後のチェックをするのが決まりだ。

脱がせたトランクスがワイシャツの下にあった。トランクスはふつう最後に脱ぐ。それをワイシャツの上においた。

問題はない。予測では十分以内にこの部屋に関係者が入ってくる可能性はゼロに近い。

棄却域《ききゃくいき》のレベルだ。

ふっと、大学での洋祐の講義を思いだした。

『エクセルの出現で、有意確率は簡単にだせるようになった。その結果、棄却域は重要じゃなくなったんだよ』

グラフで、検定統計量の端に位置する外側の確率を有意確率という。

わたしが大学で統計学を専攻したのは、あらゆるものを数値のみでとらえる、という仕組に惹《ひ》かれたからだった。

不意にドアが押し開かれた。予測がくつがえされた。藤本と楊が立っていた。

藤本の目はまっ赤だった。それを大きくみひらき、散らばった木筑の衣服と、立っているわたしを見比べた。

「何だ?! お前」

動転しているのだろう、日本語で叫んだ。

土産ものを買いにいった藤本が、食事のあとアーケードをぶらついていた楊と再会した。楊もまた、このできたばかりのホテルを散策していたにちがいない。

そこへアーケードの屋根をつき破って、木筑が降ってきた。浴室の窓の下はアーケードなのだ。これほど早く二人が駆けつけてきた理由を、わたしはとっさに理解した。

副所長の大場は、かつて長期間にわたり、わたしを監視していた。その結果、わたしには〝才能〟があると判断し、研究所にスカウトした。

その〝才能〟は三つだ。ひとつ目は秘密を守れる、ふたつ目は殺人の計画を立案し、冷静に実行できる。最後のひとつは人間の言動を見て、その前に起こったできごとをかなりの確率であてられる。

大学にいき、統計学を勉強しろとわたしに勧めたのも大場だ。

『たぶんお前の才能がそれで磨かれる』

『人殺しの？』

『それじゃない。人間の心理を、行動から逆算できる』

楊が中国語を叫んだ。いっているのは、たぶん藤本と同じことだろう。

楊のボディガードがどこにいるのかが気になった。栃崎の報告では、楊は二人のボディガードを「松龍鎮酒家」に同席させていた。

その二人は部屋の外にいるのか。それとも理由があって、ここにこられなかったのか。

理由を検討する時間はなかった。

「答えろ！　なんでここにいる?!」

藤本が再び怒鳴った。

無視することにした。二人はまだ事態を把握しきっていない。

問題はこの部屋をどう脱出するかだ。わたしは無言のまま、二人のわきをすり抜けようと試みた。

楊が素早く立ち塞《ふさ》がり、いった。

「藤本さん、この人、木筑さんを殺したですかもしれません」

楊は日本への留学経験がある。

「何ですって」

藤本は信じられないという顔になった。

「オヤジを、こいつが?!」

「なぜこの人、部屋にいますか。木筑さん、裸でした」

大場や栃崎の救助はあてにできない。二人はすでに階下に降り、別々にホテルをでている頃だ。

楊の想像は、わたしが女だというのが根拠だ。半ば外れているが、藤本を少し冷静にさせたようだ。

藤本は瞬《まばた》きし、つぶやいた。

「どうします」

「この人、私が連れていきます。何をしたか、ゆっくり話をします」

楊はいい、腰を低くして身構えた。楊は国立武術学校で少林拳《しょうりんけん》を六年専攻している。

『本当に回避不能であるかを、ぎりぎりまで検討せよ』

処理任務中、事故に遭遇した際の心得だ。

二人が部屋にとびこんできたときから、わたしは検討を始めた。藤本が激しく動揺していうちは、回避不能ではない、と考えていた。しかし楊の言葉で冷静さをとり戻しつつある今は、回避不能の条件が揃《そろ》ってきた。それだけに、楊のボディガードの所在が気になった。

楊が中国語でわたしに何かいった。逆らわずにいっしょにこい、といっているようだ。

決断した。回避不能。どこか、わくわくしている自分がいた。

「待って下さい」

わたしはいった。二人が目をみひらいた。

「わたしは日本外務省の人間です。総領事館の指示でここにきました。木筑さんに書類をお渡しするためです」

バッグに手を入れた。

「書類だ？　どうやって入った」

「木筑さんが入れて下さったんです。そのあと木筑さんはバスルームに入り、まだでてきません」

「何の書類ですか」

楊が訊ねた。

「わたしは知りません。ただ届けるようにいわれただけですから」

「見せろ」

藤本がいった。

「木筑さんがバスルームにもって入りました」

「そこにいろ。楊さんは見張っていて下さい」

藤本はいって、バスルームに入っていった。

楊がまた、中国語でわたしに何ごとかをいった。予期していた。総領事館の人間なら中国語が喋《しゃべ》れると考えて当然だ。

わたしは楊に頷き、バッグからマカロフ拳銃をとりだした。楊の目がまん丸くなった。安全装置を外し、楊の鼻の中心に向け、引き金を絞った。

バン、という音とともに楊の鼻がめりこんだ。至近距離だったので弾丸は楊の後頭部を抜けた。

すぐに体の向きをかえた。銃声は、藤本にも聞こえた筈だ。バスルームのドアが閉まり、鍵《かぎ》をかけるカチッという音がした。

優れた状況判断だった。楊が銃をもっていたとは考えられないので、銃声がしたとたん楊が撃たれたと直感し、自分の身を守るために最善の行動をとっている。

わたしは部屋のドアに向け後退《あとずさ》りした。

倒れた楊の足が床のカーペットをひっかくように動いた。死後の痙攣《けいれん》だ。

ドアノブをつかみ、静かに引いた。廊下に楊のボディガードがいれば、このマカロフをまた使わなければならない。

廊下の防犯カメラは、カバーを細工して、昨夜のうちに撮影できなくしてあった。

廊下は無人だった。わたしはシャワーキャップを外した。キャップの下はウィッグだ。

シャワーキャップをバッグにしまい、マカロフを部屋の床において廊下へとでた。うしろ手にドアを閉じ、手袋を外した。

エレベータホールに立つと、ボタンを押した。非常階段を使うことは考えなかった。非常階段の出入口は、各階通路の防犯カメラが撮影している。映されないですむのは、この階だけだ。エレベータ内のカメラまでは細工をしていない。こうなる事態までは想定していなかったのだ。

エレベータがくると乗りこみ、ロビーボタンを押す。右手の人さし指には水絆創膏《ばんそうこう》を塗って指紋を潰《つぶ》してある。

ロビーでエレベータを降り、わたしは一瞬立ちすくんだ。ロビーは公安局の制服を着けた警察官で埋めつくされている。

なぜこんなに早く、しかも多くの警察官がいるのだ。その上彼らの目は、わたしだけに注がれている。

知らん顔をして歩きだした。誰も声をださず、止めようとはしない。

エントランスの回転扉の前まできたとき、紺のスーツを着た男が立ち塞がった。四十代半ばくらいで、浅黒い肌をしている。

中国語でわたしに話しかけた。わたしは首をふった。そのとき、視界の隅で、警察官に拘束されている楊のボディガードらしき男たちを見た。

「日本語、大丈夫ですか」

浅黒い男がいった。わたしは男の顔を見つめた。少し眠たげな、曇ったような目つきをしている。

男は身分証らしきカードを呈示した。

「私、中国のお巡《まわ》りさんです。私ときて下さい」

この状況こそ、回避不能だ。つまり、四十八階でわたしが下した判断は、まちがっていた。

わたしが連行されたのは、上海市虹口区中山北一路にある、上海市公安局の建物だった。そこですべての所持品をとりあげられる直前、時刻を確認した。

午後二時四十分。洋祐と智には、瀬戸圭子と夕食をとってからホテルに戻る、といってあった。遅くて午後十時が限界だろう。とはいえ、わたしがあと七時間で釈放されるとはとうてい思えない。七日後、あるいは七年後、場合によっては永久に釈放されない。

婦人警官二人に預けられたわたしはすべての洋服を脱がされ、彼女らが用意したジャージの上下に着替えた。その姿で写真と指紋をとられる。指紋の採取技師は、右手の水絆創膏に気づき、除光液ではがした上で人さし指の指紋をとった。

それから、窓のない椅子がひとつあるだけの部屋に入れられた。

置いてきたバッグの中には、わたしの身分を明らかにするものは何も入っていない。パスポートや洋祐たちと泊まっているホテルの鍵などはすべて、総領事館が用意したベ《B》ースル《R》ーム（基地部屋）においてある。

この状況でわたしがするのは完全黙秘だ。

しかし黙秘をしようにも、誰ひとり訊問《じんもん》に現われない。部屋の天井にはカメラがとりつけられ、監視されていることだけはわかった。

推定で二時間が経過した頃、部屋の扉が開いた。ホテルでわたしを拘束した浅黒い刑事がビニール袋を手に入ってきた。

「バッグは返しません。返すのはこれだけ」

いって、袋をわたしの足もとにおいた。着ていた下着とジーンズ、シャツが入っていた。

「あなた、財布ない、パスポートもない。携帯電話は、もち主の登録のない番号」

わたしは無言で立ちあがり、ジャージを脱いだ。全裸を見られても平気だった。どうせ婦人警官に身体検査されている映像も、この男は見ただろう。

下着をつけジーンズとシャツを着た。ジーンズのポケットにむきだしの人民元紙幣を入れていたが、なくなっていた。五百元だから、たいした金額ではない。

着替え終わると、わたしは男を見た。

「すわって」

男が椅子を示した。言葉にしたがった。

男は首をゆるゆると回し、殺風景な部屋を見渡した。それからひとり言のように聞こえる口調でいった。

「藤本栄さんを、殺人容疑で逮捕しました。楊仲則をピストルで撃って殺したからです」

わたしは何もいわなかった。男はつづけた。

「木筑定夫さんは、事故で死にました。藤本さんは、ホテルを紹介した楊仲則に腹を立てた。それで殺しました」

わたしに向きなおり、見つめた。わたしは煙ったような男の視線を受けとめた。

「本当は全部ちがいます」

男が淡々といった。

「あなたが殺した。木筑さんも楊仲則も。藤本さんもそう、いっています」

わたしは無言でいた。男は手を広げた。

「知っていますか。ここ、『上海刑警八〇三部隊』。八〇三は、番地のことです。上海の悪い人は、『八〇三』と聞いただけで逃げだします。『八〇三』は、楊仲則をつかまえる予定で、見張っていました」

それであれほど早く、多くの警察官が出動していたのだ。「刑警八〇三」のことはもちろん知っている。買収に応じず、必要なら容疑者の射殺も辞さない、上海の選抜刑事部隊だ。「八〇三」は、楊仲則を監視下におき、木筑らとの会合も把握していた。そこへ木筑が墜落死したので、ただちに楊のボディガードを拘束したのだろう。拘束を逃れた楊と藤本は、四十八階の部屋にとびこんできた。

「だからありがとうはいいません。楊仲則は犯罪者だが、裁判もせずに死刑はよくないです」

そして考えこむように、顎《あご》に手をあてた。

「木筑さんも藤本さんも、浜山連合のやくざですね。やくざが上海ですること、何でしょう」

手をふった。

「はっ。考えてもしかたがない。どうせ悪いことです。上海の土地、株、買ってお金儲《もう》けする。楊はもっと悪いことをしていた。工事現場で働いた人の給料、半分とる。おもしろい話します。今日、あなたがいたホテル、造った建設会社に作業員紹介したのは、楊の会社。あのホテルはひどいね。窓は壊れています。防犯カメラも映らない。楊が作業員を安いお金で働かせたから、いい工事じゃない。日本語で、『手抜き』？」

思わずわたしは頷いていた。男は満足したように頷きかえした。

「本当は別の会社が作業員、紹介する予定でした。でもそこの社長、車にひかれて死にました。楊が、仕事するの断われといったのに断わらなかったから」

男はわたしが脱ぎ捨てたジャージを、ビニール袋に詰めた。

「だから藤本さんが怒ったのも当然です。楊のせいで、木筑さんは窓から落ちた」

わたしを見た。

「そういうこと。あなたはそれでオーケーですか」

わたしは答えなかった。男は、鼻と鼻が触れあうくらい、顔をつきつけてきた。

「オーケーといえ。でないと帰れない」

低い声でいった。

「オーケー」

わたしはいった。この男は、誰か
の指示でそう処理させられることになったのだ。

おそらくはかなり腹を立てていて、それはわたしに対してではなく、殺人を隠蔽《いんぺい》するよう命じた上層部への怒りだ。

上層部がなぜそう決定したのか、わたしにはわからない。何らかの働きかけが、日本政府からあったのだろうか。

もしそうなら、もちろんそれはわたし個人のためではありえない。

男はにやりと笑い、わたしに人さし指をつきつけた。

「あなた、とても優秀な人殺しね。でも失敗がふたつ。バッグの中の道具、日本製。それから楊を殺したピストル、ロシア製」

マカロフ拳銃はもともと旧ソ連軍の制式拳銃で、それを人民解放軍も採用したため、中国国内でライセンス生産をおこなっている。

拳銃を用意したのは、総領事館の防衛駐在官だった。中国製の銃を要求したのに、なぜそんな愚かしいミスをしたのだろう。

バッグの中の工具についてはどうしようもなかった。中国製の工具で蝶番を細工するためには、何種類も用意する必要があり、さらに傷を蝶番に残してしまうおそれがあった。

工具も拳銃も、本来なら現場においてくる予定ではなかったのだ。

今後の課題だった。

男に送られ、わたしは上海刑警八〇三の建物をでた。スライド式の門が背後で大きな音をたてて閉まり、車の往来の激しい道路にとり残された。

中山北一路は、上海市の北部を東西に走る道だ。B・Rは、南西の静安区延平路にあった。まっすぐ歩けば二時間くらいの距離だ。

上海にくるのは初めてだが、処理現場とB・R、宿泊しているホテルを中心に、市の地理と公共交通機関の使い方は、徹底して頭に叩《たた》きこんである。わたしは歩きだした。

尾行がついていた。当然のことだ。

こちらが徒歩なので、尾行は、車と徒歩のふたつのチームに分かれている。

まずは南に向かい、一時間ほどで、上海駅に着いた。常に多くの人でごったがえす上海駅を使い、尾行をまくためだった。さらに駅の南側に建つアメリカ資本のホテルのロビーに入り、完全にまいたことが確認できるまで、女子用トイレに潜んでいた。

ロビーには時計があった。午後八時を過ぎるまで、ホテルで時間を潰した。その間に安物のトレーナーを一枚置き引きし、着ていたシャツの上にかぶった。

B・Rに歩きついたのは、午後九時近くだった。あたりは学校や病院のある、静かな一角で、B・Rは古い一戸建ての家だ。

家の門扉《もんぴ》にはカメラがとりつけられている。わたしが門扉を押すと、木製のドアが内側から開いた。大場が険しい目をわたしに向けている。

大場は今年、五十二歳になった。ふだんはスキンヘッドにしているが、上海では白髪のウィッグをつけていた。背は低いが、ぶあつい体つきは豆タンクのようだ。かつて警官だった。

大場の奥に栃崎がいた。こちらは長身でひょろりとした体つきだ。年齢は四十一、もと自衛隊の空挺で、フランスの外人部隊に四年ほど所属していた。斜視ぎみの目はどこを見ているかがわかりにくい。

瀬戸圭子の姿はなかった。

「回避不能事態だったのか」

わたしが家に入るとドアを閉じ、大場が訊ねた。

頷き、ソファに腰をおろした。さすがに足が痛かった。栃崎が冷えたミネラルウォーターのペットボトルをよこし、一気に半分近くを飲んだ。

「あなたたちと入れちがいに、藤本と楊が部屋にとびこんできた。最終チェックの最中だった。楊を処理し、藤本がバスルームに逃げこんだんで、銃を捨てて、エレベータでロビーに降りた。公安局が待ちかまえていた。楊を監視していたらしい」

大場はわずかに眉をひそめた。その表情に昔は惹かれた。

「事前リポートにはなかった」

「上海の総領事館は信用できない。提供をうけた銃もロシア製だった」

「本当か、グリップは赤だったが」

栃崎がつぶやいた。

「それくらいは、わたしも知っている。『刑警八〇三』の刑事がいったのだから、たぶんまちがいないと思う」

大場は天井を見上げた。

「やはり中国での任務は無理があったな。刑事を処理して逃げたのか」

わたしは首をふった。

「『八〇三』の本部に連行され、写真と指紋をしっかりとられた。それから二時間放置で、突然釈放された。工具と携帯は没収されたけど」

「そりゃおかしい」

栃崎が笑い声をたてた。妙なところで笑うのは、この男の癖だ。

大場は無言でわたしを見つめていたが、首をふり、息を吐いた。

「妙だな。泳がせたか」

「尾行はついてた。上海駅と近くのホテルでまいたけど」

栃崎がのっそりと、リビングの隅におかれたモニターに歩みよった。全部で五台ある監視カメラの映像をチェックする。

「見張っている奴《やつ》はいない」

栃崎の言葉に大場は頷き、訊ねた。

「なぜ釈放するか、刑事はいったか」

わたしは首をふった。

「いわなかったけど、上からの圧力だと思う」

「公安局の？」

「わたしにわかるわけがない。そうなのじゃない？　かわりに藤本を、楊殺しの容疑でつかまえたといっていた。でも木筑も楊も、殺したのはわたしだと知っていた」

大場は宙を見つめた。

「面倒を避けたか。楊と木筑が死んで、それを唐仁一家のナンバー2にしょわせれば、『血性幇』は終わりだ」

「だとしても、ずいぶん早い決断ね。二時間しか、わたしは『八〇三』にいなかった」

「公安局のトップクラス、あるいは上海市のトップの決断か」

「北京の圧力で、『血性幇』は勢力をのばした。それをおもしろくないと思っている人間が、上海市の上のほうにはいるでしょうけど」

大場は小さく頷いた。

「だがそれにしても早い。情報が洩《も》れていたのかもしれん」

栃崎がぎょっとしたような顔になった。

「俺たちに関する？」

「木筑の処理計画が上海側に筒抜けだったとすれば、神村《かみむら》の釈放は理解できる」

「二人が離脱したとき、ロビーに警官はいた？」

栃崎が首をふった。

「いや。パトカーが一台、すっとんできただけで、木筑のためにきたのだろうと思った」

「わたしが降りたときは警官でいっぱいだった。二人とは十分くらいの差よ」

栃崎は大場を見た。

「じゃあ俺たちも泳がされたってことですか。だったらやばい。ここを離れないと。神村を泳がせてここをつきとめ、踏みこんでくる気かもしれない」

「我々を泳がせたのなら、とうにここはつきとめられている。神村を釈放する必要はない」

大場は冷静にいった。それでも栃崎は落ちつかない顔だった。

「上海市政府は、事件を小さくまとめたかったのかもしれない。日本人のやくざと上海の黒社会の大物が同時に殺され、それが日本人の殺し屋の仕事ということになったら、また北京が干渉してくるのは見えている。そこで木筑の死は事故にして、楊殺しを藤本のせいにした」

わたしはいった。自分でも説得力がないとわかっていた。事前にわたしたちの活動に関する情報が洩れていない限り、これほど短時間にそうした決着をつけようという判断は下せない。そして事前に情報が洩れていたのなら、木筑殺しも、そのあとの楊殺しも、防ぐことは可能だ。

「いずれにせよ、トップレベルの判断だ。官僚はあとから責任を問われかねない案件に速断など決してしない。神村の釈放は、速断だ」

「じゃ、北京？」

わたしは大場を見つめた。北京の圧力が刑警八〇三を動かしたのだろうか。

「情報が洩れたとすれば日本からだ。だとすれば、上海ではなく北京にいくだろう。地方の政府、しかも党中央ににらまれている上海に恩を売る意味はないからな」

わたしは首をふった。想像の限界を超えている。

「どっちにしてもここを離れたほうがいいのじゃないか」

栃崎はいった。

「わたしはホテルに戻る。主人と子供が帰ってるから」

「つかまったら終わりだぞ」

「委員会が動いた、ということはある？　北京に連絡をとり、わたしを釈放するよう働きかけた」

「何のために？」

「わからない」

大場は少し考え、いった。

「現場の人間すら知らなかった、神村の拘束を委員会が知るのは本来なら不可能だ。それに委員会が我々を助けるために、外国政府と交渉するとは思えないな」

「だよね」

わたしは頷いた。わたしたちは国から報酬をもらっているが公務員ではない。わたしたちの存在を、国が、外に対しても内に対しても認めることは決してありえない。認めるくらいなら、わたしたちを殺すか、逮捕して裁判もせずに一生拘束する。

ふと疑問が浮かんだ。国が使っている殺し屋を国が殺そうとするならば、いったい誰にそれをやらせるのだろう。

だがそんな禅問答じみたことを考えている暇はなかった。

「いく。外をもう一度確認して」

わたしは栃崎にいった。栃崎はモニターの前にすわると、画面を細かくチェックした。

「安全そうに見える」

栃崎はいって、大場をうかがった。大場は迷っているように見えた。珍しいことだ。が、頷いた。

「いいだろう。だがここをでてから拘束されたら、どうしようもないぞ。パスポートもっているのだからな」

わたしは頷いた。

朝ホテルをでるときに着ていたワンピースに着替え、私物の入ったバッグを手にB・Rをでた。

あたりは静かだった。少し歩いて北京西路にでると、通りかかったタクシーをつかまえた。それほど遠くはないホテルの名を書いたメモを運転手に見せた。乗車拒否されるかもしれないと思ったが、運転手は不満げな文句をひと言ふた言いっただけで、発進させた。

疲れ、そしてひどく空腹だ。だが洋祐は、わたしが瀬戸圭子とおいしいものを食べ、楽しいお喋りをしてきたと思っている。

バッグからコンパクトをだし、自分の顔をチェックした。楊に暴力をふるわれる前に処理したのは、やはり正解だった。もし顔にアザなど作っていたら、酔って転んだという余分ないいわけが必要になる。

洋祐は、わたしの口からアルコールの匂いがしないことに気づくだろうか。酒を飲まないわけではないが、つきあいの場以外では口にしない洋祐は、アルコール臭に敏感だ。

ホテルに到着すると、部屋に上がった。十時を二十分ほど過ぎている。

なるべく大きな音をたてないようにドアを閉めた。

「お帰り」

窓ぎわのソファにすわっていた洋祐がいった。幸い、スタンドひとつしか灯《とも》していない。

「ただいま。ごめんね、遅くなって」

答えて、わたしは部屋を見回した。ツインルームの、ベッドとベッドのあいだにエキストラベッドがおかれ、智が眠っていた。

「どうだった?」

わたしはいいながら部屋の冷蔵庫から缶ビールをとりだした。

「ああ、喉《のど》がかわいた」

栓を開け、ひと口飲んだ。

「よかったよ。年をとったらああいうところで暮らしてみたいと思った」

洋祐が微笑《ほほえ》んでいった。わたしは洋祐に歩みより、頬《ほお》に唇をあてた。

「まだ飲むのかい？」

「お喋りしすぎた。圭子は、日本語に飢えていたみたい」

向かいのソファにかける前に智のようすをチェックした。

「喘息《ぜんそく》は大丈夫だった？」

呼吸はふつう、妙な音も聞こえない。顔を半分枕《まくら》に押しつけ、智は熟睡しているように見えた。

「大丈夫なようだ。遊覧船以外はちょっと退屈していたけど」

わたしは腰をおろしビールを飲んで、洋祐を見つめた。

「停年になったら、杭州に近い大学に再就職する？」

「北京語が話せなきゃ無理だろう」

「勉強すればいいじゃない。大好きでしょ、勉強は」

洋祐は首をふった。

「嫌みかい」

「Bしかくれなかったものね」

「一生、いう気か?!」

わたしは笑い声をたてた。

洋祐は色白で華奢《きゃしゃ》な体つきをしている。中学、高校と陸上部で長距離をやっていたというのが、その薄い胸を見ると頷けた。

切れ長の目と細い鼻筋は、そっくり智に遺伝していた。

わたしが洋祐の勤める大学の二部に通いだしたのは、二十四のときだ。洋祐はわたしより十歳上で、助教授だった。教師と学生として知り合い、卒業して一年半後、教師は卒業生にプロポーズした。四十になる前に結婚したい、と洋祐はいった。

自分が結婚できるなどと、わたしは一度も考えたことがなかった。

研究所にスカウトされていなければ、ありえない。

別の名前、偽りの経歴を研究所がわたしに与えていたからこそ、可能だった。

神村《かみむら》洋祐と結婚し、佐々木奈々《ささきなな》は神村奈々になった。だが佐々木奈々は、わたしの本名ではない。

洋祐はしかし、わたしの経歴になど一切関心をもたなかった。両親もきょうだいもいない、といったときも、驚きはまったく見せず、

「そうなんだ」

といっただけだ。

目の前にいるわたしだけにしか、洋祐は興味がなかった。

初めて教室で見たときから、好きだったと洋祐はいった。そんな風に女性に惹かれたのは、小学校以来だ、と。

たぶんそれは真実だ。ゲイの噂《うわさ》があったくらい、洋祐は女の子に関心を示さなかった、と披露宴にきた高校の同級生はいった。

ゲイでなければ、数学にしか興味のないオタク。

それはきっと当たっている。ひとり息子が自分と同じ大学に入ったとき、洋祐の父親はすでに自分と同じ道を進ませることをあきらめていたくらいだ。

それはうまくいかない父子関係だけが理由だったのではなく、ごく限られた者を除けば人間への関心が、ひどく薄いという、洋祐の性格に起因している。

息子が見合い以外で結婚相手を見つけるとは、露ほども想像していなかった、と洋祐の父親はいった。

そしてそれが、まさかわたしであろうとは。

「本当に喋り疲れたみたいだな。目がぼんやりしている」

洋祐がいい、我にかえった。

「ほっとしてるの」

わずかに間をおき、わたしはいった。洋祐の目に嬉《うれ》しそうな輝きが浮かんだ。

「あなたと智のところに帰ってこられて。圭子は仲よしだけど、この街はあんまり好きじゃない。だからご飯を食べて、地元の人がいくっていうスイーツの店でお喋りしていても落ちつかなかった。でもこんな時間になっちゃって、ご免なさい」

洋祐が手をのばし、わたしの手を握った。

「気にしないで。奈々が楽しいと感じることだけをしてほしいと思っているんだから」

「ありがとう」

わたしは微笑んだ。

「シャワー浴びるわ」

いって、立ちあがった。洋祐が求めてくる予感があった。智を起こさないようにそうするには、バスルームしかない。その前に体を流しておきたい。

洋祐が知るわたしの一から十までのうち九は、偽りだ。

洋祐はわたしを愛している。わたしは洋祐を愛しているか、わからない。そもそも、人を愛するということが長いことわたしにはわからなかった。

わかったのは智が生まれたときだ。あれほどの痛みをもってこの世に出現させた生きものを、大切に思わずにいることは不可能だった。

同時に、なぜわたしの母親は、自らが生みだした息子を、あそこまで愛さなかったのかが、よりわからなくなった。

母親は、弟の望《のぞむ》より恋人を愛した。そして恋人は自分になつかない望を嫌い、折檻《せっかん》し始めた。初めはかばっていた母親も、あるときから恋人より先に望に手をあげるようになった。そうすると、恋人が自分によくしてくれると気づいたからだ。

望が死んだとき、わたしは十一だった。

その年、初めて人を殺した。

2

帰国に障害はなく、わたしたちは無事、東京神楽坂《かぐらざか》にある自宅マンションに戻った。神楽坂にたつマンションを、洋祐は二年前にローンで購入した。洋祐が勤める大学とわたしが週三回出勤する株式会社「消費情報研究所」のどちらにも、乗り換えなく地下鉄で通えるからだ。

洋祐の大学は高田馬場にあり、消費情報研究所は茅場町《かやばちょう》にある。研究所の表向きの業務はマーケットリサーチだ。わたしが大学で勉強した統計学を役立てられる職場なのだ。実際、わたしもデータの解析作業をおこなうことがある。所員数は四十名で、その半数は企業や政府機関から委嘱されたデータ解析の業務にたずさわっている。

洋祐がわたしの会社にきたことはない。が、彼にとって統計学の恩師となる北斗《ほくと》大学の倉科《くらしな》名誉教授が研究所の顧問をつとめているのは知っている。倉科教授と洋祐の父は大学の同級生だった。倉科教授が研究所の顧問に就任したのは、洋祐の父親に頼まれたからだ。倉科教授は、研究所の本来の業務が別にあることを知っていた。その業務内容を知った上で引き受けたのは、洋祐の父親への信頼と愛国心によるものらしいが、洋祐がいうには倉科教授は一生を統計学に捧《ささ》げた「宇宙人のような」人物で、顧問をつとめる会社の実態など、どうでもよかったのかもしれない。

研究所は、設立されて十五年になる。わたしが入社したのは十四年前、大学生だった二十七のときだ。その二年後に結婚し翌年智を生んだ。

結婚後も働きつづけたいというわたしの願いを洋祐はうけいれ、家事や子育ての分担に嫌な顔をしたことは一度もない。

つきあいだした頃から現在に至るまで、洋祐はわたしに対して、怒ったことはおろか、何かをしてはならないと行動を規制したことすらなかった。

いつもおだやかで、弱々しい笑顔を浮かべている。大学で仕事や用事がないときはたいてい自宅にいて、本を読み、頼んでいなくても食事の仕度をしてくれることもあった。料理は決して上手ではないが、食べられないほどひどいというわけでもない。

早くに母親を亡《な》くし、父親の仕事が警察官僚という激務だったせいで、台所に立つことに十代のときから馴染《なじ》んでいたようだ。

わたしの出勤は、月曜日は必ず、そしてあとの二日はその週のスケジュールによって変動する。

月曜日には、処理対象者としてリストにあがっている人間の行動確認が報告されることになっていた。処理作業をおこなうチームはふたつあり、どのチームが担当するかは、計画立案者がどちらに所属するかで決まる。

具体的には、月曜の会議で、対象者の国外移動の予定が確認されると、その週のうちに処理計画の立案に入る。立案をするのは、処理作業にたずさわる七名で、計画がでそろった時点で検討をおこなう。実行の可能性、準備期間、必要機材の費用などから、最も実行が容易で危険度が低いと判断された計画が採用される。そしてその計画の立案者が所属するチームが作業にあたるのだ。

ちなみに、わたしと栃崎、瀬戸圭子が所属するのがAチーム、上野《うえの》、石村《いしむら》、原《はら》の三名が所属するのがBチームだ。副所長の大場は両チームの作業をサポートし、ケースによってはAB両チームの合同作業になることもある。

処理作業の頻度は、多いときで一年に四回、少ないと二回といったところだ。

研究所がどんないきさつで設立されたのか、わたしは知らない。だが処理作業のメンバーはすべて大場が集めた者ばかりだというのは知っていた。大場と所長の杉井《すぎい》、そして洋祐の父親が、研究所の設立に最初からかかわっていたようだ。

研究所の存在を知る者はごくわずかだと聞いている。警察官僚、最高検察庁、国家公安委員会の一部から成る委員会が、対象者を決定し、杉井を通じてリストを研究所に送ってくるのだ。

所長の杉井は七十歳で、これまで一度も日本の政府機関に身をおいたことがないという話だった。表にでている経歴は、アメリカの大学を卒業後、米商務省の下部機関に十八年在職、その後日本の商社で十年勤め、コンサルタントを経て、消費情報研究所を開業した。

この半年近く、杉井は体調を崩したとかでほとんど出社していないが、大場と、もうひとりの副所長中嶋《なかじま》が業務を代行しており、支障は生じていなかった。

AB両チームの他に、研究所には処理作業を支援する所員が十名以上いる。外務省や商社、警察、自衛隊などで働いていた者が多い。

設立から十五年を経て、支援部門の所員は大半が六十歳を超えている。

設立時、処理チーム以外はひとりとして四十歳以下の人間がいなかったからだ。存在を秘匿《ひとく》するために、採用する年齢を高めに限定したのだという。

上海から帰って二度めの月曜日の会議で、枡本謙一《ますもとけんいち》の渡欧が報告された。枡本は元外務省職員で、不祥事を理由に十一年前に退職。東欧にコネクションをもち、アフリカ諸国への小火器輸出を手がけているロシア人事業家とチェチェンマフィアとの仲立ちをおこなっている人物だった。

欧州警察機構が内偵を進めているとの情報があり、リストの優先順位が高い。

枡本は渡欧の際、まずロシアに入国し、モスクワにもつアパートを拠点に、ウクライナ、グルジアへと移動する。ロシア入国後はただちに武装ボディガードがつくため、処理計画の立案は難しいとされていた。

だが今回はロシアではなく、まずパリから欧州入りすることが確認された。モスクワ在住の愛人も呼び寄せるようだ。

わたしは交通事故か強盗に見せかけて殺す計画を立てた。ボディガードがつかないとすれば、枡本がひとりで移動する時間を狙《ねら》えば、ひき逃げを装《よそお》って処理するのが可能なのではないか。パリの治安の悪い地区に、愛人と楽しむためのコカインを買いにいき、事故にあったことにする。ひき逃げが難しければ、強盗にあった形にしてもいい。

いずれにしろポイントは、治安の悪い地区に、どう枡本を連れだすかだ。強引な方法をとるならスタンガンか麻酔剤を用いて誘拐する手もある。

計画会議は金曜におこなわれることになった。四時まで研究所に残り、計画に必要な情報を集めた。

当然のことだが、研究所から任務に関係するデータのもちだしは一切禁じられている。個人用のパソコンやスマートフォンも、所内にはもちこめない。

四時になると研究所をでて、地下鉄で神楽坂に向かった。スーパーで買物をし、自宅に帰る。

今日は洋祐の帰宅が遅くなる、と聞いていた。ゼミの学生と飲み会があるのだ。遅くなるといっても、十時を過ぎたことは一度もない。一次会のあとか、せいぜい二次会の途中でひきあげてくるのが常だ。

月曜は智も塾の日で、帰宅は六時を過ぎる。

スーパーで買った材料で、ミートボールと白菜のクリーム煮、インゲンのゴマ和《あ》えを作り、ご飯を炊《た》いた。

六時少し過ぎ、智が帰ってきた。

「ただいま。パパは？」

「今日は遅いの。宿題は？」

「塾でやってきた」

智の通う私立小学校は大学の付属だが、高校卒業の時点で半数以上の生徒がよりレベルの高い大学に進む。

帰るなり制服からトレーナーとジーンズに着替えて、智はダイニングに入ってきた。

「ご飯何？」

「白菜のクリーム煮」

「やった」

好物なのは知っている。男の子なのにハンバーグやカレーが好きではなく、クリームソースで煮こんだミートボールだけはおかわりする。

「手は洗った？」

「今洗う」

キッチンの流し台に、わたしを押しのけて立った。

「宿題、あとで見るからね」

「いいよ。ご飯のあと、テレビ見ていい？」

月曜は七時から好きなアニメがある。

「八時までよ」

「パパ何時頃？」

「九時か十時じゃない？」

「じゃ九時まで。お願い。頼みます」

洋祐はテレビが好きではない。リビングにテレビの音が流れていると寝室に入ってしまう。やめろ、といわれなくともその空気を、わたしと智は察し、テレビをつけている時間は自然、短くなった。

わたしは笑った。

「それまでにパパが帰ってきたらあきらめなさい」

「うーん。お願い、パパ、今日は遅くなって」

「パパに電話して頼めば」

「そんなことしたら早く帰ってきちゃうよ」

「かもね。テーブルについて」

向かいあい、いただきますをいって、箸《はし》を手にした。

宿題は完璧《かんぺき》だった。このままいけばたぶん、智は祖父、父親と同じ大学に進むだろう。

妊娠したとき、わたしは、ただ健康な子供が生まれてくれればいいとだけ願った。これまでの人生を考えれば、子供をもつことすら不相応だと思っていた。

わたしは何ごとも悲観的に考える性格ではない。だが人殺しの才能があり、それを実行してきた人間には、やはり許されない〝幸福〟がある、と思っている。ただ子供をもつまで、それが〝幸福〟だとは知らなかった。

今は、はっきりとわかる。智の存在が、わたしの〝幸福〟だ。そしてその〝幸福〟を支える一番の柱が洋祐なのだ。

そう感じることが愛なのかもしれない。

一方で、わたしはその洋祐にも智にも、嘘《うそ》をつきつづけている。嘘は、〝幸福〟を維持していくためには絶対に必要だ。

洋祐は、わたしと智のために自分の人生の大半をさしだしている。彼に嘘はなく、あったとしてもごくわずかだろう。

ひきかえ、わたしの生活は嘘に包まれている。過去も現在も。そして未来、わたしが死に至るまで嘘をつきつづけなければならない。

残業で遅くなる、あるいは地方出張する、という口実で、わたしは海外に飛び、誰かを処理する任務を果たす。そしてどれだけ返り血を浴びて帰ろうと、何もなかったように二人のために食事を作り、家の掃除や洗濯をする。

もし任務の途中でわたしが命を落としても、二人に真実が知らされることは決してない。

わたしの死体は、それがもし回収可能なら、秘密裡《り》に国内に運びこまれ、「不慮の事故」にあったとして洋祐に渡されるだろう。回収が不可能なら、「人生に疲れて失《しっ》踪《そう》した」というシナリオが用意される筈《はず》だ。どちらにしても二人は悲しみ傷つくだろうが、妻や母が殺人を職業にしていた人間だと知るよりは、はるかにましだ。

嘘をつきつづけることでしか、この生活は持続しない。

洋祐や智に対し、罪悪感を抱くことはないのか、と洋祐の父に訊《き》かれたとき、

「いいえ。抱いていたら結婚も出産もしませんでした」

と、わたしは答えた。そして訊《たず》ねた。

「お義父《とう》さんはどうなのです？」

彼は眉《まゆ》ひとつ動かさず、頷《うなず》いた。

「私もだ。死んでいった人間に対し、むごいことをした、と思うときはある。彼らに死ななければならない理由があったにせよ。だが、家族や周囲に真実を告げないでいるのを、申しわけない、悪いことをしていると感じたことはない。真実を知れば、もっと不幸になるのがわかっているからだ。たぶん君も同じ考えなのだろうな」

洋祐の父親とわたしの考え方は確かに同じかもしれない。ただし、決定的にちがう点がひとつある。

わたしは自分の手をよごしている。洋祐の父親は、組織とそれを運営するシステムを作ったに過ぎない。もちろん彼でなければできなかったことだろうが、他人に人を殺させる行為は、直接手を下すより、ときに残酷ではないだろうか。

洋祐の父親は、だが公平な人物ではある。洋祐がわたしを妻にしたい、といったとき、理由を告げずに反対することもできたのに、そうしなかった。ただ、わたしに妻がつとまるか疑ったとは思う。

わたしは何度か、洋祐のプロポーズを断わっていた。その性格をより知った今ではなおさら信じられないことだが、彼はあきらめなかった。

「何度でも、君がうんといってくれるまで僕は求婚する。もちろん、君が別の誰かと結婚したいのなら話はちがうけど」

なぜそれほどわたしを求めるのか、わたしには理解できなかった。一方、智が生まれ、三人でいる〝幸福〟を知ったとき、洋祐はわたしより冷静だった。こうなることは、初めからわかっていたとでもいわんばかりに。

結婚してからの十二年間のうちの半分は、わたしが人生で初めて得た、静かな時間だった。誰かを待つ場所、待たれる場所をもつのが、これほど心に平穏をもたらすとは知らなかった。

洋祐には本当に感謝をしている。その気持を伝える最良の方法は、「ありがとう」というのではなく、彼と智のそばにいる努力をつづけることだと、最近思うようになった。

その努力とは、嘘をつきつづけ、人を殺す任務にベストを尽くすことだ。任務に失敗すれば、彼らはわたしを失う。

任務を離れることは、まだ考えていない。なぜならわたしには、世の中の大半の人間より効率よく、この仕事を遂行できる能力があるからだ。それは、才能だといった大場の言葉が裏付けている。

家族にはもちろん、研究所の同僚にも決して認めはしない。だが、わたしは人殺しに喜びを感じるときがある。

その夜、十時を過ぎても洋祐は帰らなかった。珍しいことだった。ふだんより遅くなりそうなとき、それは二年に一度あるかないかだが、洋祐は必ず電話をしてくる。それすらないのは、結婚して以来、初めてだ。

十一時になるとわたしは智に寝るよう、告げた。

「珍しいね。パパ、こんなに遅いって」

「たまにはいいのじゃない」

「寛大だな、ママ」

「そう？」

わたしがにらむと、智は恐しげに首をふった。

「あまりパパを怒らないであげてね。男は大変なんだよ、いろいろ」

「そういう生意気いうなら、あなたをかわりに怒ることにする」

「やめて、ごめんなさい。やっぱりパパを怒って」

智は勉強部屋に逃げこんだ。

十二時を過ぎ、わたしは洋祐の携帯に電話をするべきかを考え始めた。

だが、電話に応《こた》えられる状態なら、とうに彼のほうから電話をしてきている筈だ。

それがないということは、電話ができない状態、たとえば飲み過ぎて酔い潰《つぶ》れてしまったとかにあると考えられる。それ以外の理由、電話をかけられるにもかかわらず、そうせずに遅くなっているなら、それは洋祐の選択だ。わたしから電話をするのは、その選択を尊重しない行為になる。もし悪い事態、事故に巻きこまれたり、急病になったのであれば、別の人間、救急隊員や警察官が電話をしてくる筈だ。

電話をしないことにした。洋祐はマンションの鍵《かぎ》をもっている。鍵をかけ、ベッドに入った。眠ろう、と心に決めれば、眠ることができる。また何時に眠っても、午前六時半から七時のあいだには目が覚める。

家の電話の音で目を覚ました。枕《まくら》もとのデジタル時計は「5：17」と示している。

「はい」

「神村さんのお宅ですか」

男の声がいった。眠気が一瞬で覚めた。洋祐は帰宅しておらず、この時間に知らない人物から電話がかかってくるとすれば、何か悪い事態が生じたとしか考えられない。

「そうです」

「こちらは新宿警察署です。神村洋祐さんとおっしゃるのは――」

「主人です」

わずかに間をおき、男はいった。

「奥さんですか。これから新宿警察署のほうにおいで願えますか」

「何があったのでしょう」

「北新宿三丁目のマンションで火災があり、ご主人が巻きこまれたようです。確認をお願いしたいので」

「北新宿三丁目」

奇妙な場所だ。学生との飲み会は、高田馬場か新宿歌舞伎町《かぶきちょう》が多い。北新宿で飲んだという話は聞いたことがなかった。

次の瞬間、自分が動揺していると気づいた。

電話をしてきた男は、確認といった。

「主人は、亡くなったんですか」

「火災現場から男性の遺体が発見され、神村洋祐さんの身分証と携帯電話をおもちでした。それでお電話をしております」

ありえない。洋祐が北新宿のマンションで火災に巻きこまれ、死亡。棄却域だ。

「何かのまちがいです」

「それを、確認していただきたいのです」

「主人はひとりですか」

「署のほうにおいで下さい。私は刑事課の駒形《こまがた》といいます。受付で私の名をおっしゃっていただければわかります。あ、それと、奥さん、携帯電話をおもちですか」

「はい」

「その番号を、できれば教えていただけますか」

迷った。手のこんだ悪戯《いたずら》か、新手の詐欺《さぎ》ではないか。

が、警察官、特に刑事には独特の喋《しゃべ》り方があり、男の声もそうだった。

「署にうかがったら、お教えします」

答えて、わたしは電話を切った。

智が起きてくるようすはなかった。わたしは寝室に戻り、自分の携帯電話を手にした。

大場にかけた。四度めのコールで応えた。

「大場だ」

「今、新宿署の駒形という刑事から電話がかかってきた。洋祐が、夫が、北新宿三丁目のマンション火災で死んだので、遺体確認にきてほしい、と」

駒形、北新宿三丁目、と大場はくり返した。メモをとっているようだ。

「わかった。確認したら、状況を知らせてくれ」

「洋祐のお父さんには――」

「まだいいだろう。確認したあとで」

「了解」

所員の身内に突発的な事件や事故が発生した場合、報告が義務づけられている。ジーンズに革のジャケットを着け、自宅をでた。智に何かを伝えるとしても、今ではないと思った。話せること、話せないことを見きわめてからだ。通りかかったタクシーを止め、新宿警察署、と行先を告げた。運転手は無言で発進させた。

早朝の警察署は静かだった。人ひとりが死ぬような事件や事故は、ここでは日常で、よほどの事態が起こらない限り、騒然とすることはないのだろう。

受付には制服の警官がすわっていた。

「神村といいます。刑事課の駒形さんをお願いします」

告げると、わたしの下の名前を確認し、電話の受話器をとりあげた。

やがてノーネクタイでスーツを着けた男がエレベータから降りてきた。男はまず受付のカウンターの中に入り、制服警官のメモに目を落とした。

「神村、奈々さん？」

わたしは頷き、男を見つめた。四十代の中頃だろう。顔色が悪く、目の下に濃い隈《くま》がある。視線はどこかとらえどころがなく、上海で会った刑事をわたしは思いだした。

「駒形です。ご足労をおかけしました。早速ですが、ご主人は昨日、何時頃からおでかけでした？」

「たぶん昼前だと思います。月曜は、午後からふたコマ授業が入っているので」

「奥さんもお勤めですか」

「はい」

すぐに洋祐に会わせようとしないのは、わたしが動揺する前に訊きだせる限りの情報を得ようという狙いなのだろう。

「お勤め先はご主人といっしょですか」

「いいえ」

「どちらでしょう」

「消費情報研究所という、マーケットリサーチの会社です」

「消費情報研究所。で、帰宅されたのは何時頃です？」

「五時前です。子供が六時に帰ってくるので、夕食の仕度がありましたから」

「お子さんはおひとりですか」

「はい」

「ご主人は何時に帰ってこられる予定でしたか」

「昨日はゼミの学生との飲み会があると聞いていました。だいたいそういうときは、九時か十時くらいになるので、先に休んでいました」

駒形は無言でわたしを見つめた。疑っているわけではないだろうが、落ちつかなくさせる効果はあった。

「主人は今、どこに？」

「署内です。昨日でかけられるとき、ご主人に、ふだんと何かちがったようすはありませんでしたか」

「いいえ」

駒形は頷いた。わたしは訊ねた。

「主人は、亡くなったのですか」

「はい」

「火事で？」

「火災になる前にガスが洩《も》れていました。古いマンションでしてね。ガス管に問題があった可能性もあります。いずれにせよ、おかれていた冷蔵庫の火花が引火したと、消防のほうでは見ているようです」

「火事は何時頃あったのですか」

「一一九番通報は、午後十時四十九分でした。最初にガス爆発があり、火がでたようです」

「何をしていたんでしょう」

「は？」

「主人はそこで何をしていたのですか。北新宿のマンションに知り合いがいると聞いたことは一度もありません」

駒形は答えなかった。受付の中で立ちあがり、

「ご案内します」

といった。

地下に降りた。「霊安室」と書かれた扉があり、中に白布をかけられたストレッチャーが二台おかれていた。頭の側に小さな線香立てののったテーブル以外、何もない。

「こちらがご主人ですか」

駒形が、入って右側のストレッチャーにかけられた白布を小さくめくった。

洋祐の頰は少しススで黒ずんでいた。それ以外、見える範囲に傷はない。死体なのに妙に顔色が赤いのは、一酸化炭素中毒によるものだと気づいた。わたしは頷き、訊ねた。

「焼け死んだのではないのですか」

髪はずぶ濡《ぬ》れだ。

「建材が燃えたときにでるガスを吸われて意識を失った。首から下は、重度の火傷《やけど》を負われていますが、苦しまれてはいないようです」

目を閉じているだけだ。体をゆすれば目を開く、そんな気がした。

額に触れた。冷えきっていた。生きてはいない。わたしは自分の吐くため息を聞いた。

「そして」

駒形の声に我にかえった。

「こちらが、同じ部屋にいた女性です」

左側のストレッチャーの白布をめくった。顔の半分が炭化した、見知らぬ女の顔があった。くっきりとした目鼻立ちで、年齢は三十から四十のあいだくらいに見える。

わたしは意識して目をそむけた。

「ご存じの方ですか」

「いえ。どなたです?」

「身許《みもと》がわかりません。ご主人と異なり、火災現場からは、この女性の身許を示すものは何も見つかりませんでした」

「何も?」

わたしは駒形を見つめた。

「財布も電話も?」

「財布の入ったバッグはありましたが、現金だけです。あとは避妊具が複数入っていて、携帯電話はなかった」

「避妊具」

「コンドームと消毒薬入りのクリームです」

「つまり――」

「売春を職業にしていた可能性はあります」

ありえない。洋祐が売春婦を買うことは決してない。

「すると火事があったのはこの人の部屋ですか」

「いや」

駒形は否定した。

「部屋の借り主は別にいます。ワンルームで、家具はベッドとソファ、冷蔵庫くらいしかおいてなかった。おそらくレンタルルームとして使われていたと思われます。きちんとしたものではなく、モグリのレンタルルームです。バスタオルとシーツの予備がおいてあって、使ったあとはとり替えるんです。ホテルを使うより安上がりなんで、何人かの女たちが共同で借りていることが多い」

「鍵は？」

「一階の郵便受においてある。郵便受をのぞいて鍵がなければ使用中というわけです。火災のあった部屋がそうなのかどうかはわかりませんが、たいていはそういう使われ方をしています」

「借り主は誰です？」

「調査中です」

わたしは黙った。駒形は無表情のまま、わたしを観察していた。

「こういうことですか」

わたしは口を開いた。

「主人はこの女の人とお金でセックスするために、北新宿のレンタルルームに入った。その部屋のガス管が壊れていて火事になり、二人とも死んだ」

駒形はわずかに間をおいた。

「検証がすべて終わったわけではないので、断言はできません。ですが、おそらくはそうでしょう」

「火事のあったとき、二人はいっしょにいたのですか。つまり——」

わたしの訊きたいことを駒形は理解した。

「発見されたとき、ご遺体は洋服を着ていました。ですから、交渉が始まる前か、終わってしばらくしてからと考えられます」

「通報をしたのは主人ですか」

「いえ。同じマンションの下の階の住人です。部屋数は二十以上ありますが、事務所やこういう目的で使われている部屋ばかりで、実際に居住している人間は少ないのです」

わたしはもう一度、女の死体を見た。火傷を別にすれば、醜い顔立ちとはいえない。がそれほど若くもなく、洋祐がなぜ抱きたいと思ったのかはわからなかった。

この女はどこで洋祐に声をかけたのだろう。

街なかなのか。「立ちんぼう」と呼ばれる娼婦《しょうふ》が今もいることは知っている。少し酔って、気がゆるんでいた洋祐に女が話しかけ、ふと魔がさしたということなのか。

「女性の身許については、指紋照合などをしていきますが、なにぶん遺体の損傷が激しいので、難しいかもしれません」

「日本人、ですか」

駒形に目を移した。駒形は首をふった。

「それもまだ、わかりません。歯の治療痕《こん》などから判別できるケースもあります。来日して年数がたっていると、日本の歯科医で治療をうけていたりするので」

わたしは頷いた。

「もう少し話を聞かせていただけますか。ここではないところで」

駒形がいった。

「はい。ただ七時までには家に帰して下さい。子供のご飯の仕度があるので」

駒形はわずかに目をみひらいた。

「お子さんはおいくつです？」

「男の子で十一歳です」

「まだ何もおっしゃっていない？」

「でてくるときは寝ていたので」

駒形は小さく頷き、霊安室の扉に手をかけた。

「あの、主人の遺体はいつ――」

「もう少し預からせていただきます。明日、検屍《けんし》が行われることになっているので。そのあと場合によっては、監察医務院のほうにもっていかなければなりません」

霊安室をでると、駒形はエレベータにわたしを案内した。二階にある、喫茶室のような部屋に連れていかれた。早朝だが人はいる。

駒形はコーヒーをふたつ、ウエイターに頼んだ。運ばれてきたコーヒーはまずかった。

だが喉《のど》がかわいていて、わたしは半分近くを一気に飲んだ。

「少し、立ち入ったことをおうかがいしてよろしいですか。もしつらいようなら、また日を改めてもよいのですが」

「大丈夫です。時間が許す限り、ですが」

わたしは時計を見て答えた。あと十分か、十五分というところだ。洋祐の身に本当は何が起こったのかを、できるだけ知りたい。

つまりわたしは信じていない。彼が娼婦を買い、連れていかれた部屋で火災に巻きこまれたなどとは。

洋祐にそれはありえない。そんな人間ではない。

不意に涙がでそうになり、わたしはわたし自身に驚いた。バッグからハンカチをだし、顔にあてた。

なぜ泣くのだ。智ならともかく、洋祐に何かあったからといって、自分が涙を流すとは、思ってもいなかった。

駒形は無言だった。わざとらしい慰めの言葉を口にしないのは、それに効果がないと知っているからか、身内の死に嘆き悲しむ人間を見飽きているからなのか。

「すみません」

やがてハンカチをおろし、わたしはあやまった。

「いえ。奥さんはたいへんしっかりしておられる。ふつうなら、こういう状況でご主人を亡くされたらもっと動揺します」

「動揺はしています」

わたしは駒形を見た。

「ただ、感情を表にだすのが得意ではないので」

駒形は頷いた。

「ご主人とは結婚されてどれくらいですか」

「十二年です。結婚した翌年に長男が生まれました」

「ご主人のお仕事は、大学の先生ですね」

「東亜《とうあ》大学の教授をしています」

「ご専門は？」

「統計学です。経済学部と商学部で教えています」

「お酒を飲まれる機会は多かったんでしょうな」

「いえ。主人はあまり飲みませんでした。昨日はゼミの学生たちとの飲み会でしたが、たいてい一次会か、せいぜい二次会の途中でひきあげてました」

「すると帰宅が遅くなることはあまりなかったのですか」

「まったくありませんでした」

「では、ご主人といい合いになったりは、しなかった」

「一度もありません」

「一度も？」

驚いたように駒形は訊き返した。

「十二年間で夫婦喧嘩《げんか》は一度もなかった?」

「はい」

駒形はしばらくわたしを見つめた。

「すると昨夜のようなことは、まったくありえないとお考えでしょうね。ええと、亡くなられたことではありません。外で女性と遊ぶ、というほうです」

わたしは息を吸いこんだ。

「ふつう家で待つ妻は、夫が外で女と遊んでいるとは考えないと思います」

「まあ、そうでしょうが。男だし、そういうことがあってもおかしくないとは思われませんでしたか」

「一度も思ったことはありません」

「とても真面目《まじめ》なご主人だったのですね」

駒形の目を見た。

「ええ。わたしに嘘をついたことすらなかったと思います」

駒形はわずかに困ったような表情になった。

「そうですか。それは――」

いいかけ、口を閉じた。

「でも、事実は事実です。もしかすると主人は、これまでも何度か、そういう遊びをしていたのかもしれません」

「ご主人はおいくつだったのですか」

「五十一です」

「結婚されたときは三十九ですね。それまではずっと独身ですか」

「はい」

駒形は黙った。いいたいことはわかる。

「主人は、昔からの友だちにはゲイではないかと疑われていたそうです。ずっと女の人とつきあわなかったので」

「すると奥さんは特別だったわけですな」

「そう、いっていました」

「知りあわれたのはどちらですか」

「大学です。わたしは主人の教え子でした」

「ほう。失礼ですが奥さんはおいくつです？」

「四十一です」

「すると十代の頃に知りあわれた」

「いいえ。わたしが大学にいったのは二十四のときです。人より遅い入学でした」

「東亜大学ですか」

「はい」

「学資をご自分で貯《た》められていったわけですか」

わたしは無言で頷いた。

「正直、お会いして奥さんがあまりに落ちついていらっしゃるので、私は妙な勘ぐりをしていました。ご夫婦関係があまりうまくいっていなかったのじゃないかとね。しかし、そうではないようだ。それにご主人も奥さんのことを大切にしていらした」

「とても大切にしてもらいました」

「昨日、ご主人がいっしょに飲んでいたと思われる学生さんの名前などをご存じですか」

「学生の名前はわかりませんが准《じゅん》教授で小林《こばやし》さんという方は、もしかしたらいっしょだったかもしれません」

「小林、何という人です？」

「それはちょっと。いつも小林君としかいわなかったので」

「わかりました。調べます」

駒形はメモをとった。

「夕方、五時前に帰宅されてから、奥さんはずっとご自宅でしたか」

「はい」

「携帯電話の番号を教えて下さい」

教えてからわたしは時計を見た。

「そろそろですね。ではまたご連絡します」

駒形はいって立ちあがった。

「いろいろとつらいとは思いますが、お子さんのためにも気持を強くもって下さい。それと、立場のある方ですので、ご主人の亡くなられた件については、極力、マスコミ等には洩れないようにします」

「ありがとうございます」

「では、ご遺体については、また改めて」

新宿警察署の前を通りかかったタクシーに乗りこみ、わたしは智にどう話すかを考えることにした。

3

とりあえず嘘《うそ》をついた。洋祐は深夜帰宅し、朝早く大学で会議があるのででかけた、と。

智は朝食をとり、登校した。

ひとりになると、すわりこんだ。

食欲はなかった。智には、火災で死んだといずれいわなくてはならない。が、女といっしょにいたことは黙っていよう。それはわたしのプライドではなく、あの子に残る父親の記憶を汚《けが》さないためだ。

大場に電話をした。洋祐が娼婦《しょうふ》といたレンタルルームで火災にあったと告げると、絶句した。

「信じられん」

「わたしも同じ。でも事実は事実」

「息子さんには何と？」

「まだ話してない。ニュースとかには流れてないみたいだし。その刑事も、マスコミには極力洩《も》れないようにするといってくれたから」

「刑事の名は何といった？」

「駒形。新宿署の刑事課」

「わかった。それで神村は大丈夫なのか」

「信じられないことが起こったという以外は大丈夫。洋祐が死んだというのは、受けいれられる。でも、その死に方には納得できない」

大場は息を吐いた。

「気持はわかる」

「人は誰でも嘘をつく。わたしなんて洋祐に対して嘘のかたまりだった。だから洋祐がわたしに嘘をついていたのだとしても、責める権利なんかない」

不意に言葉がおさえられなくなり、わたしは喋《しゃべ》った。

「だけど納得がいかない。ヤキモチとかじゃない。洋祐が、あんな女とお金を払ってセックスをする筈《はず》がない」

「神村――」

わたしは息を吸いこんだ。喉《のど》の奥がひくひくと震えた。

「決してブスだったわけじゃない。でも若くもないし、立ちんぼうだとしたら、最低ランクの娼婦ということでしょう。そんな女を買う必要はなかったと思う。ソープでもいけばいいのだから」

大場は黙っていた。

「考えていることはわかる。男にはそういうときがあるといいたいんでしょう。酔って女が欲しくなり、目の前に立ちんぼうがいた、だから買ったのかもしれない、と。でも洋祐に限ってそれはない」

「矢口《やぐち》先生と話すか」

矢口は、研究所のカウンセラーだ。処理チームのカウンセリングを三カ月に一度おこなっている。矢口のカウンセリングの結果によってチームから外され、側面支援に回された人間もいた。

「今はまだ、大丈夫」

「では、どうしたい？　しばらく休むか」

わたしは息を吐き、目を閉じた。大場が気をつかってくれているのを感じた。珍しいことだ。ふだんの大場は常に任務を最優先し、冷酷だとすら感じるときがある。

「わからない。考えさせてほしい」

「了解した。とりあえず今回の計画からは外そう」

「練りかけてはいたのだけど」

「急ぐ必要はない」

わたしは黙った。人を殺すのがわたしたちの仕事だ。そんな人間に、身内の死に動揺する権利がある筈がない。

とはいえ、その感情を殺して任務につけばミスを犯す確率が高くなる。

研究所にとって最も犯してはならないミスは、対象者の処理の失敗ではない。捜査機関に逮捕され、研究所の存在が露呈してしまうことだ。

それだけはあってはならない。そんな可能性が生じたら、大場はチームのメンバー全員を抹殺し、自死するだろう。現場を統括する立場の人間として、その覚悟を常にしている筈だ。

上海でわたしは捜査機関に拘束された。社会主義国家であったのを考えると、ひどく危険な状況だったといえる。中国政府は、わたしの自供の有無や内容とは関係なく、いかなる〝事実〟も公表できた。

ふと、それを思った。どういった政治的思惑や駆け引きが背後で働いたのかはいまだに不明だが、わたしは訊問すら受けることなく釈放された。

その幸運の代償が洋祐の死なのか。いや、代償は死ではない。洋祐の嘘だ。

わたしだけを大切にし、それ以外の女に興味はない、とわたしに思わせてきた嘘。

それに気づかされたこと。

嘘はつき通せば、嘘ではなくなる。

真実など、知らなければ、真実の価値がない。

わたしは洋祐に対し、一生嘘をつき通す覚悟をしていた。洋祐も同じ考えでいたのだろうか。

それならそれでかまわない。互いに嘘をつき通し、思いやる夫婦でいられたなら、決して悪い関係ではなかった筈だ。

「神村」

大場の声で我にかえった。

「何？」

「お前はたいていのことでは動じない人間だと、俺にはわかっている。だが、今回のこれは、きつい」

大場は気づいている。わたしが洋祐を、愛してはいなかったかもしれないが信頼していた、と。

「お前が嫌ならしないが、そうでなければ、少し調べてみようか。その相手の女の身《み》許《もと》とかを。もしかすると、長いつきあいだったかもしれん」

「洋祐と？」

「そうだ」

そう仮定すると、奇妙だが少し心が落ちつくのを感じた。結婚する前から交際していた女。だが、

「それが娼婦なの？」

わたしは訊《き》いた。

「ご主人はそうだと知らなかったのかもしれん。現場に女の携帯電話がなかったというのも気になる」

「娼婦だとバレるのが嫌で、わざともっていかなかった？」

「いや、それなら電源を切るなりすればすむだろう」

「じゃあ、何？」

「それを調べたい。警察から情報をひくパイプはある」

「わかった。やってみて」

「ご主人のお父さんに対してはどうする？　こちらから伝えるか」

わたしは息を吸いこんだ。

「わたしからいう」

「もしかすると、お父さんも俺と同じことを考えるかもしれん。ただそうなっても、こちらに降りてくるとは限らんが」

「そうね。とにかく話してみる」

「了解した」

電話を切った。とたんに電話が鳴り、わたしは息を呑《の》んだ。

着信番号は、洋祐の父親の携帯だった。わたしは深呼吸し、応《こた》えた。

「はい」

「神村だ。たった今、連絡をもらった。何が起こったのか、君は知っているか」

落ちついた声だった。感情を抑制しているとも思えない。いつも同じトーンでしか喋らない人だ。

「まだ完全には」

「智には?」

「話していません。亡《な》くなったことも。今夜か、明日には伝えるつもりですが」

一拍の間をおいて、義父はいった。

「話し合っておいたほうがいいな」

「うかがいましょうか」

義父は二年前、四谷のタワーマンションに越した。神楽坂からはすぐだ。

「君は大丈夫なのか」

それは時間的余裕を意味しているのか、精神状態を訊《たず》ねているのか。おそらく前者だ。

「大丈夫です。仕度して、これからうかがいます」

新宿署を訪ねたのと同じ服装で向かった。

二十八階にある義父の部屋は清潔で整頓《せいとん》されていた。広い窓からは上智《じょうち》大学のキャンパスと、その向こうの赤坂御用地が見える。

義父はボタンダウンのチェックのシャツにグレイのスラックスを着けていた。わたしたちが結婚した頃に比べると髪の後退が進んでいるが、頭頂部のややうしろに残った毛にはまだ黒みがあった。

今年七十六になる。身のこなしや喋り方は老いをまるで感じさせない。

コーヒーを用意された。新宿署の喫茶室で飲んだのとは比べものにならない。酒は口にせず、コーヒーと葉巻を好んでいる。

「連絡はどちらから?」

リビングで向かいあうと、わたしは訊ねた。

「霞が関の後輩からだ。君は?」

「今朝五時過ぎに、新宿署の刑事から電話がかかってきました。北新宿のマンションであった火災現場で発見された遺体が、洋祐さんの身分証と携帯電話をもっていた。本人かどうか、確認にきてほしい」

義父は瞬《まばた》きもせず、わたしを見つめていた。年齢とともに瞳《ひとみ》の色が薄くなり、光の加減で灰色に見えるときがある。そのせいで決して鋭くは感じないが、どこか不気味だ。

「で、彼だったのか」

「はい。建材の燃えたガスを吸って意識を失ったとかで、顔はきれいでした」

義父は一瞬、目を閉じた。それが悲しみの表現だと、わたしは気づいた。

「ひとりではなかったそうだね」

「三十代ぐらいの女性といっしょでした。所持品に複数の避妊具があったそうです」

「避妊具が」

義父は目を開いた。わたしは頷《うなず》いた。

「後輩はそのことはいわなかった」

「配慮されたのではありませんか」

義父はテーブルの上から葉巻の入ったアルミチューブをとりあげた。包装をはがし、葉巻の吸い口をカッターで落とす。

「洋祐とは、うまくいっていたのかね」

下を向いたまま訊ねた。

「大切にされていると感じていました。上海に旅行したときも楽しそうで。喧嘩《けんか》もしませんでしたし」

義父は小さく息を吐いた。

「君にあやまらなけりゃならないな。亡くなったのは実に残念だが、そんな死に方をするなんて」

「正直な気持をいえば、信じられません」

義父は目を上げた。

「亡くなったことはもちろんつらいのですが、他の女性、それもプロの女といたなんて」

「確かに、彼らしくない」

義父は顔をそむけ、つぶやいた。

「潔癖なところが強かった。私以上に。娼婦を買うなんて、およそ彼らしくない」

「わたしも同じことを感じました。もしかしたら、以前からつきあっていた女性かもしれません」

「娼婦と？」

「そうと知らずに」

義父は黙った。

「洋祐さんは、帰ってくるのが遅くなったことすらありませんでした。それでいて、わたしが出張したり、帰りが遅くなっても一度も文句をいいませんでした。こんなに優しくて誠実な人はいない、と思ってました」

「私もそういう人間だと思っていた。決して嘘をつかない、まれな人間だと」

「ひきかえ、わたしはずっと嘘をついていました。だからそれを気づかれることが決してあってはならない」

「それは私も同じだ。彼が結婚したいといって君を連れてきたときから、君と私は洋祐に嘘をつき通さなければならなくなった」

「はい」

義父はようやく葉巻をくわえ、火をつけた。濃い煙が一瞬、煙幕のように彼の表情を隠した。

「君が洋祐のプロポーズを何度も断わったというのは聞いていた。相手に愛情がないのなら、無理強いしてはいけない、といったこともある。彼は、ちがう、と答えた。自分のプロポーズに応えないのは、別の理由がある」

わたしは義父を見つめた。

「それは何だといいました？」

「わからない。何なのだと訊いても、いいたくない、と」

わたしは息を吸いこんだ。

「まさか――」

「いや、それはない。洋祐が君のことを知っていたとは思えん。知りようもない。大学で会ったとき、君の過去を彼が調べられた筈がないからね。君が話したのでなければ」

話すわけがない。わたしは無言で首をふった。

「だろうな。話していたら結婚した筈がない、君たちが」

「死ぬまで嘘をつく覚悟でした」

義父は頷いた。葉巻を吹かし、訊ねた。

「結婚してから、話したいと思ったことはあるかね」

「いいえ。智が生まれてからは尚更《なおさら》、話せるわけがありません」

義父は宙を見つめた。

「確かにな。洋祐が私と同じ道を歩んでいたら、いつかは話さなければならなかっただろうが」

「そうだったら、わたしと出会っていません」

義父は目を動かした。

「その通りだ」

短く息を吸い、つづけた。

「母親が早くに亡くなったこともあったが、彼と私は、決して仲のよい親子ではなかった。衝突もした。それが今の仕事に彼を向かわせたのだと思っている。とはいえ、私は、息子を立派な人間だと信じていた。私などよりはるかに」

わたしは答えなかった。

「君も子供がいるからわかるだろう。息子に先立たれるのはつらい。妻に先立たれ、今度は彼だ」

やはり、わたしは義父ほど洋祐を愛してはいなかったのかもしれない。彼に与えられた平穏は何より大切にしていたが。

「洋祐の死に方は、君にとっては残酷で、納得のいかないものかもしれないが、どうか許してやってほしい」

「許すとか許さないとかは、考えてもいません」

なぜなら、その死に方をうけいれていないからだ。

「死んだ者は、死んだ者だと？」

わたしは義父の目を見つめた。

「どんな人であれ、わたしには亡くなったことを悲しむ権利はない、と思っています」

義父の喉仏が動いた。

「では、これは罰かね。私と君への」

「だとしたら、わたしたちが死ぬべきです」

義父は首をふった。

「それでは軽すぎるだろう。自分が死ぬより、大切な者が死ぬほうがつらいときもある。特に私のような年になると」

わたしは目をそむけ、いった。

「今考えなければならないのは、智のことです」

「その通りだ。あんなに小さいのに、父親を亡くすのはショックだろう。私にできることは何でもしよう。必要なら、ここで預かる」

智は、義父と仲がいい。幼稚園の頃は、「じいじといっしょに住みたい」といっていた。

「お願いするときがあるかもしれません」

「君は――」

いいかけ、義父は一拍おいた。

「つづけるのだな」

「他にできることがありませんから」

苦しげな表情になった。

「私と君の秘密は、つづくわけだ」

「それは、今わたしが仕事をやめてもかわらないと思います」

深い息を吐き、義父は頷いた。

「そうだな」

4

家に帰り、夕食の仕度をした。まだ早いとわかっていたが、何かをしていたかった。

携帯電話が鳴った。知らない番号だ。

「はい」

「神村さんですね。駒形です」

「どうも」

「解剖は、しないことになりました。明日以降、ご遺体をお返しできます」

「わかりました」

　駒形は間をおいた。

「今、東亜大学にいるのですが、先ほど小林さんとお会いしてきました。驚かれていました。ご主人は昨夜九時過ぎに、ゼミの学生さんを送って帰られたそうです」

「学生？」

「高松恵理《たかまつえり》さんという方です。ご存じですか」

「いえ」

「小林先生の話だと、具合が悪そうだったので、心配したご主人がタクシーで送っていかれたそうです。高田馬場で飲んでいて」

「高松さんの住居はどこですか」

「百人町です」

　高田馬場からなら、神楽坂への通り道といえなくもない。駒形はつづけた。

「今から高松さんにお話をうかがおうと思っていますが、授業中なので、電話をしました」

学生の高松恵理と送っていった洋祐のあいだで何かあったというのなら、まだ理解できる。

「百人町と北新宿は、そう離れていません。ご主人は高松さんを送ったあと、現場のマンションにいったものと思われます」

「どこで彼女と会ったのでしょうか」

「それが問題です。あの女性なり、所属している店なりに連絡をして、北新宿のマンションに向かったとすれば、携帯電話に発信記録が残っていてよい筈《はず》なのですが、その履歴はありませんでした。考えられるのはやはり街頭で声をかけたという可能性ですが、百人町で見つけたとは思いづらい。一度歌舞伎町方面に向かったのではないでしょうか」

よほど女が欲しかったのだろうか。

洋祐の性欲を強いと感じたことはなかった。智が生まれてからは、月に二度くらいになっていた。それ以前でも、週に一度、多くて二度だ。

「明日、署のほうにもう一度おいでいただけますか」

わたしが黙っていると、駒形は訊《たず》ねた。

「ご遺体はそのときお返しできます。署には出入りの葬儀社がありますので、手続きなどを任せられます」

「わかりました」

　では、といって駒形は電話を切った。

　解剖がおこなわれないというからには、警察は二人が火災で死んだと断定したのだ。火災に見せかけて殺された疑いがあるなら解剖した筈だ。

　そう考え、わたしは馬鹿馬鹿《ばかばか》しくなった。

　誰に洋祐を殺す理由があるというのだ。同級生からも変人扱いされるくらい真面目《まじめ》で、学問と家族を大切にしていた人間を。

　だがこれが殺人でないなら、洋祐には、わたしに見せないもうひとつの人格があったことになる。

　洋祐が習慣的に娼婦《しょうふ》と情事をもっていたとしよう。

　それの何が問題なのだ。

　他の女との性行為を咎《とが》める気持が、わたしにあっただろうか。

　ない。洋祐に対し、嫉妬《しっと》の感情をもったことはなかった。彼が、若くきれいな女子学生とうつった写真を見たときも、興味はもちろん、気持の変化すら起きなかった。

　洋祐も同じだった。わたしの職場や友人関係について、詳しく訊ねられた記憶はない。

任務で外泊したときも、誰といきどこに泊まったかすら訊《き》かなかった。洋祐が関心を抱いたのは、共にいるときのわたしに対してだけだ。他の場所、他の人といるわたしには、まるで興味を示さなかった。

だからこそわたしの過去を知ろうとしなかった。

ありふれた家で生まれ育ち、交通事故で親きょうだいをなくした、とわたしは話していた。それが日本のどこで、いくつのときなのかすら、洋祐は訊かなかった。

――じゃあ、君はひとりなのか

――寂しいと思ったことはない？

そんな質問くらいだ。

寂しいと思ったことはない、ずっとそうだから慣れている、とわたしは答えた。

研究所が準備した、佐々木奈々という人間は千葉県市川市の生まれで、十六歳のときに両親と妹を事故で失ったことになっていた。

洋祐が、彼と出会う以前のわたしの人生について深く知ろうとする人間だったら、結婚をしなかっただろう。

たびかさなるプロポーズにわたしが応《こた》えたのはなぜだったのか。

今となってはわからない。平穏な生活など決して許されない筈だと考えていた自分に、それを与えてやろうという人が現われた。

許されないのだから受けとってはならないと、断わった。なのにその人は受けとるまではあきらめない、といった。

義父の言葉が重たく沈んでいる。

――彼は、ちがう、と答えた。自分のプロポーズに応えないのは、別の理由がある
洋祐は、わたしの何を知っていたのだ。

何も知らなかった筈だ。彼がわたしの本当の素姓と仕事を知っていたら、求婚するわけがない。過去に人を殺し、これからも職業として人殺しをする女と、同じ屋根の下で暮らすことなど、誰が望むものか。

わたしは根負けしたのだ。

洋祐を嫌いではなかった。生理的に受けいれられない人間、というのは、ある年齢に達して以降、わたしにはいなかった。

なぜなら決して受けいれられない人間が自分の身近にいて、その状況を避けられないとわかると、排除したから。

十六のときだ。二度めの殺人だ。直後に高校を辞め、わたしは年齢を偽って働きだした。

社会にでてからは、殺したくなる人間と出会ってはいなかった。そうなりそうな人間がいるときは、職場をかわった。

大場は、そういうわたしの人生をずっと追跡していた、と初めて会ったときに告げて、わたしを驚かせた。

結婚生活がこれほどつづくとは、当初、思ってもみなかった。根負けし、夫婦になったものの、いずれ破綻《はたん》が訪れると、予感していた。

それを変えたのは、智だ。

わたしたちは、子作りに熱心だったわけではない。過去、一度として避妊しなかったにもかかわらず、妊娠の経験がなかったわたしは、漠然と自分には子供ができないだろうと考えていた。それもまた、平穏な生活と同じで、許されないと思っていたことだ。

が、妊娠したとき、生むのにためらいを感じなかった。

洋祐がいれば大丈夫だ。

わたしの人生は歪《いびつ》で、唐突に終わるのを避けられない。が、たとえそうなっても洋祐がいる限り、智の未来に不安を抱かずにすむ。

わたしより先に洋祐が死ぬとは、まるで考えていなかった。

年齢が十離れているふつうの夫婦なら、夫が先に死ぬと誰もが考えるだろう。洋祐もそう思っていて、そのことを口にするときもあった。わたしは話を合わせながら、そうではないと心の中でつぶやいていた。

平穏な生活も、子をもつ幸福も、許されないと思っていたのに、手に入った。ならば静かに年をとっていくことこそ決して許されないだろう。

まさにこれが罰なのか。義父がいったように、自分ではなく、大切な者が死ぬ。洋祐を失い、わたしは智の未来に対し、無責任な希望を抱けなくなった。

人を殺しながら、ひとりで智を育てていくことが、わたしにできるだろうか。

いや、それ以前に、洋祐がわたしについて何を知り、自分について何を隠していたのかをつきとめない限り、わたしは人生のつづきに戻れない。

はっきりと悟った。

わたしは人の死、それも自然ではない死を、詳しく知っている。そのわたしが、洋祐の死を、自然ではないと感じている。なぜなのか、理由をつきとめたい。

智が帰ってきた。

「すわって」

わたしはダイニングテーブルで智と向かいあった。

「何？」

両足をぶらつかせ、無邪気に訊ねる智に、痛いほどの愛《いと》しさと憐《あわ》れみを感じた。

「何だよ」

わたしが見つめていると、眉根《まゆね》を寄せた。わたしは静かに息を吸い、決めていた言葉を押しだした。

「パパが亡《な》くなった」

「え？」

亡くなったという言葉の意味がわからなかったのか、智は訊き返した。

「パパが、死んだの」

「嘘《うそ》」

智は笑いかけ、すぐに表情をこわばらせた。

「嘘じゃない。警察から電話があって、きのうの夜、火事に巻きこまれて死んだ、と」

「えっ、だってパパはきのう帰ってきたのじゃないの。遅くに帰ってきて、すぐ大学にいったっていってたじゃない」

「嘘をついた。今朝、あなたが起きたときには、ママは警察でパパの死体を見てきたあとだった」

智は激しく瞬《まばた》きした。

「なんで。なんでそんな嘘をついたの」

「ごめんなさい。ママもどうしていいかわからなかった。とりあえずあなたを学校にいかせて、どうするか、考えたかった」

「嘘だ。ないって、そんなの」

智の目に涙がふくれあがり、溢《あふ》れだした。

「ごめんね。本当なの。パパはいなくなってしまった」

智は首をふり、弾みでぽたぽたと涙がテーブルに落ちた。

「ちがうって。そんなの、ちがうって」

わたしは無言だった。やがて智は声をあげて泣きだした。

椅子《いす》から立ちあがり、智のかたわらにいった。智はすわったままわたしの腰を抱き、顔を押しあてて泣きじゃくった。

やがてくぐもった声でいった。

「パパに会う。パパはどこにいるの」

「まだ帰ってこない。明日、会える」

「早く会いたい」

「待っててあげて」

智はまた泣き声をあげた。

泣かせるしかない、と思った。わたしにはできない号泣を、この子はする権利がある。

不意に智の腕から力が抜けた。見ると顔が蒼白《そうはく》になり、がちがちと歯を鳴らしている。

「寒い」

「布団《ふとん》に入りなさい」

智を立たせ、勉強部屋に連れていった。ベッドに寝かせ、その横にすわった。額をなでてやる。智はしゃくりあげ、わたしの腕にすがった。

「ママ、ママ」

右腕にすがらせ、左手でまたなでた。

三十分ほどそうしているうちに、智は眠ってしまった。心の防御本能が働いたのだ。肉体と同様、心も傷手《いたで》を負うと、眠りに逃げこむ。睡眠は、痛みから遠ざかる最も有効な手段だ。

智に腕を抱えられたまま、わたしは動かなかった。足が痺《しび》れ、肩がこわばってきても、身じろぎひとつしなかった。勉強部屋のカーテンは開いていて西陽がさしこんでいたが、それが暗闇《くらやみ》にかわるまで、同じ姿勢をつづけた。

智が寝返りを打ち、わたしの腕を離した。

わたしは左手で体を支えながら立ちあがった。添い寝してやりたい気持が強くあったが、それは今でなくともいい。この瞬間、傷ついた智の心は、回復するべく休息をとっている。邪魔をしてはならない。

自分の力で回復できるときは、手をさしのべる必要はない。

勉強部屋の扉を開けたまま、ダイニングに戻った。携帯電話にメールの受信を示す表示が点《とも》っている。

大場からだった。

「新宿署の駒形について調べた。本庁捜一にいたが問題を起こし、飛ばされてきたとわかった。要注意人物かもしれない」

メールを削除した。駒形がどんな問題を起こしたかなど、今はどうでもいい。わたしに接する態度を見る限り、凡庸な刑事にしか思えない。

七時過ぎ、電話が鳴った。義父だった。

「智には？」

「話しました。泣いて、今は寝ています」

義父は息を吐いた。

「かわいそうに」

義父もわたしと同様、洋祐より智を思っている。

「さっき、新宿署の刑事から電話がありました」

「こちらにも後輩から連絡があった。明日、遺体を返してくれるらしいな。解剖、されなくてよかった。あれは痛々しい姿になる」

「はい」

「署に出入りの葬儀社に任せるのが一番だろう。そこに連れて帰っても、どうしようもない」

「そのつもりです」

「智を署に連れていくのかね」

「いえ。その間見ていていただけると助かるのですが」

「わかった。明日九時にそちらにいく」

「ありがとうございます」

電話を切った。母子どうしで、智と幼稚園のときから仲のよい、笠原京介《かさはらきょうすけ》という同級生がいる。母親の笠原みさきはおっとりとした専業主婦で、何度か遊園地にでかけたり、互いの家で食事をした。家も近い。

笠原家にかけた。

「はいはい、笠原でーす」

明るいみさきの声が応えた。

「夕ごはんどきにごめんなさい。神村です」

「あっ、智ママ？　どうしたの」

智ママ、京介ママと互いを呼びあっている。

その呼び名は、神村奈々よりわたしにはしっくりくる。

「実は、パパが亡くなったの」

「嘘っ」

京介ママは絶句した。

「きのうの夜、火事に巻きこまれて」

「そんな。ニュースでもやってなかったのに。どこで?!」

「新宿のほう。学生たちとの飲み会のあと、いったお店で」

「嘘でしょう。嫌だ。智クン、大丈夫?」

「さっきまで泣いてたけど、今は寝ている」

「何すればいい? ねえ、いって。何したらいいの?」

「明日はとりあえず学校を休ませるんで」

「そうよね。わかった。担任は岡本《おかもと》先生だよね、こっちからいっておく」

「お願いします。葬儀とかはまだ決まらないんで、決まったら知らせますね」

「もちろんよ。もしあれだったら、うちで智クン預かってもいいし」

「今は大丈夫。明日、じいじもきてくれるし、わたしの会社の人も手助けしてくれると思うので」

「そう？　いつでも何でもいってね。それで智ママは大丈夫なの？」

京介ママは涙声になっていた。

「ええ。今は気が張っているから」

「嫌だあ。でもそんなことって、あるの」

京介ママは泣いていた。洋祐とも何度か会っている。彼女の夫は、大手自動車メーカーの社員だ。

「わたしもまだ信じられないんです。だから悲しいというより、あっけにとられている感じで……」

「そうだよね。そんなの、思わないものね」

しばらく京介ママと話し、智の学校関係などへの伝達を改めて頼んで、電話を切った。これで洋祐が不慮の事故で亡くなったという情報は、智の周囲に伝わる。

ふと気づくと、智がリビングの前に立っていた。

「ママ」

「お腹《なか》すいた？」

智は首をふった。

「でも喉《のど》渇いた」

わたしは冷蔵庫からダイエットコークのペットボトルをだし、グラスに注いだ。

「ゴーヤチャンプルー作ってあるよ」

洋祐の好物だった。

智は顔を歪《ゆが》めた。涙の跡が頬にくっきりと残っている。

「パパ、好きだったね」

「食べる？」

「少し」

智は頷《うなず》いた。

手早く仕度した。

「ごはん食べたら、また寝なさい。明日は学校休んでいいから。じいじがきてくれるし」

「わかった」

力のない声で智は答えた。いつもほどではないにせよ、それなりに食べたのでわたしはほっとした。

「寝られなかったら呼びなさい。またそばにいてあげる」

「ママは、大丈夫？」

わたしは無言で笑い、智を抱きしめた。この子のためだったら、何も惜しくない。

「あなたがいてくれるから、大丈夫」

智はまた少し泣いた。

泣くことによって疲れ、疲れをとるために眠り、そうして傷を癒《いや》していく。

智はそういう状態にあるのだ、とわたしは自分にいい聞かせた。

智が部屋に戻ると、わたしは寝室から自分の上掛け布団をもってきて、智のベッドのかたわらにおいた。

今夜は智の横で寝る。

5

九時きっかりに義父はやってきた。普段着でスーツケースを手にしている。喪服を持参したようだ。

智は無言で義父に抱きついた。義父はその背中をさすって、

「偉かったな」

とささやいた。

わたしは黒のパンツスーツを着け、髪をバレッタでまとめた。

「新宿署にいってきます」

義父は頷《うなず》いた。

「葬儀社が遺体を運んでくれる筈《はず》だ。安置場所が決まったら連絡をくれ。智を連れていく」

「お願いします。智に着せる服は、子供部屋のベッドの上にだしてあります」

「任せなさい」

タクシーに乗りこむと、駒形の携帯にかけた。

「これからそちらにうかがいます」

「わかりました。ご遺体はどうされますか」

「そちらにいらっしゃる葬儀社にお任せしたいのですが」

「承知しました。話をしておきます。それで、葬儀社との打ち合わせの前に、少々うかがいたいことがあるのですが、よろしいですか」

「はい」

「では、お待ちしています」

言葉通り、駒形は受付の前に立っていた。わたしたちは再び喫茶室に入った。向かいあうとすぐに、駒形がいった。

「ご主人のお父さんは、大変な方だったんですな」

わたしは無言で駒形を見た。

「元内閣危機管理監ですか。我々にとっては、雲の上の、そのまた上にいた方だ」

「そうなんですか」

「ええ。若い頃は、新宿署の副署長をつとめられたこともあったそうです。署長があとで奥さんにお悔やみをいいたいといっています」

わたしは小さく頷いた。

「主人はあまり父親のことを話してくれなかったので」

「そうですか。警察官僚の息子さんが大学教授ですから、世界がちがいすぎたのかもしれませんな。ご主人のお父さんは、もちろんご存じですね」

「ええ。今、息子といっしょにいてくれています」

「奥さんのご両親は？」

「おりません。わたしが高校一年のときに家族が全員交通事故で亡《な》くなって」

駒形はわずかに目をみひらいた。そうしても、煙ったような視線はかわらない。顔立ちは整っているが、顔色が悪い。目の下に濃い隈《くま》があった。

「それではなおさら寂しくなってしまいましたね」

「あの、大学のほうで何かわかりましたか」

「ああ」

思いだしたように駒形は頷いた。

「ご主人が送っていかれた高松さんという女子学生の方とお会いしました。もともとお酒に強くない上に生理だったとかで気分が悪くなり、居酒屋で倒れてしまったのだそうです。それで一次会のあと、ご主人が送って帰られることになった。実際、タクシーでマンションまで送られたようです」

「そのあとは？」

「タクシー会社をあたったのですがね。今のところ、高田馬場からふたりを乗せたという運転手は見つかっていません。高松さんの話によれば、ご主人は心配して、一旦《いったん》タクシーを降り、彼女を部屋の前まで連れていった。五階建てでエレベータのないマンションなのだそうです。ですから高松さんが部屋に入ったあと、ご主人がどうされたのかはわかっていません」

「やはり歌舞伎町に向かったのでしょうか」

「街頭防犯カメラの映像もチェックしたのですが、該当する時間帯にご主人らしき方は映っていませんでした」

わたしは顔をあげた。

「そこまで調べたのですか」

「決してご主人の素行を暴《あば》こうとか、そういうつもりではないんです。ただ、商売柄、不確かなことがあると気持悪いもので」

「気持悪い？」

駒形はわたしから視線を外した。

「奥さんは、ご主人とはとても仲がよかったとおっしゃる。大学でも、穏やかで優しい方だったという話ばかりだ。もちろんそういう方でも、男ですからふと誘惑にかられるときはあるでしょう。しかしなぜ、あの女性だったのか」

「身許《みもと》はわかりました？」

駒形は首をふった。

「それがまだです。女性の写真を、交番や生安の、そういうのを取締っている連中に見せても、見覚えがないというんですよ。きのう今日、商売を始めたのなら、ああいうモグリの部屋は使わない筈なのですがね」

「知り合いがいたとか」

「そのあたりしかないとは思ってます。新人だけど、商売女の仲間がいて、あの部屋を教えてもらったのじゃないかと、何人かそういう連中にもあたったんですが、知らない、知らない、ばっかりで。まあかかわりたくないのもあるのでしょうがね」

「じゃあずっと、あの女性はここに？」

「置いておくしかないですな、しばらくは」

「この先も身許がわからなかったら？」

「いずれ茶毘《だび》に付して無縁仏になります」

駒形はわたしに目を戻した。

「気になりますか」

「携帯電話ももっていなかったのでしょう」

「そういう女ですから、支払いに困って止められていた可能性もあります。つながらない携帯をもっていてもしょうがないんで、家に置いてきたとか」

「そんな仕事をしている女性が、止められるまで料金を払わないことなんてあるのでしょうか」

「確かに。よほど滞納したのでない限り、ひとりお客さんを拾えば、料金を払えたでしょうから」

わたしは黙った。

「ご主人に関しては、本当に巻き添えのようなものです。お立場やもろもろを考えて、解剖はしない、ということになりました」

もろもろとは、義父のことだろう。が、駒形のその口調には、納得していないような響きがあった。

駒形はわたしを見つめている。責めているような目ではないものの、何かを待っている、と感じた。

やがて小さく息を吐き、駒形はいった。

「実は私は、解剖してもらいたいといったのです」

「なぜです」

「こんなことを亡くなられた被害者の奥さんに申しあげるべきではないかもしれませんが、どこかが不自然な気がするんです」

「どこがです」

駒形は苦笑ともとれる表情を浮かべた。

「奥さんは、そう思われませんか」

「わかりません。人はときには思いもよらないことをします。わたしの知っている主人とは、まったく別の人間が、あの人の中にいたのかもしれません」

「それにしてはすごく落ちついていらっしゃいますね」

「泣いたりわめいたりしても、かわらないものはかわりません。それにいっしょにいた女の人のことが何もわからないのでは、どうしようもありません」

駒形の目の中で何かが反応し、わたしは気がついた。この刑事が洋祐の死を不自然だと考える理由には、わたしも含まれている。

わたしは息を吸い、駒形の目を見すえた。

「何か、疑っていらっしゃるのですか」

「疑わしいと感じてはいます。しかしそれを裏づける理由がない。ご主人が誰かに恨まれていたとか、ご主人が亡くなって何か得をする人間がいるという情報がまったくないからです。失礼ないいかたですが」

「おっしゃる通りです。主人は誰からも恨まれていなかったでしょうし、主人が亡くなって得する人間はいません」

「奥さんの目から見ても？」

わたしは頷いた。駒形はのぞきこむように見つめ、わたしはそれをはねかえすように見返した。

やがて駒形は目をそらした。

「わかりました。ご遺体をお返しします」

署長のお悔やみをうけたあと、葬儀社の人間と相談し、洋祐を葬儀社が運営する四谷の斎場に運んでもらうことになった。智に会わせる前に湯灌《ゆかん》をし、きれいにするという。

葬儀の日程もその場で決めた。明日が通夜《つや》、明後日が告別式で、火葬場とのスケジュールがつけば骨揚げのあと、斎場に戻って初七日もおこなう。

洋祐を乗せたワゴン車で新宿署をでると、わたしは義父に電話をかけた。

「わかった。では午後一時くらいに斎場に向かう。それまでにきれいにしておいてくれるのだな」

「はい。これから斎場で、葬儀の段取りなどを打ち合わせます」

「費用のことは心配しないでいい」

「ありがとうございます」

「君の会社の人間にも知らせておきなさい」

「わかりました」

電話を切るとすぐに大場にかけた。状況を説明すると、大場はいった。

「了解した。私もそちらに向かう」

「義理の父が智を連れてくることになってる」

「そうか」

斎場に着くと、洋祐は係員に運ばれていった。湯灌のあいだに、わたしは係員と葬儀の打ち合わせをした。棺桶《かんおけ》の材質、祭壇の大きさ、使う花の種類。神村家の菩提寺《ぼだいじ》については義父に訊《き》いてもらうことにした。

おおむねの打ち合わせが終わった頃、喪服を着けた義父と智が到着した。

「パパは？」

こちらです、と係員が別室に案内した。すでに棺におさめられ、顔だけをのぞかせた洋祐がいた。

智がパパぁ、と呼びかけた。義父は静かなため息を吐《つ》いた。

顔のススはきれいにぬぐわれ、髪もなでつけられていた。元の髪形を知らない係員がやったのでオールバックになっていて、そこだけ違和感がある。

「思ったよりきれいな顔をしている」

義父がつぶやき、洋祐の額に手の甲をあてた。

「苦しまなかったようだな」

わたしは無言で頷いた。焼死体は、熱で筋肉や皮膚が収縮し目や口を大きく開けていることが多い。その点では一酸化炭素を含んだ有毒ガスが死因になったのは、まだ幸いだった。

智は洋祐の頰《ほお》に触れ、

「冷たい」

とつぶやいた。涙をためた目でわたしをふりかえった。

「なんでパパ、こんなに冷たいの」

「人があたたかいのは生きているからなの。死んじゃうと、あなたもママも、こういう風に冷たくなってしまう」

「でも冷たすぎるよ。パパ、風邪ひいちゃう」

「大丈夫」

扉がノックされ、係員が大場を案内してきた。喪服姿だ。

「失礼します」

大場がわたしたちに一礼した。

「同じ会社の大場さんです」

智の存在も意識し、わたしは告げた。

「結婚式でお会いしましたね」

義父はいった。

「はい。神村奈々さんにはお世話になっています。このたびはとんだことで、心からお悔やみを申しあげます。当社でお役に立てることなら、何なりとおっしゃって下さい」

「ありがとうございます。なにぶん急なことだったので、いろいろとお世話になるかもしれません。私はもうリタイアした身ですから」

そらぞらしい言葉のやりとりだった。研究所の構想をたて、設立したひとりが義父だ。

たぶん委員会にもいまだ属している。

大場はわたしに向きなおった。智が大場を見ている。

智を手もとに引きよせ、わたしはささやいた。

「ママの会社の人。大場さん」

「こんにちは」

智は硬い声でいった。大場は頷き、

「ボク、大変だったね」

智はさらに表情を硬くした。ボクと呼ばれるのが嫌いなのだ。子供のいない大場はそれに気づかないだろう。

「いろいろとお疲れさま」

大場は智から視線を外すといった。

「葬儀の日取りとかは決まった？」

「はい」

わたしは日程を説明した。

「そうか。うちからは、私と瀬戸さん、あとは栃崎がくる」

「充分です」

研究所の人間にわたしのプライバシーを知られたくない。

携帯電話が鳴った。知らない番号だった。

「失礼します」

断わって、耳にあてた。

「神村さんですか」

男の声がいった。

「はい」

「私、東亜大学の准《じゅん》教授で小林と申します。こんな大変なときに電話をして申しわけありません。このたびは何と申しあげたらよいか」

男は淀《よど》みのない口調だった。

「小林先生ですか。主人がお世話になっておりました」

「今、警察署のほうに電話をしたら、ご遺体をひきとられたということだったので、担当の刑事さんにこの電話番号をうかがって、かけさせていただきました」

「お気づかいありがとうございます」

小林は、葬儀の日程と手伝いについて知りたくて、かけたのだといった。葬儀には大学の関係者が多く参列するだろうから、受付に職員をおいたほうがいいという。

「ありがとうございます。お言葉に甘えます」

「では明日、何人かを連れて早めに斎場のほうにうかがいます」

大場がわたしに目配せした。それに気づいた義父が智を呼んだ。

わたしと大場は洋祐のかたわらで向かいあった。

「しばらくは休め。落ちついたら先のことを考えよう」

「仕事には復帰する」

「しかし」

大場は智を見た。

「いろいろと考えなくてはならないけど。お義父《とう》さんにもそういった」

大場は目をみひらいた。

「気になっていることもあるし」

わたしがいうと、

「それは改めて話そう」

大場は早口になった。

斎場には保冷庫があり、洋祐は今夜、明晩とそこで保管される。遺族が寝泊まりする施設はないので、夜は自宅に戻ってもらうことになる、と係員が説明した。

「死亡診断書にかわる死体検案書は、新宿署でちょうだいしておりますので、私共のほうで死亡届の提出と火葬許可の申請をやっておきます」

「よろしく頼みます」

義父は頭を下げた。そして智の手を握った。

「ママは会社の人とお話があるから、じいじと先に家に帰ろう」

「いや、それは急がなくても」

大場がいいかけると義父は首をふった。

「仕事のことは大事です。こんなときでも、蔑《ないがし》ろにしたら、洋祐は喜ばんでしょう」

大場とわたしを見比べた。大場は顔をこわばらせ、頭を下げた。

義父と智がでていくと、洋祐の棺はストレッチャーに移され、運ばれていった。それを見届け、わたしは大場と斎場をでた。

大場は研究所のワゴン車できていた。

「車の中で話そう。送っていく」

わたしは頷き、助手席に乗った。

「いっしょにいた女の身許はまだわからないようだな。指紋も該当する記録がないらしい」

エンジンをかけ、大場はいった。

「担当の刑事も疑っている」

「何を？」

「さあ。わたしのことも怪しんでいるみたい」

「なぜだ」

「動転しなかったから、かな」

首をふり、大場は鼻を鳴らした。

「かなり疑り深い男らしい。捜一のときに重参にマークした男につきまとい、問題になった。それで所轄《しょかつ》にとばされたようだ」

「じゃあわたしにもつきまとうのかしら」

「そんなことはさせない」

小さいが決意のこもった声で大場はいい、ハンドルを切った。

「わたしもおかしいと思っている」

「気持はわかる。直接知っていたわけではないが、ご主人がこういうことに巻きこまれるような人だとは思えない」

「刑事はわたしたちの夫婦仲がよかったかって、最初に訊いた。そういう意味では決して悪くなかった」

大場は黙った。結婚する何年も前、大学に入ってすぐの頃、わたしは大場と何度か寝たことがある。それは愛情にはつながらず、チームワークの礎《いしずえ》になった。大場以外の研究所員と、そういう関係になったことはない。

「神村のそういう勘を、俺は信じる。だが、身内のことだ」

「プロじゃなかったら？」

わたしはいった。一瞬、大場は意味がわからなかったようだ。

「いっしょにいた女。携帯電話がなくて、コンドームだけを複数もっていた。まるでプロに見せかけたみたい。身許がわからないのも、本当はそういう女じゃなかったからだとしたら」

「何のために、そんな手のこんだことをする？　ご主人はそれほど誰かに恨まれていたのか」

「それはない」

「ご主人が亡くなって、誰かに遺産がころがりこむとか」

「義父《ちち》が生きているのだからそれもない。それに――」

「わかっている。天下りしなかった警察官僚が財を成せるわけがない」

内閣危機管理監を退いたあと、義父は一切の職に就いていない、と大場はいった。

講演の類《たぐい》も断わっているらしい。

「もしいまだにしている仕事があるとすれば、研究所にかかわるものだけだろう」

「委員会のメンバーなのでしょう」

「どういう人間が入るかは聞いたことがあるが、誰がやっているかは、所長もいわない」

義父への恨み。ふと思った。義父に憎しみを抱いている人間が洋祐を殺したのではないか。本人を殺すより、苦しみを与えられると考えて。

しかし、そうであるなら、火災に見せかけたり、女を道連れにする必要はない。

わたしはその考えをすぐに捨てた。交通事故でも強盗でも、いくらでもやりようはある。

「オッカムの剃刀《かみそり》ね」

「何？」

「主人から聞いたことがある。複雑に理由をつけようとしても、物ごとはほとんど単純な理屈で動いている」

「それを、オッカムの剃刀というのか」

「そう。宇宙人が何かをしたと考えるより、人間が悪戯《いたずら》をしたと疑うべきで、たいていはそれが正しい」

「じゃあ、ご主人の死に、疑わしいことはない、と？」

わたしは首をふった。

「ふつうの人間ならそう考えるでしょう。でもわたしはふつうの人間じゃない。わたしの単純な理屈で考えれば、洋祐は殺されたとしか思えない」

「動機は？」

「洋祐じゃない、としたら？」

大場はわたしを見つめた。

「それは、つまり——」

「ああいう事故に見せかけるには相方《あいかた》が必要。対象者が女なら、男は誰でもよかった」

「まさか」

「洋祐は巻きこまれただけかもしれない」

6

通夜《つや》、告別式と、滞りなくすんだ。洋祐は仕事をするために入ったホテルで火災に巻きこまれて死んだことにした。火事そのものはボヤだったが、建材からでた有毒ガスを吸ったのが死因になった、論文を書いたり、複雑な計算をするとき、集中できるからと、たまにホテルを使っていた、とわたしは参列者に説明した。

火事のことがニュースにならなかったのを怪しむ声はあがらなかった。

駒形は、通夜、告別式ともに現われた。刑事は通常二人組だと聞いていたが、ひとりだった。

だがあれこれ訊《き》いて回るようなことはせず、静かに参列者を観察していた。

骨揚げが終わり、斎場で初七日の法要をおこなった。

神村家の菩提寺《ぼだいじ》は、三鷹《みたか》にある真言宗の寺だった。七十過ぎの僧侶《そうりょ》は塩辛い声で経を唱えると、予定があるとかで精進落としには加わらずに帰った。

小林はその場に残っていた。四十になったばかりで、大学のスキー部の顧問をしているという。長身をずっと丸めていた。

「本当に温厚な方でした。いずれ学部長になられるのはまちがいないと思っていたのに」

目を赤くしている。

洋祐が送っていった、高松という女子学生も葬儀に参列した。線の細い、いかにも体の弱そうな娘だった。ゼミの学生を含め、百人近くの大学関係者が、斎場に足を運んでいた。

「奥さんが教え子だというのを、一度だけゼミでおっしゃられたことがあって、女子学生が、『うわー、うらやましい』と騒いでいました。人気があったんです」

わたしは微笑《ほほえ》んだ。

「僕はびっくりしました。神村先生が教え子と結婚されたとは知りませんでしたから。学生と恋愛するなんて、まるで先生のイメージではなかったので」

「わたしも正直とまどいました。まさか求婚されるとは思わなくて」

「よほど奥さんのことが好きだったんですね」

「ずっと大切にしてくれていました」

小林は息を吐いた。

「先生が仕事にホテルを使われていたというのも初耳でした」

「ごくたまに、です。あの日も、遅くなる、場合によっては帰らないという連絡をもらっていました。そう、小林先生にはいってませんでしたか」

「いいえ。飲み会はだいたい一次会で帰られるのがふつうでした。僕は酒が好きなんで、飲める学生と終電まで飲む、というのがパターンですが。たぶんそんなときに先生は、ホテルにいかれていたのかな」

「そうです。遅くに帰って、わたしや息子を起こしたくない、とよくいっていました」

小林は小さく首をふった。

「確かにそういう方でした。誰かに怒ったりとか、声を荒らげたのを見たことがありません。いつも静かに笑っておられて。正直、途方に暮れています。神村先生がいなくなって、どうすればいいか」

いってから、顔を伏せた。

「すみません。僕なんかより、ご家族のほうがよほどつらいのに」

「いいえ。そこまで思っていただいて、主人のかわりにお礼を申しあげます。お話をうかがっていると、大学でも家でも、まったくかわらない人だったのだな、と思います」

小林は強く頷《うなず》いた。

「たぶんそうだと思います。昔からそういう方だったんでしょう？」

目が義父を見ていた。

「そうですな。早くに母親を亡《な》くしたので、ひとりでいる時間が長かった。私も仕事で家を空けることが多く、あまりかまってやれませんでした。偏屈な人間に育ってしまいはしないかと心配したときもありました。ですが奈々さんと結婚してからは、家族を何よりも大切にしておったようです」

疲れたのか、智は義父によりかかるようにして眠っている。

小林がわたしに秘密にしているようなことはなさそうだ、と感じた。大学の同僚として、洋祐が男同士の打ち明け話をしていたのではと疑っていたが、小林の口ぶりからはまるでうかがえない。

「息子が小林先生に何か相談をもちかけるとか、そういうことはありませんでしたか」

義父が訊《たず》ねた。小林はすぐに首をふった。

「相談するのは、いつも僕ばかりでした。先生はいつも冷静で、悩みなどなかったと思います。先生は、嫌なことや考えてもしかたがないことには無駄な時間を使いたくない、という考え方をしているように見えました」

義父は頷いた。

「確かにそういうところはありました。ですから人から冷たいと思われていたかもしれません」

「とんでもない。神村先生は感情的にならないだけで、冷たいとは誰にも思われていませんでした」

義父はわたしを見やった。

「よかったね、奈々さん」

「はい」

わたしはうつむいた。この二日間、涙を流すことは一度もなかったが、喪失感は確実に大きくなっていた。

「奥さんが落ちついていらっしゃるのを見て、いかにも神村先生が選ばれた方だと感じました」

「落ちついているなんて、そんな」

「本当です。先生といても、思いがけないこととか、何かびっくりするようなことなんて、まったくなかったんです。そういう意味で先生は、まさに統計学そのものでした。なのに、つまらない人ではまったくなかった。統計学って、そうじゃないですか。知らない人からすると、何でも数値化して、あたたかみがまるでない学問のように思われがちだけど、分析によって、ものごとの実体がすごくわかりやすい形になって浮かびあがってくる。でもそうなるまでは、理由をあれこれ考えたり、根拠のない推量はしない。常にニュートラルで先入観なく、データに接する態度が望まれるわけです。だから先生を驚かせてみたいという学生はたくさんいました。でも、何があっても、あるいは何をいっても、神村先生は驚かないだろう、『おもしろいね。根拠は何だい？』と訊かれるだけで、と」

まさにその通りだ、とわたしは思った。動揺したり、顔色をかえるのを、見たことはなかった。

だがそんな洋祐でも、わたしの仕事を知ったら、さすがに驚いた筈《はず》だ。決して知らせることはないだろうし、その機会は完全に失われてしまったが。

「たぶん、今回の火事で亡くなったことが、あの人にとって一番の驚きなのではないかと思います。さすがのあの人も、まさかこんなことになるとは思ってもいなかったでしょうから」

小林は深々と頷いた。

娼婦《しょうふ》を買い、いかがわしいホテルを使うのが洋祐の〝習慣〟であったなら、驚いてはいないだろう。火災に巻きこまれるのも、低い可能性ではあるが予想の範囲内だ。

あなたは驚いた？

わたしは部屋の正面におかれた、洋祐の写真を見つめた。大学の教壇に立っている姿をひきのばしたものだ。淡い笑みを浮かべ、秀《ひい》でた額がわずかに光を反射している。その死が殺人によるなら、洋祐にとっては想定外だった筈だ。殺されるのを予想する者は、戦場を別にすればこの世界にはわずかしかいない。

殺されるのを恐れる者は多いが、予想する者は少ない。恐れる者はボディガードをおく。

ボディガードは、殺される可能性を低くする。だからボディガードのいる者ほど、殺されるのを恐れてはいても、予想はしない。

ボディガードがいたのに、なぜ、という驚きを浮かべたまま死んでいった者の顔を、わたしはいくつか覚えている。

ひきかえ、殺される可能性を感じながらボディガードをおかなかった者は、驚きを見せなかった。予想をしていたからだ。

予想していたからといって、いさぎよく死を受け入れるわけではない。

殺されるのは、他のいかなる攻撃よりも、人格を否定されることだ。たとえ全財産を奪われ、どんな誹謗《ひぼう》中傷をうけても、生きている限り次の機会はある。が、死んでしまった者に次はない。

生前、どれほどの功績があろうが、人から恐れられる権力をもとうが、死はすべてを過去にする。

軍事用語に「無力化」という言葉がある。一切の抗戦ができない状態におくことを表わす。通常、死亡を意味する。

殺されるのを予想していた者であっても、いざその段になれば、体も心も激しい抵抗を示す。無力化され、存在を過去のものとされるのは、人格の全否定に他ならないからだ。

生存は、あらゆる生きものの本能だが人間ほどその本能が強い生きものはいない。にもかかわらず己れの生命を縮める、飽食や喫煙、飲酒、さらにはドラッグの摂取といった悪癖をもつのも、人間のみだ。

何かの本で読んだことがある。生存にかかわる以外の理由で他の生きものを殺すのは、人間と鯱《しゃち》だけだそうだ。それは鯱の知能の高さを証明しているらしい。

洋祐は殺されたのだと、わたしは確信していた。

モグリのレンタルルームでの火災は、セットアップだ。わたしたちが上海のホテルで酔った木筑定夫の転落死を演出したように、何者かが洋祐とあの女を、火災に巻きこまれて死んだように見せかけた。

警察が見抜けなかったのは、彼らもまたオッカムの剃刀を信奉しているからだ。それには理由があって、低い可能性を疑い、万一それが真実であったらよぶんな仕事が増えるという、ひどく人間的なものだ。

わたしは、誰が、なぜ、洋祐とあの女を殺したのかを、知りたい。

復讐《ふくしゅう》の意志は、まだない。一番確かめたいのは、二人があの部屋にいたのがセットアップであったかどうか、だ。

ふと思った。洋祐が他の女と情事をもったことを受け入れられなくて、わたしはそう考えているのではないか。

この疑問を否定するのは難しい。わたしは洋祐を、一般的に使われる意味で〝愛して〟はいなかったかもしれないが、失ったことで苦痛を感じている。だがそれと、妻としての痛みとのちがいを、他人が理解するのは不可能だろう。

わたしが洋祐の死の実態について知ろうと行動を起こせば、大場を含む研究所の人間は、復讐の起点だと考えるのではないか。

精進落としが一段落すると、わたしは参列者に頭を下げ、礼の言葉を告げた。

「寂しくなるけど、いつでも、何でもいってね。智クンも、好きなときに遊びにきてね」

京介ママは涙声でいった。きっと何日かは、夫に優しく接することだろう。

「先生のご遺志、というとおおげさですが、神村ゼミをつづけられるよう、がんばります」

小林には、

「ご無理なさらないで下さい。小林先生もお体を大切に」

と、告げた。

大場はわたしに頷いて見せた。

「落ちついたときでいい、でてくるのは。それまで、こちらはこちらで、情報を集めておく」

小声でいって、会場をでていった。

義父を囲んでいた親族は、皆、ほとんど無言で頭を下げ、ひきあげた。智はずっと、彼らのかたわらにいて、おそらくは智なりに気をつかっていた。

骨壺《こつつぼ》の入った箱を抱き、わたしは智と義父とともにハイヤーに乗りこんだ。

「パパ、いなくなっちゃったんだね」

智がつぶやいた。灰になった瞬間、人の死は、視覚的に現実化する。

「いなくなってしまったな。けれど、智の人生はまだまだつづくぞ。パパのぶんもこれからはがんばらないと」

義父がいった。

「うん。ママもがんばろうね」

智の言葉を聞いた瞬間、涙があふれでた。

それは、智への愛《いと》おしさからだ、と思ったが、本当の理由は、わたしにもわからなかった。

7

三日後、智が登校したのを機に、わたしは研究所に出勤した。洋祐の死を聞き知った所員が、口々にもう大丈夫なのかというようなことをいい、わたしは頷《うなず》き、礼をいった。だがそれはどこか滑稽《こっけい》なやりとりだった。ここは、人の死を演出し、実行する機関なのだ。他のふつうの職場とは異なり、死を悼《いた》む場であっていい筈《はず》がない。なのに当然のように口にするのは茶番でしかなかった。

いや、茶番とまでいったら、いいすぎだろう。わたしを知る所員は、本気で同情し、気づかっているのだから。ただ同じ人間が、別の部屋では冷静に殺人を計画するという矛盾。

ある意味で、病院や軍隊と同じだ、とわたしは思った。病院や軍隊では、死は日常の一部だ。ただ患者が死ぬのと医師が死ぬのとでは、病院関係者の受けとめかたはまるでちがう。

軍隊になるとそのちがいはより明確になる。敵兵の死は勝利であり、味方の死は敗北につながる。敵を殺して喜びを感じ、仲間を殺されたときは、より多くの敵を殺したいという感情をかきたてられる。

大場の部屋を訪ねた。処理チームの人間は全員個室を与えられている。副所長の大場とわたしの部屋の大きさはかわらない。ただ大場の部屋のほうが、雑然としている。

大場は机に向かっていたが、ノックして扉を開けたわたしに、向かいにおいた椅子《いす》を示した。出勤することは、昨夜メールで伝えてあった。

扉を閉め、わたしは腰をおろした。

「いろいろと」

頭を下げた。

「いや。息子さんはどうだ」

「今日から学校にいってる。何だろう。彼なりに、わたしを心配して、我慢しているように見える」

「男の子だからな」

大場はいって、椅子の背もたれによりかかった。

「今朝、駒形がきた」

「ここに？」

頷いた。

「俺が対応した。お前のことをいろいろ探ってきた。確かにしつこそうな奴《やつ》だ」

「わたしの何を探ったの」

大場は上目づかいでわたしを見た。

「勤務態度、評判、男癖」

「本気で？」

「本気だ。何か疑っているのか、と訊《き》いたら、『何も疑っていない。ただ調べているだけだ』、といった。ただ途中で奴は気づいた」

「何に？」

「俺が元、同職だってことに。訊かれたよ。もちろんとぼけたが」

つまり元警官だと気づかれたというわけだ。大場の本名も、大場ではない。したがって記録では確認できない。

「ここのことに気がついたかな」

「それはないだろう。万一疑って調べたとしても、何もでてはこない」

わたしは考えこんだ。面倒だった。洋祐の死の状況について調べようと考えている矢先に、刑事がわたしを疑っている。調査の過程で駒形にでくわせばむしろ疑いを深めさせることになるだろう。

「事件は終わった筈。よほど暇なのね」

「何なのだろうな。駒形については、そっちのデスクトップに資料を送っておいた。飛ばされた件については、それでわかる」

「わたしにはふつうに接してた。そこまで極端に疑っているようすはなかったし」

「あれは、できる刑事の典型だ。一見とらえどころがないのは、容疑者に腹を読ませないためだ。公安には、あまりああいうタイプはいなかったが、刑事にはけっこういた」

「わたしが主人を殺したと疑っているわけ？」

大場は黙った。少しおいて訊《たず》ねた。

「やってないよな」

わたしは両手を広げた。

「何のために？　夫婦仲は悪くなかった。智をわざわざ片親にするわけがないでしょう」

大場も疑っていたのだ。だが、大場が疑うのは、まだ理解できる。

「俺が駒形だったら、こう考える。この一件は妙だ。謹厳実直で通っていた大学教授が娼婦《しょうふ》といるところを火事に巻きこまれて死んだ。なのに女房は泣くでも騒ぐでもなく、平然としている。そこで勤め先を訪ねた。できた上司というのがこれまた怪しい。元お巡《まわ》りの匂《にお》いがぷんぷんするくせにそうじゃないといい、記録にもない」

「だからって、わたしを逮捕できない」

「もちろんだ。たとえお前がやったとしても、いや、やったのなら尚《なお》さら、証拠は何もないだろうからな」

わたしは首をふった。

「本当なの。わたしは殺していない」

大場はわたしの目を見つめ、頷いた。

「わかった、信じよう。じゃあ、どうするんだ」

「調べたい」

大場は難しい顔になった。

「女のことが気になるんだな」

「否定はしない。ヤキモチとはちがうけど」

「手を回して、遺体写真を入手した。修整したのもある。訊きこみに使えるだろうが、駒形がすでにやって、空振ったと聞いている」

「娼婦じゃなかったら？」

「じゃどこで調べる？ インターネットに情報をアップするか。あの年代で日本人なら、行方不明がつづけば、通報したり調べようとする身内がたいていはいる筈だ」

「日本人なら、ね」

大場は黙りこんだ。

「先入観はもちたくない。でもあれがセットアップだったとしたら、対象者は女で主人は巻きこまれただけかもしれない」

「それは俺もずっと考えていた。確かにあの女が対象者だったのなら、日本人の可能性は低い。身許《みもと》が判明したら、娼婦に見せかけたことはかえって疑いを深める。だが──」

「わかってる。あの女を対象者と考えるより、主人がそうだったと考えるほうが自然。でも、あんな手のこんだやり方で主人を殺そうとする者はいない」

「お父さんはどうだ。ご主人の」

「義父への恨みってこと？」

「ああ」

「可能性としてはゼロではない。でも、巻き添えはいらない。主人ひとりを何らかの方法で処理すればすむ。あるいはどうせなら、わたしと智の一家を皆殺しにしたほうが、よほど義父にはこたえるでしょう」

「それはそうだが、お前のことを知っていたなら、一家皆殺しは考えないだろう。かえり討ちをくう可能性がある」

「そこまで考えるなら、犯人は、ここもわたしの仕事も知った上で、義父に復讐《ふくしゅう》したことになる。つまり――」

「過去の対象者の関係者ということか」

大場の表情が硬くなった。

「でも可能性としては低い」

わたしはいった。

「かりに過去の対象者の関係者が、ここの存在を知って復讐を始めたのなら、まず狙《ねら》うのはチームの人間の筈。セットアップしてまで、本人の配偶者を狙うとしたら、かなりここに関する情報が伝わっているということになる。わたしの主人が大学教授だったのを知らない所員だって、ここにはたくさんいる。むしろそのほうが多い」

「それもそうだ」

「わたし個人への恨みのほうが、まだ考えられる」

大場はわたしを見つめた。

「俺が知っている以外にあるのか」

「十六のときのが最後。あとはここに入ってから」

大場は深々と息を吸いこんだ。

「二十五年も前の一件を、今さらつきとめて――、いやそれ以前に、今のお前のことをどうやって知った？　名前も顔もかわっているだろう」

「顔は少ししかいじっていない。でもわたしを疑っていた人間はいなかった。おそらく全員が事故だと思っていた。あなたを除いて」

今から考えても、タチの悪い女だった。体を使って男をコントロールできると考え、実際、高校の教師と不良のリーダー格を、あるていど思い通りに動かしていた。その女が標的に決めた生徒は、男子であれ女子であれ、屈辱的な目にあわされるのが決まりだった。

わたしが次の標的にされる、という噂《うわさ》があるとき聞こえてきた。別にわたしが何かをしたわけではなく、態度が気にいらないというだけでだ。

そこで先手を打った。トルエンを大量に吸引したあげく、マンションから落下して死んだ女子高生のことを、新聞はあることないこと書きたてた。

実際吸っていたのは事実だ。もっと吸わせるために染《し》みこませたハンカチを顔に押しつけ、朦朧《もうろう》としたところを屋上に連れていき、つき落とした。

がりがりの体をしていた。わたしでも担《かつ》ぎあげられたほどだ。

「つきあっていた不良がいたな。番長か何かだった」

「死んだ。翌年、バイクの事故で。いっておくけど、わたしじゃない」

「教師はどうだ?」

「当時四十だから、今は六十半ば」

「調べてみよう。ずっと疑いをもっていて、どこかでお前を見かけたのかもしれない」

「名前は——」

「覚えている。確か古文の教師だったな」

わたしは頷いた。

「他に可能性はないか」

大場は訊ねた。

「セットアップしてまでわたしに復讐しようという人間は、思いあたらない」

「そうなると義理のお父さんの線だな」

大場は息を吐いた。

「でもその可能性は、警察が一番疑うのじゃない？」

「相手が相手なだけに、変につつき回したくない、ということもある。お父さん本人が強い疑いをもっているなら別だが、そうでなきゃ亡《な》くなりかたが亡くなりかただ。そっとしておくほうを選ぶだろう。お父さんは疑っていないのか」

「わからない。疑っていないようにも見える。わたしに『許してやってほしい』といった」

「亡くなりかたを？」

わたしは頷いた。

大場は息を吸いこんだ。

「正直なことをいってくれ。頭にきているのか」

「怒っているかということ？」

「そうだ。ご主人に対してでも、あるいはセットアップしたかもしれない誰かに対してでも」

わたしは大場を見つめた。

「なぜそんなことが知りたいの」

「お前が怒っているかどうかは大きい。もしお前が本気で怒っているのなら、いろいろなことが起きるのを覚悟しなけりゃならない」

わたしは目をそらした。

「まだ怒ってはいない。でもセットアップだったかどうかは確かめたい。対象者がどちらだったにせよ、主人は自分の意志であの女といたのか。わたしはちがうと感じているし、そうであってほしい。だからといって、セットアップだった証拠をむりやり見つけようとは思ってない」

大場に目を戻した。

「俺の気持をいおう。こいつは、見かけどおりの〝事故〟であってもらいたい。もしそうでないなら、対象者がせめて、お前のご主人ではなく、女のほうであってほしい。女だったら、ご主人は巻きこまれただけということになる。もしご主人が対象者だとすれば、ご主人本人に直接殺される理由がない以上、研究所員への攻撃の可能性を排除できなくなる。その場合、敵は研究所に関して詳しい情報をもっている。処理チームメンバーの配偶者であり、研究所の設立者の息子を対象者にしたのだからな」

厳しい顔だった。わたしは訊ねた。

「その場合、動機は復讐？」

「としか考えられん。だがそれより重大なのは、研究所の存在や構成員の名前が外部に洩《も》れているということだ。敵はいざとなればここに関する情報をマスコミやその他に流すことができる。そんなことになったら――」

大場は言葉を切り、わずかに顔をしかめた。

「考えたくもないな」

「マニュアルはあるのでしょう。もしそうなったときの」

「無論だ」

「じゃあ、安心じゃない。あとは処理チームの口封じをするだけ」

いってからおかしくなった。上海のB・Rで感じた疑問を思いだしたからだ。

「何を笑っている？」

大場が不思議そうに訊ねた。わたしは首をふった。国が使っている殺し屋を国が消そうとするならば、国はいったい誰にそれをやらせるのだろう。

「何でもない。部屋に戻る」

納得がいかないような大場に告げて、部屋をでた。

「あら」

瀬戸圭子がちょうど部屋からでてきたところだった。わたしの部屋の隣だ。

「でてきたんだ」

瀬戸圭子は感心したようにいった。

「当分こないだろうと思ってた。けっこうきつそうな顔をしていたから」

ショートカットでむっちりとした体つきをしている。肉感的に見えるが、実は筋肉が大半だ。ジムで鍛えあげていて、大の男を素手で絞め殺すことができる。たれ目で、いつも笑っているような顔だが。

「いろいろとありがとう。もう大丈夫」

「ご主人、商売女といっしょだったんだって？」

「商売女かどうかはわからない。身許が不明だから」

瀬戸圭子は鼻を鳴らした。

「男なんてそんなものよ」

レスビアンであることを所内では隠していない。もともと格闘技の世界にいた。

「寂しくなったら声をかけて」

「ありがとう」

いきすぎかけたとき、瀬戸圭子がいった。

「あ、枡本だけど外注することになった」

「外注？」

瀬戸圭子は頷いた。

「大場さんの判断。上海の一件もあったし、今回は向こうのプロを使う。パリの人間を雇うと情報洩れが心配だからベルギーのあたしの知り合いを通す。ブリュッセルにひとり、信用できるのがいるんだ」

「そう」

「枡本は、ニースで女がらみのトラブルを起こしたことがある。それで狙われたと思う人間も多いのじゃないかな」

大場は何もいっていなかった。わたしを現場に復帰させる気はまだないようだ。

「いいのじゃない」

わたしが答えると、瀬戸圭子はにっこり笑った。目が糸のようになる。

「よかった。じゃ」

部屋に入り、パソコンを立ちあげた。処理チーム内でやりとりされるメールは暗号化されており、解読コードは毎日かわる。どのコードが使われるかは、出勤しなければわからない。パソコンのデータを所外にもちだすのは禁止で、個人用の端末と同期することも許されていない。

駒形がとばされる原因となったのは、二年前に都内練馬区で発生した未解決の殺人事件だった。被害者は六十八歳のひとり暮らしの女性で、室内に物色の跡があったことから、強盗殺人と断定された。致命傷は刃物による喉頭部《こうとうぶ》への切創で、捜査本部内で注目の的となった。

通常、刃物を使った殺人の致命傷となるのは刺創つまり刺し傷だ。胸や腹を突き、それが心臓に達したり出血多量を招いて、死因となる。

が、この被害者の体にあった傷は喉《のど》を一文字に切り裂いた切創だけだった。

強盗殺人を犯す者は騒がれることへの恐怖から、被害者が息絶えるまで突いたり刺したりをくりかえすのがふつうだ。結果、被害者の手や腕に防御創があったり、犯人自身も傷ついたりする。

そういった痕跡《こんせき》はまったくなかった。犯人はおそらくは背後から喉を切り裂き、被害者は気管も切断されたために声もだせずに出血多量で死亡したと見られている。それは冷静で手慣れた方法だ。

凶器が現場になく、手がかりが全くなかったこともあって、警察は刃物マニア、サバイバルゲームファンなどにも捜査の対象を広げた。

そうした中、捜査線上にあがったひとりに、駒形が執着した。

それは伊藤章三《いとうあきみ》という男だった。当時三十七歳、「関東損害保険事業者連合会」という団体に勤めていた。

伊藤の住居は、現場である女性宅から徒歩で十分圏内のマンションだった。現場周辺に防犯カメラは少なく、容疑者と覚《おぼ》しい人物は映っていなかった。ただ周辺マンションのロビーに防犯カメラを備えていた一棟が伊藤の住居で、犯行推定時刻の前後に出入りする伊藤の姿が映っていた。

伊藤はジョギングを日課とし、帰宅後の夜間、自宅周辺を走っている。映像もそれを裏づけるジョギングウエア姿で、時刻もふだんとかわりなく、ただそれだけの情報でなぜ駒形が伊藤にこだわったのかは不明だった。

伊藤に犯罪歴はなく、埼玉県の高校を卒業後、都内の専門学校に進学、一年でそこを中退したあと、いくつかの職業につき、事件の三年前から「関東損害保険事業者連合会」に勤務している。仕事の内容は事務となっていた。独身で結婚歴はない。

資料に伊藤の写真はなかった。

殺人現場の写真はあった。尻《しり》もちをついたようにすわりこんだ被害者が茶ダンスに背中をもたせかけ、目と口を大きくみひらいている。大量の血だまりが畳の上にできていた。

現場となった被害者宅は築三十年の木造家屋で、鍵《かぎ》は簡単なシリンダー錠だった。被害者は清田美代《きよたみよ》といい、死の前年に夫を亡くしていた。仕事はしていない。物色された室内から現金はなくなっていたものの、宝石類などは手つかずだったようだ。

駒形の訊きこみに対し、伊藤は被害者とは面識がないと答えている。また伊藤に借金はなく、金に困っているという情報もなかった。勤務先での評判も良好だ。犯人の指紋や毛髪、体液といった遺留物がなかったため、流しの強盗殺人という線を追った捜査はいきづまった。

そうした中、駒形は、伊藤と被害者の清田美代が同じスーパーマーケットで買物をしていたことをつきとめた。そして面識がないといった伊藤をさらに疑った。

家が近ければ同じスーパーを利用することもあるだろう。だからといって、知らないと答えた人間を疑うのは無理がある。被害者が若くて美人だったのならともかく、母親のような年齢の女に興味をもたないとしても不自然ではないからだ。

駒形はそのスーパーでの訊きこみから、清田美代が支払いに手間どる客であったという証言を得ていた。レジで財布からだした小銭を並べ、足りないとわかってようやく札をだすという行為を毎回くりかえしていたという。

よくある光景だ。女に限らず男でも、年配の人間にしばしば見られる。確かにそういう人間がレジで前にいるとわたしもいらつくことはある。

しかしそれが殺人の動機になるとは思えない。スーパーのレジ係も、清田美代を覚えていたが、他の客がそのことで腹を立てたり口論したという記憶はない、といった。

駒形がおこなった伊藤の行動確認では、特に容疑者とするに足るような事実は見つかっていない。同じマンションの居住者は、「挨拶《あいさつ》はしない」「内気なのか、いつも小声でしか喋《しゃべ》らない」といっていた。

駒形は伊藤にこだわりつづけた。出身地である埼玉の中学・高校を訪ね、訊きこみもおこなった。

その結果、奇妙なことを捜査会議で主張した。中学・高校の卒業アルバムに写った伊藤が、現在の本人とまるで似ていないというのだ。

伊藤の両親は事件の十年以上前に離婚していて、双方とも行方が不明になっている。したがって両親への訊きこみはできなかった。

伊藤が〝別人〟かもしれないという駒形の主張に、しかし捜査本部は冷淡だった。

「関東損害保険事業者連合会」に勤める三十七歳の男が、他人を装《よそお》う理由など考えられないからだ。

駒形がそこまで伊藤にこだわったのはなぜなのか、資料を読む限り、わたしにも理解できなかった。

やがて駒形による身辺調査が伊藤の知るところになり、弁護士を介して警視庁に抗議があった。近隣の人間から殺人犯ではないかと疑われ、生活に支障が生じているというのだ。

犯行推定時刻にジョギングをしていたと主張する伊藤には、確かにアリバイはない。しかし午後十時という時間は、独居する人間の大半にとって、アリバイを証明するのが難しい。

逮捕歴すらない伊藤から抗議をうけ、捜査一課は駒形を捜査本部から外した。にもかかわらず、駒形は伊藤が中退した専門学校の同級生に訊きこみをおこない、それが本人に伝わった。

弁護士は裁判所に訴えると主張、警視庁はこれを避けるために、駒形を新宿署に異動させたのだった。

新宿署に移ってからの駒形は、さすがに伊藤への執着を捨てたようだ。その後は、伊藤から被害の訴えはなく、駒形が問題を起こしたという記録もない。

おそらく駒形は、自分の勘に対し、ひどく忠実な人間なのだ。

駒形の年齢は四十二だった。もう少し上、四十六、七だろうとわたしは思っていた。高校卒業後、警視庁に採用され、所轄署《しょかつしょ》地域課、刑事課、本庁保安課、機動捜査隊などを経て、三十六のときに捜査一課に配属されている。捜査一課にいた四年間で、それなりの功績をあげていた。

階級は巡査部長。功績をいくらあげても、昇任試験に合格しなければ出世はないのが警察だと、大場がいっていた。

駒形が、伊藤に対し抱いたのと同じような執着をわたしにもつとは考えられない。

まず第一に、わたしにはアリバイがある。

洋祐が死んだ時間、わたしは智と自宅にいた。さらに動機がない。たとえわたしたちの夫婦関係が冷めていた、と駒形が疑ったとしても、殺してまで洋祐の存在を消さなければならない理由は、客観的に見てわたしにはないのだ。

それより何より、同じ愚をくりかえしたら、駒形は職を失う危険があることを認識している筈だ。

そう考えると、駒形をさほど気にする必要はない、と思えてきた。

内線で大場にかけた。

「今、いいですか」

「ああ。読んだか」

「読んだ。ちょっと異常ね。でもわたしにあそこまでするとは思えない」

「同感だ」

「パリの件、外注になったって？」

いきなり話題をかえたせいか、大場は黙った。わたしは訊ねた。

「ブリュッセルの人間は信用できるの？」

「評判は悪くない。女だそうだ」

「やっぱりね」

瀬戸圭子の知り合いだからそうではないかと思っていたのだ。

「きちんと仕事ができるなら、性別にはこだわらない」

「ギャラは高いの？」

「まだ交渉中だ。十万ユーロくらいでおさまる、とは聞いているが」

海外のプロとしては中程度の値段だ。

「予算は大丈夫？」

「大丈夫だ。向こうに複数のスタッフを送って、それなりに人を動かせば、同じくらいはかかる」

「だったら外注のほうが楽ね」

「だからって、いつもというわけにはいかない。いずれ情報が洩れる」

プロは警察やマスコミには喋らなくともプロどうしになると意外に口が軽い。ギャラの交渉などで、過去の仕事に触れたりするからだ。

「当然。ところで、現場にいきたいのだけれど」

「現場？　パリか」

「ちがう。主人の死んだ現場」

大場はまたも沈黙した。

「まだ封鎖されているかな」

「警察はともかく、消防の判断によるな。探りを入れてみる」

「お願い」

三十分後、大場が内線をかけてきた。

「入れそうだ。いくか」

「連れていってくれるの？」

「いっしょにいったほうがいいような気がする」

それがなぜかはいわず、大場は答えた。

8

中央線の線路から南側に入ったところにある、古いマンションだった。

「三十四年前に建てられ、三年後に建物一棟ごと売却された。その後分譲され、ご主人の亡《な》くなった部屋は、同じ階のもうひと部屋と上の階のふた部屋といっしょに山梨の不動産屋に買われている」

コインパーキングに車を止めた大場はいった。

「三年前から、大久保の飲食業者が一括して借りうけていた。従業員用の寮にする、という名目で」

「その業者は？」

「去年店を畳んだが、それ以降も家賃は払われていたらしい。おそらくまた、貸ししたのだろう。借り主は不明だ」

エレベータのない五階建てだ。階段で二階にあがった。湿った匂《にお》いのするクリーム色の廊下にカーキ色に塗られた金属扉が五つ並んでいる。

一番手前の扉の前にテープがいく重にも貼《は》られていた。鍵《かぎ》が壊され、扉は十センチほど開いている。

大場はあたりを見回し、テープをはがした。

わたしはバッグからだしたボールペンで扉のへりを押し、中に入った。

プラスチックの焦《こ》げたような匂いが強く漂っていた。入ってすぐ右手に流しがあり、そのあたりはまっ黒だ。細長くてまっすぐな部屋だ。床や壁にススが付着し、正面の窓は割れている。床のカーペットはまだ水を含んでいて、踏みしめるとじゅくじゅくと灰色の泡が浮きでた。

寒々とした部屋だった。黒焦げの冷蔵庫とベッド、そして小さなソファ以外、何もない。ここで生活する者がいなかったとすぐにわかる。

部屋の右半分に火災の跡が濃く残っていた。カーペットが溶け、むきだしのコンクリートは黒ずんでいる。左側の壁に接したセミダブルのベッドも、マットレスの右半分は炭化していた。

大場が上着からメモ帳をとりだした。

「女は、床の上に倒れていた。ベッドから落ちたような格好だったらしい。ご主人はベッドの上で、壁に向きあうように横たわっていた。二人とも衣服は着けていた。ただご主人の上着とワイシャツはベッドの下にあり、焼けてしまっていた」

駒形は〝交渉が始まる前か、終わってしばらくしてからと考えられます〟といったが、上着とワイシャツを脱いでいたのなら、終わった後、と考えるべきだろう。

「使用後のコンドームは見つかったの？」

わたしは大場に訊《たず》ねた。大場はメモを見ていたが、首をふった。

「いや、ゴミ箱がこのあたりにあったらしいがプラスチック製で、中身とともに完全に焼けてしまっていた、とある」

ベッドの手前を示した。カーペットが溶けているあたりだ。

わたしはベッドのかたわらに立ち、部屋の中を見回した。

「窓は、消防隊が中に入るために割った。突入時、室内には煙が充満していたようだ」

流しに戻った。かたわらのガスコンロは原形をとどめていない。小型の冷蔵庫は背面部分の損傷が激しい。

このあたりでガス洩《も》れが起き、滞留したガスに古い冷蔵庫の火花が引火した。素人《しろうと》でもそう考える状況だ。

爆発して室内の酸素濃度が一気に低下する。結果、建材に移った火が不完全燃焼となり、有毒ガスが発生した。部屋の右半分の燃焼が激しいのは、火が流しの周辺から伝わったからだろう。

だがソファもベッドの右横だ。ソファは布製の安物なのに、比較的傷《いた》みが少ない。

「女のバッグはここにあったの？」

ソファをさして訊ねた。メモを見た大場が頷《うなず》いた。

「そうだ。現金が八千円とコンドームが四つ入っていた」

「わかった。いきましょう」

「いいのか、もう」

大場がメモから目を上げた。

「充分。ここにくる前に主人が学生を送っていったマンションを見たい」

「百人町だな」

部屋をでて、階段を降りた。ソファの損傷が少なかったのは、コンドームが複数入ったバッグを焼失させずにおくためだろう。そのあたりに水をまくなりすれば、おそらくそういう結果にできた筈《はず》だ。

車に戻って百人町一丁目に向かった。

高松恵理の住むマンションは、洋祐が死んだのとよく似た、古い建物だった。こちらもエレベータがない。

建物に入る必要はなかった。位置関係を把握できればよいのだ。

ふたつのマンションは、直線で五百メートルも離れていなかった。ここにきたことで、洋祐は以前使ったレンタルルームと抱いた娼婦《しょうふ》を思いだしたのだろうか。

女に電話をかけ、「前に使ったレンタルルームの近くにいる。空いているなら仕事をしないか」と誘ったのかもしれない。

問題は、洋祐の携帯には発信記録がなく、女も携帯電話をもっていなかったという点だ。この仮定を成立させるには、洋祐は公衆電話を使い、女は携帯電話をもっていなくてはならない。

あるいは女が待機する〝店〟のようなところに電話をした可能性もある。だがそうであっても、客と屋外で待ち合わせる以上、連絡手段なしで動くだろうか。

女が携帯電話をもたずに洋祐と合流したとすれば、直接声をかけたと考える他なかった。

だがこのあたりは住宅街だ。客を拾うには向いていない。

「職安通りの向こうには大久保公園がある。以前はそこによく立ちんぼがいた」

大場がいった。

確かに職安通りさえ渡ればそこは歌舞伎町だ。洋祐が女を街頭で拾ったと仮定するなら、高松恵理を送ったあと、徒歩で職安通りを渡り、歌舞伎町に入ったと考えるのが妥当だ。

わたしは考えていた。動かないわたしを、大場は無言で見つめている。

高松恵理につきそってこのマンションに入ったところまではわかっている。酔った女子学生を介抱したことで、欲望を覚えたのだろうか。それはあったかもしれない。

だが。

「駒形の話では、街頭防犯カメラに主人の映像は映ってなかった。もし職安通りを渡って歌舞伎町に入ったのなら、映っていてもおかしくない」

大場は小さく頷いた。

洋祐は職安通りを渡ってはいない。ここから北西に向かい、小滝橋《おたきばし》通りを渡って北新宿三丁目のレンタルルームにまっすぐ向かったのだ。そうなると、洋祐が女を呼びだしたか、この周辺で女に声をかけられたと仮定する他ない。

ここで客を拾う娼婦などいるだろうか。

いないと断定はできない。人通りが多いほうが客もいるだろうし安全だが、一方で娼婦と思われることへの抵抗があれば、そうする可能性はある。このあたりには飲食店が少ない。職安通りか大久保通りにでれば、人通りは多い。

わたしはカーナビを操作した。高田馬場で洋祐たちが拾ったタクシーが、どういうルートでここまできたのかを調べた。

高松恵理の住むマンションは、東西を山手線と中央線、南北を職安通りと大久保通りに囲まれた一角の一方通行路に面している。おそらくタクシーは小滝橋通りから大久保通りを経由して一方通行路に入ったろう。となるとタクシーを乗り捨てた洋祐は、いったん大久保通りに戻ろうとした筈だ。女は大久保通りで声をかけたのかもしれない。

が、実際に大久保通りにきて気がついた。そこは新大久保駅と大久保駅にはさまれており、複数の防犯カメラがある。洋祐の足どりを追った駒形が見逃す筈はない。

洋祐は大久保通りには戻らなかったのだろうか。

もう一度、高松恵理の住居のある一方通行路に車を走らせた。道は中央線の高架につきあたり、車だと左に折れざるをえない一方通行路になる。徒歩なら線路沿いに南に進み、やがて職安通りにぶつかる。職安通りの向こうは歌舞伎町だ。

「通ってない」

わたしはいった。

「何？　どういうことだ」

「主人は、大久保通りも職安通りも通ってない。通っていたら、映像が残っている」

大場はその意味を察した。カーナビを操作していたが、やがていった。

「いったん高架をくぐり中央線の線路沿いに北へ歩いていって、小滝橋通りを渡れば、北新宿三丁目にはいけるな。ご主人はこのあたりの地理に詳しかったか」

「そんな話を聞いたことはない」

わたしは首をふり、つづけた。

「でもふつうに考えれば、大久保通りを使って北新宿三丁目へ向かう。わざわざ線路沿いの道を歩くかな」

「女がいっしょで、誰かに見られるのを警戒したのかもしれない」

やや遠慮がちに聞こえる口調で大場はいった。

「もしそうなら、女は、高松恵理の住居のすぐそばで主人に声をかけたことになる。あの場所でそれはどうなの？」

大場はわたしを見つめた。

「確かに」

「可能性があるとすれば、あの近くに女の住居なり店があって、でてきたところで主人を見かけ、声をかけた」

大場は顔をしかめた。

「よほど切羽詰まっていない限り、ふだん自分が暮らす場所の近くで娼婦は客に声をかけないものだ。ねぐらを特定されるのを連中は嫌う。地回りにねじこまれたり、ストーカーじみた客につきまとわれる危険がある」

「そうなの」

「俺が女だったら、とりあえず明るい通りにご主人がでるまで待って声をかける」

「だとすればやはりおかしい。このあたりから車に乗って北新宿にいったとしか考えられなくなる。車に乗っていれば防犯カメラに映らない」

「たまたまタクシーの空車がきたか」

「女とはどこで会うの？　携帯を女はもっていなかった」

大場は黙った。やがていった。

「お前には別の考えがある。ちがうか」

「あるけど、見たわけじゃない」

わたしはいった。その前に起こったできごとをあてられる、わたしの〝才能〟のことをいったのだ。

「わかっている。だがいってみろ」

「主人は高松恵理のマンションか、その近くで拉致《らち》された。そしてセットアップされた北新宿のレンタルルームに車で運ばれた」

大場は息を深々と吸いこんだ。

「なぜわざわざ北新宿まで連れていった？　ご主人を処理するだけなら、別の場所、方法があったろう」

「あの女が処理対象で、主人は巻きこまれた」

大場は何かをいいかけるように口を開いた。それをさえぎり、わたしはつづけた。

「あの女は、高松恵理と同じマンションか、すぐ近くで処理される筈だった。そこにたまたま主人が通りかかり、状況を目撃した。主人も処理せざるをえなくなった犯人は、北新宿のレンタルルームでセットアップした」

「そうなると犯人はひとりじゃないな」

「もちろん。それにあの女も娼婦じゃない。娼婦を殺すためにそこまでの手間をかける必要はない。娼婦に見せかけることで素姓を隠すのが犯人側の狙《ねら》いだった」

「だが素姓を隠したいのなら、死体を見つからないように処分すればすむことだ。暴力団がやるように産廃処理場なり山奥に埋めて」

その通りだ。あえて洋祐を巻き添えにしてまで、「娼婦と客の死」を演出した理由はわからない。

「確かにそう」

「女の正体がすべてだ。それさえつきとめられれば、対象者がどちらだったかがわかる」

洋祐ではない。今は確信していた。わたしや義父に対する恨みで、ここまで手間をかけた復讐《ふくしゅう》をする者がいるとは思えなかった。

大場に神楽坂《かぐらざか》まで送られた。マンションの前ではなく、近くのスーパーで降ろしてもらい、買物をした。

智は先に帰宅していた。

「お帰り」

「ただいま。どうだった、学校」

「別に。知らないヤツもいるし。知ってるヤツは、なんか、どう接していいかわからないって感じ」

「ふつうにしていなさい」

智は頷いた。

「おなかは？」

「あんまりすいてない。そうだ、じいじが、今度の日曜、三人でご飯食べようって」

「智は？」

「どっちでもいい」

「じゃ土曜に相談しよう」

少し遅めの夕食をとり、智は勉強部屋に入った。

リビングでテレビをつけ、目は向けずに考えていた。女の正体が何者にせよ、セットアップしてまで殺されたとすれば、ふつうのOLや主婦である筈はない。

我にかえった。この家で、死んだ人間やこれから殺す人間について考えたことはなかった。智と洋祐がいて、たとえその二人とは別の部屋にいたとしても、ここで人の死について考えるのはやめていた。家ではわたしは徹底して嘘《うそ》つきでいなければならなかった。そうであるために、仕事のことは考えないようにしていた。

だが洋祐が欠けたことで、それがかわってしまった。智を子供だからと見くびっているわけではないが、洋祐がいたときほどは嘘をつき通す努力が必要なくなった。

一方で、わたしは洋祐に対し、決して答のでない疑問をかかえこんでいた。

どこまでわたしの嘘を信じていたのだろう。

義父から聞いた、プロポーズにわたしが応《こた》えないのには理由がある、という洋祐の言葉がずっとひっかかっていた。

洋祐はそんな話をわたしにしたことはなかった。わたしを〝自分にとっては特別な人間だ〟とはいったが、世間にとって特殊な人間だとは思っていなかった、筈だ。生きているあいだ、わたしはそう信じていた。

洋祐は、わたしから嘘を感じとっていたのだろうか。感じとりながら、気づかないふりをつづけていたのか。

今日の調査で得たわたしの確信は、洋祐が嘘をついていたとわかった瞬間、崩れてしまう。

嘘をつく妻に失望し、しかしそれをとがめることはせず、自らも嘘で合わせていた夫。互いに嘘をつきあっているなら、裏切りへの躊躇《ちゅうちょ》も少ないだろう。娼婦と情事をもつ習慣があったとしても、驚くにはあたらない。

嘘をつきあうことで家庭の平穏を維持し、醜いい争いやけなしあいを避けていた

——？

洋祐には確かにそれができる冷静さと知性があった。

知性に関するなら、わたしは洋祐にははるかに及ばない。にもかかわらず、自分の嘘はばれていないと、わたしは根拠のない自信を抱いてきた。

わたしは人を欺《あざむ》き慣れ、洋祐は慣れていない。そう考えていた。

わたしと異なり、洋祐は人を欺かなければならない人生を歩んではいない。性格は合わなかったかもしれないが教養豊かで有能な父親と、早世したがやさしい母親に育てられ、洋祐本人も優れた頭脳をいかす職業に就いていた。

——君は僕に負けない、もしかすると僕以上に頭がいい

洋祐のプロポーズを最初に断ったとき、わたしは「あなたみたいに頭のいい人とうまくやっていけるわけがない」と告げた。そのときの洋祐の返事だ。

わたしはただずる賢いだけだ。

弟の望を母親と母親の恋人が折檻《せっかんし》死させたとき、医師はそれに気づかず、警察も事故死として処理した。

わたしが同じ目にあう心配はなかった。当時すでにわたしは家にほとんど寄りつかなかったのだ。

愚かなことに、母親と母親の恋人は、望が〝事故死〟したのだとわたしにも信じこ

ませようとした。わたしは信じたふりをし、そして二人につぐなわせる方法を考えつづけた。

二人が死に、わたしは施設にひきとられた。

わたしは父親と会ったことがなく、戸籍にも父親の名はない。施設から高校に通い、十六で二度めの殺人を犯したあと、高校を中退して年齢を偽り働き始めた。

二度の人殺しを、わたしはまったく後悔していなかった。一度め、母親とその恋人を殺したとき、わたしの中に憎しみはあった。が、二度めは、そこまでの激しい感情はなく、ただ排除が必要だと感じただけだ。

嘘をつくという行為は、殺人以上に、わたしに何の苦痛ももたらさない。といって、のべつまくなしに誰彼かまわず嘘をつこうとは思わないていどの頭は、わたしにもあった。

特に大場と知り合い、スカウトされ大検の資格をとって学生となり、OLと殺人者の三つの顔をもつようになってからは、必要な嘘以外はつかないことにした。

研究所の人間は、わたしに過去を問わない。

大学の、わたしより五つ下の同級生たちには、ときおり嘘をついた。

自分の嘘を信じてしまう嘘つきではなかった。嘘をついているのを自覚し、それがばれないためにさらに嘘を重ねる危険を犯さないよう注意していたのだ。

結婚を決心したのは、洋祐がわたしに過去をまるで訊ねない人だと確信をもてたからだ。

　結婚し子供が生まれると、わたしが嘘をつく機会はさらに減った。妻で母であるわたしに対し、人は妻と母になった以降の人生についてしか訊ねなくなった。そこに嘘はほとんどない。

　職業が人殺しであることは、嘘をつく必要もなく隠せる。

　あなたは人殺しですか、とわたしに訊《き》く人間などいない。

　携帯電話が鳴った。駒形の番号が表示されていた。

「はい」

「夜分に、どうも申しわけありません。実はご主人の携帯電話の通話記録を調べておりまして。最後に通話されたのが、亡くなった日の午後三時五十分で、通話先が携帯電話に登録のない『〇三―三二六五―×××× 』という固定電話なのですが、奥さんに心当たりはおありでしょうか」

「いえ、心当たりはありません」

「そうですか。まあ、昼間の時間帯でもありますし、亡くなられた件とは直接関係はないかもしれません」

「刑事さんなら簡単に調べられるのじゃないですか」

「簡単ではありません。それなりに手続きがいりますので。だからうかがってみようと思ったのです」

洋祐の携帯は遺品として返却されていたが、熱で半ば溶けていた。駒形は通話記録を電話会社からとり寄せたのだろう。

わたしはとっさに駒形が口にした番号をメモした。

「もう一度番号をいって下さい」

メモがちがわないことを確認した。

「一応、調べてみます」

「お手数をかけます。ところで、少しは落ちつかれましたか」

「何とか。今日からわたしは勤めに、息子は学校にいきました」

探りを入れられている、そんな気がした。電話の件は方便かもしれない。

「奥さんのご実家は千葉でしたね。近いから何かあれば、どなたかにきていただけるのでしょう?」

実家が千葉だという話を駒形にした記憶はなかった。警報が鳴った。

「わたしには身寄りがおりません。実家の話を誰からお聞きになったんですか」

「耳にはさんだんです。お葬式で、ご親族の方が話されていたので」

「それは主人の親戚《しんせき》だと思います」

「そうだったんですか。たいへん失礼しました」

「まだ調べて下さっているのですね」

反撃にでることにした。

「調べているというほどではないのですが、いくつか気になっています」

「たとえば？」

「いっしょにいた女性の身許《みもと》はいまだに判明していません。外国人の可能性も踏まえ、中国、韓国、台湾の関係機関にも問い合わせをしているのですが」

「もしかすると二人は心中だったのでしょうか」

「まさか。心中の現場は、まったくちがいます。あれは火災による亡くなられかたでした。ただ、ご主人がどこであの女性と会ったのかがわからないのです」

わたしが黙っていると、駒形はわざと気づいたようにいった。

「こんな話、お嫌でしょう。申しわけありません。ですが奥さんもお信じになれなかったようなので」

「事実は事実なのではありませんか」

「事実は、男女二人が同じ部屋で亡くなったというだけです。女性が売春婦であるかのような所持品はありましたが、同じ地域で同じ商売をしていた人間は、誰も彼女を知らない。指紋も登録がなく、ないことではないとはいえ、身許をつきとめる手がかりがこれほどないのは珍しい」

「売春婦ではなかったとしたら、何なのです？」

「大丈夫ですか、今こんな話をして」

智の耳を気づかったのか、駒形はいった。

「大丈夫です」

「ご主人の交友関係の中にいた女性かもしれない。しかしそうなら、身許を示す所持品がまるでないというのはおかしい。免許証や携帯電話だけでなく、自宅の鍵すら、女性はもっていなかった」

「どこか所属するお店のようなところに預けていたとか。わたしはそういうことに詳しくありませんが」

「当然、その可能性も疑いました。非合法ですがそういった業者の存在は認知していますし、彼らへの訊きこみもおこないました。しかし心当たりはないというのです」

「じゃあひとりで商売をしていたとか」

「それでもあの部屋を共同で使っていた仲間はいる筈です。もっともそういうのも火事以来、寄りつかないので調べられないのですが」

ここはつきあうことにした。

「わたしも少し考えました。あの女性がプロのそういう人にせよ、そうでないにせよ、もともと主人の知り合いだったのではないかと」

　さすがに勉強部屋の扉を見ながら、声を低めていった。

「ええ。ご主人とあの部屋で待ち合わせた可能性はあります。といいますのも、あれから再チェックしたのですが、やはり歌舞伎町や大久保界隈《かいわい》の防犯カメラにご主人は映っていないのです。通常は、電話で呼びだすか、街頭で声をかけるのですが、ご主人の電話に通話記録はなく、そういう女が立つような場所への出入りもない。なのにどうやって、会ったのか。昼間のうちに約束していたとしても、女性が携帯をもっていなかったのは奇妙です」

　能弁だった。妻であった女に、夫の死にかたについてこれほど語るものだろうか。

　奇妙な男だ、と思った。ただわたしを疑っているだけではない。〝事件〟にのめりこんでいる印象がある。わたしを相手に、推理を検証しようとしているかのようだ。

　ちょうどわたしが大場にしたように。

「何か、疑いをもっていらっしゃるんですね」

　わたしはいった。

「具体的に誰かを疑っているというのはありません。ただ腑《ふ》に落ちない。悪い癖なんです。一度事故として処理されているのに、ずっと気になって前に進めない。扱わなければいけない事案はたくさんあるのに」

まるでわたしに相談をもちかけているかのようだ。

これが駒形の手なのかもしれない。ふと思った。疑惑の対象はわたしなのに、それを隠して相談相手のような関係を作ろうとしている。

だとすれば油断のならない刑事だ。

「主人のことについて、いろいろ考えて下さっているのは感謝します。でもお話をうかがっていると、いっしょにいた女性の身許がわからない限り、これ以上どうにもならないような気がします」

「ええ。ですから奥さんにこうしてご意見をうかがっているのですが……」

やはりそうだ。駒形は〝頼りない刑事〟を演じながら、じょじょにわたしとの距離を詰め、探る領域を広げようとしている。

「わたしの立場でいえば、あんな亡くなりかたはありえない。まちがいであってほしいとしか思えません」

「もちろんです。最初にお会いしたとき、奥さんは、ご主人が他の女性と遊ぶとは一度も思ったことがない、とおっしゃった。ご自分に嘘をついたことすらない、と。私の考えの根っこはそこにあるのです」

「あのときは動揺していました」

「では今はちがう考えなのですか」

「基本はかわっていません。ただ先ほどもいったように、事実は事実としてうけとめる他ない、と思っています。主人が実際どうであったかはともかくとして、亡くなったのは事実ですから」

「おっしゃる通りです。奥さんは冷静な方だ。初めて署でお会いしたときもそう感じました。そういう方が、ご主人のことは信じていた。嘘もなく、他の女性ともつきあいがない、と。それが私の、腑に落ちない一番の理由です」

「つまり、主人が嘘をついていたか、わたしが嘘をついているか、と疑っていらっしゃるんですね」

「いや……」

いって駒形は言葉を詰まらせた。

「参ったな。そういうわけでは」

「わたしは主人のことを信じていました。ですから、ああいう亡くなりかたをしたのをうけいれたくない気持は強くあります。ですがそれについて刑事さんといろいろ話し合いたいという考えはありません。感情を表にだすのは得意ではないと申しあげましたが、感情のない人間ではないのです。傷つきもしますし、苦しんでもいます」

「申しわけありません。奥さんが落ちついて答えて下さるのをいいことに、ひどい話ばかりをふってしまって」

本心から詫《わ》びているように聞こえる声で駒形はいった。

「心からお詫びします」

「いえ。わかっていただければ、それでけっこうです」

「あの、お詫びついでにお願いをしてよろしいでしょうか」

「何でしょう」

「今後もし、新しい事実が判明したら、ご連絡し、意見をうかがいたいのです。何といってもご主人のことを一番ご存じだったわけですから」

つまりまだ捜査をつづける。そしてその輪の外に、わたしをおかないといっているのだ。

わたしが黙っていると駒形はつづけた。

「奥さんの疑問と私の疑問は一致しているところが多いのです。捜査が終了した今、奥さんしか私を助けてくれる人がいないんです。ご迷惑はかけません。どうでしょうか。またご意見をうかがってよろしいですか」

狡猾《こうかつ》で危険な男だ。必ずわたしについても調べるだろうと、確信した。

「わかりました。ただできれば今後は、平日の昼間にして下さい」

「承知しました。ありがとうございます。ご協力を感謝します」

9

「駒形は危険。わたしを疑っている。ほうっておけば、わたしの過去や研究所のこともほじくり始めるかもしれない」

大場は無言でわたしを見ている。

「もちろん排除しようとか、そんなことを考えているわけじゃない。刑事を処理するなんて、危険すぎるでしょ」

大場は小さく息を吐いた。

「本音だよな。ならよかった」

「殺そうとは思っていない。でも何とかして、捜査をやめさせたい」

「お前やここのことを調べられるのは迷惑だが、ご主人の件について熱心にやるのは、むしろ歓迎じゃないのか」

「駒形は、わたしと事件をつなげようとしている」

「実際はつながらないのだから心配ないだろう。ここに関していうなら、ある一線を越えたら当然、圧力が働く。所轄《しょかつ》の刑事がつっき回せる相手じゃないと知らされる筈《はず》だ」

「それが問題なの。駒形はそれであきらめるタイプじゃない。だから飛ばされた」

「今度はほうりだされる。クビになったら何もできない」

大場は駒形を見くびっている。わたしと駒形のあいだには、事実上、戦闘が始まっていた。駒形は宣戦を布告し、わたしはうけて立った。妙な圧力はかえって駒形を刺激するだろう。

「研究所やわたし以外の理由で、あいつを動きにくくさせたい」

大場は顎《あご》をひき、わたしを見つめた。

「どんな方法で？」

「練馬の事件を使う。駒形が執着した容疑者、その男からまた抗議がいくよう仕向けるというのは？」

大場は考えていた。

「具体的にはどうする」

考えた計画を話した。大場はあきれたように目をみひらいた。

「お前がそこまでやるのか」

「もちろんわたしだとばれないように変装する。他人に任せるより、うまく刺激できると思う」

大場は机上のパソコンに向きなおり、操作した。モニターを見つめ、いった。

「警視庁への最後の抗議は一年半前だ。そのふた月後に、駒形は異動になってる。それと同じ頃、伊藤章三は『関東損害保険事業者連合会』を退職した」

「駒形の捜査が理由なの？」

「わからん。が、そうなら賠償を請求されていておかしくないが、それはなかったようだ」

「現在は何をしている？」

大場は首をふった。

「被疑者のリストから外されたんだ。現状に関する資料はない」

「住居もかわっているかもしれない？」

大場は頷《うなず》いた。

「可能性はある」

依願退職なら退職金はでただろう。が、勤務年数を考えれば、たいした金額とは思えない。引っ越せば当然それなりの出費が生じる。離婚した両親とも音信不通になっている状況を踏まえると、まだ同じマンションに住んでいる可能性が高い。

「とりあえず動いてみる」

わたしはいって、駒形が昨夜訊《たず》ねてきた固定電話の番号のメモを大場のデスクにおいた。

「この番号について調べてくれる」

「これは？」

「主人が亡《な》くなる日の昼間に携帯からかけた番号」

「わかった」

詳しく訊《き》くことはせず、大場はメモを手にとった。

「今日から動くのか」

わたしは頷いた。なるべく早いうちに駒形の行動を封じ込めなければならない。

部屋に戻ると、変装用のキットをとりだした。化粧品の他にヘアウィッグ、入れ歯、眼鏡、体型をかえるパッドなどがある。

ロングのストレートヘアのウィッグをかぶり、ウエストにパッドを巻いた。それにヒールの厚いブーツをはくと、体型をひと回り以上大きく見せられる。男から見た女の印象は、ヘアスタイルや化粧よりも体型でかなりかわる。特に大柄な女は、男の記憶に残りやすい。自分と同じくらい、あるいは自分以上に大きい女だったという印象は、顔などよりもはるかに強いのだ。

身長が百七十センチ、体重は六十キロ近くある体型になった。

ただし伊藤章三が百八十センチを超える長身だったら、この変装の効果は薄れる。百八十センチ以上ある男からすれば、たいていの女は自分より小柄だ。その身長差が十センチか二十センチかというのは、さほどの意味をもたない。いわゆる泣きボクロで、ロングヘアとの組み合わせは、多くの男が魅力的だと思う。

そこでつけボクロを左目の下においた。

鏡の中には、「大柄だが男好きのする顔」の女が立っている。

キットの中には名刺や偽《にせ》の身分証もある。実在の週刊誌編集部名と「契約記者」という肩書の入った名刺をバッグに入れた。

伊藤の住むマンションの住所を地図で確認し、地下鉄で練馬に向かった。

大江戸線練馬駅から徒歩十分ほどの位置だ。

マンションの前に立ったのは、午前十一時を少し回った時刻だった。平日の午前中、伊藤が再就職しているなら、在宅している可能性は低い。

十一階建ての中規模マンションだ。オートロックで、ロビーには防犯カメラがある。

インターホンで「６０４」を押し、呼びだした。

しばらく待ったが返事はなかった。夕方以降、もう一度訪ねる他ないと判断し、踵《きびす》を返しかけたとき、

「はい」

割れた声がインターホンから流れでた。

「伊藤さんのお宅ですか」

インターホンに付属したカメラを正面から見つめ、訊ねた。

「そうだけど？」

「突然お訪ねして申しわけありません。わたし、『週刊新報』の編集部から参りました、三河《みかわ》と申します。伊藤章三さんとお話をさせていただきたくてうかがいました」

「もう一回、いってくれ」

「三河と申します。伊藤章三さんにお話をうかがいたいんです」

「何の話を？」

「それは直接お目にかかって。伊藤さんでいらっしゃいますか」

間があった。

「週刊、何だって」

「新報です」

「ときどき読んでる」

「ありがとうございます」

オートロックが開いた。

「上がってきな」

伊藤はいった。

門前払いをされなかったことで、わたしの目的は半ば以上果たせた。あとは直接会って、伊藤に対する疑惑が駒形からリークされたという印象を与えるだけだ。

エレベータを六階で降り、明るいグレイに塗られた扉のかたわらのインターホンを押した。

ドアが開かれた。ジーンズにダンガリーのシャツを着た男がいた。細いが華奢《きゃしゃ》には感じさせない体つきで、脂《あぶら》けのない髪が額に垂れている。

身長は百七十センチくらいだろう。顔が小さく、目も鼻も小ぶりだ。

「こんにちは。『週刊新報』の三河と申します」

わたしはいって名刺をさしだした。指紋の残らない、特殊なコーティングを施してある。

伊藤は受けとったが、目を落とすことなくわたしを見つめた。

目が合った。眩《まぶ》しくもないのに、光を避けるような目つきをしている。

わたしはわずかだが息を吞《の》んだ。驚きに似たショックを感じていた。

伊藤が瞬《まばた》きし、眩しげな目つきは消えた。

「伊藤章三さんですね」

「そうだよ」

伊藤は扉を大きく開いた。

「散らかっているが、あがるかい」

「いえ、ここでけっこうです」

ブーツを脱ぐわけにはいかない。

「じゃあ、せめて中に入ってよ」

「あっ、そうですね。では失礼します」

三和土《たたき》に入ると扉が閉まった。三和土にはサンダルとスニーカーだけがあった。細い廊下が正面のリビングルームにつながっていて、光はそこからだけなので薄暗かった。

玄関には照明がある。だが伊藤はそれをつけようとはしなかった。

「突然お邪魔して申しわけありません」

目が慣れるまで時間がかかった。伊藤は腕組みし、三和土の先の玄関マットの上に立っている。裸足《はだし》だ。

匂《にお》いの少ない部屋だった。男のひとり暮らしなのだから、生活臭が強いと思っていた。

が、生ゴミの臭気も、体臭もこもっていない。

「週刊誌の記者さんか」

「はい」

何か問いかけてくるかと思ったが、質問はそれで終わりだった。ただわたしを見ている。暗がりだというのに、再び眩しげな目になっていた。

その目つきが不快だった。理由が感じとれたからだ。

性欲ではない。もっと強く、危険な欲望を、この男は体の内に抱えている。

「本誌では今度、『未解決事件特集』という読みものを載せることになっています。この十年以内に起こった、未解決の大きな事件を集めて記事にします。事件の中には容疑者がまったく絞りこまれていないもの、絞りこまれながらも、決定的な証拠が不足して逮捕にこぎつけられなかったもの、といろいろあるのですが――」

伊藤はうっすらと笑みを浮かべた。

「二年前、この近くで発生した強盗殺人事件も、今回の特集で扱いたいと思っています」

「なぜ、俺のところにきた？」

笑みを消さず、伊藤はいった。

「ある段階まで、捜査本部が伊藤さんに注目していたという情報があったからです。まずおうかがいしたいのですが、それは本当でしょうか」

「本当だよ」

笑みが消え、同時に眩しげな目つきもしなくなった。

「刑事さんがひとり、しつこく俺を疑ったんだ。たまたま事件のあった時間に、俺がジョギングをしていたってだけで。被害者には会ったことなんかないんだ。いや、会ったには会ってたらしいんだが」

「どこでですか」

「スーパーだよ。この辺の人間は皆、買物にいく店だ。そりゃ会うだろう。だからって容疑者にしていいのか。被害者と同じ店で買物してたら、皆、怪しいのかよ」

「そのお話を記事にさせていただいてもよろしいですか」

「いいよ。でもよく俺のことがわかったな」

「捜査本部にいた人の中に、まだ伊藤さんに対する疑いを捨てきれていない刑事がいるようです。それが回り回って、編集部に伝わりました」

「へえ」

驚いたようすもなく伊藤はいった。

「ご自身ではそれに心当たりはあるのでしょうか」

怒らせるための問いだった。

「ないよ」

「では刑事の執着はまちがっていると？」

「あたり前だろう。犯人だったら、いつまでも同じところに住んでいない」

「そういえば、お勤めをかわられたのですね。二年前いらした――」

「そこはもう関係ない」

わたしの言葉をさえぎった。

「いっておくがクビになったわけじゃない。体を壊したんだ。急性膵炎《すいえん》になっちまって、入院した」

「休職扱いにはならなかったのですか」

「気の合わない上司がいて、嫌みをいろいろいわれ、かっときた。で、辞めた」

「今はどうしていらっしゃるんです？　立ち入ったことをうかがいますが」

「バイトだよ。ハローワークいっても、事務はなかなか折り合うのがなくて。アルバイトしながら食いつないでいる」

「どんなバイトですか」

「レストランのボーイとか、そういうやつだ」

「現在も？」

「今は辞めた。新しいバイトを捜してる」

にもかかわらず、謝礼のことを訊ねようとしない。

「あっ、些少《さしょう》ですが取材謝礼がでます」

「助かるね」

わたしはバッグから封筒をだした。

「申しわけないのですが、領収証をいただけますか。お名前だけでけっこうなので」

無地の封筒に三万円入っている。受けとった伊藤は中身を調べることもせず、ジーンズのポケットに押しこんだ。

領収証の用紙とボールペンを渡した。伊藤は壁に押しつけ、サインした。

「ありがとうございます。もう少し質問させていただいてよろしいですか」

「いいよ。パチンコにいこうと思ってたんだ。ラッキーだった」

「事件について、今どうお感じになっていますか」

「別に」

「別にとは？」

「犯人のつかまっていない事件なんていっぱいあるじゃない。だからそのうちのひとつだよ。俺なんかを疑ってるくらいだから、きっとつかまらないだろうな」

「興味がないのですか」

「ないね。人はいつもどこかで死んでる。だろ？　病院や、交通事故ならその辺の道でも。このマンションだって去年、飛び降り自殺があった。今は皆長生きだから、病院で死ぬ奴《やつ》だけだったら、世の中、人で溢《あふ》れちまう」

「でも少子化で子供は減っています」

「そりゃそうさ。年寄りが長生きするから、子供がでてこられないんだ。年寄りが減ったら、きっと子供もいっぱい生まれてくるようになるって」

　妙な理屈だ。

「犯人にまちがえられたことに関して、お怒りはありますよね」

「誰に？」

「犯人、あるいはまちがえた刑事に対して」

「犯人にはないね。別に、俺だと思わせるような証拠をおいていったわけではないのだから。刑事か。刑事はそうだな、困ったとは思ったね」

「弁護士をたてて抗議されていますよね」

「昔の友だちのところとかまでいったからな。『お前、やったの？』って、電話がかかってきて、参ったよ。ずっと音信不通で何年も話してなかった奴が、いきなり『お前、人殺したの？』って。ひどくないか」

「確かに」

「たぶん、何かにとりつかれたんだね」

「とりつかれた？」

「そう。狐《きつね》とか。あるじゃん、憑《つ》きものって。それがあの刑事にとりついたんだよ」

　おかしそうに伊藤はいった。

「まあ、今はもうとりついてないだろうけど」

「でも犯人がいつまでも判明しなかったら、また伊藤さんが疑われるかもしれません」

「しようがない。でも証拠がないからつかまえられなかったわけで、これから先でてくることもないだろう。どんどん時間はたっていくし」

「あのう、たいへん失礼ないい方ですが、どこかおもしろがっているように感じるのですけど」

「うん、そうかもしれない。殺人の容疑者にされるなんて、ふつうはないからね。だけど自分じゃないのは、俺が一番わかってるから、おもしろがるしかないわけさ」

わたしは息を吐いた。伊藤が訊ねた。

「記事にするの？」

「まだわかりません。戻って、デスクと相談してみませんと」

「してもいいよ」

「するときはまたご連絡します」

「うん」

「最後に、伊藤さんは、どんな人物が犯人だと思われますか」

「わかんないね。まあ金が欲しかったのか、ただ年寄りが気にいらなかったのか。実際、人を殺すなんてたいへんなことだろうから、想像もつかないね」

嘘《うそ》つき、と心の中で思った。初めてその目を見た瞬間、わかった。この男は人を殺している。それも一度や二度ではない。

「ありがとうございました」

わたしは頭を下げ、踵を返した。

「ねえ」

ふりかえったわたしに伊藤は告げた。

「三河さんだっけ、連絡つけようと思ったらどうすればいいの？」

「名刺にある編集部にお電話をいただければ」

「いや、あなただけに、こっそり特ダネ提供できるかもしれないじゃない」

「どんな特ダネです？」

伊藤はにっと笑った。

「実はやっぱり俺が犯人でした、なんて」

「そうなんですか」

「嘘。嘘に決まってる。わかった、編集部に電話する」

「携帯の番号、書きます。さっきの名刺を」

左手にもったままだった。それに仕事用の携帯の番号を書いた。

「オッケー。連絡するよ」

伊藤は嬉《うれ》しそうに名刺をひらひらと振った。

研究所に戻った。まっすぐ大場の部屋に向かった。

ノックをしドアを開けると、大場は電話で話していた。

「了解しました。その件はのちほど連絡します」

と相手に告げて受話器をおろした。

「うまくいかなかったのか」

わたしに訊ねた。

「駒形はまちがってなかった」

わたしはいって、バッグから伊藤に書かせた領収証をとりだした。帰りの地下鉄の中でビニールの小袋に入れてあった。

「まちがってなかった？　どういう意味だ」

「伊藤は人殺しよ。それも一度だけじゃなく、何度も人を殺している。この領収証の指紋を調べさせて」

ビニールの小袋を大場のデスクにおいた。

大場はその袋に目を落とした。

「なぜ、そう思った」

「わたしにはわかる。あいつは人殺しが好きなの。人を殺したあと、思いだしてオナニーをするような奴」

大場は首を傾《かし》げた。

「お前の勘か」

わたしは頷いた。大場は静かに息を吸いこんだ。

「そういう人間がいることはわかるが、過去何度もしてきて、つかまらずにいるのは難しくないか」

大場のいいたいことはわかった。人殺しに淫《いん》する人間は、初めのうちの犯行こそ慎重で、証拠を残さないが、殺人を重ねるごとに大胆になり、犯人が自分だという〝マーキング〟を残したり、逮捕につながる遺留品を落としたりする。連続殺人犯の多いアメリカの専門家は、それを「つかまりたい願望」の表われだと分析している。連続殺人犯は心の奥底に、つかまりたい、罰せられたい、という思いを抱えていて、いずれは必ずそうなるように自分を仕向けている、というのだ。

「何度もやっているのなら、過去一度も警察にマークされていないというのも妙だろう。自分が犯人だと匂わせたのか」

「匂わせてはいない。でも取材対象にされたのを怒るわけでもなく、むしろおもしろがっていた。もちろん刑事と話すときの態度とはちがったろうけど」

「お前を気に入ったのじゃないのか。大女好きで」

大場にいわれ、〝変装〟をしたままだったのを思いだした。

「あいつが気に入るのは、殺したい人間だけ」

「そこまで思うのか」

わたしは頷いた。

「匂いがある。会えばわかる。同じことをしてきたわたしやあなたは、会えば必ずわかる」

大場は無表情になった。

「もちろん、わたしとあなたはちがう。伊藤は、あなたよりわたしに近くて、もっと異常。そんな奴がなぜ今までつかまらずにいたのかは確かに不思議だけど、単に運がよかっただけかもしれない」

「すると今日のしかけは失敗か」

「どうだろう」

わたしは壁を見つめた。

「以前いた会社は、上司と衝突して辞めたといっていた。今はバイトをして食いつないでいるみたい。あいつが犯人でなかったら、きっと金欲しさに賠償請求をするだろうけど」

「決定的な証拠がないのだから、できるのじゃないか。抗議だけなら前もしている」

「そのときはサラリーマンだった。会社内の立場もあったろうし」

わたしは大場を見た。

「伊藤のいた会社のことを調べてくれる？」

大場はあきれたような顔をした。

「脱線してないか。本来の目的から」

「そうだけど、お願い」

「やってみよう。仮に伊藤がその殺人の本ぼし、だったとして、どうだというんだ？証拠を見つけて駒形に進呈するのか」

わたしは首をふった。

「まさか。伊藤が泳い、で、いて何かをまたしてくれるほうが、注意がそれる」

大場は首をふった。

「伊藤がまた何かをしても、駒形はかかわれない。管轄がちがう」

その通りだ。管内で犯行に及ばない限り、新宿署の一刑事に過ぎない駒形は手をだせない。

ふと思った。伊藤は、駒形が飛ばされたことを知っているだろうか。可能性はある。抗議に使った弁護士から情報が伝わっていれば。

だからなのか、伊藤には駒形を恐れているようすはなかった。

他の刑事がシロと判断する中で、唯一《ゆいいつ》自分をクロと疑う刑事を、もっと嫌ったり恐れたりして自然なのに。

「妙」

わたしはつぶやいた。

「伊藤は、駒形の話を振っても、まったく興奮しなかった。本来なら、怒ったり困ったりしているフリをしておかしくないのに。おもしろがっていた。駒形は何かにとりつかれたのだろう、とまでいっていた」

「余裕だな」

「そう。余裕があった。本当は犯人なのだから、余裕なんかない筈なのに。絶対につかまらないと確信しているみたい」

「犯人ではないから、とは思わないのか。伊藤が人殺しだとしても、その事案のほしではないかもしれん」

わたしは考えた。その可能性までは考えていなかった。

「いや、たとえそうだとしても、警察のマークは嫌な筈。わたしが今、嫌なように」

いってからひっかかった。何か重要なことを見落としたような、あるいはすごく大切なものに近づきながら通りすぎてしまったような、そんな気がした。

何だろう。

「伊藤が連続殺人犯なら、共通点のある事件が、複数ある筈だ。犯行の手口とか時間帯、あるいは土地など」

大場の言葉に呼び戻された。

「警察がそれを調べなかったとは思えんが」

「確かに。でも明らかに似た手口の殺人が起こっていればともかく、そうでなければわからない。あの男は、ひとつの手口にこだわるタイプではないような気がする」

「それじゃあまるでプロだ」

また何かが頭の中で瞬《またた》いた。

「ひとり暮らしの婆《ばあ》さんを、プロが殺す理由は何だ？」

大場はパソコンを操作した。

「被害者の遺産を相続したのは、山形にいる三つ上の姉だぞ。七十過ぎが妹を殺すために殺し屋を雇ったのか」

「プロとしては失格。殺人に淫していたら、必ずヘマをする」

大場は息を吐いた。

「不毛な議論だぞ。伊藤がプロであろうがなかろうが、いや、連続殺人犯であろうがなかろうが、お前の今抱えている問題とは関係がない」

「その通りね」

わたしも息を吐いた。

「でも、指紋と伊藤の元勤務先の情報は欲しい」

「かまわないが情報をもちすぎるのは危険じゃないか。駒形に対して」

「それはわかる。けれどお願い」

わたしはいって、自分の部屋に戻った。

本来は知っている筈のない情報を、相手に対してもっていると、人はときに口を滑らせる。駒形についていえば、伊藤に関しての情報がそうだ。

駒形と対峙《たいじ》したわたしが、伊藤の名前はもとより、元の勤務先や、あるとすれば犯罪歴について何かを知っているようなそぶりを見せれば、必ず不審の念を抱かせる。

それは結果として、わたしに対する疑いをさらにつのらせる危険があった。

あるていどは、義父からの情報だといい逃れることはできるだろう。だが優秀な刑事である駒形は、いいくるめられないような気がした。

わたしが伊藤に関する情報を欲したのは、駒形との〝闘い〟に備えてだ。〝闘い〟に備えたわたしを、駒形は当然、その理由があるからだと見なす。それに気づかない男ではない。

伊藤と会い、殺人者だと確信したときから、駒形に対するわたしの警戒心はピークに達していた。

伊藤を見抜いた駒形の目は、わたしの正体をも見抜く可能性がある。

もちろん見抜いたからといって、研究所を捜査対象にするのは不可能だ。所轄の一刑事には決して触れられない領域にあるからだ。

パソコンを立ちあげ、「関東損害保険事業者連合会」を検索した。ホームページを開く。「関東損害保険事業者連合会」は、台東区東上野が所在地だった。生保会社のビルの二階を借りているようだ。

ホームページによれば、損害保険の代理店の経営者と保険会社とで作られた団体で、研修や資格教育、交流を目的としているという。

所属する事業者の名簿はなく、代表者は「小暮康秀《こぐれやすひで》」になっている。具体的な情報はそれだけだった。

「小暮康秀」を検索した。そのホームページ以外、何もでてこない。

そろそろ帰宅する時間だった。わたしはパソコンを消し、ウィッグを外して化粧を落とした。

研究所をでて、神楽坂に向かった。スーパーで買物をして帰宅した。ポークピカタとサラダを作り、智の帰りを待った。

食事が終わると、智と話した。父親のいない生活に、少しずつ慣れ始めているような気がする。

あるいは慣れ始めたフリをしているのかもしれない。母親を思いやる気持と、こんなときだからわがままをいって甘えたい気持が、智の中でせめぎあっているのがわかった。

二人で映画のＤＶＤを借りにいった。ハリウッドのアニメを智は選び、リビングで観《み》た。

洋祐がいたときは、平日の夜の、家族での過しかたを、ことさらに意識することはなかった。三人がばらばらの場所にいても不自然を感じなかった。

今はちがう。智との時間を大切にしなければならないと、わたしは思っていた。

それは勘のようなものだ。この半年、一年の、わたしと智と一緒に過す時間が、これからのわたしたちの関係に大きな影響を与えるだろう。

智は微妙な年齢にさしかかっていて、父親の死はその成長をねじ曲げる可能性がある。それを避けるには、義父に〝男親〟の役割を果たしてもらう必要があるかもしれない。二人の仲がいいのは、わたしにとって幸いだった。

智が寝ると、わたしはシャワーを浴び寝室に入った。セミダブルのベッドがふたつ並んでいて、ひとつは洋祐が亡くなった日の朝のままだ。

少し時間がたったら、智と二人でクローゼットを片づけようと思っていた。

ベッドに入ったが、眠れる気はせず、起きあがった。

洋祐が書庫として使っていた六畳ほどのサービスルームの扉を開けた。書棚の他に、小さなデスクがあり、デスクトップパソコンがおかれている。このパソコンを洋祐が仕事で使うことはほとんどなかった。もう一台のノートパソコンをいつももち歩いていたのだ。そのノートパソコンがどこにあるのか気になった。

大学におきざりなのか、火災現場で見つかったという話は聞いていない。大学の教授室にあった私物は、いずれとりにいくことになっている。

デスクの上はパソコンのモニターとキィボードだけだ。手帳やノートの類《たぐい》はない。予定などもすべて、洋祐はノートパソコンに入れ、管理していた。

書庫にある本は、大半が統計学とそれに関係した内容のものばかりだ。十代の頃、洋祐は小説が好きでよく読んだといっていた。大学を卒業してからは、ノンフィクションか学術書の類しか手にとらなくなったという。

デスクトップを立ちあげた。ブラウザを開くと、旅行前に上海について調べた履歴が残っていた。メールをだれかとやりとりした記録はない。

携帯電話を寝室からもってきて、駒形を呼びだした。応答はなく、留守番電話サービスにつながった。用件を吹きこまずに切った。

十秒とたたないうちに携帯電話が鳴った。

「駒形です。お電話をいただきましたか」

書庫は昼でも陽が入らず、ひんやりとしている。わたしは素足に冷気を感じながら応《こた》えた。

「はい。主人が使っていたノートパソコンが現場から見つかりませんでしたか」

「ノートパソコンですか」

駒形は沈黙した。手帳を調べている気配があった。やがて訊ねた。

「バッグのようなものに入っていました？」

「そうです。授業で使うノートもいっしょに入れていました」

「現場で見つかっています。炭化した状態で、廃棄せざるをえなかったようです」

「そうですか。すみません。ふと思いだしたものですから」

「いえ。申しあげなかったこちらの不注意です。申しわけありません」

一度言葉を切り、駒形は訊ねた。

「その後、息子さんはいかがです」

「少しは落ちついたようです。今日も学校にいきましたので」

「よかった。私のほうはまだお知らせできるようなことは何もありません。例の女性の身許《みもと》も判明していませんし、電話番号は問い合わせ中でして。ところで、ご主人は最近どこかにご旅行をされましたか」

「主人だけで、という意味でしょうか。それはありません」

「ご家族では？」

一瞬ためらい、答えた。

「三週間ほど前に上海にいきました」

「観光旅行ですか」

「はい」

「何泊されました」

「三泊です」

「ずっとご家族ごいっしょでしたか」

「どういう意味でしょうか」

「ご主人が単独で行動されたことはありませんでしたか。もしかするとそのときに、例の女性と知り合ったのかもしれないと思いまして」

「ありません」

「行先を上海にされたのは、なぜです」

「わたしがいきたいといったからです」

「ご主人の意見ではなかった？」

「わたしです。見たいところがあったので」

「いかがでした？　いかれてみて」

「空気が悪くて驚きました。子供が小さい頃喘息《ぜんそく》もちだったので、心配になったくらいです」

「旅行中ご主人のようすにかわったところはありませんでしたか」

「まったくありませんでした。楽しんでいました」

駒形は息を吐いた。

「そうですか。ところで立ち入ったことをうかがってよろしいでしょうか」

「何でしょう」

「奥さんは高校一年生のときに、ご家族全員を交通事故で亡くされたとおっしゃっていましたが、その事故の日時と場所は覚えていらっしゃいますよね」

「それが何か関係あるのでしょうか」

駒形は一瞬黙り、いった。

「世の中には、運の悪い人というのが確かにいます。奥さんの場合、子供の頃にご家族を一度に亡くされ、今またご主人を亡くされた。どちらも自然な亡くなられかたとはいえない。不公平だとは思いませんか。なぜ自分にばかり、残酷なできごとが起こるのか」

「思います。でも誰かに文句をいえるのですか。いえばかわるのですか」

「かわらないでしょう。ただ、刑事という商売をしていますと、なにかしらそういう不運のつきまとう人、というのに会うんです。ご本人には何ら責任がないのに、事故や犯罪に巻きこまれて命を落とす人が身内につづいたりする」

「わたしが家族を亡くしたのは二十五年前です。つづいてはいません」

「交通事故というのは、乗っていた車が衝突した？　あるいはひかれたのですか」

「衝突です。居眠り運転のトラックが対向車線からはみでてきて、正面衝突でした。両親と妹が乗っていました。家族で北海道旅行中だったんです。わたしは部活があったのでいきませんでした」

「何年何月でしょうか」

答えた。事故は記録に残っている。

「奥さんの旧姓は何とおっしゃいますか」

「佐々木です」

佐々木和夫《かずお》、よし江《え》、明穂《あきほ》の三名が、北海道釧路町の国道44号線で事故死したのは事実だ。佐々木家にはもうひとり、奈々という長女がいた。その戸籍が、わたしに与えられた。本物の佐々木奈々は、事故から七年後、インフルエンザで死亡した。だが死亡届は提出されていない。

「苦労されたのでしょうね」

「わたしを調べたいのですか」

「奥さんを疑っているというより、何かしら手がかりがほしい、というのが本音なのです。前にも申しあげましたが、私を助けて下さるのは、奥さんしかいらっしゃらない」

「それがなぜわたしを調べることになるのです？」

駒形は黙りこんだ。

「もしもし」

「申しわけありません。自分でも何をしたいのか、わからなくなってしまって。奥さんを疑う理由などまったくありません。ただ、自分にとって本当に納得のいかない事件が、つづいたものですから。ご迷惑をおかけしました」

「いえ。もう、よろしいですか」

動揺しているのか、しているフリなのか、わたしには区別がつかなかった。いずれにしても長く会話をしないほうがよいと判断した。

「はい。また何かわかったらご連絡します」

もうしないでくれ、というべきだった。が、駒形の心情が気になり、いわなかった。伊藤に対する駒形の疑いはまちがっていない。証明する機会を奪われた駒形こそが、むしろ不運というものだ。

わたしは怒りよりもおかしさを感じていた。わたしの過去に興味をもつのは、駒形がより危険な存在となる可能性を暗示している。にもかかわらず、疑いを抱き、それを証明しようとあがく駒形の姿には、ある種の滑稽《こっけい》さすらあった。

愚かとは思わない。むしろこの刑事は、鋭すぎる自分の勘をもてあましているのだ。

あなたはまちがっていない。あなたが疑いを抱く相手は皆、人殺しだ。ただそれを証明できない限り、あなたは負け犬でしかない。

いや、証明しても勝つことはできない。あなたが証明する材料を得たとわたしに知られれば、そのときは死が待っている。警官としての死か、人間としての死が。

10

判明したことがいくつかあった。それをわたしは大場からのメールで知った。

駒形が訊《たず》ねた固定電話の番号は、高田馬場の居酒屋のものだった。事件当日、洋祐たちが飲み会を開いた店だ。

駒形は当然知っていただろう。試しにかければすぐにわかるからだ。それをわざわざ訊ねてきたのは、わたしと話す機会を得るためだ。

伊藤章三の指紋は、警察のデータベースに登録されていなかった。つまり逮捕歴がないことを意味する。

大場はわたしにメールを送ったのち外出していた。

わたしは伊藤の部屋を訪ねたときと同じ変装をして、東上野に向かった。

「関東損害保険事業者連合会」は、昭和通りに面したビルの二階にあった。一階には携帯電話ショップが、三、四階に生命保険会社が、五、六階に不動産会社が入っている。

エレベータホールをビルの出入口の近くからしばらく観察したが二階から降りてくる人間はひとりもいなかった。昼休みになるとようやく、各階で停止したエレベータから何人もの人間が吐きだされたが、誰が「関東損害保険事業者連合会」に勤めているのかは判別できない。男は皆スーツ姿でネクタイを締めている。

午後一時二十分になると、わたしは二階にあがった。

エレベータを降りて正面に「受付」があり、男がひとりすわっていた。スーツ姿で、わたしを見ると柔和な笑顔を浮かべた。五十代だろう。

「こんにちは」

男につられ、わたしもこんにちは、と答えた。

「こちらは『関東損害保険事業者連合会』さんですね」

周囲を見回し、わたしはいった。防犯カメラが二台、受付とエレベータに向けられている。

男は笑みを大きくした。

「そうです。事業者の方ですか」

男の前のカウンターに、パンフレットらしき冊子がさしこまれたホルダーがあった。「研修会」「資格セミナー」といった文字が見てとれる。わたしは首をふった。

「いいえ。こちらに以前勤めておられた方のことを、おうかがいしたくて参りました」

男の笑みは消えなかった。わたしを怪しんでいるとしても、それを露ほども感じさせない。

「どなたでしょう」

「伊藤章三さんとおっしゃいます」

「伊藤さん」

男は眉根《まゆね》を寄せた。まるで心当たりがないといった表情だった。相当な〝役者〟だ。保険業界団体の受付におくには役不足だろう。

「存じあげません」

首をふり、にこやかにわたしを見つめた。

「一年ほど前まで、こちらで事務の仕事をされていたとうかがったのですが。どなたかご存じの方はいらっしゃらないでしょうか」

「ああ……一年前ですか。となると難しいかもしれません。ここは、損保関連の企業から一年交代で人をだしている、一種の連絡機関なのですよ。ここにいるのは損保会社の社員がほとんどで、一年で所属する会社に戻ってしまうんです」

「こちら専属の職員の方はおられないのですか」

「今はおりません。以前はいたようですが、人件費の削減で解雇してしまったのです。お訊ねの方も、もしかするとそのときに辞められたのかもしれません。当時とはすっかり人間がかわっていますので、知っている者はいないと思います。派遣の人に事務はすべてお任せしている状況なのですよ」

「ここには何人くらいの方が詰めていらっしゃるのですか」

「あなたのお名前を、まずうかがえますか」

男はあくまで感じよく訊ねた。

「三河と申します」

「お仕事は何をしていらっしゃるのですか」

「週刊誌の記者をしております」

週刊誌と聞いても、まるで嫌な顔はしない。

「そうですか。せっかくお仕事でこられたのに、まるでお役に立てなくて申しわけありません」

頭を下げた。

「それでお勤めの方は何人くらい、いらっしゃるのですか」

「申しわけありません。お答えできないのですよ」

「一年以上勤めている方はひとりもいらっしゃらないのですか」

「はい。申しあげた通りです」

やわらかいが決して崩せない壁がたちはだかっているようだ。

「でも幹部の方はどうでしょう。代表の小暮さんとか」

「小暮はほとんどここには参りません。兼任ですので」

「損保会社の社員との、ですか」

男は首をふった。

「お答えできないんですよ」

申しわけなさそうにいう。ここは引きさがるしかなかった。

「わかりました。お手間をとらせました」

わたしは踵《きびす》をかえした。

「あ」

男がいった。

「もし、先ほどの人を知っている者がいたら、ご連絡いたします。連絡先を教えていただけますか」

わたしは男を見つめた。口もとに薄い笑みをはりつけたまま、男はわたしの目をのぞきこんでいる。

「でも一年以上お勤めの方はいらっしゃらないのでしょう」

「幹部の者なら、お訊ねの方について何か知っているかもしれませんので」

わたしは「週刊新報」の名刺をカウンターにおいた。男は目を落とすと、ほう、と唸《うな》った。

「『週刊新報』さんですか」

「はい」

「その方の何についてお知りになりたいのかを、いちおううかがえますか」

「在職されていた頃の評判を」

「なるほど」

男はわたしには見えないカウンターの内側でメモをとった。

「伊藤さんでしたか」

「はい。伊藤章三さんです」

「承知しました」

きっぱりといって、男は顔を上げた。

「誰か知っている者がいて、お話ししてもよいということでしたら、こちらの名刺のほうにご連絡をさしあげます」

「よろしくお願いします」

携帯の番号を教えるつもりはなかった。違和感があった。この男は、ただの「受付」ではない。

「失礼ですがお名前をお聞かせ願えますか」

わたしは男に訊ねた。男は大きく破顔した。

「これはこれは、失礼しました。私、こういう者です」

名刺をさしだした。

「関東損害保険事業者連合会　事務局　桑畑繁彦《くわはたしげひこ》」とある。

「ちょうだいします。では、失礼します」

「お役に立てなくて」

エレベータで一階に降りた。一階の携帯電話ショップに入り、ようすを見ていた。

ショップの出入口の横に階段があり、四人の男がすぐに降りてきた。四人はビルをでて、あたりを見回している。

目立たない男たちだ。ネクタイを締め、二人は眼鏡をかけ、二人はマスクをしている。

ひとりがわたしに気づいた。わたしは目を合わせず、陳列されたスマートフォンを手にとった。店員に話しかけ、機能についていくつか質問したあと、ショップをでた。

上野駅に向かって歩きだした。男たちのうち二人は通りの反対側に渡っていた。わたしと並行して歩いている。同じ側のひとりがわたしを追い越し、前にでた。縦横にはさむ、オーソドックスな尾行方法だ。

上野から山手線に乗った。新橋で降り、駅に近いコーヒーショップに入った。

男たちはあとを追ってはこなかった。店の外で待っているようだ。

バッグから携帯をだすと大場からの着信記録があった。折り返しかけた。

「今、どこだ」

電話にでた大場は訊ねた。

「新橋」

「新橋？」

「上野の例の団体を訪ねた。伊藤について知っている人間と会わせてほしいといった。誰もいないと追いはらわれ、尾行がついた。だから新橋」

大場は息を吐いた。

「調べろといっておいて、訪ねていったのか」

「気になったから」

「余分な接触だぞ、それは」

「あの団体からも駒形に抗議がいくよう仕向けたかった。でも無理だ。あそこは変」

「何が変なんだ」

「受付がふつうじゃない。大企業のベテラン総務係みたいなの。愛想はいいけれど、情報を決して洩《も》らさない」

「ベテランの総務だったのだろう」

「なぜそんな人間を、業界の連絡機関の受付におくの」

「他にいき場がなかったのじゃないか」

「そっちは調べた？」

「軽く、な。問題はない。小暮という代表は、元金融庁にいた役人だ。役員には他に警察ＯＢが何人か名を連《つら》ねている。典型的な業界団体だ」

「それがなぜわたしを尾《つ》けるの」

「訊《き》いてみたらどうだ？　冗談だ。妙な真似《まね》はするなよ」

大場は何かを隠しているような気がした。が、確かめることはせず、わたしはいった。

「研究所へ連れていくのはマズいでしょ」

「マズいだろうな。まけるか？」

「多分。でも刑事なみの態勢できている」

「上海でもできたろう」

「やってみる」

電話を切った。コーヒーショップをでて、銀座のデパートに向かった。尾行のメンバーが二人消えていた。別の人間と入れ代わったのだとすれば要注意だった。メンバーが代わった場合、まいたと確信してもそうでない可能性がある。また女がメンバーに加わっていると、女子トイレの作戦が使えない。

デパートの眼鏡、時計売り場に上がった。極端に客の数が少なく、尾行の人間を確認するのに好都合だからだ。

入れ代わったひとりは確認できた。四十代の女だ。コートを着て紙袋を手にしている。

女子用トイレに入った。何かをしかけてくるとは思えない。向こうはとうに「週刊新報」の編集部に問い合わせ、三河という記者が存在しないことをつきとめているだろう。だがこちらが相手を「関東損害保険事業者連合会」と知っている以上、強引な手段はとりづらい筈《はず》だ。

尾行の女は入ってこなかった。用心深い。顔がバレるのを恐れているようだ。

だがこちらも閉店まで隠れているわけにはいかない。智の帰宅までには家に戻らなければならないからだ。

　三十分ほど待った。女は入ってこなかった。

トイレをでた。尾行の人間は消えていた。入れ代わったのではない。いなくなったのだ。尾行に気づかれたのを察知してひきあげたのだとすれば、かなり慎重な対応だ。つまりそれだけ、〝正体〟を知られたくないというわけだ。

デパートの地下から銀座線に乗り、「三越前」で降りてタクシーに乗った。追ってくる者はいなかった。

研究所に戻った。どことなくあわただしい空気を感じた。瀬戸圭子が携帯電話を手に早足で廊下を歩いていた。腹立たしげな顔をしている。

瀬戸圭子の前で足を止め、訊ねた。

「どうしたの」

「何が？」

「ムカついているように見える」

瀬戸圭子は息を吸い、首をふった。

「ヨーロッパ出張が流れた」

「流れたんだ」

「対象者が死んだ。心筋梗塞《こうそく》だって」

「枡本?」

瀬戸圭子は頷《うなず》いた。元外務省職員で、東欧での武器密売にかかわっていた男だ。

「どこで死んだの」

「自宅。通いのメイドが見つけて一一九番したけど助からなかった」

死んだのを残念がっている口調だった。実際、残念なのだろう。ベルギーの知り合いに会いにいけなくなって。

「心臓病もちだった?」

「知らない」

瀬戸圭子は首をふった。どうでもいい、といわんばかりだった。確かに死んだ人間は殺せない。

「お疲れ」

わたしはいって歩きだした。大場の部屋のドアをノックした。

大場はパソコンのキィボードを打っていた。モニターに目を向けたまま左手をあげて、わたしを待たせた。打ち終わると椅子《いす》に背中を預け、顔を上げた。

「うまくまけたようだな」

「向こうが引きあげた。トイレに隠れているうちにいなくなっていた」

目だけを動かし、わたしの背後を見た。

「そう見せかけただけじゃないだろうな」

「確認した。いなくなってた」

「なぜ引きあげた？」

「尾行に気づかれたからじゃない。わりと慎重」

わたしはいって、受付の「桑畑繁彦」の名刺をさしだした。ひと目見て、大場は眉をひそめた。

「ベテラン総務の名刺よ」

大場は手にとり、真剣な顔で見入った。わたしが使った偽《にせ》名刺と同じ、指紋の残らない素材で作られている。

「同じ名刺屋を使っているみたいね」

大場は無言だった。

「もう少し調べてみない？『関東損害保険事業者連合会』を」

名刺をおろし、わたしを見た。

「できない」

「なぜ？」

「できないからだ。所長の指示があった」

「杉井所長のこと？　体を悪くしているのじゃなかったっけ」

「メールは打てる。触るな、という指示だ」

「なぜ？」

「理由は書いてない。だが指示は指示だ」

わたしは大場の目を見つめた。

「本当に理由はなかった？」

「ない」

大場はきっぱりといった。

「指示がきたのは、さっきわたしと電話で話す前、それとも後？」

「前だ」

「誰を通して調べた？『関東損害保険事業者連合会』について」

「何を考えてるんだ」

大場は訊き返した。

「所長に、調べていると報告していたわけじゃないでしょう。あなたが誰かに問い合わせ、問い合わせを受けた人間か、その人間が『連合会』について訊ねたまた別の人間が、所長に警告したから、メールがあなたにきた。つまり、『連合会』について知っている人間が、あなたの知り合いか、その知り合いにいる」

大場は渋々、頷いた。

「お前のいう通りだ。訊いたのは、あそこの理事に名を連ねているOBと親しい知り合いだ」

「警察OB？」

「そうだ」

「あなたの知り合いも？」

再度、頷いた。わたしはいった。

「何だと思う？」

「公安関連だろう。本庁公安部か、内閣情報調査室の、民間団体を偽装《カバー》にした出先機関だ」

「伊藤もじゃあ公安関係者だったというわけ。ありえない」

わたしは首をふった。

「伊藤はただの事務員だったんだろう」

「それでも変。情調の出先にいたのなら、もっとマスコミを警戒するのじゃない？あいつはそんな感じじゃなかった。何ていうか、壊れている。壊れている人間を、そういう機関が使う？」

「壊れているからクビにしたのかもしれん。お前の勘が正しくて、伊藤が人殺しなら、そんな危い奴《やつ》をおいておけないからな」

「そうなら、『連合会』は、伊藤が人殺しだと知っていることになる」

「だから何だ？　告発したら自分たちのカバーがはがされる危険がある。いいくるめて退職金を上乗せし、切り捨てたのだろう」

理屈は通る。そこで働いていたのなら、伊藤は「連合会」の実態を知っている。当然守秘義務は課されていただろうが、喜んで人を殺すような男に、効力があるとは思えない。

人殺しであることに目をつぶるかわりに、縁を切り、沈黙を約束させた。

だが何か釈然としない。なぜ「連合会」は、そんな男を雇ったのだ。

資料によれば、伊藤が「連合会」で働きだしたのは、三十四のときだ。それまで警察やその天下り先に関連するような職場で働いたという記録はない。

そんな男をなぜ雇い入れた。「連合会」が求人広告で事務員を募ったとは思えない。徹底した身許《みもと》調査に〝合格〟しなければ、働ける場所ではないのだ。

「そうか。だからか」

わたしはつぶやいた。

「どうした？」

「捜査会議での駒形の主張」

「何？　何をいってる」

「伊藤が別人だといった。中学・高校の卒業アルバムの写真と似ていない。両親も行方不明で確認がとれない。捜査本部が入手した伊藤の経歴は、すべて偽もので、伊藤は他人の戸籍と経歴を使っている。わたしと同じ」

大場は何かをいいかけ、それを呑《の》みこんだ。

「だから伊藤がただの事務員だったわけがない」

「工作員だったというのか」

「まちがいない。それもわたしたちと同じような仕事をしていた」

「ちょっと待て。国内での処理活動は禁止されている」

「わたしたちはね」

「いや、それはない。そんなところがあったら、とっくにわかっている筈だ」

「なぜ？　誰が教えるの。向こうだってこっちのことを知らないかもしれない」

大場は瞬《まばた》きした。首を何度もふり、否定する言葉を捜すように、口を開け閉めした。が、あきらめたのか、息を吐いた。

「いいだろう。あそこがお前のいう通り、非合法工作機関だとして、伊藤が元工作員だったとして、だから何だというんだ。いってみれば、同じ系列の子会社だ。文句をつける筋合いはないぞ」

確かにその通りだ。伊藤も人殺しなら、わたしたちも人殺しだ。人殺しに上下などない。

「『連合会』ができたのはいつ？」

大場はキィボードを操作した。

「五年前だ。伊藤が働きだした時期と一致する」

「つまり伊藤は〝創業メンバー〟よ」

大場は険しい表情になっていた。

「『連合会』の活動は、五年前から。それ以前にも、ちがうカバーで同じことをしていたかもしれないけれど」

「そいつを調べるのは不可能だ。俺たちクラスの人間が知っていい情報じゃない。もし知っていていい人間がいるとすれば、ご主人のお父さんレベルだ」

大場は吐きだした。わたしは笑いだしそうになった。義父にそんな質問をしても、まっとうな答が返ってくるとはとうてい思えない。眉ひとつ動かさず、知らない、と答えるだろう。それができる人間だから、息子の嫁にわたしを迎え入れたのだ。

「そうね。でも訊いて答える人じゃない」

「だろうな。納得したら、忘れることだ。『関東損害保険事業者連合会』は」

〝見えない〟ことになっているものを、見えたと騒いでも意味はない。

だが伊藤やその元職場を使って駒形を牽制《けんせい》することは難しくなった。

「例の刑事はまだマークしてきているのか」

わたしの沈黙の意味を悟ったのか、大場が訊ねた。

「多分ね。わたしの過去に興味をもっている」

「家族を亡《な》くした事故について訊かれたとか」

わたしが頷くと、大場は渋い顔になった。

「容疑者でもないのに、か」

「わたしも身寄りと音信不通で、伊藤に似ていると思ったのかもしれない」

「身寄りがなかったり音信不通の人間は、皆疑ってかかるのか。少し変だな、その刑事は」

だが駒形の勘は当たっている。

「伊藤について調べたとき、『連合会』には当然あたったと思う。トバされたのはそれが一番の理由かもしれない」

「じゃあ今度はうちか。そうなればクビだな」

「クビにしてもあきらめないような気がする」

「処理するしかない、と？」

「まさか。ただわたしに対するマークを穏便な形でやめさせる方法はないかな。このままいけば、ここをしつこく調べ始める」

大場は息を吐いた。

「仮定の話をしても始まらない。ただお前には当分、現場を離れてもらうぞ」

しかたがなかった。わたしは訊ねた。

「枡本が死んだそうね」

「ああ。救急車で搬送されたが、病院到着時死亡が確認された」

「持病を抱えていたの？」

「そういうデータはなかったな」

「持病があれば、当然それを使った作戦を考えてた」

「健康でもぽっくりいくことはある。突然死って奴だ」

「そうね」

もしそれが処理の結果なら、強引な方法だ。健康な人間が突然死すれば、警察は死因を疑う。事故や犯罪に巻きこまれ死亡したという形のほうが、むしろわかりやすく、背景に疑いを持たれない。

「ねえ」

わたしは大場を見つめた。

「この五年間で、リストに挙がっていた処理予定者が国内で死亡したのは初めて？」

「その筈だ」

「リストに挙がる前に死ねば、わからないものね」

「何がいいたい」

「『連合会』の仕事」

「ちょっと待て。忘れることにしたのじゃないのか」

「そうだけど気にならない？　このタイミングで枡本が死ぬのは」

「気になっても何でも、国内の話なんだ。俺たちが首をつっこむことじゃない」

「国内での処理活動を禁止されているのはわたしたちだけで、他はオーケーってこと？」

「そんなことはいってない。興味をもつな、といっているんだ。枡本が死んだのが、病死だろうがちがう理由だろうが、お前が興味をもってどうする。刑事じゃないんだ」

「その正反対」

「だろう。だからいっている」

「わたしもだからいっているの。研究所以外に、別のプロ集団がいて、国内での処理活動をおこなっているのなら、知っておきたい」

大場は首をふった。

「俺は知らん。わからん。いったろう。知らされるようなことじゃない。それにお前は無理に、枡本の件と『連合会』をつなごうとしているように見える」

「そこまでは思ってない。枡本は民間かもしれないし」

民間にも処理業者はいる。いわゆる「殺し屋」と呼ばれている連中だ。だがやり口は荒っぽく、事故や病気に見せかけられる技術はない。せいぜいさらって殺し、死体を隠して失跡《しっそう》を装《よそお》うくらいだ。

「いいや、そうじゃないな。伊藤が所属していたという理由だけで、お前は『連合会』全体をそういう機関だと決めつけている」

その通りだ。

「そうね。そうかもしれない」

わたしは床を見つめた。

「『連合会』の実態が何であれ、触るなと指示された以上、ほうっておくんだ」

「伊藤に関しては、そういう指示はなかったのね」

「ない。伊藤は『連合会』とは切れているのだろう」

伊藤から「連合会」の実態を訊きだすのは可能だろうか。

「でも伊藤がつかまって、べらべらと喋《しゃべ》ったら『連合会』は困る」

「だがつかまらなかった。決定的な証拠がなかったからだ。奴がプロなら、当然の話だ」

「でもあれが仕事だったとは思えない。伊藤は遊びで殺した」

「かもしれん。ちがうかもしれん。ここでいくら話しても結論はでない」

「伊藤をさらに調べたい」

「手段と目的を混同していないか。伊藤を使うのは、その駒形という刑事の動きを牽制するためだろう。お前自身が伊藤にのめりこんでどうする。それとも伊藤を追いこんで、『連合会』のことを調べたいのか」

「半分、当たってる」

認めざるをえなかった。

「残りの半分は何だ」

「純粋にあいつのことが気になる」

「それはなぜだ。お前は怒るかもしれんが、同じ種類の人間だからか」

「同じじゃない。あなたのいいかたを借りれば、わたしもあいつも、確かに才能はある。でもわたしは快感は感じない。後悔や不安をもたないだけで」

大場は椅子の背にもたれかかった。無言でわたしの顔を見つめた。

「わたしみたいな人間は、伊藤みたいな奴よりは多い、と思う。もちろんたくさんいたからといって、正当化できるというのとはちがう。わたしは、純粋に仕事と考え、計画をたて実行し、自分の中で整理できる人間。でも伊藤は――」

「昔のお前はどうなんだ？　喜びを感じてなかったといいきれるか」

「感じていた。でもそれはわたしと濃い関係があった人間だから。縁もゆかりもない人間を殺したいと思ったことはない」

「伊藤だって、死んだ老婆《ろうば》とスーパーで会っている。通り魔だったわけじゃない」

「あいつは通り魔になってもおかしくない。特にフリーになった今は」

「お前は伊藤をつかまえたいのか」

あきれたように大場はいった。

「駒形に手錠をかけさせ、司法の場にひきずりだすことを考えているのか」

「そこまでは思ってない」

「いっていいか」

言葉を切り、大場は険しい表情になった。

「どうぞ」

「ご主人を亡くしたことで、お前はどこかバランスを崩している。それが、伊藤と『連合会』にお前がこだわる理由だ。冷静に考えれば、決してかかわってはいけない相手だ。なぜか――」

「鏡だから」

わたしはいった。大場は首をふった。

「そこまでわかっているのか」

「でも鏡じゃない。あいつとわたしはちがう」

「ちがわない。お前がそう感じたのだから、きっと伊藤は人殺しなのだろう。だがな、お前がそれを感じた時点で、鏡なんだよ。もしそうじゃなかったら、お前は気づかなかった」

　わたしは黙った。大場は口もとに手をあて、考えていた。

「いいか。お前だけじゃない。俺の手だってよごれている。研究所の処理チームは全員そうだ。それが嫌で嫌でしかたがなかったら、とっくに辞めるか、自殺するか、どうにかなっているだろう。辞めないというだけで、俺たちと伊藤は同種の人間なんだ。いや、伊藤は辞めたぶんだけ、俺たちよりマトモなのかもしれん」

「かもしれない」

「結局、何かをして傷つくのはお前自身だ。そんな、何ひとつ得にならないことを、ご主人を亡くす前なら、お前は決してしなかった。もっと冷静で、常に先を読んでいた」

　わたしは無言だった。

「もうひとつ、ある。『連合会』が、お前の考えているようなことを実行している機関なら、伊藤はとっくに始末されていておかしくない。そうだろう。逆の立場にたってみろ。もしお前が暴走したら、研究所はお前を処理対象者にせざるをえない」

「外国にいく予定はない」

「予定は作るさ。任務でな。智くんはひとりぼっちになるぞ」

わたしは大場をにらんだ。

「威《おど》しているの？」

「そんなに感情的な話じゃない。客観的にそうなる、といっているんだ」

わたしは息を吐いた。大場の言葉は、客観的にはすべて正しい。だがわたしはそれを受け入れられないでいる。

「時間が欲しい」

なるべく嘘《うそ》をつきたくなくて、わたしはいった。

「伊藤について、『連合会』について、冷静に考える時間が欲しい」

「考えるだけだぞ」

わたしは頷いた。大場は頷き返した。

「これ以上、駒形がお前をわずらわせないことを願っている。そうすりゃ、お前もいずれ冷静に戻る」

駒形のせいではない。伊藤だ。だがあえて反論せず、わたしは大場の部屋をでた。

11

翌日、わたしは研究所を休み、遺品をうけとるために洋祐のいた大学に向かった。

洋祐が大学においていた本はすべて寄付することにした。残ったのは大半が、どうでもいいような品ばかりで、しかもわたしに見覚えがあるのは、ずっと使っていた筆入れや衣服くらいだった。

小林以下、大学関係者や学生たちの悔やみの言葉をあらためて聞いていると、携帯が振動した。駒形だった。

「失礼します」

わたしは耳にあてた。

「奥さん、女性の身許《みもと》がわかりました」

前おき抜きで、駒形はいった。

「今、主人のいた大学におります」

「それは失礼しました。どうしましょうか」

「あとでそちらにうかがいます」

「わかりました。署でお待ちしています」

電話を切り、小林に告げた。

「わたしがもって帰ってもしかたがないものばかりです。よかったら形見としてお使い下さい。それ以外は処分して下さってけっこうです」

筆入れだけをバッグにしまった。わたしが学生だったときから愛用していた、革製のケースだ。

小林の顔に少しだが、傷ついたような表情が浮かんだ。だが考えてみればわかる筈《はず》だ。母親と小学生の二人暮らしに、大学の教授室におかれていたような品が役立つことはない。

ＪＲで新宿に向かい、西口の新宿警察署に足を踏み入れた。

駒形はすぐに降りてくると、

「今日は外で話しましょう」

と告げ、歩きだした。通りをはさんだ高層ビルの、見晴らしのいい喫茶店に入った。

「ここは穴場なんです。意外に人がこなくて」

コーヒーを注文し、駒形はメモ帳をとりだした。

「女性はカナダ人でした」

「カナダ人？」

「サリー・アン。カナダ政府が発行したパスポートを用いて、今年の二月に入国しています」

「中国系カナダ人、ということですか」

「そうです。彼女の身許を教えてくれたのは、警察の別の部にいる人間です」

「別の部？」

「公安部というところです。入国してから二度ほど、公安部の人間に接触していました」

「するとあの人は娼婦《しょうふ》じゃなかったのですか」

駒形はわずかに躊躇《ちゅうちょ》し、いった。

「それがややこしいのですが、娼婦でもあったようです」

「わたしは警察の仕事に詳しくはありません。ですが公安部というのは、スパイのような人を取締るところではないのですか」

「おっしゃる通りです。公安部の仕事は、正直、警察内部にいる私にもよくわからないところがあります。ただサリー・アンは、公安のその筋の人間には知られていたようです。というのも、もともと彼女は中国人で台湾政府に中国の機密を売り、危険を感じてカナダに逃れていたんです。中国政府の報復を恐れたからだと、公安の人間はいっていました。サリー・アンは、中国語はもちろん、英語や日本語に堪能《たんのう》で、若い頃は、中国政府のために働く高級娼婦だったようです。指定された客と寝て、情事を撮影させ脅迫の材料にする。あるいは、特定の高官の愛人のようになって情報を収集する。つまり、スパイであり娼婦だったわけです」

「それが中国を裏切ったのですか」

「どうもそうらしい。台湾政府から大金をもらいカナダに逃げていた。カナダには中国人の移民が多いそうなんです」

「ではなぜ日本にきたのです？」

駒形は首をふった。

「わかりません。サリー・アンというのはもちろん本当の名前ではなくて、カナダに逃げたときにつけた名前のようです」

「中国政府からは、今も追いかけられていたのでしょうか」

「そのあたりはまったく不明です。カナダで隠れていたのが、見つかりそうになり、日本に逃げたのか。それとも別の理由でこの国にきたのか」

「別の理由？」

「昔の仕事を始めた」

「つまり娼婦兼スパイに戻った？」

「ええ。でも正直、専門外なので、私にはさっぱり見当がつきません。それで奥さんにお訊《たず》ねしたいのですが、ご主人は政府関係の仕事を何かしていらっしゃいましたか。

あるいはどこか、外国の政府や企業に頼まれた仕事をしていらしたとか」

わたしは首をふった。

「そういう話は聞いたことがありません」

駒形は唸《うな》り声をたて、窓の外を見つめた。

「彼女が生活に困って、ご主人に声をかけたとは考えられない。いくらなんでも、そこまで落ちる前に何か手だてを講じたでしょうから」

「となると接点がありませんね」

わたしはいった。

「おっしゃる通りです。正体が判明して、かえってわからなくなった」

「正体が判明しなければ、ずっとただの娼婦としか思わなかったでしょうね」

「そうです。現場に私物は一切ありませんでしたから」

「主人には、スパイされる理由はありませんし、たとえ情事を撮影され威《おど》されたとしても、そういう人が喜ぶような情報は何も提供できなかった筈です」

「そうですか。確かに隠し撮りをしていたのなら、当然近くに仲間がいたはずですから、火事で逃げ遅れるなどということはなかったでしょう」

「あれが火事でなかったら？」

駒形はわたしに目を戻した。

「火事でないのなら何です？　火事に見せかけて二人を殺害したというのですか」

わたしは頷《うなず》いた。

「主人と彼女のあいだに接点はありませんし、亡《な》くなった場所には、彼女の正体がわかるものは何ひとつなかった。それは誰かが、彼女の正体をわからせないように仕向けた、と考えられませんか」

「そうするとご主人はなぜ――」

「ああいう場所で男の人と死んでいたら、いかにも客と娼婦が火事に巻きこまれたと思わせることができます」

「相手は誰でもよかった、と？」

「ええ」

駒形は真剣な表情で考えこんだ。

「もしそうなら、ひとりふたりの仕業《しわざ》じゃない」

「わたしにはわかりませんが、ひとりでは無理でしょうね。睡眠薬か何かで二人を眠らせ、あそこに運びこんで、火をつけたのでしょうから」

「やはり解剖させていただくべきでした」

「最初から彼女の正体がわかっていたら、解剖したのではありませんか」

わたしがいうと、駒形は頷いた。

「他殺を疑ったでしょう」

「そうさせないために避妊具をおいた。殺した人たちの演出だったわけです」

駒形はわたしを正面から見つめた。

「奥さんはミステリーがお好きなんですか」

「え？」

「推理小説とか映画の類《たぐい》をよくご覧になりますか」

「いいえ」

「今のは立派な推理です。犯人の側に立って、犯行方法を考えている」

「それは、そうとしか考えようがないからです。二人が客と娼婦という関係で火事に巻きこまれて死んだという条件を外すと、誰かがそう仕向けたという可能性が残ります」

「誰がそう仕向けるんです？」

「彼女に生きていてほしくなかった人でしょう」

「ご主人は？　巻き添えですか」

「主人に生きていてほしくなかったという人に、刑事さんは会いましたか」

「会っていません」

わずかにためらい、駒形は答えた。そして何度も頷いた。

「でもそうだ。そうなる。どうしても私は、亡くなった二人のうち、ご主人を中心に事件を考えていた。もしあれが殺人ならば、ご主人が狙《ねら》われ、いっしょにいた女性はそれらしく見せるために巻き添えになった、と」

「そしてわたしを疑っていた」

駒形はわずかに目をみひらいた。

「でしょう？」

「そうです」

小さな声で認めた。

「今さら否定はできないし、しません。奥さんが直接手を下したとまでは思いませんでしたが、知り合いか誰かを使って、そうさせた可能性を疑いました」

「わたしのことを調べました？」

「そういう交友関係があるかどうか、は」

「ありましたか」

駒形は首をふった。

「ありません。問題はお勤め先くらいです。私が数字とか学問に弱いせいかもしれないのですが、消費情報研究所というのが、具体的に何をしているところなのかがまったくわからない。実は、前にも同じようなことがあって、それも私が奥さんを疑ってしまった理由です」

「同じようなこと？」

駒形は沈黙し、口を開いた。

「本来、お話ししてよいことではないのですが、お詫《わ》びの気持をわかっていただくために話すことにします」

思わぬ展開だった。駒形を、「洋祐巻き添え説」に誘導することまでは考えていたが、伊藤について話しだすとは思わなかった。

「以前、私は本庁の捜査一課にいました。殺人などを専門に捜査する部署です。二年前の秋、練馬区内でひとり暮らしの六十八歳の女性が被害者となった強盗殺人事件が発生しました」

わたしが無言でいると駒形は一度話を区切った。

「いいでしょうか、こんな話をして」

「いいも悪いも、刑事さんはもう話し始めています。わたしは聞くしかないでしょう」

「申しわけありません。自分の頭を整理したいという気持もあるんです。嫌になったら、止めて下さい」

「わかりました」

「被害者の傷の状況から、犯人は刃物の扱いに長《た》けている、と判断できました。犯行に使われた凶器は、現場からは発見されず、強盗、怨恨《えんこん》、両方の線で捜査は進められましたが、容疑者を絞ることができなかった。通常、刃物を使った殺人では、犯人も自傷することが多く、血液などの遺留物が見つかるのですが、この事件ではそれもありませんでした。犯人はよほど運がよかったのか、非常に冷静に犯行に及んだのか、どちらかだった。捜査の過程で、私はひとりの男性にひっかかりました。被害者の近所に住む、団体職員です。犯罪歴はなく、被害者と接点があったとすれば、買物をするスーパーマーケットが同じという点だけでした。この男性にはアリバイがありませんでした。犯行時間、ちょうどジョギングをしていたというのです。男性の住むマンションの防犯カメラには、でかけるときと帰ったときの映像が残っていました。本来ならそれほど疑う状況ではないのですが、私はこの男性にどうしてもひっかかってしまった。何かふつうでないもの、ある種の異常さを感じたんです」

「それは勘ですか」

「はい。よく刑事の勘、などという言葉をマスコミは使いますが、私はどちらかといえばあまり信じない人間です。世間には怪しく見えても、とてもまっとうな人もいれば、そのまったく逆の人もいます。刑事だからといって、会っただけで相手が犯罪者かどうか見抜けるわけがない。ですが、その男性についてだけは、どうしても疑いを捨てられませんでした。この男は、人を殺しているという確信めいたものを感じたんです」

「前にもそういうことがあったのですか」

「刑事になってから二度あります。その男性を別にして。二度とも、まちがっていませんでした。だからといって、三度めも正しいとは限らない。そこで私は、男性についていろいろと調べたのです。出身地、出身校、勤務先。ところが調べれば調べるほど、男性の実像がぼやけてくるのです。こんなことは初めてでした」

わたしは無言だった。駒形はコップの水をひと口飲み、つづけていいかというようにわたしを見た。わたしは無言で頷いた。

「まず勤務先ですが、保険会社の業界団体でした。訊《き》きこみにいくと非常にていねいな応対をうけ、男性の勤務態度が真面目《まじめ》で、問題を起こすような人物ではない、と教えられました。上司、同僚といった人たちとも会いました。しかし何かが変だ、と私は感じました。この人たちは本当に、その男性といっしょに働いていたのだろうか。何か、そういう役を演じる俳優の話を聞いているようでした。こういう質問にはこう、という模範回答ができている、という印象をもったのです。しかも訊きこみの後、その勤め先には警察のＯＢが役員でいるので、頻繁には訪ねないようにという注意を上からうけました」

「圧力のようなものですか」

「いってみればそうです。男性をかばっているというより、その団体について調べるのを快く思われていない、と感じました。天下り先だからなのか、別の理由があるのかは、わかりませんでした。そこで私は今度は、男性の出身地、出身校を調べました。まず、男性の家族と会おうとしたところ、両親と音信不通であることがわかりました。兄弟もいません。次に男性が通ったとされる中学、高校に足を運びました。担任だったという先生にも会いましたし、同級生という人にも話を聞きました。誰もが口をそろえて、男性が、おとなしく、事件を起こすような人柄ではないといいました。ところがその過程で学生の頃の男性の写真をアルバムなどで見たところ、現在とまるで似ていないことに気がつきました。小学生ならともかく、高校生くらいであれば、面影を感じてもおかしくない。なのに私が男性の地元で見た写真は、どれもが別人としか思えなかったのです」

「その人はいくつだったのですか」

わざとわたしは訊ねた。

「三十七歳です。当時ですが」

「二十年たてば、けっこう顔はかわるのではありません？」

「女性はそうかもしれません。しかし男は、そうはかわらない。私には、別人にしか見えなかった」

「その人の現在の写真を、同級生に見せましたか」

「それもしようと考えました。ただ、別人に入れ替わったとすれば、いったいなぜなのか、私には理由の見当がつかなかった。人の戸籍を買ってなりすます、という事例がないわけではありませんが、それは密入国者や年金の不正受給をもくろむ人間に限られます。男性は日本人としか思えませんし、年金をもらうような年でもない。そうこうしているうちに、私の捜査が男性の知るところとなって、弁護士を通した抗議がなされ、私は捜査本部を外され、さらに一課からも異動を命じられたんです」

「それで新宿警察署にこられたのですか」

駒形は頷いた。

「もし男性が無実なら、私のした捜査をかなり不快に感じたのはまちがいないでしょう」

「別に無実でなくても不快なのは同じでしょう。むしろ犯人なら、よけいに嫌だったのではありませんか？」

駒形は苦笑した。

「確かにその通りです。今になって思うのは、私の異動は、抗議だけが理由ではなかった。警察が捜査対象者から抗議をうけるたびに刑事をトバしていたら、皆やる気を失います。怪しい人間は徹底的にマークして調べるからこそ、ほしを挙げることができるわけです。私がトバされたのは、むしろ男性の勤め先が理由ではないかと今は思っています」

「それと同じ印象を、消費情報研究所にももったのですか」

「奥さんの上司である、大場さん。お通夜《つや》、お葬式を通してお会いし、会社にもうかがって少し話をうかがいました。あの方は、元警察官ではありませんか」

駒形は正面からわたしを見て訊ねた。伊藤について話したのは、ここにもっていきたかったからなのか。

「かもしれません。昔話はあまりしない方なので。でもそんなことを聞いたような気がします」

「やはりそうでしたか。男性の勤め先と奥さんの勤め先に似たところはありません。ですが今日、私がある種の疑いをもって奥さんに接していたのを見抜かれてしまった」

「わたしに家族がいないから、ですね」

「はい」

「わたしをふつうの人間ではない、と感じたのですか。その男性と同じように」

駒形は目をそらした。

「いや。ちょっとちがいます」

「いいんですよ。本当のことをいっても」

「本当です。奥さんに異常さは感じなかった。ただ恐しく冷静な人だとは思いました。ご主人に何が起こったのかを、できるだけ正確に知ろうとしていた。実際しようと思っても、できないことです。たとえ結婚何十年を経て、夫婦として冷めきっていたとしても、かなり動揺しておかしくはない状況だった。奥さんの場合、ご夫婦の関係も良く、小学生の息子さんもいる。なのに、あれほど落ちついた対応をされるのを見て、まるで刑事のようだと思ったんです。それもベテランの。ですが、もちろん奥さんは警察官だったわけではない」

きのうの大場とのやりとりを思いだし、わたしは思わず苦笑していた。

——刑事じゃないんだ
——その正反対
駒形は不思議そうにわたしを見た。

「ごめんなさい。そんな風に思われたのがおかしくて」

「笑って下さってよかった。その男性のように抗議をされたら、困るところでした」

駒形はほっとしたようにいった。

「いろいろな可能性を疑うのが、刑事という仕事なのだとわかりました。刑事さんは、わたしが冷静だったので、人を使って主人を殺させたという疑いをもった」

「今はちがいます。本当です。あれが殺人だったなら、ご主人は、サリー・アンの巻き添えになったのでしょう。奥さんのご指摘の通りです」

駒形は首をふり、大きく息を吐いた。

「奥さん、あなたはいったい何者なんです？」

「ご存じの筈です」

「いや。本当に、これは誓ってもいい。私はもう、奥さんがご主人を殺したなんて、まったく疑ってはいません。しかしあなたがふつうの主婦でＯＬだとは、決して思えない。答えてもらえないからといって、あなたを困らせるようなことはしません。しかし、どうしても知りたいんです。あなたには、何かがある」

駒形を正面から見つめた。

「わたしが主人を殺したのではなく、元警察官でもない。そこまででは いけないのですか」

駒形は目をそらした。困ったような顔をしている。それが演技なのか本心なのか、わたしにはわからなかった。

「いえ。それでけっこうです」

「男性はその後どうなりました？」

駒形は首をふった。

「どうもなっていません。私は接触を禁じられたようなものです。この一年以上、どうしているのかはわかりません」

「そうですか」

わたしは窓の外に目を向けた。

「サリー・アンという女性について、もっと詳しく調べるのは可能ですか」

「得意な分野ではありませんが、やってみようと考えています。ご主人が彼女の巻き添えで殺されたのだとすれば、犯人はサリー・アンと関係のある者でしょうから」

「中国人の娼婦で、スパイ」

わたしはつぶやいた。洋祐とはまるで縁のない世界の住人だ。ふと、上海の刑事を思いだした。眠たげな、曇ったような目つきをしていた。

「日本にもそんな人がくるんですね」

「中国人のスパイは、おそらくどこの国よりも多く入っている、と公安部の知り合いはいっていました。産業スパイが特に多いそうです」

「だから主人の仕事と関係があると考えたのですか」

駒形は頷いた。

「主人は研究ひと筋でした。統計学というのは、新しい発見や発明のあるような学問ではありません。数字を通して、ものの見かたを考える学問ですから」

「その数字が、秘密のものであったとしたらどうです？」

「統計学者なんてたくさんいます。民間にも分析機関はありますし、政府にも専門の部署がある筈です。広告代理店やマーケティングの会社には、主人の教え子がおおぜい勤めています。その人たちができない分析を、主人ができたとも思えません」

「そうですか」

もし洋祐が、政府の依頼で分析の仕事にかかわっていたことがあったとすれば、それは義父の依頼以外ありえない。が、洋祐と義父との関係を考えると、およそ考えられなかった。

「お時間をとらせ、申しわけありませんでした」

駒形はいった。

「いいえ。サリー・アンについて何かわかったら、知らせて下さいますか」

「もちろんです。奥さんとお話ししていると、自分の頭が整理されていく気がします。これからもお知恵を貸して下さい」

「つまり、まだわたしを調べるという意味ですか」

「興味はあります。それは否定しません。ですが警察官としては、そういうつもりはありません」

「その言葉を信じてよろしいですか」

「はい」

「でしたら、またご連絡下さい」

わたしは立ちあがった。コーヒー代は駒形が払う、先にいってほしい、というので、ひとりでエレベータに乗りこんだ。

サリー・アンに関する情報収集を大場に頼めるだろうか、とわたしは考えた。大場がわたしを危険視し始めているのを感じていた。「連合会」に関し、大場はわたしの知らない情報をもっていて、だからこそわたしを遠ざけようとしている。

ビルをでると、地下鉄の駅に向け歩きだした。

改札口をくぐったとき、尾行に気づいた。二人組の男がわたしのすぐうしろをついてくる。

駒形への怒りがこみあげた。捜査対象にはしない、といっておきながら、尾行をつけたのだ。

電車に乗りこむと、閉じている扉の窓に映った尾行者を観察した。

すぐうしろをついてきたマスクの男二人は知らない顔だが、同じ箱の中にいる女に見覚えがあった。

「連合会」の帰り、デパートで尾行を交代した中年の女が、斜めうしろのシートにいた。

背すじがひんやりとするのを感じた。刑事ではなく、「連合会」の人間が、わたしを尾行している。

いつ、どこから。

自宅からではない。大学から、か。だが、大学に今日わたしがいくのを知っていたのなら、彼らはわたしの正体をつきとめていたことになる。

ちがう。

可能性があるとすれば、新宿警察署だ。駒形が監視されていて、結果、接触したわたしに彼らが気づいた。

彼らを自宅まで連れていくことはできない。智の存在を、絶対に知られてはならない。

わたしは、安易に「連合会」に足を運んだことを激しく後悔した。「連合会」は、想像以上に情報収集能力があり、駒形に対しても警戒をつづけていたのだ。

飯田橋で有楽町線に乗りかえた。前回、彼らは銀座のデパートで、わたしに対する尾行を打ち切った。銀座という土地に再度向かうことで、わたしと銀座を関連づけさせたかった。住居はともかく、職場が銀座の近くにあると誤誘導できるかもしれない。

変装していないわたしに彼らが気づき、尾行を開始したことが、わたしを嫌な気持にさせていた。おそらくは、新宿警察署内に彼らの協力者がいて、駒形の外部の人間との接触情報を送っており、それにわたしがヒットしたのだろう。

携帯電話で大場にメールを打った。新宿署から「連合会」の尾行がついた旨《むね》を知らせ、排除してよいかを訊ねた。

即座に返信がきた。

「排除せずに回避するのは不可能なのか」

「相手の人員を把握できていない。それにこちらも変装していないので、回避に失敗するかもしれない。何より、早めに帰宅したい」

今日は智の塾がない日だ。四時までには帰りたかった。

「強硬な手段は避けろ」

「だったら応援をよこして下さい」

返信に間があった。

「応援は送れない。善処を期待する」

有楽町で地下鉄を降りた。同じ路線に乗りつづけていると、尾行者側を有利にする。人員を増強され、把握がさらに困難になるからだ。

数寄屋橋《すきやばし》の交差点からソニービルに入り、把握しようと試みた。最低で三名、もしかすると五名、いるかもしれない。

ソニービルをでて、タクシーを拾った。外堀通りを新橋方向に向かい、さらに虎ノ門を経て、六本木のアークヒルズで降りた。このあたりは、道幅が広いわりに六本木通りを横断する歩行者用信号が少ない。尾行者の数を把握するには好都合だった。同時に、わたしの動きは、尾行に気づいたと、相手に知らせる意図もあった。

だが今日は、六本木通りを横断しても尾行を打ち切る気配はなかった。六本木から赤坂に抜ける坂道を、最初は二人、途中からは四人に増えて追ってきていた。尾行に気づかれているのを意に介さない動きだ。

どうやらわたしに圧力をかける気のようだ。

赤坂六丁目の、公園の地下に作られた駐車場に入った。並んでいる車の陰に隠れる。天井に設置された防犯カメラに映ってしまうが、やむをえない。

マスクをつけた男二人が駐車場内に入ってきた。彼らの背後に回り、車の出庫路を靴を脱いで駆け登った。

地上にでると公園に入った。いきなり男女二人組と鉢合わせした。地下鉄で見た中年女が、ショルダーバッグから特殊警棒をとりだした。慣れた仕草でひと振りし、伸ばした警棒をわたしにつきつけた。

「動くな」

「どこからきたんだ?!」

相方《あいかた》の、女より少し若い、ジーンズに革ジャケットを着けた男があっけにとられたようにつぶやいた。

「さあね。だけどこの女は油断できないっていったでしょう。下のチームに連絡して、こっちへこいって」

男がジャケットから携帯をとりだした。その目がそれた瞬間を見はからって、わたしは前へでた。右手の人さし指と中指を折り曲げV字に開き、女の両目を突いた。

女が叫び声をあげ、よろめいた。特殊警棒を奪って男の右手に叩《たた》きつけた。男は携帯電話を落とした。

「畜生！　やったな」

女がわたしにとびつこうとした。

「よせっ」

男が止めた。わたしは体をひくと、特殊警棒を女の首すじに叩きこんだ。うぐっと呻《うめ》いて女はその場に倒れた。

「何者だ、お前」

男は倒れた女とわたしを交互に見た。

「いっしょにきなさい」

わたしは右手首を抱えこんでいる男に告げた。

一歩踏みだすと、男の側頭部を特殊警棒で殴りつけた。男がひざまずき、両手を地面についた。耳もとでいった。

「もう一回殴ったら、脳に障害が残るかもしれない。いい？」

「よせ」

男は目を閉じ、荒い息をしていた。

「だったらきなさい」

「わかった。わかったから殴るな」

男はいって、腰に手をあて立ちあがろうとした。左手で右腰のうしろから拳銃を引き抜いた。

まさか、と思いながら、わたしは動いた。右手が使えない男の動きは鈍く、拳銃の左側面についた安全装置を外すのに手間どっていた。その手を両手ではさみこみ、手首を内側に曲げた。安全装置が外れた瞬間、男の人さし指が銃の引き金をひいた。ズン、という銃声がして、弾丸が男の脇腹《わきばら》に入った。男は目をみひらき、地面に腰を落とした。起きたことが信じられないようにわたしを見つめながら、横に倒れる。

わたしは投げ捨てた特殊警棒を拾いあげ、その場を離れた。

12

すぐに拾ったタクシーを永田町で乗り換えた。九段下で地下鉄に乗り、茅場町の研究所に向かった。途中、メールで智に帰りが遅くなる旨《むね》を告げた。

大場を訪ねる前に、自分の部屋に入り、駒形に電話をした。応答はなく、留守番電話になるべく早くコールバックしてほしいと吹きこんだ。

「連合会」は、わたしの正体をつきとめるために、新宿署内の協力者を使って駒形から情報をひきだそうとする。それをくい止めなければ、智が危険だ。

駒形からの電話を待つあいだに決心した。

義父の家にかけた。

「はい」

「奈々です。突然で申しわけないのですが、神楽坂にいって、智といっしょにいてもらえないでしょうか。できれば夕食を食べさせてやって下さい」

義父は一瞬、沈黙した。

「会社、かね」

「今は会社です。予想外のトラブルに見舞われています」

「話せるか、それを今」

「いえ」

研究所内に、わたしの監視者がいないとは断言できない状況だ。最悪の場合、この部屋に盗聴器がしかけられている。

「わかった。可能になったらできる限り速やかに話してもらいたい」

「了解しました」

電話を切った。駒形からの電話はない。

不安が増大した。駒形本人が「連合会」の協力者だという可能性はあるだろうか。協力者だったら、新宿署に左遷《させん》されなかった筈《はず》だ。

いや、左遷後、圧力に屈したとも考えられる。

ありえない可能性に怯《おび》えている。わたしは深呼吸した。駒形が「連合会」の協力者なら、彼らがわたしを尾行する必要はない。駒形はわたしの住所、名前を知っている。

携帯電話が鳴った。大場だった。

「回避はできたか」

「できなかった。衝突した」

大場は黙った。

「向こうが強硬な手段をとろうとした結果」

「今、どこにいる」

「会社」

「すぐにこい」

わたしは電話を切り、立ちあがった。

大場の部屋に入ると、デスクの上に女から奪った特殊警棒をのせた。

「これをもっていた」

大場は無言で手にとり、調べていたがいった。

「市販品じゃない。官給品と同じメーカーだ」

「拳銃をもっていた。たぶん九ミリのＳＩＧ《シグ》だった」

大場はわたしを見つめた。

「お前に使ったのか」

「使おうとした。自分を撃ったけど」

大場は息を吸いこんだ。

「死んだか」

「その可能性はある。左の脇腹《わきばら》から上に向けて弾丸が入った」

大場は大きく息を吐いた。

「わたしをつかまえようとしていた。訊問《じんもん》したかったようね」

「尾行はどこからついたんだ」

「新宿署。駒形が監視されていたのだと思う。署内に『連合会』の協力者がいて、わたしとの接触が伝わった」

「なぜ新宿署にいったんだ」

「主人といっしょにいた女の正体が判明した。カナダ国籍のパスポートを使って二月に入国した、サリー・アン。元は中国のスパイ兼娼婦《しょうふ》だった。中国を裏切って台湾に情報を売り、カナダに逃亡していたそうよ」

「公安情報だな」

「主人は、サリー・アンの処理に巻きこまれたのだと思う」

「駒形がいったのか」

「わたしの考え。でも駒形を、そう誘導した。結果、彼は、伊藤と『連合会』の話をわたしにした。なぜか。あなたが元警官だと見抜き、『連合会』と研究所に、どこか似たものを感じとったから」

大場は沈黙した。

「『連合会』について知っていることを教えて」

わたしの携帯電話が鳴った。駒形だった。

「誰だ」

「駒形。さっきのことを話す」

「よせ」

「駒形を口止めしなかったら、新宿署内の協力者を通して、わたしの正体が『連合会』に伝わる。そうなったら息子の身も危い」

大場の顎《あご》の筋肉がぐっと浮かびあがった。わたしは電話を耳にあてた。

「はい」

「駒形です。お電話をいただいたようですが」

「今、どちらですか」

「署内です」

「周囲に誰もいないところから、もう一度かけ直していただけますか」

一瞬間があき、

「わかりました」

と告げて、駒形は電話を切った。

わたしは大場を見すえた。

「『連合会』の正体は、本当にわからない。だが危険な相手であるのは確かだ」

「政府関係の機関なの」

「おそらくそうだ。公安の下部機関だと思っていたが、それなら拳銃はもち歩かない」

「じゃあ何だと思う？」

「わからん。とにかく触るな、という指示だ。指示は委員会からきた」

「所長じゃなくて？」

大場は首をふった。

「委員会だ。その際に、所長命令ということにしろ、と」

携帯電話が鳴った。

「駒形です。署の外にでました」

雑踏の気配が伝わってきた。

「今日、わたしと会うことを、誰かに教えましたか」

「いいえ。何か」

「そちらからの帰り、あとを尾《つ》けてきた人たちがいました。わたしを誘拐するつもりだったようです」

「ええと、おっしゃる意味がわからないのですが、なぜ奥さんを誘拐するんです？」

「わたしのことを知りたいからだと思います。『関東損害保険事業者連合会』に関係がある人たちです」

駒形は息を呑《の》んだ。

「なぜ、その名前を知っているのですか」

「教える前に、お願いしたいことがあります、早ければ、今日明日のうちに、駒形さんにわたしの名前や住所を問い合わせる人が現われます。あなたの同僚、あるいは上司かもしれません。絶対に秘密にしていただきたいんです」

駒形は黙った。やがていった。

「それをお約束するためには、奥さんの話を聞く必要があります」

「わかっています。でも注意して下さい。新宿警察署の中に、駒形さんの情報を流している人がいます」

「『関東損害保険事業者連合会』に、という意味ですね」

「そうです。わたしを誘拐しようとした人の中には、ピストルをもった男もいました」

「まさか！」

「その人は誤って自分を撃ちました。場所は赤坂六丁目です。救急車の出動要請があったかもしれません」

「今すぐ、会ってお話しすることはできますか」

大場がメモを書いてわたしに見せた。

『ここへ呼べ』

最悪の場合、駒形をここで処理するという決断を下したようだ。駒形とわたしの両方を、かもしれない。

「わたしは今、職場におります。誰にもいわないで、ここにこられますか」

「茅場町ですね。うかがいます」

電話を切ると、大場がいった。

「下手すると逮捕されるぞ」

「たぶんだけど、『連合会』は、今日のことを事件化しない。警察にわたしを逮捕させるより、処理する道を選ぶと思う」

「そんなことがある筈ないだろう。処理活動を許されているのは我々だけで、それも国外に限られているんだ」

「じゃあなぜ委員会は、連中をかばうの」

「イリーガルな捜査機関だからだ」

わたしは首をふった。

「拳銃は？　連中がしようとしているのは、存在を隠すこと。捜査機関が、存在を秘匿《ひとく》するために殺人を犯すなんて考えられる？」

大場はぎゅっと唇をひき結んだ。

「我々のような機関は、他に存在しない」

「委員会に訊《き》いたら?」

「義理のお父さんに訊いたらどうだ」

わたしと大場はにらみあった。

「そうしてみる」

わたしはいった。扉のノブに手をかけると、大場がいった。

「武装しろ」

わたしは大場をふりかえった。

「『連合会』が何にしろ、一度牙《きば》をむいたんだ。お前を拉致《らち》させたり、殺させるわけにはいかない」

「いわれなくてもそうするつもりだった。でも、ありがとう」

大場の部屋をでると、研究所の地下に降りた。処理チームの人間のみが入室を許されている、武器庫がある。

拳銃、狙撃《そげき》用ライフル、スタンガン、毒物の入ったカプセルを射込むエアガン、さらには仕込みナイフ、麻酔銃などがおかれている。国内でこれらを用いることはないが、外交官の携行品として活動先にもちこむ場合があった。武器の現地調達が難しい国で使用するためだ。一度使用した銃器は、ただちに廃棄されるのが決まりなので、ここにあるのはすべて未使用の品ばかりだ。

武器庫には機械油の匂《にお》いが充満している。

爆薬、毒ガスなどは、別の部屋に保管されている。研究所は軍隊ではない。したがって機関銃や迫撃砲などは所有していなかった。銃器は基本、処理チームの護身か、処理作業を円滑に進めるために使われる。事故や病気を装《よそお》って処理するのに銃は必要ない。

最初から銃を使っての処理作戦が立案されることはめったにない。例外なのは、中南米などの犯罪率の高い国での処理である。身代金《みのしろきん》目的の誘拐、あるいは麻薬組織の抗争などに見せかけるほうが、事故や病気より〝自然〟な死因と受けとめられる地域だ。

ただそういう国での活動は、当然対象者にボディガードがいるため、反撃される危険を伴う。

そうした活動に備え、処理チームは、月に一度、訓練をうけている。教官は民間軍事会社に身をおく日本人で、アメリカ陸軍特殊部隊の出身だ。訓練の内容は、小火器、ナイフ、素手での戦闘で、軍人であるから相手を無力化、即《すなわ》ち殺すことが目的となる。

拳銃をもった場合は、対象者の胸の中心部、あるいは顔の中央部を撃つことのみをくり返し練習させられる。少ない弾数で確実に死亡させられるからだ。

素手の場合は、眼球、喉《のど》、股間《こかん》といった、「耐えがたい苦痛」を生む部位を効率的に攻撃する方法を教わっている。

ナイフは、音をたてず、かつ接近戦では最も高い殺傷力を発揮する。わたしたちが留意するのは、刺すにしても切るにしても、返り血をいかに浴びずに対象者の命を奪うかだ。

こうした訓練は、決して自分を強くするためでも身を守るためでもないので、初めのうちは興味を感じても、やがて不快感を抱くようになる。自らを凶器とかえていく過程に嫌けがさすのだ。

人を殺す訓練を反復し、自己嫌悪《けんお》にとらわれないでいるためには、適性が必要だ。ガンキャビネットの前に立ち、どの銃を選ぶかを考えた。訓練場を別にすれば、日本国内で拳銃を発砲したことはない。

ここにおかれている拳銃の中で最も種類が多いのはグロックだった。オーストリアの銃器メーカー製で、九ミリ弾を十七発マガジンに装塡《そうてん》するグロック17が世界的なベストセラーとなり、広く知られた。フレームにプラスチックの一種であるポリマーが使われていて、装弾数のわりに軽量という利点がある。一般に、銃本体の重量が軽いと、携行には便利だが、発射時の反動が伝わりやすいため、扱いにくくなる。その点でも、グロックは優れた銃だった。

見た目がずんぐりしていて、プラスチック部分が多いので、金属的な質感を好むガンマニアには受けないが、携行する負担と弾数、それに集弾性の高さを考えると、プロユースでは一番だ、と訓練教官は推薦している。

グロックには、基本の九ミリ以外にそれより大きい口径、小さい口径のバリエーションがある。警視庁のSATは、グロック19を採用しているという。

だがわたしは九ミリがあまり好きではなかった。反動が〝尖《とが》って〟いて、二、三メートル以内なら命中させられるが、それを超えると極端にあたらなくなる。それに九ミリは弾速が速いため貫通力が高いのも気になる。

弾頭のやわらかいホロウポイントでも、人間の体を簡単に射抜いてしまう。

万一、「連合会」の人間と撃ち合うような場面に智がいあわせたときのことを考えると、九ミリは選べなかった。

グロック36もあった。九ミリよりさらに大きい45ACP弾を六発装塡できる。45ACPを九発装塡するグロック30のコンパクトバージョンだ。

45ACPは、かつてのアメリカ軍用拳銃、コルトM1911に使われた弾丸で、弾速が遅い分貫通力が低く、相手に大きなダメージを与える。反動は大きいが、決して尖ってはおらず、むしろ扱いやすい。その上グロック36は全長が、二十センチもなく、かさばらない。必要なら腰に留めてもち歩いてもセーターやジャケットの裾《すそ》で簡単に隠せる利点があった。

グロック36と、45ＡＣＰ弾の箱をキャビネットからとりだした。専用の樹脂製ホルスターもとった。銃の形に成型されており、抜き差しが容易なのに脱落しにくい。

地下には、狭いが実弾射撃場もあった。分厚い防音扉の内側に、奥行き七メートルほどの小さなレンジが二つある。

ここは訓練場ではない。使用する前に、銃がきちんと作動するかどうかの確認をおこなう、いわば実験室だ。

防音扉を閉めると「使用中」のランプを点灯させた。レンジのテーブルにグロックと45ＡＣＰ弾の箱をおいた。隅に束ねて積まれている標的紙を一枚とり、レンジの奥の木製の標的台に画鋲《がびょう》で留める。射撃場の奥の壁には土嚢《どのう》が積まれている。跳弾を防ぐためだ。

グロックのマガジンをひきだし、金色の大きなドングリのような45ＡＣＰ弾を四発詰めた。スプリングがきつく、骨の折れる作業だった。四発を押しこんだマガジンを銃把にはめこむと、わたしは吊《つ》りさげられているイヤプロテクターとシューティンググラスをはめ、換気扇のスイッチをオンにした。ごうごうという、大きなファンの回る音が、プロテクターごしでも聞こえる。

屋内射撃場には、強力な換気扇が不可欠である。銃を発射すると、火薬の燃焼ガスとともに、銃弾の鉛の破片とガンオイルが放出される。体には当然、有害だ。

銃は、撃たれる側だけでなく、撃つ側にも危険な道具なのだ。

グロック36のグリップは短く、わたしの掌《て》でも余すことはない。スライドを引いて初弾を装填すると、右手の指をグリップに巻きつけ、左手の指を上から重ねた。右手は銃を押し、左手は引く意識をもつ。顔の正面でまっすぐ両手をのばし、体重はやや前にのせ、膝《ひざ》をわずかに曲げる。両肘《ひじ》にはゆとりをもたせ、両脇を軽く絞った。息を吐きながら引き金を絞っていく。ドン、という初弾の衝撃が銃口を上に跳ねあげる。見なくても標的紙の中心にはあたっていないとわかった。

久しぶりに撃つ、45口径の反動はやはり大きい。だがそれを意識すれば、九ミリよりコントロールはやさしい。

さらに前かがみになり、引き金を絞った。二発、三発、と撃ったところでマガジンが空になりスライドが開いたまま止まった。

標的紙を見た。中心点より、わずかに下に三つの穴が開いている。前かがみを意識しすぎたせいだ。初弾はやはり円ターゲットを外れ、標的紙の右端を削っていた。

また四発をマガジンに入れ、二発、二発という連射をした。今度はすべてが中心点の周囲に集まった。

おおよそのことはわかった。わたしの射撃技術に関して教官は、平均点という評価を下している。戦場で重要なのは、技術よりも冷静に扱えるかどうかだ。訓練をうけているにもかかわらず、焦《あせ》って、初弾を薬室に装塡していないのに発砲しようとしたり、銃口がターゲットを向く前に引き金をひいて、暴発を起こす人間が、とにかく多いという。場数を踏めばそういうミスは減るが、その前に自分が撃たれたり、仲間を撃ってしまったら、終わりだ。

その点に関しては、わたしは自信があった。場数も踏んでいる。教官には報告していないが。

銃口からガンオイルのスプレーを吹きこみ、やわらかい布を巻いた棒で銃身の中を簡単に掃除した。銃は精密機器でもある。発射の衝撃と火薬の燃焼というストレスを与えて、手入れもせず放置すれば、作動不良を起こす可能性が大きくなると教わっていた。

マガジンに苦労して六発を押しこみ、銃にはめこんでホルスターに入れた。

換気扇を止め、「使用中」のランプを消して射撃場をでる。油でよごれた手を洗面所で洗った。

部屋に戻り、鍵《かぎ》のかかるひきだしに銃と予備の弾丸をしまったところで、電話が鳴った。受付からで、駒形がきたという知らせだった。

「空いている応接室に案内して下さい」

「では、第二でよろしいですか」

第二応接室は、ふたつあるうちの狭いほうだ。

「お願いします」

大場に内線をかけた。

「駒形がきた。二番に通してもらった」

「総務で見ている」

「そうして」

総務室と呼ばれている部屋がある。研究所内に設置された防犯カメラの映像を見ることができる。ふたつある応接室は音声もモニターしている。

部屋をでて、第二応接室に向かった。六畳ほどの広さで、ソファセットがおかれている。

わたしは時計を見た。午後五時になろうとしていた。

「申しわけありません。お呼びたてして」

「いえ」

駒形はいって、わたしをまっすぐ見た。

「以前おうかがいしたときも、この部屋で大場さんとお会いしました」

駒形は、新宿で会ったときとは異なり、わずかだが緊張しているようだ。

「消防庁に問い合わせましたが、該当する時間帯に赤坂方面への救急車出動要請はありませんでした」

　わたしは頷《うなず》いた。

「駒形さんへの問い合わせは？」

「ここにくる途中でありました。刑事課長からでした。今日の昼会っていた人間は誰かと訊かれました」

「理由は？　課長さんはいいましたか」

　駒形は首をふった。

「いいませんでした。事件関係者に会う、といって私がでていたので、『誰と会ったんだ』とだけ」

「何と答えたんです？」

「その前に、奥さんの話を聞かせて下さい」

　駒形は顎をあげ、いった。

「『関東損害保険事業者連合会』のことをなぜ知っていたのですか」

「伊藤章三に興味があったからです」

「すると、さっきの私の話を聞いたときはもう、誰のことかわかっていたわけですね」

「はい」

駒形の顔は無表情になっていた。

「どこで伊藤の名や職場のことを調べたのですか」

「大場が入手した資料です」

「なるほど」

「あなたがわたしを疑っているのは感じていました。それであなたについて調べたら、練馬の事件のことがでてきた。週刊誌の記者を装って、伊藤に会いました」

「なぜです」

「あなたにまた圧力がかかるように仕向けたかったから。あなたが週刊誌に伊藤の情報をリークしたと思わせ、抗議がいって現在の職場から異動になるか、少なくともわたしに対する捜査がやりにくくなるようにしたかった」

駒形は怒りも驚きも見せなかった。

「伊藤はどうでしたか」

わたしは小さく頷いた。

「あの男は人殺しです。練馬の事件については知りませんが、人を殺して喜びを感じるような人間です」

「奥さんはどうなんです？」

「わたしも人殺しです」

「ご主人を殺しましたか」

「いいえ」

わたしと駒形は見つめあった。先に視線を外したのは駒形だった。

「今日、奥さんを疑わないのを誓ってもいい、といった。なのにあなたは、自分を人殺しだという」

小さく首をふった。

「主人を殺していないのは真実です」

駒形は目を閉じ、息を吸いこんだ。

「『関東損害保険事業者連合会』にも、いったのですね」

「いきました。伊藤のことを調べている記者のフリをして。伊藤は一年前に退職していました。受付で対応した桑畑という男は、この一年で働く人間がほとんどいれかわったので、伊藤について知っている者はいないと、親切に教えてくれました。その帰り、わたしに尾行がつきました。それをまくために、銀座のデパートのトイレに隠れると、尾行は打ち切りになった。わたしが気づいたことに彼らも気づいたから」

「で、今日また尾行をされたわけですか」

「そうです。あなたと別れて地下鉄に乗る前に気づきました。最初はあなたが指示したのだと思った。だけど、前の尾行のときにいた人間がその中にいて、彼らだと気づいた」

「赤坂というのは？」

「彼らをまくのと、陣容を確かめるためにタクシーを六本木のアークヒルズで降り、赤坂の狭い路地を歩いた。尾行は四人いて、人けのない公園に入るとわたしに攻撃をしかけてきました」

「どんな？」

「まず女がひとり、特殊警棒を抜き、いうことを聞かせようとした。わたしがそれをとりあげると、とびついてきたので殴りました。もうひとりの男が携帯で仲間を呼ぼうとしていたので、それも叩《たた》き落とした。すると拳銃をとりだしたのです」

「その男はなぜあなたを撃たず、自分を撃ったのです？」

「事故でした。右手をわたしに叩かれたので、左手で銃を扱おうと焦っていた」

駒形は首を傾《かし》げた。

「立って左手をだして下さい。銃をかまえる格好をして」

駒形はわたしの言葉にしたがって人さし指を曲げた左手をつきだした。両手ではさみ、手首の関節を決めた。手首が内側に折れ、人さし指は駒形の体に向いた。

「引き金に指をかけていました。暴発したんです」

駒形は息を吐き、わたしが手を離すと、すとんと腰をおろした。

わたしをまじまじと見つめ、

「もう一度訊きます。何者なんです？」

と訊《たず》ねた。

「それを話せば、あなたは引き返せなくなる」

駒形は目だけを動かし、応接室を見た。

「ここから？　それなら訊かなくても同じでしょう。ここにきた時点で、私はあと戻りできない道を選択したのと同じだ」

わたしは駒形の目がわたしに戻ってくるのを待って告げた。

「公《おおやけ》には存在を認められていない、政府の機関です」

駒形はすぐには答えなかった。やがていった。

「スパイ、みたいなものですか。公安にそういうのがあると聞いたことはあるが」

「そう思ってもらって、かまいません。少しちがいますが」

「どこがちがうのです。いや、聞いてもしかたがない。答えなくてけっこうです。どうせ全部を話してもらえるわけはないのだから」

わたしは頷いた。

「つまり、奥さんは訓練をうけている。そういうことですね」

「はい」

「奥さんを赤坂で襲った連中は何者です」

「わかりません」

「極道とか、そういう類《たぐい》ではありませんよね。上野のあの団体に、私もいきましたが、そんな匂いはなかった」

「暴力団とは関係がない、と思います」

「では奥さんといっしょ、というか、こちらの研究所と同じような性格の機関ですか。しかしそれじゃ、仲間うちでモメているのとかわらない」

駒形は首をふった。

「仲間だとは認識していません。同じような機関があるという話を聞いたこともありません。しかし――」

わたしは言葉を区切った。

「しかし？」

「『関東損害保険事業者連合会』について、大場を通して調べようとしたところ、触れるなという命令が下りました」

「どこから？」

「研究所の上に位置する機関からです」

委員会という名称を駒形に教えるわけにはいかない。

駒形は息を吐いた。

「あたり前ですが、ここが政府機関であることを証明するものなどありませんよね」

「ありません」

駒形は下唇をかみ、首をふった。

「いろんな作り話をします。犯罪者は、ね。まるで信じられない、というか、誰が信じるんだというような話を、本気でまことしやかにする奴《やつ》もいる。なのにそれはほとんど演技を超えていて、こいつは自分の嘘《うそ》に酔ってる、と思うことすらある。奥さんの話はそれに近い」

「つまり信じられない、と？」

「問題は、ここと奥さんじゃない。私自身のことです。私への刑事課長からの問い合わせ。今まであんなことはなかった。奥さんのいう通り、誰かがあなたのことを調べようとしている。しかもそいつは刑事課長を動かすことができる」

「『関東損害保険事業者連合会』が同じような政府機関なら、新宿署の署長でも動かせます」

「なぜ、そうしなかったんです？　私はあなたを疑っていた。迷惑で目障《めざわ》りなら、上に圧力をかければよかった」

「そうしていた可能性はありました。でも中途半端《はんぱ》な圧力は、かえってあなたを勢いづかせるかもしれないと思った。中からの圧力より、外からの圧力のほうが効果がある、と考えました」

初めて駒形は怒りの表情を見せた。

「ずるがしこいな」

わたしは頷いた。

「中からの圧力は、あなたにここをたぐる手がかりを与えてしまいかねない」

「私はトバされるか、クビにされるところだった」

「そう。さもなければ」

わたしはいって、口を閉じた。

「殺す？」

わたしは頷いた。

「何だ、そりゃ」

駒形は両手を広げた。

「いったいどうなってるんだ。極道ならたまにしつこい刑事を殺してやる、とほざく奴はいる。ですがあなたは大学教授の奥さんで、小学生の子供もいる。そんな人間が、目障りになった刑事を殺すことを考えた？　私を威《おど》しているんですか」

わたしは首をふった。

「じゃ、何なんです？　映画かドラマの真似《まね》？」

駒形は身をのりだした。

「本当のことをいって下さいよ。あなたは何者なんです」

わたしは横を向き、息を吐いた。駒形がわたしの話を信じていないとは思わなかった。わたしを刺激し、怒らせ、さらに話を引きだそうとしているのだ。

「刑事課長には何と答えたんです？」

「捜査継続中の詐欺《さぎ》事件の被害者に会った、と」

答え、自嘲《じちょう》気味な笑いを浮かべた。

「なんで俺は本当のことをいっているんだ」

「わたしも本当のことを答えた」

わたしと駒形はにらみ合った。

「あんたの目的は何なんだ」

やがて駒形がいった。

「自分の身を守ること。『連合会』から。それとあなたにも警告したかった。『連合会』は遠からず、あなたから情報を引きだそうとする。あなたの嘘はすぐにバレる」

「じゃあ次は俺が襲われる？」

わたしは少し考え、答えた。

「上を使って、もう一度は情報を引きだそうとするだろうけれど」

「刑事を襲う？　特殊警棒や拳銃をもって？」

「必要なら。拳銃はもってる？」

「今？　冗談だろう。滅多にもたない」

「わたしはもつことにした」

駒形は首を傾げた。

「見せてくれ」

「部屋においてある。外出するときはもつけど。あなたももったほうがいい」

「俺がもってるとなれば、相手は抜く。そうしたら撃ち合いだ。勘弁してくれ」

「撃ち合いにならなかったら、一方的に殺されるだけ。それでもいいの」

「何をいっているんだ。俺はどこかちがう世界に迷いこんだのか。ここは日本だ、奥さん。アメリカとはちがう」

「これまでわたしが話したことをまるで信じないの？」

駒形は顔をそむけた。しばらく無言でいたが、口を開いた。

「それが妙なんだが、あんたが嘘をついているとは思えない」

「伊藤章三を怪しいと感じた、あなたの勘はわたしについても働いた。それはまちがってはいない。ただ主人を殺してはいないだけで」

横顔で駒形は笑った。

「じゃあ、いつ、どこで、誰を殺した」

「国内では三人。二十《はたち》になるまでに」

駒形はさっとわたしを見た。

「実の母親とその恋人を、十一のとき。十六のときに、同じ学校のひとつ上の生徒を。そのあとは、日本国内ではない。さっきの赤坂の男が死んでいなければ」

駒形の顔から表情が消えた。

「佐々木奈々という名前は嘘か」

「戸籍もすべて偽《にせ》もの。元の名前は教えられない。伊藤章三もそうかもしれない」

「何？」

「急死した身寄りのない人間の戸籍をもらう」

「ハイ乗りしたというのか」

戸籍の乗っとりを、刑事はそう呼ぶ。

「可能性は高い」

「だが奴は外国の工作員なんかじゃない。誰がそんな手筈を整えた」

「わかるでしょう。特殊警棒や拳銃を、所属する者にもたせるような機関よ」

駒形はわたしに目を向けたまま、深々と息を吸いこんだ。

「あそこがここと同じような政府機関だというのか。だったら尚《なお》さらあんたを襲うのは変だろう」

「彼らは、わたしがここに所属していることをまだつきとめていない。あるいはこの存在すら知らないかもしれない。わたしが『連合会』のことを知らなかったように」

「知らなかった？」

「ええ。『連合会』を訪ねて、妙だと思った。そして尾行され、今日またわたしのことを追ってきた。あなたを監視していたからこそ、わたしに気づいた。民間が刑事を監視できると思う？　ましてや刑事課長を通してあなたからわたしの情報を得ようとした」

駒形は首をふった。

「そんな怪しい政府機関がふたつもあって、俺やあんたを見張っている？　ありえない」

「それはあなたが警察官だから」

駒形は首を傾げた。わたしは言葉をつづけた。

「警察は日本最大の情報機関で、あらゆるところにアンテナを張りめぐらせている。犯罪者に関してだけでなく、一般の市民や企業、同じ公務員についてだって警察はほぼうだいな情報を握っている。知っているというのを公にしないだけで。だから自信をもっている。自分たちの知らないことは存在しない。あるいは、存在したとしてもそれはとるに足らないことだ、と」

「俺はそんなに傲慢《ごうまん》じゃない。そう思っている警官がいることは否定しないが。そういう奴らは、もっと上のほうにいる。だがな、秘密だろうが何だろうが、政府機関ともなれば予算もつくし、会計検査の対象になる。ましてや設立には法的な根拠が必要だ。そういうのをすっとばしてふたつもそんな代物《しろもの》ができているなんて信じられないね」

「警察は、莫大《ばくだい》な機密費をもっている。それを使っているとしたら？」

「よせよ。仲間だっていいたいのか」

「内閣官房にだって、使途が決して明らかにならない機密費がある。予算を理由に存在しないというのは意味がない。法的な問題をいうなら、そもそも非合法な活動を目的としている機関に根拠を求めるほうがおかしい。最初から秘密の内に作られ、記録も残さず、秘密の内に消えていく、そういう機関なのだから。とはいえ、あなたではない警察官、あるいは元警察官が、ここや『連合会』のようなところとかかわっている可能性は高い」

「あんたの上司のようにか。調べたが、大場という、警察ＯＢで年格好が一致する人間はいなかった」

「当然でしょう。もしあなたがここで働くとして、本名を使う?」

駒形は大きく息を吐いた。

「じゃあ教えてくれ。旦那《だんな》がサリー・アンと死んでいたのは、あんた自身やここの存在と関係があるのか」

「関係はない。おそらく」

「おそらく?」

「わたしはサリー・アンという人物を知らない。この『研究所』もサリー・アンに関係する事案を扱ったことはない」

「あんたへの恨みを、誰かが旦那を殺すことではらしたとは思わないか。どんな恨みかはわからないが」

「主人の仕事や立回り先をつきとめられるほどの相手なら、わたしを直接狙《ねら》うことができる。主人が亡《な》くなる前、誰かに監視されているとか、危害を加えられるという危険を、わたしは感じなかった」

「では、なぜあんたの旦那は、サリー・アンといっしょに死んだ」

「サリー・アンを殺す巻き添えになった。火災に巻きこまれた不幸なカップルとみせかける材料にされた」

「本当にそう思っているのか」

駒形は眉《まゆ》をひそめた。

「思っている。あの現場には作為を感じた」

「現場にいったのか」

目をみひらいた。

「いった。どうしても見たかったから。わたしは殺人に詳しい」

「俺だって詳しい」

「知っている。一課の刑事だったのでしょう。でもあなたが詳しいのは、殺人者をつきとめる方法で、わたしが詳しいのは、殺人の方法」

駒形は再びわたしを見すえた。そしてつぶやいた。

「伊藤とあんた、どっちも同じか」

「厳密には少しちがう」

「どうちがう」

「伊藤は人殺しが好きで、殺すことそのものに喜びを感じる。たぶんあの男は、練馬の被害者の喉を切り裂き、血を流して死んでいくのを、ずっと見ていた。それが楽しくてしかたがなかった筈」

「あんたはちがうってのか」

「わたしは人の苦痛や死にかたに関心はない。問題の解決に殺人という手段を用いることにためらわないだけ」

「人を殺しても何とも思わない。何も感じないのか。だから旦那が死んでも眉ひとつ動かさなかったわけか」

「わたしを侮辱したいの。効果はないけれど」

「それが本当なら、伊藤よりタチが悪い。奴には少なくとも自分の楽しみって動機がある。あんたは何なんだ。金か？」

「人より上手にできる。だから」

「何だと。才能ってことか」

「そういった人もいた」

駒形はあきれたように目を回した。

「人殺しの才能が役に立つのは戦争くらいだ。そういう場所にいけよ」

「いっておくけれど、才能があるからといって、いつでもそれを証明したくて、うずうずしているわけじゃない」

「でも俺に腹を立てたら、そうなるのじゃないか」

わたしは首をふった。

「感情から人を殺したのは、最初だけ」

駒形は不気味そうにわたしを見た。

「本当なんだな。あんたの話は」

わたしは頷いた。

「『連合会』がらみで起こっていることから自分を守るために話した。信じなかったら、わたしだけでなくあなたにも厳しい結果が待ってる」

駒形は黙りこんだ。

「わたしがどんな人間なのかより、もっと切迫していて、危険な問題がわたしたち二人にはある」

「それはちがう」

「何がちがうの」

「俺は刑事だ。俺の仕事は、泥棒や詐欺師、人殺しをつかまえることなんだ。目の前に自分を人殺しだと認め、法の裁きをうけていない人間がいたら、それより切迫している問題があるといわれても、はいそうですかなんていえない」

わたしは息を吐いた。

「過去はともかく、わたしが仕事でおこなった殺人を、あなたは捜査できない。なぜならわたしの仕事は、海外に限定されているから。国内での活動を禁じられている」

「誰に？」

「上の機関に」

「そりゃいったい何だ。内閣官房か、それとも外務省とか、警察庁とか。もしかすると検察庁とか裁判所まででてくるのか」

「答えるわけにはいかない。でもひとつの役所じゃない」

「どんな人間を殺したんだ」

「主に犯罪者。日本国内だけでなく、国外でも非合法活動をおこなっていて、容易には逮捕、収監できない者」

駒形は首をふった。

「そういう奴がいるのはわかるが、殺されたなんて聞いたことはない」

「事故や病気にみせかける。ちょうど主人が死んだように」

駒形は唇をひき結び、目をそらした。

「ひとりでもいい。そういう人間の名前をいってみろ」

「逮捕するの？」

「そうじゃない。あんたの話を信じたくないんだ。だから前に進めない。信じる気になったら、進める、かもしれん」

「浜山連合の木筑」

駒形はわたしを見た。

「上海のホテルで部屋から落ちて死んだ？」

わたしは頷いた。

「あれはホテルが欠陥建築だったからだ。いっしょにいた若頭《わかがしら》が、建築をうけおった上海マフィアに腹を立て、撃ち殺してつかまった」

「撃ち殺したのは若頭じゃない」

駒形の目がみひらかれた。

「じゃあ中国の警察もグルだというのか」

「さあ。でも、上海マフィアが死んでも、上海の警察は困らない」

「木筑を部屋から落とし、上海マフィアを撃ったのがあんただと？」

「そう」

駒形は掌で口元をおおった。唇をつまみ、強くひっぱっている。

「参ったな」

とつぶやいた。

「前に進めそう？」

途方に暮れたように応接室の中を見回した。

「進むしかないようだ」

「よかった。じゃあわたしのいうことをしっかり頭に入れて。『連合会』は本気でわたしとあなたに向かってくるでしょう。それはでも仲間の仕返しのためじゃない。『連合会』の存続にかかわっているから。まずわたしの口を塞《ふさ》ぎ、次にあなたも何とかしようとする」

「国内での活動を禁じられているのじゃないのか」

「それはここの話。『連合会』がどうかなんてわからない」

「まず、あんたなんだな」

わたしを指さした。

「そう。でもわたしが何者なのかをつきとめるには、あなたの情報が必要になる。あなたは、彼らにとってわたしと異なり、職業も住所もすべて判明している。あなた家族は？　結婚はしている？」

駒形は首をふった。

「独身だ。今は」

「今はとは？」

「嫁は——、亡くなった。結婚して三年めに。実家に帰っているときに交通事故で」

「子供は？」

「いない」

「あなたの両親は健在なの？」

「親父《おやじ》はだいぶ前に亡くなった。お袋は妹夫婦の家に同居している」

「東京なの」

「北海道だ」

わたしは考えていた。

「何だ。何を考えている」

「北海道は遠い。あなたをどうにかするほうが簡単」

「どうにかって？　何をする」

「さらってわたしのことを吐かせ、殺す」

「馬鹿《ばか》な。政府の機関なんだろう。同じ公務員の警官をさらって殺す？」

「わたしが考えているようなところなら、きっと躊躇《ちゅうちょ》しない」

「どんなところだ」

「伊藤章三を使っていたようなところ」

駒形は口を閉じた。

わたし自身、半ば信じられなかった。ここと同じような機関がもうひとつ存在するとは、考えづらい。が、わたしたちは国内での活動を禁じられている。海外に渡航しない対象者を処理しようとするなら、それはいったい誰の仕事なのか。

「もちろん、これはわたしの想像。『連合会』はそこまで危険な機関ではないかもしれない。けれど最悪の可能性を想定したほうがいい」

駒形は深呼吸した。何かを思いついたのか、目の表情がかわった。

「奴に訊《き》こう」

「誰？」

「伊藤だ。奴は勤めていた。当然知っている」

「近づくのはまずいのじゃない」

「もう関係ないだろう。あんたの言葉を信じるなら、抗議だの何だのという段階じゃない」

わたしは考えた。「連合会」が今後も攻撃してくるかどうか。もし、それがあるとして、身を低くしていたらかわせる状況なのか。

かわせない。なぜなら駒形の存在を彼らは知っている。さらにわたしは駒形に研究所のことを話してしまった。

駒形が助かる方法はある。

「まだあなたは抜けだせる。上司なり同僚から、もう一度わたしについて問い合わせがあったとき、正直に話す。もちろんここのことは別にして。そうすれば彼らもあなたにはこれ以上触らない。伊藤に接触したら、そうはいかない」

「何も知らんフリをして、あんたの話をすればいい、というのか」

「そう」

「なぜそんなことをいうんだ。ここまで話しておいて」

「あなたは巻きこまれたに過ぎない。職務に忠実であろうとした結果が伊藤章三の件で、それをわたしが利用しようとして、こうなった。あなたに落度はない。なのに仕事や命を失《な》くすのはまちがっている」

「まちがっている」

駒形はわたしの言葉をくりかえし、苦笑した。

「なぜ笑うの」

「人殺しを自称する人間が、『まちがっている』なんていうとはな」

「それは、あなたの人生とわたしの人生が別だから。あなたはまっとうな警官で、わたしはそうじゃない」

「俺が上司にあんたの住所、氏名を教え、その結果あんたの身に何かあったら、とてもまっとうとはいえないのじゃないのか。ここにくる前なら、それでよかったろうが」

「確かにそうね。でも伊藤に会って、以前の仕事のことを訊いたら、本当に危険になる」

「俺を何だと思っている。でかけていって、いきなり、『お前の昔の職場は、殺人機関か』と訊くとでも？」

わたしも思わず苦笑した。

「でも用心しないと」

「夜道には気をつけるさ。それでなくとも、商売柄、いつも注意はしている」

わたしは頷いた。

「拳銃も忘れず身につけたほうがいい。彼らがあなたに求めているのは情報。だから撃ち合いになることまでは考えていない。あなたが丸腰ではないとわかれば、うかつには手をだしてこないでしょう」

「あんたに対してはそうじゃない、と？」

「おそらく」

駒形は口を閉じ、やがて訊ねた。

「あんたが俺に話したと、ここの人間は知っているのか」

「知っている。だからといって、すぐあなたの口を塞ごうとは考えないでしょうけど」

「いつ、するんだ」

「あなたが秘密を守るなら、ずっとしない。なぜなら、国外での殺人を、あなたは直接捜査できない」

「あんた個人の過去の殺人についてはどうだ」

「それは伊藤といっしょ。わたしをクビにして、知らぬフリをするだけ」

「『連合会』が、そこまで危険な機関なら、なぜ伊藤の口を塞がなかったんだ？」

「辞めたら殺されるとわかっている職場に勤める人間なんている？　誰もいなくなってしまう。むしろ辞めたあとも厚遇して、秘密さえ守っていればおいしいと思わせるほうが簡単。伊藤は働いていないし、これからも働かないでしょう」

「口止め料をもらいつづけている、と？」

「自分の欲望の充足にしか興味がない人間は扱いやすい」

「あんたもいずれそうなるのか」

「さあ。今はわからない」

駒形は立ちあがった。

「署に戻ることにする」

「そうして。何かあったら携帯に連絡をちょうだい」

駒形はわずかに考え、頷いた。

駒形を研究所の出入口まで送った。戻ってくると、大場の部屋を訪ねた。

大場は腕組みし、無言だった。

「記録した？」

「途中で切った。聞いてはいたが」

わたしは無言で大場を見た。

「おそらく駒形は、上海でのことについて調べるだろう。お前の話の裏をとろうとする筈《はず》だ」

「だったら藤本に会うしかないわね」

藤本は殺人容疑で上海の公安当局に身柄を拘束されている。釈放されることなく裁判になり、そのまま収監されるだろう。

「それは難しいな」

「なぜかはわからないけれど、中国の公安はわたしたちの処理を見逃した。藤本を楊を殺した犯人にしたのは彼らよ。わたしにはそこまでの偽装をする余裕はなかった」

「上海に進出したやくざと地元マフィアの両方を潰《つぶ》すいい材料になる、と考えた上層部がいたのだろう。いずれにしても、駒形に裏はとれない。奴はお前の話を信じたようすだったか」

「信じるほうに傾いている。理由は伊藤章三」

大場は首を傾げた。

「伊藤が人殺しだという彼の勘を、わたしは支持した。賛同者の少ない意見を支持する者の言葉を、人は信じやすい」

「伊藤に接触するといっていたな。危険ではないのか」

「刑事課長の問い合わせに正直に答えなかった時点で、駒形は危険な立場になった。『連合会』は今後、わたしに対してとろうとしたような強硬な手段で、駒形から情報をひきだそうとするかもしれない」

「それで拳銃をもて、といったのか」

「現職の刑事を襲うのは、『連合会』にとって存在を暴《あば》かれる危険を伴う。失敗すれば、すぐに事件化されてしまうから。だからまずはからめ手で情報をひきだそうとするのじゃないかな。それを防ぐには、ここやわたしの話をする必要があった」

　大場は考えこんだ。

「『連合会』が今後、活動を鎮静化するとは思わないか」

「『連合会』や伊藤に対する調査が今後おこなわれなければ、あるかもしれない。彼らがプロなら、復讐《ふくしゅう》までは考えないだろうし」

「お前に撃たれた男の？」

「撃ったのは本人。わたしはわたしの身を守ろうとしただけ」

　大場は首をふった。

「情報が足りない。『連合会』が、いったいどんな組織なのか、まるでわからない」

「民間ではないと思う。となると、ここに似た存在だと考え、活動を予測するのが最も妥当じゃない？」

大場はデスクの表面を左の拳《こぶし》でこつこつと叩いた。大場の頭にあるのは、わたしや駒形の安全の問題ではないだろう。研究所の存続が、何よりも重要と考えている男だ。とはいえ、わたしや駒形を「連合会」にさしだしたところで、研究所の存続は保証されない。

「もう一度、上と話しあうべきだな」

「委員会？」

大場は頷いた。

「『連合会』が民間団体でないとすれば、委員会の中には何らかの情報をもっている人がいるだろう」

「でも真実を教えるとは限らない」

「それは機関としての優位の問題だ。どちらを上と考えているのか。ここと『連合会』と」

「ここが作られたときからあなたは加わっている。もし『連合会』がすでに存在したのなら、組織の形や運営するシステムを参考にした筈。そういう記憶はある？」

わたしをちらりと見て、

「ない」

と大場は断言した。

「構想段階から立ち上げ、処理メンバーのスカウトに至るまで、俺は参加した。それには七年近くかかった。既存の組織に似た性格のものがあれば、そこまでの時間は要さなかった」

「すると彼らのほうがあとね」

大場は無言だった。わたしは時計を見た。八時近い。

「そろそろ帰る」

大場は頷いた。部屋をでる前にわたしは訊ねた。

「なぜ記録を途中で止めたの？」

大場はわたしを見やり、息を吸った。

「なぜだろうな。そうしたほうが危険が少ない、と思ったんだ。研究所の存在理由に関する記録は、できる限り少ないほうがいい」

だとしても、どこかに必ず活動に関する記録はある筈だった。二重三重のセキュリティを施され、ごく限られた人間にしかアクセスを許さない形で、これまで研究所が処理した人間とその方法についての記録は残してあるにちがいない。

それが公になる事態はありえないだろう。政権が交代したときも、研究所の活動が禁じられることはなかった。もしかすると、政治家にも、研究所の存在は秘匿《ひとく》されているのかもしれない。

研究所の存在は、いついかなるときも、政変を起こすに足る起爆剤となる。それは多分、「カード」として、限られたわずかな人間の手に握られ、受け継がれていく。

だがその人間たちが「権力者」だとはわたしは思わない。

秘密を知ることが権力である時代は、とうに終わっている。秘密を知る者にとり、知っていたと暴かれることは致命的な被害をもたらすし、インターネットの存在がそれを容易にした。

権力は個人ではなくシステムの中に存在する。わたしはそのシステムの歯車にすぎない。

13

義父と智はリビングのソファでテレビを見ていた。

「ただいま。夕食はどうしました？」

「じいじがマ、ッ、ク奢《おご》ってくれた」

義父が答えるより先に智がいった。

「ラッキーじゃない」

「うん」

ファストフードは、なるべく食べさせないようにしている。健康と、駆け引きの道具として使うために。

わたしは冷蔵庫から冷凍しておいたピラフをとりだした。疲れと空腹で頭がぼんやりとしていた。レンジであたため、インスタントスープといっしょに食べた。冷凍室にはアイスクリームの買いおきもあった。

「アイス食べる？」

「食べる！」

「チョコとクッキークリーム、どっち？」

「ママは？」

「チョコかな」

「じゃクッキークリームでいいや」

「ありがと」

アイスクリームの甘さでわずかに元気になった。

バラエティ番組が終わり、義父が智をうながした。

「そろそろ寝なさい」

智はおとなしく言葉にしたがった。おやすみをいい、部屋に入った。

「コーヒーとお茶、どちらがいいですか」

「お茶がいいな」

確かに義父を満足させられるコーヒーはいれられない。茶をいれ、義父と向かいあった。

「いいかな」

と断わり、義父は葉巻に火をつけた。

「やさしい子だな」

茶をすすり、ぽつりといった。

「アイスクリームですか」

義父は頷《うなず》いた。

「もともとクッキークリームのほうが好きなんです」

わたしがいうと、義父は苦笑した。

「するとやさしいのは君だったか」

「わたしはチョコが好きです」

「ならよかった」

目を閉じ、頷いた。

「だいぶ元気になったように見える」

「そうですね」

「もちろん、君や私に心配させまいとしている部分もあるだろうが。それも成長かな」

「したいと思ってする成長ではないでしょうけれど」

「成長とはみなそういうものではないか。大人になりたくて大人になる人間は、そういない。社会性をもつのは、もたざるをえないと気づくからだ」

わたしは頷いた。

「何があった？」

わたしは義父の目を見た。

「『関東損害保険事業者連合会』」

義父の表情はかわらなかった。

「名前は聞いたことがある。業界団体で、警察のＯＢが何人かいっている」

「研究所と同じような機関です」

「それはまちがいだろう」

わたしは深呼吸した。冷静で決して仮面を外さない義父との対話は、早くもチョコアイスの効力を失わせ始めている。

「主人の死に疑いをもっている刑事がいました。彼は以前、捜査一課にいて、ある殺人容疑者にこだわりすぎ一課を外されて、新宿署に異動になっていました。彼にマークされているとわたしは感じ、それを牽制《けんせい》するために、異動の原因となった容疑者に接触しました。彼がその容疑者の情報を週刊誌に流していると思わせ、抗議がいくように仕向けたかったのです」

批判めいたことはいわず、義父はただ頷いた。

「その容疑者に会って、わたしは刑事の疑いが正しかったことに気づきました。犯行は立証できなかったものの、容疑者はまちがいなく殺人者でした」

「君に、そう認めたのか」

「いえ。わかったんです」

義父はわたしを見やったが、無言だった。

「容疑者のいた職場が、『関東損害保険事業者連合会』でした。抗議を確実にするため、わたしはそこにも出向きました。単なる業界団体とは思えず、偽装だと感じました。そこからの帰り道、尾行されました。ひとりではなくチームで、プロの方法でした。それをまくためにデパートのトイレにわたしが隠れると、尾行は中止されました」

「君が気づいたことに気づいたから、か」

「はい。そして今日、主人といっしょに死んでいた女の身許《みもと》が判明し、例の刑事と会いました」

「その件については聞いている。カナダ国籍のパスポートで入国した中国人だそうだな」

わたしは頷いた。

「わたしたちは新宿署の近くの喫茶店で会いました。そこからの帰り、また同じ人間の入ったチームの尾行をうけました」

義父は目を上げた。

「それは――」

「刑事に監視がついていたのだと思います」

「なぜ、君を尾行したのだ？」

「容疑者や、彼が勤めていた団体に興味をもつ女に関心をもった。刑事は職業だから当然ですが、わたしはちがいます」

「週刊誌の記者を名乗ったのだろう？」

「変装していましたが、それが嘘《うそ》であるのを確かめる時間はありました。関心は危機感にかわった筈《はず》です。今日は尾行を中止せず、わたしを拉致《らち》しようとしました」

わずかに間をおき、義父はいった。

「強引なやりかただな」

「特殊警棒をとりだした女がいました。それをわたしはとりあげ、相手に使いました。もうひとりが拳銃を抜きました。もみあいになり、暴発して、弾丸はその男の体に入りました。死亡した可能性があります」

義父は黙りこんだ。葉巻を吹かし、濃い煙をリビングに漂わせた。不快な匂《にお》いではなかった。

「それで帰りが遅くなったのか」

「対策を講じる必要がありました」

駒形と会い、研究所について話したことはまだ告げないことにした。義父は「連合会」について知らないか、知らぬフリをしている。知らぬフリなら、駒形に研究所のことを話したと教えるのは、彼の危険を増大させる。孫の母親であるわたしはともかく、駒形は処理させてもかまわないと考えるかもしれない。事態の収束には関係者の沈黙が最優先だが、わたしや「連合会」の人間と駒形は立場が異なるからだ。

「彼らがまたわたしに攻撃をしかけてくるかどうかはわかりません。しかし身を守る必要は感じました。もしわたしの身許をつきとめられたら、智も」

義父は葉巻を、灰皿がわりに渡した小皿においた。

「『関東損害保険事業者連合会』が民間の団体であるとは思えません」

「公安関係の機関なら、私が名前を聞いたことがある筈だ。最近のものなら別だが」

「仮にそうだとして、拳銃をもたせますか？」

　義父は首を傾《かし》げた。

「国内ではそれはありえない。発覚したら、大変なことになる」

「では何だと？」

「わからない。後輩に問い合わせてもいいが、もし君の考えるようなところだったら、かえってやぶへびになる。なぜ存在を知ったのかと怪しまれるだろうね」

「ではこのままにしておくべきだと思いますか」

「その機関のでかたしだいだ。あくまで君のことを調べようとするなら、方法は他にもある」

「わたしのほうから所属を明らかにすれば、向こうが手をひくというならそうしても――」

「それは彼らが研究所の存在を知っていれば、だ。知らなければ無意味だ」

「そうなんですか」

「そうなんですか、とは？」

「わたしは彼らのことを知りませんでしたが、おそらく同じような政府系機関だと気づきました。気づいた以上は、向こうから何かをしかけられない限り、攻撃をしようとは思いません。もちろん存在を暴《あば》こうとも考えない。あちらの対応も同様なのではないかと思っていたのですが」

義父の目を見つめた。やはり「連合会」について何かを知っている。

義父は無言でおいていた葉巻をとりあげた。消えてしまった火口《ほくち》にライターの炎をかざし、ゆっくりと吹かした。

これまでは不快だと感じなかった濃密な煙が、突然腹立たしくなった。わたしは立ちあがり、急須《きゅうす》に新たな湯を注いだ。義父の湯呑《ゆの》みに茶を足す。

「ありがとう」

礼の言葉を口にはしたが、その顔はどこか虚《うつ》ろだった。

「お義父《とう》さんが無意味だとおっしゃるということは、彼らはこれからもわたしを排除しようとしてくると考えるべきなんですね」

「私にはわからない。が、客観的に考えて、探りを入れてくる人間を銃を用いてまで拉致して訊問《じんもん》しようと考える組織が、突然穏便な方針に転換するとは思えない」

「研究所の存在と活動内容を教えても、ですか」

「彼らがそれを信じるかな」

義父はわたしを見返した。

「君は、研究所のような機関は唯一無二《ゆいいつむに》だと信じてきた。それはある意味当然で、同じようなものが複数存在するとなれば、その存在意義や所属者の使命感に揺らぎが生じてしまう。研究所の活動は、精神的にも肉体的にも重い負担がかかる。全《まっと》うするには気力体力の他に支えが必要だ。思想的な支柱と呼んでもいい。自分たちがなさなければならないのだという信念がなければ、活動は継続できない。同様の感覚を、彼らが抱いている可能性がある」

「でもそれは、だまされていたということですよね」

わずかだが義父の目に傷つけられたような表情が浮かんだ。

「もし彼らが政府系機関なら、彼らもわたしも、自分たちだけだと思いこまされてきたことになります」

わずかに間をおき、

「そうだな」

と義父はいった。

「それは唯一だと思わせておいたほうが扱いやすい、と考えたからですか」

「君は、私が彼らの存在を知っているという前提で話を進めている」

わたしは息を吸いこんだ。

「すみません。でもお義父さんなら、たとえ知らなかったとしても関係する者の考えが理解できるのではありませんか」

「少なくとも私が現役のときは、君らしかいなかった。それは断言できる。したがって仮に彼らが政府に帰属する機関であるとしても、それは最近の状況に対応するために設けられたのだろうし、私はその状況に関する情報をもたない」

やはり官僚だ。与えられていない情報に関係する責任は、自分にはないと主張する。

「お義父さんが理解していらっしゃらないか、したくないと思っておられることがあります」

わたしがいうと、義父は瞬《まばた》きし、警戒するような顔になった。

「それは、研究所にしろ、彼らにしろ、処理活動に携わる人間の個性です」

「個性？」

「適性、といいかえることもできます。先ほど気力や体力以外にも、信念という支えが必要だとおっしゃいました。しかしむしろ必要なのは適性です」

義父は顔をそむけた。

「君からそれをいいだすのか」

わたしにはわかっていた。適性のある、わたしという人間が息子の妻になるのを許したとき、義父はその問題を心から閉めだしたのだ。同時に、その適性が智にうけ継がれたのではないかと恐れていたのだろう。

洋祐が亡《な》くなり、わたしと義父はこの問題と正面から向きあわざるを得なくなった。

「重要なのは、わたしの適性ではありません」

義父はいぶかしむようにわたしに目を戻した。

「彼らの側にいる、適性をもった人間です」

義父は無言だった。

「刑事がマークしていた容疑者は、わたしがひと目でわかるほど強い適性をもった人間でした。彼が『連合会』を退職したのは、おそらく任務以外の場でその適性を露呈したからだと考えられます。同様に強い適性をもつ人間が、他にも『連合会』にいるなら、研究所に対して対抗心を抱くかもしれません」

「対抗心？」

「帰属する母体が同じで、似たような任務を課せられた組織が互いの存在を知れば、どちらが優秀であるかが気になるものではありませんか」

「ライバル意識か」

「はい。対抗心は、場合によっては敵愾心《てきがいしん》にかわります」

わたしのいいたいことを義父は理解した。

「つまり、君たちと彼らが争うかもしれない、と？」

「この問題を放置すれば、いずれそうなります」

「それは愚かしい。君までそんなことを考えるとは」

「お義父さんは銃を向けられた経験がありますか」

「直接的には、ない」

「面と向かってそれをした人間を、許すことはできません。敵愾心というレベルではなく、殺意です。自分にそれをした者には、殺意が必ず起きます」

義父は目を大きくみひらき、やがてつぶやいた。

「君がいうのだから、そうなのだろうな」

「委員会なり、しかるべきところに対立を回避する方向を探るよう、助言するべきです」

義父は黙った。手にした葉巻は再び消えていた。それを小皿においた。

「いろいろとやってみることにする」

「お願いします」

「そこまで皆が愚かではないと思うが」

適性をもつ者の行動に、愚かとか賢いという評価は無意味だ。わたしは思ったが、いわなかった。

義父は立ち上がった。

「それでは帰ることにするよ」

「よろしくお願いします」

玄関まで送り、扉に鍵《かぎ》をかけた。

強い適性をもつ者にとり、殺人は、食事や性行為と同じで、激しい衝動を伴う。伊藤章三がそうだ。似たような人間が「連合会」にいるのを、わたしは懸念《けねん》していた。委員会なり、別の上位組織が「連合会」の、わたしに対する活動を規制することを願っていた。しかしそれがかえって「連合会」を過激化させるかもしれない。そして研究所対「連合会」の争いにつながる。

たとえば伊藤章三。たとえば瀬戸圭子。

誰が優れているのか。それを試したい衝動が、適性をもつ者にはいつでも起き得る。

たとえば、わたし。

グロック36を選んだ理由は、高い貫通力をもつ九ミリ弾を避けたかっただけではない。

口径が大きく、弾速の遅い45ACP弾が、より殺人に適しているからだ。

ふと、気づいた。

14

通勤をタクシーにした。拳銃を身につけて地下鉄に乗るのは避けたい。何かの弾みで上着がめくれ、携帯する銃を人に見られる危険がある。

バッグに入れるという方法もあるが、いざというときバッグからとりだすのと、ホルスターから抜くのではスピードがちがう。

自分の部屋に入ると、大場から伝言が届いていた。サリー・アンに関する情報を入手したようだ。

「入国した直後のサリー・アンと接触したという人間が見つかった」

内線電話で大場が告げた。

「何者？」

「六本木で中国雑貨店を経営している、林という人物だ。日本名はハヤシ、中国名がリン、台湾華僑《かきょう》の家に育ったが、北京大学に留学歴がある」

「どちらなの」

「どちらとは？」

「台湾寄り、それとも中国寄り？」

「わからん」

「その情報はどこから？」

「林と親しくしている、俺の知り合いだ。中国関係の情報に強いんで、サリー・アンについてあたってもらっていた。アポイントをとるか」

「お願い。それときのう義父と話した」

　大場は黙った。

「『連合会』が、ここと同じような機関だという可能性は高い」

「お義父《とう》さんがそう、認めたのか」

「はっきりとは認めていない。でもあり得ない、という否定はしなかった。それに、これは匂《にお》わせただけだけど、『連合会』はここより攻撃的な性格の強い機関かもしれない」

「それはどういう意味だ？」

「こちらが向こうを知らなかったように、向こうもこちらを知らなかったとする。その上でわたしが政府系の機関の人間だと教えれば、これ以上手をださなくなるのでは、と訊《き》いたの。義父は、向こうが信じないかもしれない、といった。わたしたちがそうだったように、世の中に自分たちのような存在は他にないと教えられてきたのかもしれない」

「上から教えられたら、大丈夫だろう」

「そうなれば、ちがう形になる」

「ちがう形？」

「わたしの考えでは、同じ性格の機関がふたつ存在することを知らされたら、対抗心が生じる」

大場はわたしのいいたいことを理解した。

「うちと『連合会』のあいだで競争が起きると思うのか」

「競争ですめばいいけれど」

「枡本の一件にまだこだわっているな」

「わたしの勘は外れていなかった。『連合会』のフィールドが国内なら、枡本の死は、充分にあり得る」

「瀬戸にはいうなよ」

「やっぱりそう思う？」

「わかれば黙っちゃいないだろう。獲物を横どりされたと思う」

「つまりはそういうこと。互いを知ったら、いずれ競争ではすまなくなる。わたしたちの仕事は、人助けではないもの」

「お前、疑っているのじゃないのか」

「何を？」

「ご主人だ。サリー・アンを処理したのは『連合会』じゃないか、と」

「それはまだ。だって動機がない。サリー・アンには、日本が処理しなければならない理由がないでしょう。処理したがっていたのは、中国の筈《はず》」

「待てよ。やはり『連合会』は民間で、中国の依頼をうけたのかもしれん」

「そうならそうで、もっと厄介。向こうはわたしたちのことを知らない。商売敵《がたき》だとわかったら、潰《つぶ》しにくるかも」

「馬鹿《ばか》ばかしい。自分たちの足もとが危うくなるだけだ」

「そう？　じゃなぜ、瀬戸にはいうなといったの。適性のある人間は、皆同じじゃない」

大場は唸《うな》り声をたてた。

「悪夢だな。どちらにしても」

わたしは笑い声をあげた。

「何がおかしいんだ」

「ふつうなら民は官に勝てない。だから手をひくだろうけれど、この官は、官だといえない。どちらも互いを告発できない。向こうだって民業圧迫とはいえないだろうし」

「何を下らんことをいってる」

「でもそうでしょう。争いは裁判所にはもちこめない。それでも争うとしたら、どうする？」

大場が黙りこんだ。

「場合によっては、所員に警告すべきかも」

わたしがいうと、

「それは民なのか官なのか、はっきりしてからでいい」

と答えた。

「少なくとも向こうはまだ我々のことを知らないだろうからな」

「民ならば、当分はない。官だったら、義父の動きがそれを知らせる」

「お義父さんは動くといったのか」

「いった。少なくとも『連合会』が官なのかどうかを確認はすると思う」

「委員会は、俺に触るな、といった」

「それは官だ、ということじゃない？」

「とも限らん。民で、委員会が使っている業者だとしても、触るなとはいうだろう」

「そうか」

わたしはつぶやいた。完全な政府系機関ではなく、そういう存在もありうる。民間の依頼にも政府の依頼にも応《こた》える。

「民間軍事会社のようなものね」

「依頼者の秘密を守るのが絶対的な条件だが」

「情報提供者のアポイントをとって。サリー・アンについてもっと調べたい」

「わかった。連絡する」

大場は電話を切った。

サリー・アンを殺したのが「連合会」だとするなら、もちろん洋祐は巻き添えになったのだ。そして、「連合会」は、研究所とは異なり、依頼によって動く民間の業者ということになる。依頼者はおそらく中国政府で、日本国内での暗殺を、日本の民間業者に託したということだ。

では枡本は？ 枡本の死が〝処理〟なら、その依頼者は日本政府かもしれない。もちろん枡本の死を願った者は、他にもいたろう。が、その多くは東ヨーロッパなど海外で枡本にかかわった者の筈だ。彼らにとり、枡本の暗殺は、海外で実行するほうが容易だ。日本の業者に依頼するのは非効率である。

データが少なすぎる。わたしは走りがちな思考にストップをかけた。仮定の上に仮定を重ねているだけだ。

今わかっていることだけを書きだした。
一、「連合会」は、内情に関心をもつ者を警戒し、ときには監視し、暴力を用いてでもその理由を知ろうとする
二、「連合会」に所属する者は、拳銃や特殊警棒などで武装している
三、「連合会」には、研究所と同じく、警察官であった人間が勤務している

四、「連合会」には、殺人に適性をもつ者がかつて勤務していた以上だ。この中には、サリー・アンや枡本とつながる要素は何ひとつない。そのどちらかと「連合会」を関連づけるデータが見つかって初めて、仮定するか検討すべきだ。

電話が鳴った。大場からだった。

「林と会う」

午後四時に、六本木の店舗にいくことになった。

わたしは瀬戸圭子に内線をかけた。

「時間、ある？　今という意味じゃないけど」

「何の時間？」

「枡本について調べてほしいの。病気だったのかどうか」

「別に、もう興味ないけど」

そっけない調子で瀬戸圭子はいった。

「忙しければいい。もしかしたらと思ったから」

「何かあるわけ」

「業者の仕事かもしれない」

「そんなに上手な業者がいるの、日本に」

「それが気になってる。枡本について調べていたんでしょう」

じゃ、あんたがやれば、とはいわない。基本的に自分を中心におきたがる女だ。

「いいよ、動いてみる。大場は知ってる?」

「知らない」

「おもしろそう。栃崎、使っていい?」

「大丈夫」

電話は切れた。

大場の運転する車で六本木に向かった。わたしはたっぷりとしたニットのジャケットを着けていた。拳銃はジーンズのベルトに留めている。

飯倉片町の交差点に近いコインパーキングに車を止め、外苑東通りに面した雑居ビルの三階にあがった。一階で雑貨を売り、二階に食料品がおかれている。三階に林の事務所があるらしい。

事務所は十畳くらいの簡素なものだった。事務員らしき女が机に向かい、古びた革の応接セットに男が二人すわっている。ひとりは六十代の白髪頭でネクタイを締めカーディガンを着ていた。もうひとりは四十代半ばでスーツ姿だ。まつ毛が長い。

スーツの男が立ちあがった。大場が、

「どうも」

といって頭を下げた。

「神村さんです」

わたしを紹介した。

「初めまして。原田《はらだ》です」

スーツの男はわたしの顔を見ていった。瞬《まばた》きをした。パチリという音が聞こえそうだった。原田がわたしの顔を記憶に焼きつけたのを感じた。一度見た顔を忘れない特技をもつ、と六本木に向かう車中で大場がいっていた。

互いに名刺もださず、所属を告げることもなかった。

「林さん、大場さんと神村さんです」

原田がカーディガンの男にわたしたちを紹介した。

「神村さんのご主人は、サリー・アンといっしょに発見された大学教授です」

「それは」

つぶやいて、林は痛ましそうな表情を浮かべた。太ってはいないが血圧が高いのか、頬に赤みがある。銀髪はきれいな七・三に整えられていた。

大場がうながすようにわたしを見た。

「主人がなぜ彼女といっしょにいたのか、わたしにはまったくわかりません。主人が亡《な》くなったことを受け入れられないということではないんです。亡くなったときに女性といっしょだったからといって、感情的になってもいません。純粋に、二人の接点がどこにあったのかを知りたくてうかがいました」

「立派ですね」

林はいった。

「あのような形でご主人を亡くされたら、たいていの奥さんは動揺し、怒ります。神村さんはそうではない。あなたは冷静に起こったことを理解しようとつとめていらっしゃる。そうしなければ、人生の次の一歩を踏みだせない」

間をおき、わたしは答えた。

「おっしゃる通りです」

林は視線を宙に向けた。

「サリー・アンと私は、古い友だちでした。初めて会ったとき、彼女はまだ二十代だった。自分を美しい女性だと知っていて、野心をもっていた。いずれは所属する部署で指導的な役割を果たしたいと願っていました」

「部署というのは？」

わたしは訊《たず》ねた。

「そういう部署です。たくさんの人と交流を重ね、中国に役立つ情報を得る。主に、政治や経済に関することで、軍事は彼女の専門ではなかった。ベッドの中で訊きだすには、軍事情報は適していません。サリー・アンの本名は、苗佳《ミャオジア》といいました。上海の南、浙江省の出身です。浙江省の人は我慢強いが、プライドも高い。苗佳は上海の大学でスカウトされ、主に日本人、韓国人、台湾人との交流を任されていました。私は彼女と上海で知り合い、日本でもよく食事をしました。苗佳は、中国でも日本でも、キャリアを積み上げているとずっと信じていました。ところがあるとき、部署のボスにあたる人間が、彼女のことを『都合のいい売春婦だ』と部下にいっているのを聞いてしまったのです。それで彼女はやる気をなくしてしまった。自分は利用されていただけで、プロフェッショナルという評価をうけていなかった。彼女はボスに思い知らせてやろうと考えた。彼らがいかに有能な人間を失うことになったかを教えようとしたのです」

林は言葉を切り、よろしいですかといって煙草《たばこ》に火をつけた。

「彼女は目的を果たしました。台湾にいき、自分がこれまでに携わってきた任務や、それに関係する中国の人間を知らせた。つまりそれは台湾政府が彼女のいた部署とは無関係だと信じていた人たちが、実はそうでなかったということまで知らせてしまったのです。当然、中国側の人間は彼女に腹を立てました。彼女の名は、暗殺候補者のリストにあがりました。上のほうではありませんでしたが」

「それが実行されようとしたことはありませんでしたか」

「台北で一度、自動車事故にみせかけるという計画がありました。それを台湾の情報機関の人間に聞き、彼女はカナダに移住するのを決心しました」

「カナダにはどれくらい住んでいたのですか」

「二年ほどいました。その間にアメリカ政府に自分を売りこんでいたようです。CIAの中国を担当する部門で働きたがっていました。しかし、彼女が望むほどには関心をもたれなかった」

「望むほどには？」

「一、二度、CIAの担当者と会って話をし、謝礼は受けとったのですが、職員として採用はされなかった。とても残念がっていました」

憐《あわ》れだと思った。実際の能力はさておき、自分の評価と他人のそれとのギャップに、何度も屈辱を感じたのだろう。

「日本にきた理由は何です？」

大場が訊ねた。原田が答えた。

「日本政府に自分を売りこむためだ。対中関係が微妙になっている今なら、役に立つと思ったのだろう」

わたしは林を見つめた。林は無表情になっていた。

「日本側の対応はどうだったんだ」

大場は原田を見た。

「正直、あまり芳《かんば》しくはなかった。現場を離れて時間がたっている。苗佳が台湾に流した関係者のリストは、中国側も把握しているからな。たいして使えるとは思われていなかった」

「苗佳はキャリアの初めでつまずいてしまいました。決して能力の低い女性ではなかった。ただ容貌《ようぼう》がよかったのでそれを過信し、そのことが上司の評価をかえって低めてしまったのです」

林がいった。

「彼女の動きを知った中国政府が排除した可能性はありますか」

大場が訊ねた。

「私には何とも。リストには載っていましたが、その意味はどんどん薄まっていたでしょうから。ただ、綱紀粛正のために、定期的にそうした粛清をノルマ化することがあります。たまたま今回、そこにひっかかってしまったのかもしれない」

林はいって、気の毒そうにわたしを見た。

「もしそうだとしても、なぜご主人がいっしょにおられたのかは、私にはわかりません」

「主人と彼女とのあいだにつながりはありませんでした。主人は、暗殺の巻き添えになったのだと思います」

「亡くなる直前、神村教授は上海を旅行されているが、そのときに中国側と接点をもったという可能性はありませんか」

原田がいった。わずかに間をおいて、それがわたしに向けられた質問であることに気づいた。

「ない、と思います」

わたしが洋祐といるあいだは、もちろんなかった。無理やり可能性を疑うなら、わたしが処理作業に手間どり、上海の公安に身柄を拘束されているあいだだ。

智にそのときの話を聞いていなかったことを思いだした。

「お前が旅行を知っているということは、多少は調査をしたのだろう。何かひっかかったのか」

大場が原田を見つめた。

「いや」

原田はわたしに目を向けたまま答えた。

「何も」

「これまでに中国が日本で実行したと思われる暗殺に、類似したケースはありましたか」

わたしは原田を見返し、訊ねた。原田は目をそらした。

「それは、すぐにはわかりません」

「事故、心中、犯罪を装《よそお》って、ひとりではなくカップルが死亡した事件です」

「調べてみます」

原田はいった。わたしは林を見た。

「彼女はどこに住んでいました？　日本にいるあいだ」

「私が用意した家具付きのワンルームマンションです。場所は代々木でした」

「今、そこはどうなっていますか」

「月単位の契約ですので、まだそのままです」

わたしは大場と目を見交した。

「調べさせていただいてよろしいですか」

大場が訊いた。

「待った。それは任せてもらえないか」

原田がいった。

「あとで話しませんか」

わたしはいった。原田は頷《うなず》いた。

「いいでしょう」

林は上着の内側からカードキィをとりだした。テーブルにおく。

「同じものを苗佳ももっていました」

大場は原田を見やった。

「現場にはなかった。焼失したのかもしれないが」

「いずれにしても警察の捜査は終わっている」

原田がいった。そしてカードキィを手にした。

わたしは林に訊ねた。

「彼女は自分が日本で暗殺されるかもしれないと考えていたでしょうか」

林は首をふった。

「台湾にいたときはかなり怯《おび》えていました。カナダにいき、ＣＩＡと接触したときは一時的に保護されていた。その後は何もなかったので、完全にではないが、安心していたようです」

「サリー・アン名義のパスポートはＣＩＡの手配ですか」

大場が訊いた。林は頷いた。

「ありがとうございました。いろいろと」

わたしはいった。林は少し驚いたようにわたしを見た。

「よろしいのですか」

「彼女が暗殺されたのはまちがいないと思っています。ただ彼女の経歴を聞いても、主人との接点はまったく見あたりませんでした。それがわかっただけで充分です」

林は息を吐いた。

「あれが暗殺だったとしても、私には今のところ、どこからも何の知らせも入ってきていません。台湾サイドからの問い合わせもない。それはつまり、あまり重要視されていなかったということかもしれませんが」

重要視されていなかった人間を、なぜ第三者まで巻きこんで暗殺しなければならなかったのか。

三人で林のオフィスをでると、大場は車の中で話そう、と原田を誘った。原田はあまり気ののらないようすで乗りこんできた。

「奥さんには申しわけないが、寝た子を起こすのは歓迎できない」

助手席にすわり、原田はいった。わたしは後部座席にいた。

「寝ているのは中国ですか。それとも日本ですか」

わたしは訊ねた。

「中国、ですね。暗殺だったという証拠を見つけたとして、まあ見つからないでしょうが、彼らに責任を問うことなどできない。中国人が自国の売国奴を暗殺しただけだ」

「日本人を巻き添えにしている」

大場がいった。

「立証できるか。できたとしてどうするんだ？　お返しに中国人をひとり殺すのか」

上海を思いだした。木筑を殺したとき、わたしは楊も殺した。

「無意味ですね」

「でしょう。だったら申しわけないが忘れて下さい。サリー・アンには、殺されるだけの理由があった」

「でもそれが薄れていたと林さんはいった」

「とはいえ、リストには載っていたんです。上の覚えめでたくなりたい誰かが、チャンスと見てハードルの低い暗殺を実行した。そういうことなんです。ご主人はただ巻き添えになった」

「実行犯は中国人？」

わたしは訊ねた。

「さあ。考えて何の意味があるんですか。中国人かもしれないし、中国人と日本人の混成チームかもしれない。雇われて殺しの片棒を担《かつ》ぐような奴《やつ》はいくらでもいる。まさか復讐《ふくしゅう》する気じゃないでしょうね」

「考慮の余地はあるぞ」

あきれたように原田は首をふった。

「大場さん」

「とにかくそのキィを貸してくれ。調べるくらいなら別に問題はないだろう」

原田はためらっていた。

「心配なの？」

わたしは訊ねた。

「大丈夫よ。中国大使館に爆弾を投げこんだりはしないから」

「あたり前だ」

吐きだすようにいって、原田はカードキィをとりだすと、フロントガラスに投げつけた。そして助手席のドアを開け、車を降りた。

「怒らせた」

足早に歩きさる原田を見ながら、大場がつぶやいた。

「フリよ。警察の捜査が終わっていることを知っていた。終わらせた張本人かもしれない」

わたしはいった。大場はわたしをふりかえり、首をふった。

「奴のところはそこまでしない。純粋に情報を集めるだけだ」

「『連合会』のことを訊けばよかったかな」

「知っているわけがない」

憂鬱《ゆううつ》そうに大場はいった。

「ねえ」

わたしは大場の肩を叩《たた》いた。

「代々木に駒形を連れていきたい」

大場は信じられないという顔をした。

「なぜだ」

「プロだから。何かに気づくかも」

「刑事を巻きこむのか。それに奴は『連合会』の監視をうけているのだろう」

「今もそれがつづいているのかどうか確認するチャンス」

「もしつづいていたらどうする。また排除するつもりじゃないだろうな」

大場はわたしの目を見つめた。

「それはない。ただ代々木に連れていきたいだけ」

大場は考えていた。

「駒形は優秀よ。使える」

「そういう問題じゃない。これ以上我々につきあわせることの是非を考えている」

「研究所の実態を知った時点で、彼はあと戻りできない場所にいる。この先おいてきぼりにするのは、むしろ危険。まがりなりにも現職の刑事なのだから、味方につけておくほうが得策じゃない？」

「このままじゃ、そう長く現役をつづけられなくなる。そうなったらどうする？　うちにひっぱるか」

わたしは首をふった。

「駒形には適性がない。おそらく無理」

大場は黙りこんだが、やがていった。

「かわるかもしれん」

「それはわたしにはわからない」

大場は小さく頷いた。

「駒形に電話をしろ」

15

代々木上原の駅の近くで駒形と待ち合わせた。細い一方通行路が商店街になっていて、尾行を見つけやすいからだ。大場が商店街の路上で尾行の有無を確認し、わたしが一方通行路の出口に車を回して待つ。

「今、駅をでた」

あらかじめ打ちあわせておいた通り、小田急線を降りた駒形からわたしの携帯に連絡がきた。

「線路の北側の一方通行を代々木八幡方向に戻ると、小さな商店街がある。その商店街を歩いていって」

「どこまで？」

「いいというまで」

「尾行はいない」

「いちおうチェックしたい」

尾行がついていれば、大場から電話がくる。大場からの連絡はなく、わたしは車まで誘導して駒形を後部席に乗せた。山手通りにぶつかるまで車を走らせ、そこで大場を待った。

「紹介する必要はないわね」

大場が車に乗りこむのを待って、わたしはいった。

「ない。大場さんだったな」

「そうだ。あんたに尾行はついていなかった」

「そういったはずだ」

信用されていないと感じたのか、駒形は不機嫌そうだった。

「それは向こうの状況が変化したということ」

わたしはルームミラーの中の駒形に告げた。

「どう変化したんだ」

「監視の段階ではなくなった。あんたに関しては、職場も住居もわかっている。したがって次は接触だ」

大場がカーナビゲーションを操作しながら答えた。

「接触？」

駒形はルームミラーの中で眉根《まゆね》を寄せた。

「敵でも味方でもない位置から、敵側に分類された。銃はもっている？」

「ああ」

駒形はジャケットの左脇《わき》に触れた。大場がふりかえった。

「まだニューナンブか」

「所轄《しょかつ》は、な。機捜は自動拳銃にかわった」

大場は無言だった。

「あんたももっていたのだろう」

駒形がいうと、首をふった。

「拳銃などもったことはなかった」

「公安《ハム》だったのか」

「忘れた」

「感じが悪いな」

駒形はむっとしたようにつぶやいた。

「もともと人づきあいが下手なの。うまければ警察に残ってた」

わたしはいった。

「ふたりは古いつきあいってわけか」

駒形の口調に皮肉がこもった。

「十代の頃からわたしを知っている。わたしは知らなかったけれど」

「もういい」

大場が会話をさえぎった。うしろをふりかえり、駒形に告げた。

「これからいくのは、来日したサリー・アンが住んでいた部屋だ。あの女の本名は苗佳。知っていたか」

「いや。どうやってあんたたちはつきとめたんだ？」

「彼女に部屋を用意してやった友人がいる。鍵《かぎ》もその友人から借りた」

「そこで何をする？」

わたしが答えた。

「苗佳は、中国情報機関の暗殺リストに載っていた。台湾で一度、暗殺の計画があり、それを知ってカナダに逃げた。今回日本にきたのは、中国の工作員だった経歴を日本政府に売りこむためよ」

「情報機関ってどこだ。国家安全部のことか」

「さあ。解放軍の総参謀部かもしれないし、共産党の対外連絡部かもしれん。公安部という可能性もある。『ハニー・トラップ』は、基本、安全部のお家芸だが」

大場がいった。

「とにかく苗佳は、中国の工作員に殺された。夫はその巻き添えになった。彼女の部屋に、何かそれを証明する手がかりがあるかもしれない。捜すのを手伝ってほしい」

「それは違法だろう」

「部屋の借り主から鍵を借りているのだから問題はない。それに何かが見つかったとしても、捜査のやり直しを求める気もない」

「では何だ」

「実行犯をつきとめたい。つきとめて、なぜ夫を巻き添えに選んだのかを訊《き》く」

「訊《い》くって――」

駒形は絶句した。

「わたしの中にいまだに解決していない問題があって、それはなぜ夫が、カモフラージュに使われたのか、ということ。たまたま近くを歩いていたというなら、それでいい。ちがうのなら、なぜ夫でなければならなかったかを知りたい」

「結局、旦那《だんな》の恨みを晴らしたい。そういうことか」

「怒りはある、もちろん。でも恨みを晴らすのとは少しちがう」

「殺人犯をつかまえて拷問《ごうもん》する手助けを俺にしろ、と?」

あきれたように駒形はいった。

「拷問にまでつきあわせる気はない。心配するな」

大場がいった。

「あんたたちは俺を何だと思っている」

わたしも大場も答えなかった。やがて大場がわたしを促した。

「いえよ」

「今は刑事。でも少ししたら、刑事の死体か、元刑事」

駒形はショックをうけたようだ。しばらく何もいわなかった。

「要するに、殺されるかクビになるか、どっちかだというんだな」

「そう。でも殺すのもクビにするのも、わたしたちじゃない」

わたしは運転しながら答えた。

「あんたにかかわったからじゃないか」

「かかわったのは、刑事だからだ。仕事だろう、それが。神村は、あんたが殺されないように気を配っている」

　大場がいった。

「それは自分がきっかけを作ったからだ。この人が伊藤に会いにいかなければ、こんな風にはならなかった」

「そういえば伊藤には会ったの？」

　わたしは訊《たず》ねた。

「まだだ。昨夜訪ねたが、部屋にいなかった」

「とにかく、我々はあんたの敵じゃない。そこは信じろ」

　大場がいった。駒形は答えなかった。わたしは車を左に寄せ、ハザードランプを点《とも》した。

　ルームミラーごしに駒形に告げた。

「決めて。わたしたちに協力して苗佳の部屋で調査をするか、ここで降りて、以後一切かかわらないか」

　駒形は鏡ごしにわたしをにらみつけ、一瞬の後、途方に暮れたような表情になった。

そんな顔を見るのは初めてだった。

「あんたたちの話をどこまで信じていいかわからない。常識でいえば、ありえないことばかりだ」

「そうね」

鏡の中でわたしはいった。

「いっしょにいて話を聞いていたら、ありそうな気もしてくるが、ひとりになるとおよそ馬鹿《ばか》げているように思えてくる。今朝、拳銃をつけたときは、大間抜けになった気分だった」

「当然よ。でもわたしは嘘《うそ》をついていない。むしろつかなさすぎるくらい」

駒形は外を見やり、息を吐いた。

「ひとつだけまちがいないのは、あんたがここで降りようが残ろうが、動きだした事態はかわらない、ということだ。『連合会』は、神村を敵とみなし、あんたも同じ側だと判断している可能性が高い。今後どうなるにせよ、それは『連合会』側のアクションで決まる」

大場が低い声でいった。

「『連合会』が何もしなければ、俺は殺されもしないし、クビにもならない？」

「その可能性もゼロではない」

駒形は黙りこんだ。やがて口を開くと鏡の中のわたしを見つめた。

「なあ、俺は人殺しを何人も見てきた。連中には、ある共通点があった」

「何？」

「自分の先の人生をまるで考えないってことだ。人を殺すような奴《やつ》は、十年後二十年後の自分の姿なんて想像できないんだ。その瞬間の怒りや欲望だけで動いている。もし少しでも先のことを考えたら、人殺しなんか決してできない。直前で思いとどまる」

わたしは答えなかった。

「ガキの頃から悪くて、ひどい環境で育ち、今この瞬間自分が気持よければそれでいいって奴でも、いざ人殺しをするとなればためらうもんだ。あと戻りはできない。殺してしまったら、そいつは二度と生き返らない。だから本当に刹那《せつな》的に生きている奴ばかりだ。伊藤だってそうだ。あいつは自分が十年後どうなっているかなんて、まるで考えちゃいない。今、やりたいからやったんだ——俺はそう思った。だがあんたはちがう。先のことを考えていないようには見えない」

「要はそこ？　わたしが人殺しに見えないから、この話が信じられないわけ？」

「そうかもしれん。いや、そうだ」

「話したでしょう。わたしは感情で人を殺さない。刹那的な欲望でも、もちろん殺さない」

「じゃ何だ。才能とかいっていたが、つまりは金か」

「降りろ」

　大場がいった。

「こんないい合いに何の意味がある。何をいったところで、あんたは納得しない」

「人殺しに納得できる理由があるのか。あるのならいってみろ！」

　駒形は怒鳴った。大場は静かに答えた。

「個人には、ない。が国家にはある。国家は国民を守るためであれば殺人を避けるべきではない」

「そりゃ戦争ならそうだろうさ」

「戦争ではないが、国家と国民を守るための戦いであることはかわらない。現行法ではいかんともしがたい犯罪者を、その人物が多大な損害を国家や国民に与える前に排除するのが、我々の任務だ。いっておくが、我々が好き勝手に標的を決めているわけではない。対象者は、検討に検討を重ねた上で決定される」

「じゃあ、この人のいう、才能うんぬんてのは何なんだ」

「精神的な耐性をもつかどうかだ。任務であろうと、前線で人を殺した兵士ですら精神的な消耗は避けられない。兵士とちがい、我々の機関は、簡単には人員を補充できない。だから消耗度の低い、適性のある者を初めから選ぶ。伊藤もそういう意味では適性のもち主だ。神村が伊藤のように見えないからといって、適性のない人間だとは思わないことだ」

駒形は再びミラーごしにわたしを見つめた。

「あんたはそういう自分を嫌になることはないのか。子供のためにやめようとは思わないのか」

大場の顔が険しくなった。

「もういい！」

「大丈夫」

わたしは声を荒らげた大場を制した。

「先にいう。思わない。なぜか。嫌いじゃないから。人殺しを、じゃない。あなたのいうためらいも含めて、人殺しの実行に伴う困難を排していく自分の能力を。その能力は、おそらく他の多くの人より高い。威張ろうとも見せびらかそうとも思わないけれど、わたしは自信がある」

「そんなものに何の価値がある」

「ここでなかったら、何の価値もない。ここだからこそ、わたしはそれを活《い》かせる」

駒形は首をふり、うつむいた。そして訊ねた。

「本当に武装しているのか」

わたしはシートベルトを外し、体をうしろにねじった。ジャケットの前を広げ、ベルトに留めたグロックを見せた。

「見たこともない銃だ」

駒形はいった。

「あなたのニューナンブよりはるかに強力な弾を撃てる」

「36か」

大場がつぶやいた。

「九ミリじゃ抜けてしまうかもしれない。だから45口径を選んだ」

大場は九ミリのＳＩＧだろう。見なくともわかっている。

「これで納得した？　大間抜けはあなたひとりじゃないと」

駒形は黙っていた。

「どうするの」

「あんたたちの話を完全に信じたわけじゃない。いや、信じたくないのかもしれんが、いく。その部屋に連れていってくれ」

わたしは体を戻し、大場と目を合わせた。大場が小さく頷《うなず》いた。

苗佳が借りていた部屋は、ＪＲ代々木駅の西側、小田急線沿いに建つマンスリーマンションの八階にあった。建物が細い一方通行路に面しているため、車を手前の通りのコインパーキングにおき、わたしたちは徒歩で向かった。

建物はまだ新しく、築後一年も経過していないように見えた。エントランスのセンサーにカードキィをかざすと自動扉が開き、わたしたちは建物内に入った。

エレベータに乗りこんだ駒形は無言で上着からとりだした手袋をはめた。わたしと大場も同じように手袋をつける。

エレベータを降り、廊下のつきあたりまで進んだ。カードキィは玄関の鍵も兼ねていて、ドアノブを引くと、扉は開いた。

「おっと」

駒形が低い声でいった。三和土《たたき》にブーツやスニーカーが散らばっていた。扉の奥は短い通路で、そこにもサンダルの片方が転がっている。

わたしたちは靴を脱ぎ、部屋にあがった。通路の奥にはリビングルームがあった。テレビとダイニングテーブル、それに応接セットがおかれている。リビングルームの入口にスタンドライトが立っていた。

「おかしくないか」

明りのスイッチを入れた大場がいった。

「このライトの位置でしょう。部屋の動線を妨げる場所に立っている」

わたしは答えた。室内そのものは散らかっていないが、それは散らばるような衣服や書類などの物品がないせいだ。

駒形がリビングの入口でかがみこみ、カーペットを観察した。

「元の位置はここだ。丸い跡がついている」

動線の邪魔にならない、入って左手の壁ぎわを示した。

「この部屋を最後にでていった人間が、倒れたか、ずれたスタンドをいい加減な位置に戻したんだ」

リビングルームはカーテンが閉まっている。大場が奥の扉を開いた。

「こっちが寝室だ」

わたしは駒形を見た。駒形は応接セットのソファを丹念に調べている。

わたしは寝室に向かった。リビングルームとは異なり、カーテンが開けられていて、明治神宮の森が見えた。セミダブルベッドがおかれ、毛布が丸まっている。

かたわらにあるクローゼットの扉を開いた。女物の衣類がぶら下がっている。コート、スーツ、ワンピース、ドレスの類《たぐい》もあり、靴箱も重ねられていた。大型のスーツケースがふたつ、奥に押しこまれている。

わたしはまず衣類をベッドの上に広げた。コートやスーツのポケットを探り、何か入っていないか調べた。カナダドル紙幣が見つかった。

次にスーツケースをひっぱりだした。大場はベッドのわきのサイドボードを調べている。

パスポートがあった。台湾政府発行のものだ。開くと、苗佳の写真と「宋白英」という名前があった。査証欄に日本のスタンプはない。カナダと台湾だけだ。

それを大場にさしだした。

「回収しそこなったようだな」

受けとった大場はいった。

「どうでもよかったのかも。見つかった死体の身許《みもと》さえわからなければそれでいいのだから」

「だがここには私物らしい私物は何もない。書類の類はすべてもっていかれたようだ」

わたしは頷き、寝室をでるとバスルームに向かった。駒形はキッチンにいて、冷蔵庫を調べていた。

洗面所の化粧棚にいくつかの薬があった。鎮痛剤、便秘薬、カナダの病院がだしたと思われる錠剤。ローション類。

バスルームには日本製のシャンプーとボディシャンプーがおかれていた。

天井を見た。換気扇のかたわらにビス留めした天板がある。メンテナンス用に外せる仕組になっているものだ。そのビスのひとつがゆるんでいた。つまむと指先で回せた。

「家捜ししたあと、急いで戻したんだな。そこに何かを隠したなら、ビスはきっちり締めておく」

駒形がバスルームの入口に立って、わたしを見ていた。

「そっちはどう？」

「冷蔵庫の中に、封を切ったワインがあった。チリ産だ。台所のシンクに洗ったワイングラスがひとつ。ただし食器棚の中にも、洗ってすぐおかれたと見られるワイングラスがもうひとつあった。水滴の跡がある」

「二人でワインを飲んだにもかかわらず、グラスをひとつだけ棚に戻した？」

駒形は頷いた。

わたしたちはリビングに集まった。

「ソファには少しずれた跡がある。おそらく戻したのだが、ぴったり元の位置にはできなかったのだろう」

駒形がいった。

「つまり？」

わたしは駒形を見つめた。

「初めに誰か、苗佳といったか、彼女と親しい人間がここを訪ねてきた。ワインを二人で飲み、殴るか薬を射《う》つか、あるいはスタンガンなどで失神させた。そして部屋から運びだした。その際に彼女は抵抗し、スタンドが倒れ、靴が散らばった。その後、部屋の清掃作業に入った人間は、それらの復旧にはたいして興味がなく、彼女の仕事や個人情報にかかわる品だけをもち去った。パソコンや電話、手帳といった類は、すべてもっていったようだ」

わたしも同じ意見だった。が、何もいわずに大場を見た。

「掃除《クリーンナップ》をした連中は、死体の身許確認に、この部屋で採取されたDNA資料が使用されるという心配はしていなかったようだ。毛髪の除去まではしていない。つまりこの部屋の存在が捜査当局に知られるとはまったく考えていなかった」

大場がいった。

「それはどういうことだ？　あんたたちは簡単にここをつきとめたじゃないか」

「いざとなったら捜査を中断させられる自信があったのだろう」

大場は駒形を見返した。

「実際、二人の遺体は解剖もおこなわれなかった」

「待った。ここに住んでいた女を殺したのは、中国の情報機関じゃないのか」

駒形がいった。

「今のところその可能性は高い」

「だったら警察の捜査に干渉できるわけないだろう。まさか中国の情報機関がやる殺しだから、日本の警察は黙っていろと圧力をかけたというのじゃないだろうな」

「それはありえない。まして日本人もひとり死んでいるのだから」

「じゃあどうして警察の捜査を中断させられる自信があったというんだ」

大場は黙った。駒形はいった。

「殺《や》ったのが中国の情報機関でなかったとしたらどうなんだ？」

「雇われた殺し屋だというのか」

「そうじゃない。あんたたちみたいなところ、あるいは彼女の勘にしたがうなら『連合会』かもしれないだろう。政府系の暗殺機関なら、警察の捜査を妨害させられるとあんたは思っている。ちがうか」

「確かにその通りだが、政府系の機関に苗佳を殺害する理由はない。彼女は、日本政府に自分を売りこみにきたという。使える使えないはともかく、害にはならない人材だったわけだ。その人間を、政府系機関が、日本人を巻き添えにしてまで殺すわけはないだろう」

「中国政府に頼まれたとしたら？」

「外国政府に依頼されて自国民を殺す政府機関があるわけがない」

「それはあんたのところはそうかもしれない、だが何らかの政治的取引があったとしたらどうだ？　日本側が断われない理由があって、暗殺機関が動いた。苗佳を娼婦《しょうふ》に見せかけるために男をひとり巻き添えにした。それがたまたま、彼女のご主人だった」

駒形はわたしを示した。

わたしは気分が重たくなるのを感じた。

「それはありえないといっているだろう」

「自分のところばかりを基準にするなよ。伊藤の話をこの人から聞いたろう。あんな奴を飼っているような機関だったら、日本人を巻き添えにしたって何とも思わないのじゃないか」

大場は首をふった。

「馬鹿げている」

「馬鹿げてなんかいない。あんたは矛盾したことをいってる。警察に圧力をかけられるのは、政府系の機関しかない。なのにやったのは中国人だといいはるのか」

大場は無言だった。

「俺の考えをいってていいか。あんたは認めたくないんだ。あんたたちは国内での活動を禁じられているそうじゃないか。もしそれを堂々とおこなっている機関があるとすれば、あんたたちよりも力をもっているということだ。つまり自分たちに上がいるのを、あんたは認めたくない」

「もういい。仮にそうだとして、なぜ政府系の機関が苗佳を殺すの？」

わたしはいった。

「忘れているぞ。殺されたのは苗佳だけじゃない」

駒形はわたしに向きなおった。

「主人には殺される理由はない」

「あんたが任務の途中で殺されても、ご主人は同じことをいったかもしれん」

「じゃあ主人がメインターゲットで、苗佳は巻き添えをくったと？」

駒形は息を吐いた。

「両方ともターゲットだったかもしれない」

その通りだった。気分が重たくなったのは、まさにそれが理由だ。洋祐には殺される理由があって、わたしが知らなかっただけかもしれない。

「ここでそんないい合いをしていても無意味だ」

やがて大場がいった。ふとそれに違和感をもった。

「ねえ、何か知っているの」

わたしは大場に訊ねた。

「何の話だ」

「わからない。苗佳のことはともかく、主人や、二人を殺した機関について何か、わたしに隠していることがある？」

「あったら、ここまで捜査につきあわない」

「そんなことはないさ。ヤバいネタがでてきたら、隠すには現場にいるのが一番だ」

駒形がいった。大場は首をふった。

「下らん。なぜそんな真似《まね》をしなきゃならない」

わたしは原田と林のことを考えていた。苗佳の情報を最初にもたらしたのは駒形だ。駒形を見た。

「サリー・アンについてあなたに情報をくれたのは、公安部の人だといったわね」

「そうだ。俺は公安畑には一度もいたことはないが、そいつは以前、機捜にいた」

「なぜあなたが調べているのが彼女だとわかったの？」

「俺から外事に遺体情報を流した。心当たりはないかって。ふつうなら思い当たったとしても教えてくれるような連中じゃないんだが、そいつだけがこっそり教えてくれた」

「そのときあなたに警告した？」

「警告？」

「かかわるな、とかそういうこと」

駒形は首をふった。

「そいつも事故か殺人か、確証がもてないようすだった。サリー・アンに娼婦のような過去がある以上、現場の状況は事故であってもおかしくない、と俺にいった」

「現場を見せたの？」

「そこまではしていない」

「その人はなぜこっそり教えてくれたのだと思う？」

駒形はわたしから目をそらした。

「さあ。親切心というのも変だが、そうだったかもしれない」

わたしは黙っている大場を見た。

「サリー・アンという名前を教えてくれたのは、駒形さんよ。それがあって初めて、あなたは彼女と接触した人間をつきとめた」

「だから？」

「サリー・アンの本名が苗佳であることを、公安の刑事も知っていた筈《はず》。そうでなければ彼女の正体が中国の元工作員だと教えられない。にもかかわらず、サリー・アンという名前に、今日会った二人が反応し、この部屋にわたしたちが今いる。段階的に情報がもたらされたという感じがしない？　情報を小出しにして、わたしたちを試している」

「何のために試すんだ」

「それをあなたに訊いている」

わたしは大場にいった。

「駒形さんにサリー・アンという名前を知らせた刑事と今日の二人がつながっていて、わたしたちがどんな行動をとるのかを見きわめようとした」

「見きわめて何になる。意味がない」

いらだちを感じさせる口調で大場は答えた。

「駒形さんかあなたに、彼らとのつながりがあるなら、それは意味がある。あの火事の真相を知ることにわたしがどこまでこだわっているのか、確かめられる」

「待った。つながりなんかない。情報の運び役にされた可能性は認めるが」

駒形がいった。わたしも同じことを思っていた。だから大場を問いつめている。確証となるものはないが、何かもやもやとした不自然さが、大場の言動にはあった。

大場は凝りをほぐそうとでもするように、首をしきりに動かした。

「神村。お前が口にしているのは臆測《おくそく》ですらない。お前らしくないと思わないか。お前を、誰が何のために見きわめる」

「誰かはわからない。何のためかといえば、排除しかない」

大場の表情が険しくなった。

「俺がお前の排除に協力すると疑っているのか」

「協力しているのは、排除すべきかどうかの判断に対して」

「馬鹿なことをいうな。いいがかりのようなものだ」

「わたしの才能がそういっている」

「まだ何も起こっちゃいない」

「起こってからではどうにもならない」

「何の才能だ。殺しのことか」

　駒形が口をはさんだ。大場が首をふった。

「ちがう。神村は人間の行動から逆算して、直前のできごとや心理を解析する能力が高い。しかし今は何も起きていないし、本人にかかわることなので冷静な分析も難しい状況だ」

「何も起こっていないというのはちがう。まずあなたの言動には矛盾があり、それを指摘されているのに癇癪《かんしゃく》を起こしていない。あなたが嘘をついている、とまでは思わないけれど、何か重要なことをわたしに話していない。その確信はある」

　大場はぐっと頰《ほお》をふくらませた。

「それは――」

　いいかけた大場の先回りをした。

「ここで話すべき。別の場所ではなく」

駒形はあきれたようにわたしと大場の顔を見比べていた。

「いったいどうなってる。あんたたちはテレパシーが使えるのか。俺にはさっぱりわからない」

それにはとりあわず、わたしは大場の顔を真剣に見つめていた。もう少しで落ちる。

大場は深々と息を吸い、誰もいない部屋の隅を見やった。

「はっきりしたことはわからないが、お前の釈放に関して、取引があったようだ」

「上海で？」

大場は頷いた。

「それが委員会となのか、別の誰かとなのかは俺も知らない。が、中国側にお前を釈放させる見返りに、何らかの条件を日本側が背負った。苗佳の死とそれが関係しているようだ」

わたしは目を閉じた。

「いつ、それを知ったの」

「『連合会』に関する問い合わせを上にしたときだ」

「妙なタイミングじゃない？」

「そうか？　お前も気づいていただろう。苗佳の処理には『連合会』がかかわった。

ただし、先にいっておくが、ご主人に関する情報を、俺は何も聞いていない」

わたしは目を開いた。

「納得したか」

「できない」

「本当にこれ以上は知らない。とにかくここをでよう」

大場はいって、玄関へ歩きだした。

「釈放とは何のことだ」

駒形が訊ねた。

「あとで話す」

わたしは答えた。大場は三和土で靴をはいている。

「今、聞きたいね」

駒形に向きなおったとき、玄関でどすんという響きがした。大場が倒れこんでいた。半ば開いた扉の向こうに、長いコートを着て、マスクをつけ、まぶかにキャップをかぶった男が立っていた。長い筒のついた、大型の拳銃を室内に向けている。

手を打ち合わせたくらいの銃声が発せられ、わたしのかたわらのテレビの液晶画面が砕け散った。

男はたてつづけに発砲しながら、大場の体をまたぎこえた。わたしは駒形をつきとばし、ソファの反対側に転げこんだ。

小さな銃声とともにカーテンが揺れ、窓が割れた。ソファに弾丸が命中し、つき抜けて詰めものがあたりに舞った。

駒形の状況を確認する余裕はなかった。グロックを腰から抜き、スライドを引いて薬室に第一弾を装塡《そうてん》した。頭の中で教官の言葉が回っていた。

「とにかく、動け、動け、動け」

安全な遮蔽物《しゃへいぶつ》のない場所で銃撃をうけたときの対応だ。

映画やドラマでは、俳優たちはソファや机のかげに隠れて撃ち合いをする。だが現実では、そんなものは何の盾にもなりはしない。マンションの壁ですら、コンクリートの芯《しん》がなければ紙と同じで、銃弾は貫通する。撃たれないためには動きつづけるしかない。

そして動くには、相手の銃撃を止めなければならない。

ソファのかげから這《は》いでると同時に、玄関に向けグロックの引き金を絞った。手首を固定しないで撃ったので、銃が反動で掌《てのひら》からとびだしそうになった。握りなおし、さらにもう一発撃った。

室内での45口径の銃声は巨大で、一瞬耳が聞こえなくなる。

寝室の入口に向け、走った。銃弾は襲ってこなかった。

寝室に転げこむと、床に膝《ひざ》をつき、壁で腕を固定して銃をかまえた。襲撃者は、玄関とリビングルームをつなぐ通路の途中にいて、そこより中には進んでいない。向こうの姿が見えないということは、こちらの姿も見えていない。

わたしはリビングルームの入口を注視していた。胸が苦しかった。過呼吸ぎみになっている。ゆっくり、大きく息を吐いた。

通路からは何の物音もしない。駒形のいるであろうあたりに目を向けた。姿が見えない。

襲撃者は、リビングに向け、四、五発は撃ちこんでいる。駒形も被弾した可能性があった。

状況は、わずかだがわたしに有利だ。襲撃者が攻撃を続行するには、リビングルームに入る必要があり、その時点でわたしは襲撃者を狙撃《そげき》できる。

銃口をわずかに下げた。体を低くしながら突進してくる可能性に気づいたからだ。

通路が軋《きし》んだ。

くる。わたしはグロックの引き金にかけた指をゆっくり絞った。撃発位置はわかっている。

不意に室内の空気が動いた。わずかだが風が吹きこんだ。

そして玄関の扉が閉まる、パタンという音が聞こえた。静寂が訪れた。

罠《わな》か。それとも実際に、でていったのか。

でていったと見せかけ、不用意にこちらが姿をさらすのを待ちうけている可能性もある。

わたしは待った。引き金にかけた指を少しだけゆるめた。

「でてったぞ」

低い声がした。駒形だった。

わたしは体を起こした。駒形は床にはらばいになっていた。ソファとテーブルのあいだの狭いすきまだ。

「見たの」

「コートのすそが閉まるドアの向こうに見えた」

わたしは息を吐き、銃を下げた。右手首が痛い。おかしな角度で発砲したからだ。

駒形がごそごそと体を起こした。思いだしたように腰からニューナンブを抜いた。

「わたしを撃たないで」

引き金に指をかけるのを見て、警告した。

駒形はいわれて気づいたように、トリガーガードの外に人さし指をだした。

「何だったんだ」

「その前に、玄関の鍵をかける」

援護を頼むのは危険だった。もし襲撃者が扉の外でようすをうかがっていて、再び撃とうと扉を開けたら、射線上にわたしがいるにもかかわらず、駒形は発砲するかもしれない。

通路には金色の薬莢《やっきょう》が散らばっていた。拾いあげるまでもなく、45口径のものとわかった。襲撃者が使っていたのは、サプレッサーをつけた自動拳銃だ。特殊部隊用に開発されたＳＯＣＯＭだろう。わたしが手にしているグロック36と同じ45口径弾を使用する銃だ。

九ミリ口径と45口径の差は、大きさだけでなく、弾速にもある。九ミリは音速を超える高速弾であるため、サプレッサーによる減音効果が低い。

扉のセキュリティロックをかけた。襲撃者がカードキィをもっていても、これで侵入できない。他の部屋の人間は、騒ぎに気づいていないようだ。

大場を見おろした。目をみひらいたまま絶命していた。胸の中心に弾を撃ちこまれていて、血だまりが三和土にできていた。

出血とはうらはらに、苦しむ暇もなかったろう。撃たれた瞬間、心臓が破裂した筈だ。

ふりむくと駒形がいた。

「駄目か」

「即死ね」

駒形は息を吐き、その場にしゃがみこんだ。

「何てことだ、くそ。目の前で人が撃たれたのに、俺は犯人の顔すら見ていない」

「見ていたらあなたも同じ。死んでいる」

「何なんだ、あいつは」

「わたしたちを処理しにきた」

答えながらも、奇妙だと思った。やりかたが強引なのもそうだが、バックアップがいたようすがない。

まるで雇われた殺し屋だ。

駒形は唖然《あぜん》とした表情になった。

「なんだって」

「ここにわたしたち三人が集まると知った者が、まとめて殺すためにあいつを送りこんだ」

携帯電話をとりだした。駒形をおしのけるとリビングルームに戻り、ソファに腰をおろした。

駒形が、通路の途中にある洗面所にとびこんだ。えずく声が聞こえた。

非常時連絡先の番号を思いだした。月に一度変更される。ボタンを押し、耳にあてた。

「はい」

呼びだし音が鳴る前に、男の声で応答があった。

「職員番号、二〇三」

手順を思いだしながら、わたしは告げた。

「職員番号二〇三。状況を」

「職員一〇一が急病で倒れた。回収を願いたい」

くり返す。一〇一が急病だな」

「そう」

「病気の原因は」

「インフルエンザ」

「二〇三は現在も現場か」

「現場にいる」

「いるのは二〇三だけか」

「部外者が一名」

「部外者が一名。これも急病か」

「わたしも部外者も病気ではない」

「了解。現在地を確認する。待て」

やがてマンションの住所を相手は口にした。

「まちがいない」

わたしが答えると、

「部屋番号を」

と訊かれ、教えた。

「清掃班も必要か」

「必要」

「了解した。回収班が一時間以内に到着する。直前に連絡をとるので待機しろ。くり返せ」

「一時間以内に回収班が到着する。直前に連絡がくる。だから待機する」

電話は切れた。

「何だ、今のは」

洗面所から戻った駒形が訊ねた。

「応援を頼んだ」

「応援?」

「死体を回収して、ここをきれいにしなければならない」

「ちょっと待て。通報しないつもりか」

「できない。大場もわたしも銃をもっているし、第一、起こったことの説明ができない」

「ふざけるな。殺人事件なんだぞ。しかも俺もあんたも殺されかけた」

「そうだけど警察に捜査はできない」

「そんな馬鹿なことがあるか」

「今は議論する気分じゃない。ここの処理はこちらでおこなう。あなたは何もしないでいい」

「冗談じゃない。俺の口も塞《ふさ》ごうと思っているのか」

「できるならとっくにしている。いったでしょう、わたしたちの活動は国外に限定されている」

「それならなぜ、すぐ応援を呼べる?」

駒形は訊ねた。

「活動は国外でも、報復は国内で発生する可能性がある」

「信じられないな」

「あなたを殺すことはしない。心配ならここをでていってもいい。ただし通報はしないこと」

「警察を何だと思っている?!」

駒形は怒りを爆発させた。そろそろくる、と思っていた。殺されかけた人間は、ひとまずの安全が確保されると、たいてい泣くか怒り始める。

「ここでのできごとに警察は関与できない。加害者も被害者も、捜査の対象にされないから」

「そんなわけはないだろう。一一〇番すればすぐにパトカーが飛んでくる」

「結果、所轄署の幹部はトバされ、あなたも職を失う。あとは厳重な緘口令《かんこうれい》がしかれるだけ」

駒形は目をみひらき、わたしを見つめた。

「嘘だ、馬鹿げてる、そういいたいのでしょう。あなたの立場なら当然ね。でも嘘かどうか試せば、巻きこまれる人が必ずでる」

「威《おど》してるのか」

「威しじゃない」

わたしは首をふった。同時に責任を感じた。

駒形をこの状況にひきずりこんだのはわたしだ。彼が今いるのは、法の限界を超えてしまっているがゆえに、決して存在を認められない領域だ。この国が法治国家たらんとする限り、秘匿《ひとく》されなければならない。にもかかわらず彼は、その法を執行する公務員だ。

これまで仕えてきた、国家や法への信頼が激しくゆらいでいるにちがいない。

駒形は深々と息を吸いこんだ。シャツの襟が濡《ぬ》れている。嘔吐《おうと》後、顔を洗ったからだろう。

「頭は働く？」

「馬鹿にしてるのか」

「じゃ、事態を把握して。何が起こったのか、説明できる？」

「拳銃をもった男が突然現われて、撃ちまくった」

「それだけ？」

駒形は瞬《まばた》きした。わずかだが表情に鋭さが戻った。玄関をふり返り、見つめていた。

「そいつは、鍵をもっていた、この部屋の。だからマンション内に侵入し、尚《なお》かつ扉も開けられた。なぜなら大場さんが外にでるより先に犯人は扉を開け、目の前にいた彼を撃ったからだ」

「つまり？」

「つまり――」

駒形はいい淀《よど》んだ。わたしはいった。

「犯人にとって、この部屋にいる者はすべて標的だった。もし狙《ねら》いが、わたしかあなたなら、扉を開け、いきなり撃ったりはしない。この部屋にいる全員を殺す目的で、鍵と特殊部隊用の拳銃をもって襲ってきた。ただし犯人には、自分の身を危険にさらしてまで目的を遂行する意志がなかった。だから反撃をうけると逃走した」

駒形はまた吐きそうな顔になった。

「じゃあ、犯人は失敗したってことか」

「成功とはいえない。だけどとり返すチャンスはまだまだあると考えているはず。わたしとあなたについて、犯人は情報をもっている――」

「なぜわかる」

わたしの言葉を駒形はさえぎった。

「ここにわたしたちがいることを、どうやって犯人は知ったのか。わたしたちもあなたも尾行をうけていなかった。つまりこの部屋の存在を犯人は尾行以外の方法で知った」

「誰かが教えた。そしてその教えた奴は、俺やあんたについての情報ももっているから、犯人はいつでもリターンマッチができる」

「そういうこと」

「なぜ俺たちを殺そうとしたんだ」

「『連合会』に敵対する存在だと思われたからじゃない。あなたは探りを入れ、わたしは尾行してきた人間に大怪我《おおけが》を負わせたか、死亡させた。ここで襲われたのがポイントよ。苗佳の事件に彼らはかかわっていて、調査されるのを防ぎたい」

「警察は関与できないといったじゃないか。だったらなぜ殺してまで、調査を妨害しようとする」

刑事の捜査だけなら、「連合会」は止められたかもしれない。だが「連合会」は、ここに駒形がいることを知らなかった筈だ。いるのを予測していたのは、わたしと大場だ。

考えていると、駒形がいった。

「さっきの『釈放』の話をしてくれ」

わたしは息を吸いこんだ。穴だらけのソファに腰をおろすと、圧迫をうけた詰めものがとび散った。

駒形はすわるのが不安なようすで壁によりかかった。

「先月、上海のホテルで木筑を処理した。バスルームの窓から転落したように装《よそお》って。作業は成功したけど、最後にわたしが部屋をでようとしたとき、木筑のボディガードと地元マフィアの楊が部屋にとびこんできた。二人がわたしをつかまえようとしたので、楊を撃った。楊は即死し、ボディガードはとっさにバスルームに閉じこもった。しかたなくその部屋をでて一階に降りると、ロビーには警官がいっぱいいた。わたしは連行され、身体検査をされた。でも取調べをうけることなく、約二時間後、突然釈放された。わたしを連行した刑事は、木筑も楊も殺したのがわたしだとわかっている。だが、木筑は事故死で、楊は木筑のボディガードが射殺したとして処理する、といった」

駒形は無言でわたしを見ている。

「奇妙なことがいくつかある。まず、木筑の落下直後に、なぜ警官がロビーに集まっていたのか。また楊を木筑のボディガードが殺したという処理をどうして公安局がしたのか。そうとることもできる現場の状況ではあったけど、それはわたしがいなければの話」

「上の命令だ」

駒形がいった。

「わたしもそう思う。でもあたり前のことだけど、わたしたちは中国政府に前もって了解をとりつけていたわけではない。逮捕されたら何があろうと黙秘し、たとえ死刑にすると威されても真実は告げない」

「あんたはその覚悟をしていたのか」

「正直にいって、そこまでできたかどうかはわからない。でも釈放されるまで黙秘はしていた」

駒形はあきれたように首をふった。

「まるでスパイだな」

わたしは黙っていた。

「何なんだ。まさか愛国心だというのじゃないだろうな」

わたしは首をふった。

「そんな立派な理由じゃない」

「だったら、命を助けてやる、場合によっては報酬もだすぞといわれたら、ペラペラ喋《しゃべ》ったのか」

「わたしが何を喋り、それを中国当局がどう公表しようと、日本政府が認めることはありえない。もし逆のことが日本で起こったら、中国政府が認めると思う?」

「国が認める認めないは別だ。あんたの覚悟の理由を訊《き》いてる。それとも何か、研究所は命をかけられるくらい、給料がいいのか」

「公務員よりはいい」

駒形は露骨に嫌な顔をした。

「わたしの理由をいうなら、それが当然だと思っているから」

「当然?　拷問されたあげくに殺されることになってもか」

「ええ。人殺しなのだから」

「だったらやめればいい」

「やめても過去の殺人は消えない。殺す者は、いつか殺される」

ふん、と駒形は鼻を鳴らした。

「世間では、殺さない者だって殺されている」

「確かにそうね」

「あんた以外の人間はどうなんだ。たとえば大場さんだって、殺人に手を貸していたのだろう」

「処理チームのメンバーは、たぶん似たような考えをもっている。いつかは自分も殺される。だったらそのときはなるべくじたばたしないでいたい。もし殺されることなく引退ができたら、それは幸運」

駒形は首をふり、深々と息を吐いた。

「適性をもっている人間の考えはたいていそんなものだと思う」

「じゃあ大場さんを殺した奴も同類か」

「おそらく」

「おかしいぞ。なぜそんなに平然としていられるんだ。恐《こわ》くないのか。殺されかけたんだ」

「自殺願望があるわけじゃない。身を守ろうとしたでしょう。でも、さっき撃ってきた奴はちがう」

「ちがう？　何がちがうんだ」

「バックアップがいないし、鍵はもっていたけど計画性に乏しかった。ただ撃ちまくるだけでは、処理活動とはいえない」

「じゃあ何だというんだ。やくざの殴りこみか？」

「たぶん外注」

「外注？」

「研究所でもたまにとる手段で、信頼のおけるプロに任せる」

「プロって、殺し屋のことをいっているのか」

「ええ。あれはでも中国人とか暴力団ではない。もう少し冷静だったような気がする。状況をうかがっていた。闇雲《やみくも》に突入してこなかったし、撃ち返されてすぐ逃げだしたわけでもない」

「俺にはまったくわからない」

電話が鳴った。回収班からだった。

「下に到着した。まずひとりをあげる。オートロックを開けてくれ」

「了解」

インターホンが鳴り、わたしはオートロックを解除した。やがて宅配便の制服を着た男が現われた。帽子をかぶり、マスクを着けている。初めて見る顔だった。回収班、清掃班ともに研究所員ではあるが、わたしは一度も使ったことがなかった。

男は三和土で靴にビニールカバーをかけ、血痕《けっこん》を踏まないように注意しながら、大場の死体をまたいだ。リビングに入ってくると、

「二〇三はどっちだ」

くぐもった声で訊《たず》ねた。

「わたしよ」

「下に個人タクシーが止まっている。二人ともそれに乗ってくれ」

「研究所の車が近くのコインパーキングに止めてある」

「こちらで回収する。タクシーはあんたらをS・Rに連れていく」

「了解」

「血を踏まんようにでていってくれ」

わたしは頷き、駒形をうながした。

「いきましょう」

「S・Rって何だ」

「セーフルーム。とりあえずの隠れ家」

男はわたしたちには関心を失ったように部屋の中を見回して、腰のポーチから携帯

電話をとりだし、どこかにかけていた。

靴をはき、大場をふりかえった。もう二度とその姿を見ることはない。

何も感じなかった。くるべきときがきた、と思っただけだ。

16

マンションの前に、個人タクシーと宅配業者のバンが止まっていた。タクシーには貸切のランプが点《とも》っている。

わたしたちが歩みよると後部席の扉が開いた。運転手は栃崎だった。

栃崎はひと言も口をきかずにタクシーを発進させた。

「S・Rはどこなの」

「川崎だ」

ルームミラーでわたしを見やり、栃崎は答えた。いろいろと訊《き》きたいのだが駒形がいるので訊けない、そんな顔をしている。

好都合だった。駒形とさんざんいい合ったせいで、口をきくのが億劫《おっくう》になっていた。

「尾行に気をつけて」

思いつき、わたしはいった。

「わかってる。別に一台、ついている」

栃崎は前を向いたまま答えた。このタクシーとは別に、警護の車が伴走しているという意味だ。尾行がいれば見つけ、妨害するだろう。

「これからどうなるんだ」

本物のタクシーではないと気づいて、駒形がわたしに訊《たず》ねた。

「わからない。わたしも初めてだから」

タクシーは多摩川を渡り、府中街道を右折した。

やがて浄水場のような建物が見えた。その近くの、小さな工場の駐車場に入った。

「ミヤタ工業」という看板がでている。一階が資材置場と工場になっていて、二階に事務所らしき窓がある。

「そこの階段から二階にあがれとのことだ」

タクシーを止めた栃崎は外階段を指さした。

わたしと駒形は言葉にしたがった。

階段をあがったところに扉があり、ノブに手をかける前に中から開いた。Bチームの原だった。

研究所には、A・Bふたつの処理チームがある。Aチームがわたしと瀬戸圭子、栃崎で、Bチームにこの原と上野、石村が属している。

原は元公安調査官で、韓国に長くいた。

扉の内側には、事務机とソファがおかれていた。ソファに、大場と同じ副所長の中嶋がかけていた。人間が少ないのは、部外者である駒形に、なるべく研究所員を会わせたくないからだろう。

原が事務机に付属した椅子《いす》を二脚、わたしと駒形のために並べた。

「中嶋といいます。神村や亡《な》くなった大場と同じ職場の者です」

中嶋はそう自己紹介した。大場と異なり、すらりとして、ボタンダウンのシャツにチノパンをはいている。ネクタイ姿をあまり見たことがない。外務省にいたという話を聞いたことがあった。

「警視庁新宿警察署の駒形です」

硬い表情で駒形が答えた。

「いろいろと説明をしなければならない状況ですが、まずこの誓約書に署名と爪印《つめいん》をいただけますか」

中嶋が告げ、原が書類をさしだした。

「誓約書、ですか」

駒形はさしだされた書類を手にとることなくつぶやいた。不安と不信のまじった、暗い顔だった。

「駒形さんは、今、さまざまなご心配がおありでしょう。今後も警察官でいられるのか。何らかの刑事訴追をうけることになるのではないか。誓約書にサインをいただければ、すべてとはいいませんが、かなりの不安を解消できます。あなたの身分の保全、訴追の免除がそこにうたわれているので」

駒形はわたしに目をやり、再び中嶋を見てから、書類をうけとった。

「すわってゆっくり読んで下さい」

原がいい、駒形は椅子に腰をおろした。書類の内容がわたしも気になった。が、何もいわず、駒形が読み終えるのを待つことにした。

駒形は誓約書の最後のページにさしかかり、目を上げた。

「法務大臣と国家公安委員長？」

中嶋は頷《うなず》いた。

「そうです」

「あなたたちも同じような誓約書をこの二人とかわしているのですか」

「いいえ。私たちはちがいます。どういう内容かは申しあげられませんが」

「もし私がこの誓約書にサインしなかった場合はどうなります？」

「どうにも」

「どうにも、とは？」

「どうにもなりません。我々が駒形さんに対して何らかの行動を起こすことは、現段階ではありません」

「じゃあサインしたあとで誓約書にある守秘義務を破ったら？　法的な追及をうけることはないわけだから、どんなペナルティになるんです」

「それはそのとき、こちら側で協議することになるでしょう」

「殺すんですか」

中嶋は息を吸いこんだ。

「どうも誤解があるようです。研究所の設立目的は、我が国の利益が国民によって看過できないほど侵害されるのを防ぐ、というものです。だからといって、研究所はかたっぱしから不利益になる人間を殺していい、というわけではありません。対象者の選定には時間をかけ、研究所とは直接関係のない人たちによって決定されている。あなたが守秘義務を破った場合、研究所は存続の危機にさらされるかもしれませんが、それが即、あなたを対象者にするという結果につながるかどうか、私には判断できません。つまり私たちは、自分たちの一存で対象者を決定することができないのです」

駒形は顎《あご》をあげた。中嶋を見つめ、

「神村さんと二人で話させてもらえませんか」

と訊ねた。

「どうぞ」

駒形はわたしをふりかえった。

「外で」

わたしは頷いた。事務所をでて外階段を降りた。個人タクシーは敷地内に止まっていて、運転席にすわる栃崎の姿が見えた。

「向こうにいこう」

駒形はいって、建物をはさんだ反対側に回った。日が暮れて、気温が下がってきている。

明日の智の服装を考えなければいけない、と思った。いっしょにいてくれても、義父はそこまで考えが回らないだろう。

駒形は上着のポケットから煙草《たばこ》をとりだし、火をつけた。彼が煙草を吸うところを初めて見た。

「吸うのね」

「ああ、たまに。ほとんどやめていたんだ。お守りがわりにもち歩いちゃいるが、一日一本吸うかどうかだ」

答えてから、気づいたようにパッケージを見せた。

「あんたも吸うのか」

「妊娠したときにやめた。つわりがひどくて。生んだあと吸ってみたら、おいしくなかった」

駒形は頷いた。

「で、どう思う？」

「誓約書のこと？　無意味ね。試されているだけ」

駒形はさっとわたしをふりむいた。

「そうなのか」

「法務大臣も公安委員長もいざとなったら、認めない。当然でしょう。合法的な殺人機関なんてありえない。あなたが公務員だから、それらしい責任者を並べただけ」

「前にもあったのか、そういうことが」

わたしは首をふった。

「部外者に対応するのを見るのは、これが初めて」

「じゃあ踏み絵か、誓約書は」

「たぶん」

煙を深々と吸いこみ、駒形はいった。

「なぜ、俺に話す？　まずくないのか」

わたしは首を巡らせた。丘陵の上に住宅地が見えた。あたたかそうな黄色い光が点々と並んでいる。

「まずいのは、わたしじゃなくてあなた。わたしの立場は明日以降もかわらない。あなたはどのみち、何かを失う。目に見えるものではないかもしれないけれど」

駒形は煙草を地面に落とし、踏んだ。潰《つぶ》れた吸いがらからそのまま目を離さなかった。

「わたしの責任。あなたを代々木に連れていったから」

「わかっている。だが最終的にいくといったのは俺だ」

駒形はわたしに目を移した。わたしは無言で見返した。

「誓約書にサインしなかったら、これ以上の情報は入ってこない。そうだろう」

「サインしてもどうなるかはわからないけれど、しなければまちがいなく入らない」

駒形は小さく何度も頷いた。

「ひとつ、いえることがある。さっきのあいつが殺そうとしていたのは俺じゃない。あいつは、あんたや大場さんがあそこにいるのは知っていたかもしれないが、俺については知らなかった筈《はず》だ」

「マンションをどこかから監視していたのかもしれない。それと、たとえあなたの考えが正しかったとしても、すでにあなたも殺すべきリストに入っている。あそこにいたのだから」

駒形の顔が白っぽくなった。

「かもしれないな。あんたにはわからないだろうが、俺は恐《こわ》かった。今も、恐い」

わたしは黙っていた。

「人殺しを追っかけたことは何度もある。だけど人殺しに追っかけられたことなんてないんだ。しかも、警官として、対処できることは何もない。警察をまったく動かさずに、問題の処理にあたろうというのが、そこにいる連中の考えなんだろう」

事務所を指さし、いった。

「それはつまり、俺やあんたが殺されても、あいつらは何とも思わない、ということだ」

「そう」

「平気なのか。つかまえてほしいとか罰してほしいとか思わないのか」

「思わない。誰にそんなことを頼めるの。それ以前に、そんなことを思う権利はない」

駒形は大きく息を吐いた。

「やっとわかった。ご主人が亡くなったとき、あんたがあんなに落ちついていられた理由が」

わたしの目を見つめた。

「自分を許していない。そうなんだろう」

わたしは住宅地の方向に再び目を向けた。

「答えたくない」

ほっと駒形が息を吐いた。

「やっと、あんたの芯《しん》の部分に切りこめた」

わたしはふりむいた。

「芯？」

「答えたくないくらい、あんたの深いところに俺の言葉が届いたってことさ」

「それに何の意味があるの」

「あんたには別にない。俺にはある」

わからなかった。わたしは首を傾《かし》げ、駒形を見つめた。駒形はごくりと喉《のど》を鳴らし、
不意に気弱な目つきになった。

「あんたのことを、もっと知りたいと思っていた。初めて会ったときから」

しばらくしてようやく、駒形がいいたいことがわかったような気がした。だが何と
返事をすべきなのかはわからなかった。だから告げた。

「戻りましょう、上に」

駒形に背中を向け、階段を登った。駒形の気配を背中に感じていた。

事務所に入ると、駒形がいった。

「サインします」

中嶋は頷き、原がちらりとわたしを見た。わたしが駒形を〝説得〟したのだと考えているようだ。

駒形は事務机に向かい、誓約書にサインし、拇印《ぼいん》を押した。一部を中嶋がもち、一部が駒形に渡された。

「これからどうなるんです」

駒形が訊ねた。中嶋が答えた。

「自宅に戻りたければ、戻られてもかまいません。うちの人間がお送りします。ただそれ以降は、ご自分の身はご自分で守っていただかなくてはなりません。申しわけないのですが、二十四時間あなたの身を守るために人をさく余裕がうちにはないので」

「明日から仕事にでてもいいんですね」

中嶋はわたしを見やり、いった。

「それはいいのですが、今日の襲撃が誰によるものだったのか、神村から事情を聞いて調査を始めます。その結果がでるまで、仕事にはでられないほうがいいかもしれない」

駒形は中嶋を見つめた。

「調査をするんですか」

「研究所の人間が日本国内で殺害されたのは、これが初めてです。それが意図的なものならば、対処しなければならない」

「それに私も加わることができますか」

中嶋はわずかに驚いたような顔をした。

「駒形さんが、ですか」

「誓約書にサインしましたし、ある意味これは捜査といってもいいわけです。それならば、参加させていただきたい」

「本来の仕事のほうはどうされるんです？」

「二、三日なら、署にいって、休みをもらいます。また狙《ねら》われるかもしれないと思いながら仕事をするより、自分を殺そうとした奴《やつ》のことを調べるほうがマシです」

駒形はわたしを見た。

「あんたも調査するのだろう。しない筈ないよな。俺とちがって、あんたには子供がいる。もし自分の家にあいつがくるかもと思ったら、じっとしていられない筈だ」

「待って下さい。まだ事情聴取を始めてもいないのです」

「じゃあすぐ始めて下さい。私もできる限り、何が起こったのか、話します」

中嶋は頷いた。

「わかりました。では先に駒形さんからおこないます。神村は席を外してくれ」

「わかりました」

「栃崎と、何か食べものを買ってきてくれませんか。時間がかかりそうだ」

原がいった。

「そうする」

わたしは頷いて、事務所をでていった。栃崎の乗る個人タクシーの後部席に乗りこんだ。

「近くにコンビニがないかな。食料を買いにいきたい」

「途中にあったよ。いこうか」

栃崎は車のエンジンをかけた。

「あの部外者は何なんだ？」

走りだすと訊ねた。

「刑事よ。主人の事件を担当していた」

「刑事か。なるほどね」

何が「なるほど」なのかはいわない。

「大場さんは、残念だった」

どこか虚《うつ》ろに聞こえる口調でいった。

「苦しまなかった。いきなり胸を撃たれたから」

「プロか」

「外注だと思う」

「どこが雇ったんだ」

「わからない。でもまた襲ってくる可能性はある」

「のようだな。中嶋さんに、でるときは武装しろといわれた。大場さんは撃ち返さなかったのか」

「その暇もなく撃たれたのよ」

「くそ」

十五分ほど走ると、コンビニエンスストアがあった。駐車場がある。栃崎はハンドルを切り、車を止めた。

「待っていて」

告げて店に入った。夕方だからか、レジが混んでいる。サンドイッチやお握り、お茶やコーヒーをカゴに入れてレジの列に並んだ。

外を見た。タクシーの運転席から栃崎がまっすぐにこちらを見ている。

代金を払い、店をでた。近づいていって初めて、栃崎が泣いていたことに気づいた。頬が濡《ぬ》れて光っている。

栃崎が後部席のドアを開けた。

「顔をふいたら」

乗りこんで、わたしはいった。

「え？」

驚いたようにいって、栃崎はルームミラーで自分の顔を確認した。

「あれ。変だな。何でだ」

手で頬をぬぐい、洟《はな》をすすった。

「ぜんぜん、気がつかなかった」

「いいのよ。戻りましょう」

駐車場をでると、栃崎がいった。

「顔を見たか。襲った奴の」

「キャップにマスクをしていた。身長は、高くも低くもなかった。SOCOMを使ってた」

「SOCOMだと。じゃ、中国人とかじゃないな」

「ええ。撃ちまくっていた。予備の弾倉ももっていたと思う」

「ヤバい相手だな、確かに」

大量の弾があれば、それをためらいなく使うのがプロだ。弾は撃てば撃つほど、標的に命中する確率が高くなるし、反撃をうける危険性を下げる。

工場に戻ると、栃崎も運転席から降りた。腰につけていたＳＩＧを抜き、スライドを引いて一度ハンマーを起こし、デコッキングレバーでそれを戻した。そうするとダブルアクションですぐに発砲できる。

「今日は長くなりそうだな」

わたしは栃崎のぶんのサンドイッチと飲み物を渡した。

「そうね」

「こないだろうが、そいつがここにきたらいいのに」

「あなたが殺《や》る？」

息を吸い、あたりを見回して、栃崎は頷いた。

「喜んで」

そしてタクシーを離れ、工場の暗がりの中にひっそりと立った。

二階にあがった。事情聴取は終わった、と原がいい、食料を受けとる。

「これから神村の聴取を始めます。駒形さんはこちらでお待ち下さい」

事務所の中に、パーティションで仕切られた小部屋があった。仮眠室なのか、二段ベッドがふたつおかれている。中嶋が駒形を案内し、食料を渡して、分厚い扉を閉めた。扉には詰めものがされていて、あとからつけかえられたものだとわかった。

中嶋と原がソファにすわり、わたしは向かいにおかれた事務椅子に腰をおろした。間におかれたテーブルにＩＣレコーダーがふたつのっている。

「録音させてもらう。いいね」

中嶋が告げた。わたしは頷いた。

「今日の行動を、朝起きたところから話してもらいたい」

「その前に、自宅に電話をしていいでしょうか。遅くなると子供に伝えてなかったので」

「お子さんはひとりでいるのか」

「いえ。義父《ちち》がいっしょだと思います」

中嶋は小さく頷き、

「どうぞ」

といった。わたしは携帯電話で自宅にかけた。義父が応《こた》えた。

「神村です」

「奈々です。事故があって、帰宅が遅くなります」

「わかった。智にかわるか」

「お願いします」

「はあい」

智の明るい声が聞こえ、わたしは思わず息を吐いた。

「お母さん、仕事の都合で遅くなる」

「大丈夫だよ。じいじがいてくれるから」

「明日、寒くなるかもしれないから、あの青いジャンパーを着ていきなさい」

「えー。あれダサいよ」

「風邪ひいてほしくないの」

「わかったよ。じいじに訊いてみる。じいじがいらないっていったらいい？」

「いいわよ」

「かわる？」

「平気」

「じゃね」

電話は切れた。わたしは携帯をおろし、中嶋に頷いてみせた。原はメモ帳を手にしている。

タクシーで出勤したところから話した。「連合会」に関係して発生した事態を、どこまで中嶋が知っているのかは不明だった。拳銃を携帯していたと告げても表情はかわらない。

大場と六本木に向かい、原田と林に会った。その後、サリー・アンこと苗佳が使っていた代々木のマンションにいく途中で駒形を拾い、そこでの調査がほぼ終わりかけたときに襲撃をうけた。大場は即死し、襲撃者はその場に少しとどまったのち、逃走した。襲撃者の服装は話せるが、性別や人相については何もわからない。

話が一段落すると、中嶋が訊ねた。

「原田と林という人物には初めて会ったのだね？」

「はい。大場さんが原田を知っていて、林はその紹介でした」

「君は二人とも初対面だが、大場はちがったということか」

「原田とは面識があったと感じました」

「原田は自分の仕事について話したか」

「いいえ」

「何者だと思った？」

「現役かどうかはわかりませんが警察官です。主人と苗佳の事件の捜査が終了していることを知っていました。そしてわたしが苗佳について調査をおこなうのを嫌がっていました」

「なぜ？」

原がメモ帳から顔を上げ、訊ねた。

「苗佳は、中国の元工作員で、祖国を裏切ったため暗殺リストに載っていた。原田は、事件は中国の暗殺工作だと考え、それをつつき回すべきではない、といった。主人は、暗殺工作の巻き添えになっただけだ。復讐《ふくしゅう》を考えるのは馬鹿《ばか》げている、と」

「考えたのか？」

原はわたしを見つめた。

「復讐？　まさか。知りたかっただけ」

「何を」

「主人がなぜ巻き添えになったのか。ただ運が悪かっただけなのか。それとも巻き添えになるような理由があったのか」

「どんな理由だ？」

「それがわからないから調べたいと思った」

「駒形刑事を同行することになったのはなぜだ」

中嶋が訊ねた。

「わたしが主張しました。刑事を連れていくことで、何かがわかるかもしれない、と考えたからです。彼も事件に対し、不審を感じていました」

「研究所に関する情報を与えた理由はそれか」

原がいった。わたしは首をふった。

「以前、新宿署の近くで事情聴取をうけた帰り、尾行をうけ、拳銃と特殊警棒で武装したグループに連行されそうになった。そいつらは、監視下においていた駒形に接触したわたしに目をつけたとしか考えられない――」

「待った、そいつらって何だ」

「『関東損害保険事業者連合会』」

わたしは中嶋の顔を見ながら答えた。

「何？　何連合会だって？」

原は訊き返したが、中嶋の表情はかわらなかった。

「何なんだ、それは」

「駒形が殺人容疑で捜査対象にした男が勤務していた団体。彼が主人の死に関連してわたしを疑っていると感じたので、牽制《けんせい》する目的で、その男と元勤務先に週刊誌の記者を装《よそお》って接触した。駒形は男へのいきすぎた捜査が理由で、捜査一課から新宿署にトバされている。それを蒸し返して、駒形のわたしに対する関心をそらそうと考えた」

原は信じられないという顔をした。

「なぜそんな工作をする必要がある」

「駒形は勘が鋭い。わたしの経歴を調べ、研究所まで大場さんに会いにきた。その理由は、わたしが主人を殺したのではないかと疑ったから。もちろん殺してはいないけど」

訊かれる前にいってやった。

「その男に会って確信したことがあった。そいつは人殺しで、勤務していた『関東損害保険事業者連合会』も、本来の活動を偽装するための隠れミノだった。『連合会』は探りを入れてきた駒形とわたしを危険視し、排除すると決定したのだと思う。それが今日の襲撃につながった」

「何をいってる。わけがわからない」

原はあきれ顔で中嶋をふりむいた。

わたしは中嶋にいった。

「大場さんを通して『連合会』に関する情報を求めました。しかし触るなという指示が下ったと聞いています」

原は中嶋の表情に気づき、口をつぐんだ。中嶋は驚きもあきれもしていない。原は中嶋とわたしの顔を見比べている。

「それについては、今ここで話すことは避けたい」

中嶋がいった。

「けっこうです。ただしひとつ確認したいことがあります」

「何だ」

「襲撃をうける直前、大場さんは、Aチームの上海での処理活動の際、公安局に拘束されたわたしを釈放する見返りに、何らかの条件を日本側が背負ったといいました。そしてそれが主人と苗佳の事件に関係している可能性を示唆《しさ》しました」

中嶋はゆっくり首をふった。

「それについて、私は何も聞いていない。大場は独自の情報を得ていたようだね」

わたしは原に目を移した。

「まだ訊きたいことはある？」

原は中嶋を見やり、不満げに首をふった。

「山ほどあるが、難しいようだ」

「襲撃者に対する調査をおこなってもよいでしょうか。放置すれば、引き続き襲撃をうける可能性がありますし、それはいずれ研究所に向かう、とわたしは思っています」

「なぜだ」

中嶋は訊ね返した。

「『連合会』がこちらの存在を知れば、わたしに『連合会』に触るなという指示が下ったように、彼らにも同様の指示が下り調査や攻撃の動きはなくなる、と考えていました。ところがそうではなかった。今日の襲撃はチームではありませんでした。単独行動で、おそらく依頼をうけたプロによるものです。つまり『連合会』は、外注を使ってでも攻撃を継続するつもりなのです。それは、彼らが研究所ほど統制されてはいない集団であることを証明しています」

中嶋は表情をかえなかった。わたしはつづけた。

「一連の『連合会』の活動で判明したのは、彼らにはわたしたちのような『国内制限』がない。彼らが民間団体であればそれは当然ですが、研究所のような機関であったとしても、活動の制限をうけてはいない。わたしが今後の襲撃を危惧《きぐ》する理由でもあります」

「それについては同意する」

中嶋は短く答えた。

「危険視するのと攻撃行動をとることは、似て非なるものだ。その点において、彼らは研究所とは異なる組織だ。しかし上に対してなぜそうなのかと、情報を求めても、おそらく返事は得られない。それは大場の情報請求に対する回答を忖度《そんたく》すれば明らかだ。現段階では、民間団体であろうが政府系機関であろうが、彼らは我々より優位にあり、攻撃活動の継続が予想される。ただし今のところは、君と駒形刑事に対してだけだろうが」

わたしは息を吸いこんだ。

「見殺しですか」

「いや」

短く答えて、中嶋は少し間をおいた。

「調査を許可する。ただし戦闘は極力避けてもらいたい。君の推測が正しければ、『連合会』は、外注を使った。それは直接の衝突を回避するためだろう。調査がその引き金になってはならない」

「駒形の協力についてはどうしますか」

「秘密保持の観点に立てば、許可する他ない。もし駒形刑事が君のいうように優秀な人間なら、彼を外しても、我々や『連合会』に対する捜査を独自におこなうだけだ」

わたしは頷いた。本当にそうするかどうかは疑問だと思っていた。殺されかけた恐怖が駒形を凍らせるかもしれない。だがどちらにせよ、「連合会」は彼を殺そうとする。

「当面、処理チームの活動は停止する。Bチームは、研究所並びに関係者の保安にあたってもらう。君を除くAチームメンバーは、Bチームに合流する」

中嶋と大場のちがいを感じた。大場はチームメンバー各自の個性を把握していた。したがってメンバーが承服しそうにない指示を下すことはなかった。

栃崎はともかく、瀬戸圭子がBチームへの合流を呑《の》むとは思えない。指示にしたがうフリをして、別の行動をとるのではないか。

同じ副所長でも、現場にいた大場と事務方の中嶋のちがいだ。

中嶋が最も恐れている事態が何なのか、わたしは気がついた。

研究所の消滅だ。そして、おそらくそれは避けられない。

17

わたしは自分の食料をもち、小部屋に入った。駒形は二段ベッドの下段にすわっていた。

向かいの二段ベッドに腰をおろした。向かいあうと膝《ひざ》がぶつかるので少しずれた。

食欲はない。ペットボトルの紅茶を飲んだ。

駒形も同様らしく、握り飯に手をつけたようすはなかった。

「どうなった?」

駒形が訊《たず》ねた。

「調査をすることになった。わたしとあなたで」

「二人だけ、か」

「『連合会』が危険視しているのは、わたしたちだけ。今のところはね」

「つまり俺たちが殺されたら、問題は解決する？」

「かもしれない」

駒形は首をふった。

「トカゲの尻尾《しっぽ》切りじゃないか」

「あなたが尻尾を志願するとは思わなかった」

怒りの混じった目でわたしを見た。

「いつまた襲われるかとびくびくしながら仕事なんてできない。同僚が巻き添えをくうかもしれないしな。それならあいつらのことを調べているほうがましだ。少なくとも逃げ回るよりはいい」

「同感」

わたしは頷《うなず》いて、小部屋の中を見回した。カメラとマイクが設置されているにちがいない。

「あなたは百パーセント、逃げられない。わたしの本名や住所を彼らは知らないけれど、あなたに関してはちがう」

「あんたについてだって今頃はどうなっているかわからない。向こうに研究所より力があれば、とっくに筒抜けになっていておかしくない」

その可能性は確かにあった。だからこそわたしは義父を使ったのだ。代々木での襲撃が処理計画にのっとったものならば、「連合会」は上部機関の許可をとりつけている。その上部機関には必ず義父とつながる人間がいる。義父とその孫を巻き添えにすることを躊躇《ちゅうちょ》し、わたしに関する情報の追跡を止《や》める筈《はず》だ。

襲撃が「連合会」の暴走なら、上部機関にわたしに関する情報を求めていない。いずれにしても今夜は、頭を痛める人間が霞が関に何人もいるだろう。研究所と「連合会」の対立が起こるとは、考えたこともなかったにちがいない。

「国内限定」の暗殺機関と国外限定の暗殺機関が、なぜ争うことになったのか。

いや、原因など彼らにはどうでもいい。重要なことは、争いを終息させる方法だ。ただ事務処理的に「禁止」しても効果がないのは、代々木の件で明らかだ。

「だから外注を使ったんだ」

わたしはつぶやいた。

「何？」

駒形が訊《き》いた。

盗聴されているとしても問題のない会話だと考え、わたしは説明した。

「おそらく『連合会』は今、わたしやあなたに対する接触を禁じられている。わたしが『連合会』に触るな、といわれたように。しかしそれに納得しない人間が『連合会』の内部にいて、外注のプロを使い代々木でわたしたちを襲わせた。『連合会』とは関係のない襲撃に見せかけるため」

　駒形は考えこんだ。

「なあ、なぜそんなに殺したいんだ？　あんたにはそんなに憎まれる理由があるのか」

　わたしは駒形を見返した。

「どうして？」

「だってそうだろう。たぶんだが、俺もあんたも、『連合会』も、根っこは同じだ。その根っこに触るな、といわれれば、多少は不本意でもいうことを聞く他ない。それなのにどうして『連合会』は勝手な真似《まね》をするんだ。外の人間を使ってでもあんたを消したいと思うような理由が、あいつらにはあるのじゃないか」

　確かにそうだ。

「あいつらの仲間をあんたが殺したとか」

　意外なことを駒形はいった。

「ふたつの理由でそれはありえない。ひとつは、処理対象者を決定するのはわたしたちではない。だから『連合会』の人間を対象者にしたとは思えない。もうひとつは、たとえそういうまちがいが起こったとしても、職務でおこなったわけだから、恨むのは筋ちがいだし、それ以前に実行者がわたしだと伝わる筈がない」

「『連合会』の人間がたまたまあんたがやるところを目撃したとは考えられないか。それをずっと恨みに思っていて、伊藤の件で現われたのがまさにそのあんただったとしたら？」

「偶然が多すぎない？　たまたま『連合会』の人間を対象者にしてしまい、それをたまたま仲間が見ていた？」

わたしは首をふった。

「対象者の経歴は、処理計画の段階でわたしたちにも知らされる。『連合会』に所属していたら――」

「あんたにもわかった、か」

「伊藤を調べて初めて、わたしは『連合会』の名前を知った」

「じゃあなぜ、やつらはあんたにこだわる？」

「こだわっているのだとしても、その理由はわからない」

何かわたしが気づいていないことがあるのだろうか。研究所に入る前にわたしが殺した人間の関係者が「連合会」にいたとか。

だがそうだとしても、現在のわたしとつながる証拠はどこにもない。

考えていると、駒形がほっと息を吐いた。

「今日はここに泊まりかな」

「それは避けたい」

わたしはいった。

「息子さんのことが心配なのだろう。ひとりでいるのか」

「ひとりじゃない」

「ならよかった。調査を始めるとして、どこからだ」

駒形が不意に訊ねた。

「あなたの考えを聞かせて。調べるのは、あなたのほうがプロ」

「調査をするのは、俺とあんたのふたりだけか。それとも応援を得られるのか」

「二人だけ」

わたしたちを監視する人間はいるかもしれないが、応援とはいえない。

「だったら伊藤だ。『連合会』を調べるにはそれなりの人数がいる。出入りする者をチェックして関係者のリストを作るだけでも、最低五人くらいは必要だ。それも面が割れていないのが条件だ。だが、伊藤なら情報をもっている」

わたしも同じことを考えていた。今のところ伊藤は「連合会」について知る、わたしたちに最も近い人間だ。伊藤の口を開かせられれば、より多くのことがわかるだろう。

ドアが開かれた。原が立っていた。

「帰宅したければしていい」

わたしは立ちあがり、駒形に訊ねた。

「どうする？」

駒形はわずかに考え、いった。

「俺は署に泊まる。そのほうがいいような気がする」

原は頷いた。

「二人とも栃崎に送らせる」

「だったらわたしを先にして。新宿署は監視されている可能性がある」

原はわたしを見つめた。

「新宿署から尾行されたくない」

「また襲われると思っているのか」

「襲われないという保証はあるの」

「中嶋さんは所長と話している。今夜中に向こうにも何らかの措置がある筈だ」

「代々木にきたのは外注よ。そいつが野放しになっているあいだは安心できない」

原は無言で頷いた。

「研究所の保安レベルも上げたほうがいい。向こうに研究所のことが伝われば、何が起こるかわからない」

原は首を傾《かし》げた。

「そこまでする必要があるのか」

「被害がでてからじゃ遅い」

「中嶋さんにいっておく」

小部屋をでた。事務室に中嶋の姿はなかった。

外階段を降りかけたとき、原がいった。

「神村」

わたしはふりかえった。

「大場さんのことだが、あまり責任を感じるな」

わたしは無言で頷き、階段を降りると栃崎の待つ車に乗りこんだ。

車が走りだし、少しすると駒形がいった。

「さっきのあんたの同僚の言葉。責任を感じているのか」

栃崎の目がルームミラーを通してこちらに向けられた。

「なぜそんなことを訊くの」

「あんたが責任を感じるような状況じゃなかった。それは、俺の話だけでもわかった筈だ。なのになぜあんなことをいうのかと思った」

「あの場の状況だけなら、そう。でもあんな状況をひき起こす原因を作ったのはわたし。苗佳の身許《みもと》にこだわり、『連合会』を刺激した」

前を見たままいった。ルームミラーの中の栃崎の目がそれた。

「そうか」

駒形は次の言葉が思い浮かばないようにつぶやいた。わたしは駒形に顔を向けた。

「つらそうな顔をしていた？」

駒形はわたしを見つめ、

「ああ。泣くのじゃないかと思った」

と答えた。

わたしは首をふった。意外だった。そんな表情をしているとは、少しも考えていなかったのだ。

18

智はもう寝ていた。玄関をくぐったわたしが手にしているコンビニエンスストアの袋を見て、義父が訊《たず》ねた。

「それは？」

「晩ご飯です。食欲がなくて。何か連絡をうけましたか？」

「いや」

答えて、義父はわたしを見つめた。

「シャワーを浴びていいですか。話はそのあとで」

義父は頷《うなず》いた。

自宅に帰りついたことで気持がほぐれていた。ここが襲撃されない唯一《ゆいいつ》の安全地帯だ、という感覚を覚えた。錯覚かもしれない。しかし、智がいるというだけで、ついさっきまでいた世界からははるか遠くにきたような安心感があった。

シャワーを浴び、部屋着に着がえた。拳銃を大きめの化粧ポーチに入れ手にして、リビングにすわった。

「コーヒーをいれた。こんな夜中だが、飲むかね」

十二時を回っている。

「いただきます」

わたしはいって、リモコンでテレビをつけた。話し声を、万一起きてきた智に聞かせないためだ。

義父はチェックのシャツにグレイの上品なスラックスをはいていた。ネイビーブルーのジャケットが長椅子《ながいす》の背にかけられている。それをハンガーにかけようと手にして、重さに気づいた。内ポケットに小型の拳銃が入っている。

そのまま長椅子の背に戻した。

キッチンからコーヒーカップをのせた盆を手に、義父がでてきた。

「二、三日、智を預かっていただけませんか」

向かいあうと、わたしはいった。

「学校は?」

「休ませます。ここにはいさせたくないので」

義父はコーヒーカップに口をつけた。

「大場さんが亡《な》くなりました」

「その場にいたのか」

「はい」

「君も危なかったのか」

「狙《ねら》いはわたしだったと思います」

義父はコーヒーカップをおろした。わたしは義父を見つめた。

「何か教えていただけることはありませんか」

義父は黙っている。

「智が巻きこまれるのが心配です」

その瞬間、テレビからどっと笑い声があがった。腹立たしかったが、消すわけにはいかない。

　義父が口を開いた。

「私が現場を離れたあと、政権が交代した。新しい内閣官房が新設させた機関だそうだ。もし現場にいたら、反対した。反対しても無駄だったかもしれないが」

「情報はとれますか」

「多くは難しい。処理案件の選定は、委員会がかかわっているとは思うが、現場の人材は、研究所よりラフな集め方をしているようだ。というのも、現場の人間は自分たちの背景を知らされていないらしい」

「民間だと思っているのですか」

「おそらくそうだろう。万一の場合、解散させやすい」

「秘密保持を最優先させる理由《わけ》ですね」

　自分たちが民間の機関だと信じているなら存在を秘匿《ひとく》するのに公的な力は借りられない。そうなれば手段は限られてくる。

「コントロールできる人間は？」

「もちろん、いる。が、我々とはちがう」

　警察官僚ではない、という意味だ。つまり義父にもパイプがない。

　恐怖を感じた。義父は防波堤にならない。

「智を連れていって下さい。今すぐ」

ここも安全地帯などではなかった。ただ唯一の慰めは、義父やその後輩たちとのパイプのない「連合会」に、わたしの情報は伝わりにくい、という点だ。

「暴走しています、彼らは」

「私も同じ意見だ。だが民間だと信じこまされている人間をコントロールするのは難しい。明るみにだして検挙する以外は」

「できますか」

「するには、切断点を決めなければならない」

「切断点？」

「実態をどこまでさらすか、だ」

「安全弁はないのですか」

秘密機関は、万一その存在が発覚した場合に備えすべてを明らかにされないように、現場と上部機関をつなぐ位置に必ずそういう人間をおく筈《はず》だ。法的な追及を、その人物まででとどめる。研究所でいえば、所長の杉井だ。決して真実を明さず、全責任を背負う。高齢で身寄りが少なく、理念に殉じる覚悟をもった人物が選ばれる。見かたをかえれば「狂信者」がふさわしい。

「もちろんおいている筈だ」

「なら――」

いいかけたわたしに義父は首をふった。

「上位機関が異なる以上、検挙に踏みこめば、情報のリーク合戦になるかもしれん。そうなればとめどなく傷が広がる」

義父にとって現場の死者は傷ではないのだ。官庁や官僚の名誉が傷つくことを何より恐れている。

義父には、親戚《しんせき》としての協力しか頼めない、と気づいた。彼のもつパイプが、わたしを守るために使われることはない。それでも銃で智を守る力があるだけ、ましだ。

「智を起こします」

「何という？」

「急な仕事で海外にいくことになった、と」

義父は頷いた。

「わかった。万一の場合に備え、智を旅行に連れていこう。私も東京にいないほうがいいかもしれん」

「お任せします」

智の部屋にいき、起こした。ぼんやりとしている頭にどこまで伝わったかはわからないが、作り話を聞かせ、衣服を荷造りした。

いつかこんなときがくる、と思っていた。救いは、洋祐に作り話をしないですんだことだ。智はだませても、洋祐をだますのは難しかったろう。

だまされたフリをしてくれたかもしれないが。

小型のキャリーバッグを智に引かせリビングに押しやった。ジャケットを着けた義父が立っていた。

「しばらくじいじと二人きりだ。男どうし仲よくやろう」

優しい声で義父はいい、智の肩に手をおいた。うん、と眠そうな声で智は頷いた。

「じゃ、お願いします。じいじを困らせるんじゃないのよ」

智の顔をのぞきこんだ。

「ママもがんばってね」

もつれた舌で智はいった。

「電話する」

いっしょに外へでた。タクシーをつかまえるまでそばに立っていた。マンションの周辺に不審な人間や車がいないことを確認した。

二人を乗せたタクシーが遠ざかると、その場にしゃがみこみたくなるのをこらえ、部屋に戻った。

空が白むまで眠れなかった。智が自分のアキレス腱《けん》だと改めて思い知った。初めて、仕事を辞めることを考えた。

洋祐が生きているとき、わたしは自分の死をさほど恐れていなかった。今は恐れている。

智をひとりにしたくない。

不思議だった。わたしは自らの意志で孤児になった。智がそうなるからといって、何を恐れる必要があるのか。

ちがう。あの子がわたしと同じ人生を歩むことはない。

わたしは特殊な人間なのだ。何千人か何万人かにひとりいる、心の一部が欠落した人間だ。

智は、そうではない。

自分を不幸だとも憐《あわ》れだとも感じたことはなかった。こうなるように生まれついただけだ。そしてそれにふさわしい仕事を選び、ここまで生きてきた。

どこでこの生活が終わろうと平気だ、と考えている。智の存在を別にして。

胸が痛んだ。感情が肉体に痛みを与えるのを感じるのは初めてだった。

嫌だ、という言葉が口をついた。嫌だ、嫌だ、嫌だ。智と離れたくない。智といたい。

携帯電話の音で目を開いた。午前八時になっていた。少し眠っていたようだ。

中嶋からだった。

「状況は？」

「問題ありません」

「今日は出勤する予定か」

「いえ」

「今朝早く、所長から連絡があった。向こうは代々木の件に関与していないそうだ」

「外注だから、そういえるんです」

「いずれにしても調査にとりかかってくれ。調査の間、出勤の必要はない」

「いるものがあれば、とりにいきます」

沈黙があった。

「わかった」

電話は切れた。

リビングのソファにかけ、化粧ポーチからグロックをだした。きのう二発撃ち、弾を補充していなかったことを思いだし、予備のマガジンと入れかえた。

顔を洗い、コーヒーをいれて飲んだ。わずかに食欲が戻っていた。コンビニエンスストアの袋からサンドイッチをだし、トースターであたためて食べた。

食べ終えると化粧をした。

駒形に連絡をとるべきか、迷っていた。処理作業を別にすれば、他人と行動を共にするのが得意ではなかった。例外が洋祐と智だ。

きのう初めて知った、駒形の、わたしへの感情については何も感じなかった。少なくとも、わたしの行動がその感情に影響をうけることはないだろう。

駒形が頼りになるとは思えない。調査の能力は高くとも、殺されかけたことであれほど動転する人間が、冷静に行動できるだろうか。

足手まといにはならないだろうが、常に落ちつかせようと気を使うのは面倒だ。

それでも駒形の携帯を呼びだした。智を孤児にしないためには、背中を守ってくれる者が必要だ。あるいは、わたしのかわりに弾丸を受けてくれる体が。

「おはよう。息子さんは無事だったか」

電話にでるなり、駒形は訊ねた。

「無事。そちらは？」

「まだ署にいる。じき課長がくるんで、二、三日休みをもらうつもりだ」

「平気なの」

「有休が残っているし、捜査本部《チョウバ》もたっていないんで大丈夫だろう」

「じゃあ、自由に動けるようになったら連絡をちょうだい」

「了解」

革のブルゾンの下にジーンズとトレーナーを着た。グロックはジーンズのウエストに留めた。スニーカータイプの靴をはき、家をでた。

飯田橋のレンタカーショップにいき、国産の小型セダンを借りた。「わ」ナンバーは目立つが、研究所の車を使えない以上、しかたがない。

カーナビゲーションに伊藤の住所を入力し、レンタカーを走らせた。

練馬にある伊藤のマンションの近くで車を止めると、携帯が鳴った。駒形だった。

「署をでた」

「尾行は？」

「十分近く歩いているが、ないと思う」

「練馬に来て。伊藤のマンション。今、近くにいる」

「あんたひとりでか」

「そう」

車を降り、マンションの正面に回った。伊藤の部屋は「６０４」だ。六階の窓を正面から見られる位置の建物を捜した。ショルダーバッグの中に、小型の双眼鏡とデジタルカメラを入れてきた。

向かいの建物は三つある。高層マンション、中層マンション、商業ビルだ。まず商業ビルに向かった。

伊藤の部屋をのぞける窓は、テナント企業の事務所スペース側だ。事務所内に入らない限り難しい。

中層マンションは通路側が伊藤の部屋に面しているので、入りこめればのぞけそうだった。

十五分ほど入口の見える位置で待ち、外出する住人とすれちがいに建物に入った。エレベータで六階に昇った。通路にでると双眼鏡をだし、伊藤の部屋をのぞいた。レースのカーテンが閉まっているが、うっすらと室内のようすがうかがえた。家具がひとつもない。

携帯が鳴り、双眼鏡をしまって、エレベータに乗りこんだ。エレベータを降り、鳴りやんだ携帯をチェックした。駒形だった。マンションの外にでてかけ直した。

「引っ越している」

そう告げた。駒形は絶句し、やがていった。

「伊藤が、か」

「もちろん」

「あんたは今、どこだ。俺は地下鉄練馬駅をでたところだ」

「そちらに向かう。待っていて」

合流した駒形は、きのうと同じスーツ姿だった。

「なぜ引っ越したとわかった？」

「向かいのマンションから部屋をのぞいた。家具がない」

駒形は深々と息を吸いこんだ。そして、

「管理人にあたってみよう」

といった。

伊藤の住んでいたマンションまで二人で歩いた。途中、わたしは告げた。

『連合会』は、きのうの件には関係していない、といってきた」

「誰から聞いた」

「うちの所長が問い合わせた結果。それと、別のルートからの情報では、『連合会』は新設された機関で、現場の人間は自分たちの所属を民間組織だと思いこまされている」

「何？　どういうことだ」

「わたしにもはっきりとはわからない。簡単にいえば、世直しＮＰＯ、かな」

「世直しＮＰＯだと」

「愛国主義を標榜《ひょうぼう》して、国家に不利益となる人間を排除する。もちろん完全に民間で運営されているとは、所属している人間たちも信じていないだろうけれど、よけいなことを訊《き》かず、決められた標的だけを暗殺している内は、研究所よりも使いやすい機関といえる。万一、存在が発覚しても『狂信的な殺人集団』という形で処理できるもの」

「どうなっているんだ、この国は」

「どこかで歯止めがきかなくなったのね。きっかけは、研究所だったかもしれないけれど」

国外のみでの処理活動では限界がある、と考えた人間がいたのだ。そこで民間団体を装《よそお》って、研究所と似た機関を作り、活動を始めさせた。

「いったい今まで何人をそうやって殺してきたんだ」

「わからない。研究所のペースなら、一年に二人から三人。事故や病死を演出した作業だと、それが限界」

「なるほどね」

不愉快そうに駒形はつぶやいた。

「おそらく主人と苗佳を殺した作業も『連合会』だと思う」

「そう認めたのか」

「認めない。それに関して何もいってこないから、むしろそうなのじゃないかと思った」

「なぜ中国の裏切り者を日本のＮＰＯが殺すんだ」

「わたしを釈放した見返り」

駒形は足を止め、ふりむいた。

「じゃあご主人は――」

「それはまだわからない。巻きこまれたのだとしても、偶然とは思えない」

「偶然じゃなけりゃ何なんだ？　ご主人が日本に不利益な人だったのか」

わたしは首をふった。

「ありえない。国家とか社会とか、統計学上の数字でしか大きなものの見かたはしなかった人。政治の話をするのは聞いたこともないし」

駒形は息を吐いた。

「『連合会』の奴《やつ》に吐かせられれば理由はわかるか」

「その最初の手がかりが消えてしまった」

伊藤の住んでいたマンションに到着すると、駒形はまっすぐ管理人室をめざした。

管理人は、六十代の男だった。駒形とは前に会ったことがあるらしく、あ、刑事さんといった。

「その節はどうも。『604』の伊藤さんですが、引っ越したのですか」

「ええ。三日前に」

「突然ですか」

「そうですね。でも大家さんには前から連絡はしてあったみたいで、特に問題はありませんでした」

「大家さんというのは？」

「地元の不動産屋でしてね。ここの十部屋ほどを賃貸にだしているんです」

「その不動産屋を教えていただけますか」

管理人の返事を、メモした。

「引っ越す前、何かかわったことはありませんでしたか」

「さあ」

管理人は首を傾《かし》げた。

「仕事にもいっていないようで、パチンコと食事にでかけられるのを見たくらいですね」

「いきつけのお店はどこです？」

「駅前のパチンコ屋ではよくお見かけしました。ご飯屋さんはどこだったのかな」

「知り合いの人といるのを見たことはありますか。あるいは女性とか」

「私は夜は帰っちゃうんで、そういうのはちょっと……。あまり友だちがいるという感じではなかったな。家でもほとんど食事とかはしてなかったみたいだし」

「どうしてわかるのです？」

　わたしは訊ねた。

「ゴミですよ。生ゴミ。名前が書いてあるわけじゃありませんが、だいたい袋を見ればどの部屋からでたかわかりますからね。伊藤さんの部屋のゴミには、コンビニの弁当もあんまり入ってなかったですね」

　伊藤の部屋を訪ねたとき、男のひとり暮らしなのに生活臭がほとんどなかったことをわたしは思いだした。

「いるんですよね。男の人でも女の人でも。家で一切ご飯を食べないって人が。伊藤さんもそうだったみたいです」

　管理人はつづけた。

「他の住人とのトラブルは？」

「前も刑事さんにいいましたけど、まったくないですよ。愛想のいい人ではありませんでしたが、誰かに文句をいったり、いわれたりということは一度もなかったな」

「引っ越すときに、どこへ移るとか、いっていましたか」

　管理人は首をふった。

「まったく。四日前に、『明日引っ越します』といわれて、えーっと思ってたら、翌日、引っ越し業者がきて、半日で終わりました。あまり荷物もなくて」

「業者の名前はわかりますか」

「見たことのない業者でした。小さな運送屋みたいで、トラックに社名も入ってませんでしたね」

答えたあと、

「あ、待って下さい」

と管理人は、管理人室に引っこんだ。紙片を手にでてくる。

「これ、たぶんその業者が落としていったものだと思うんです。いちおうとってあるんですが」

ガソリンの領収証だった。「竹原《たけはら》運送様」となっていて、埼玉県戸田市の「オリンピック石油」というスタンドが発行している。

わたしはデジタルカメラをだし、その領収証を撮影した。

「引っ越したあと、部屋を見ましたか」

駒形が訊ねた。

「ええ。大家さんと伊藤さんといっしょに入りました。そんなによごれたり壊れたりというのはなかったですね。だいたい男の人のひとり暮らしのほうがきれいなんです」

「ありがとうございました」

駒形が礼をいい、わたしたちはマンションをでた。

「急に引っ越した理由は何だ？」

「わたし」

「俺もそう思う。前の職場に警告されたのだろうな。部屋を貸していた不動産屋にいこう」

不動産屋でも、伊藤の新しい引っ越し先に関する情報は得られなかった。連絡先として残していった携帯電話の番号がわかっただけだ。

伊藤に家賃の滞納は一度もなく、苦情を申したてたこともなかった。練馬のマンションに入居したのは三年十カ月前で、そのときの勤め先として「連合会」の名があった。

賃貸契約の保証人はなく、その不動産屋はそもそも保証人を必要としていないのだといった。

不動産屋をでたわたしと駒形は、コインパーキングに止めていたレンタカーに乗りこんだ。

「ついている。管理人がスタンドの領収証を拾っておいてくれなかったら、えらく手間がかかるところだった」

駒形がいった。わたしはカーナビゲーションに「オリンピック石油」の住所を打ちこんだ。

「竹原運送にいけば、伊藤の引っ越し先がわかるわね」

駒形は頷いた。こういう調査では、さすがに警察バッジが役に立つ。

戸田橋を車で渡り埼玉県に入ると、「オリンピック石油」はすぐだった。戸田市をよこぎるオリンピック通りに面しているガソリンスタンドだ。

竹原運送が西川口に事務所をおく運送会社であることがそこでわかった。竹原運送に向かい、伊藤の引っ越し先が判明した。

川口駅の西口に近い雑居ビルだ。一階から四階までが店舗で、五階から八階までが共同住宅になっている。伊藤の新居は、「502」号室だった。

伊藤は竹原運送をタウンページで知って、引っ越し依頼の電話をしていた。地元の人間ではない伊藤の依頼は、ホームページももたない小さな運送会社には珍しかったが、大手に比べて料金が安いので選んだのではないか、と社員はいった。

引っ越しに立ち合ったのは伊藤ひとりで、手伝いにきた身内や友人はいなかった。

雑居ビルの窓は駅前の通りに面しており、暗くなるのを待つのと腹ごしらえのため、わたしたちは近くのファミリーレストランに入った。

「ピッキングはできる？」

わたしが訊ねると、駒形は首をふった。伊藤の新居はオートロックを備えておらず、おそらく部屋の扉は旧式のシリンダー錠だろうとわたしは考えていた。

「あんたはできるのか」

「道具があれば。道具は研究所においてある」

駒形は暗い顔になった。

「法を犯すのがそんなに嫌なら、あとはわたしひとりでやる」

「いや、続きをたとえあんたひとりにやらせたって、今の住居を洗いだしたのは俺たち二人だ。罪を逃れられるわけじゃない」

「捕まるのが恐《こわ》いの?」

「自分でもわからないんだ。こんなことをするのはもちろん初めてだし。殺されたら法律もへったくれもないとはわかっているんだが」

「あいつの口を割るのに、もっと嫌なことをしなければならないかも」

わたしは駒形を見つめた。駒形はつついていたドリアからスプーンを離した。

「拷問《ごうもん》するのか」

「必要なら。前もいったけど、人の痛みや苦しみに関心はない。けれど必要ならそれを与えることを何とも思わない」

「俺は」

言葉を切って、駒形はうつむいた。

「あんたがそういう人だとはいまだに思えない」

「思わないのはあなたの勝手」

「いや、そういう意味じゃなくて。あんたがしたことを信じないといってるわけではないんだ」

「じゃあ何を求めているの。わたしだって本当はこんな生きかたはしたくなかったと泣いてみせること？」

「やめよう」

強い調子でいって、駒形は首をふった。

「これ以上話すと、いうべきじゃないことをいってしまいそうだ」

「だったらやめましょう。食事をすませて。研究所に必要な道具をとりにいく」

「もう、充分だ」

ファミリーレストランをでて、車に戻る前に伊藤の部屋を見上げた。明りはついていなかった。

首都高速が混んでいて、研究所に到着するのに一時間近くかかった。車内で駒形はずっと無言だった。

研究所の駐車場に車を入れると、制服のガードマンが現われた。きのうまではいなかった。

「失礼ですが――」

わたしは身分証を見せた。

「ここの所員です。必要なものがあってとりにきました」

「そちらは？」

「友人です」

「ではここでお待ち願えますか。所員の方以外の入所はお断わりしています」

助手席の駒形を見た。

「ここで待っている」

警備員が離れるのを待って、わたしは訊ねた。

「拳銃はまだもってる？」

「署だ。休暇なのにもちだすわけにはいかない」

「必要？」

駒形は考えていた。

「そうだな。あるなら……」

「用意する」

わたしはいって、車を降りた。ふだんは一つのセキュリティロックが二つに増えていた。コード入力と指紋認証システムだ。

地下に降りた。射撃場に使用中のランプが点《とも》っている。武器庫で抗弾ベストを二枚とり、45ＡＣＰ弾をひと箱五十発、バッグに入れた。そしてステンレスモデルのＳ＆Ｗ社製38口径リボルバーをガンキャビネットからとった。ボディガードという商品名の、ハンマーが露出していないタイプだ。これなら駒形も使いやすいだろう。38スペシャル弾もひと箱とる。バッグが重くなった。

武器庫をでると、射撃場の使用中のランプが消え、扉が開いた。

瀬戸圭子だった。ベレッタのＭ82を手にしている。

「あら」

わたしに気づくと驚いたような顔をした。

「大場さんのこと、聞いた。残念だわ。あたしがいたら犯人を逃がさなかったのに。Ｂチームといっしょにされたのも、ムカつく」

残念なのが大場の死か、自分がその場にいなかったことか、口調からはわからない。

「調べている？」

わたしは訊ねた。

「枡本の件？　少し調べた。処理っぽい」

「なぜそう思った？」

「死因は心筋梗塞《こうそく》だけど、枡本には心臓病の病歴はなかった。薬物投与が疑われる」

「解剖はしたの？」

瀬戸圭子は首をふった。

「していない。枡本の素姓を考えれば、しておかしくないのに。警察に手を抜きたがった人間がいたか、別の理由か」

「処理だとすれば、手がけたのは同じ連中かもしれない」

「大場さんを殺したのと？」

わたしは頷いた。

「うちらと同じような組織があって、国内活動をしているということね」

瀬戸圭子は息を吐いた。

「そっちに移りたいわ。それか、いっしょにならないかな。仕事が楽になる」

そして声を低めた。

「大場さんのあと、誰が副所長になるんだろう」

「さあ。もしかすると研究所はなくなるかもしれない」

「じゃあいっしょになるんだ」

「それはわからないけど。いろいろなことが流動的になってる」

「クビになったら、フリーかな。日本じゃ仕事がそんなにないだろうから、外国にでもいくか」

朗らかな口調で瀬戸圭子はいった。

「それでときどき、日本でも仕事するの。向こうの連中はそんなに優秀じゃないみたいだから。優秀なら、きのうみたいな失敗はしないだろうし」

わたしと駒形が生きのびたのは〝失敗〟だったというわけだ。いった言葉の意味に気づき、瀬戸圭子は微笑《ほほえ》んだ。

「気を悪くしないで。プロとしての意見だから」

「わかっている。でもきのう襲ってきたのは外注だった。ひとりだしバックアップもいなかった」

いってから思いついた。フリーを雇うなら、辞めた人間を使うという手がある。きのうの襲撃者は伊藤だったのかもしれない。

瀬戸圭子は、わたしのバッグを見た。

「重そうね」

「きのう使ったから予備の弾をとりにきたの」

「何を使ってるの」

「グロックの36」

「45口径の？　きつくない？」

わたしは息を吸いこんだ。

「一発で仕止めたいから」

瀬戸圭子が手にしているM82を見た。

「32口径？」

瀬戸圭子は頷いた。メートル法でいえば45口径は直径十一・四三ミリ、32口径は七・六五ミリだ。扱いやすいが、致命傷を与えにくい。

「45はきたなくなる。32なら、頭か心臓を外さなければきれいでしょ」

わたしにはそういう〝美学〟はない。結果がすべてだ。銃を使って射殺した時点で、死因の偽装はほぼ不可能だからだ。

「指示がでたの。武装しろと」

瀬戸圭子は肩をすくめた。

「誰から？」

「所長。でもありえなくない？　お互いプロなのだから、いがみあっても意味がない」

「外注が暴走する可能性がある」

「だとしても街なかで撃ち合うことはないでしょう」

いって笑った。

「大騒ぎになっちゃうもの」

「確かに」

「まあでも、気晴らしにはなるかもね。襲ってきたら」

「きのうの奴はSOCOMを使ってた」

笑みが消えた。

「装備はちゃんとしているんだ。ちょっと嫌ね」

わたしは頷いた。M82を見つめ、いった。

「それだと頼りないかも」

「だからベストをもっていくんだ」

SOCOMの弾はわたしのグロック36と同じで45ACPだ。貫通力に劣るため、抗弾ベストは効果がある。至近距離で撃たれれば、骨折や内臓へのダメージは避けられないが。

「あなたも着けたほうがいい」

「かさばるし、嫌いなの」

瀬戸圭子は淡々といって首をふった。自分は決して襲われないと確信しているか、襲われても撃たれない自信があるのか、わたしにはわからなかった。

「そう。気をつけて」

わたしはいってエレベータに向かった。瀬戸圭子は、撃った銃の手入れをするのか入れかわりに武器庫に入った。

部屋でパソコンを立ちあげた。所長名で保安強化指示がでていた。処理チームは、進行中の事案を凍結し、待機せよ。武装しろという通達はなかった。瀬戸圭子だけにでたのかもしれない。射撃の腕は、A・B両チームを通じて一番だ。所長か副所長の警護を命じられた可能性はある。

デスクからピッキングのキットをとりだした。シリンダー錠ならたいてい開けられる。

抗弾ベストを大きな紙袋に入れた。

駒形はおとなしく車の中で待っていた。S&Wと弾丸の箱を渡した。

「弾をこめておいて」

後部席においた抗弾ベストの紙袋を見やり、駒形は首をふった。

「何でもあるんだな」

そして弾をリボルバーに詰めた。

「家のほうは大丈夫なのか」

川口に向かって走り始めると、駒形は訊ねた。

「大丈夫」

「息子さん、ひとりじゃないのだろう」

「ひとりじゃないし、家にもいない」

「こういうとき頼れる親戚は、ご主人のほうか」

話す気はなかったのだが、なぜか答えていた。

「もちろん。わたしには身寄りがいないから」

駒形はわたしの横顔を見ている。

「皆、亡くなったのか」

「父親は行方不明で顔も知らない。母親は、わたしが十一のとき、恋人と火事にあって死んだ」

「ひとりっ子だったのか」

「弟がいた。でも火事の少し前、母親と恋人に殺された」

息を吸いこむ音が聞こえた。

「虐待《ぎゃくたい》か」

「最低の男だった。母親がいないとき、わたしにもちょっかいをだしてきた。弟がそれを母親に告げ口すると、二人で折檻《せっかん》した。嘘《うそ》つきだといって」

駒形は煙草《たばこ》をとりだし、火をつけた。

「刑事事件にならなかったのか。弟さんは」

「ならなかった。二人ともクズだけど、芝居はうまかったから」

「その火事だが、原因は？」

「忘れた」

わたしが答えると、大きなため息を吐いた。

「でも人が死ぬことで解決する問題がある、というのをそのとき学んだのは事実」

窓をおろし、煙を吐いた。

「きのうの襲撃だけど」

わたしは話題をかえた。

「伊藤かもしれない」

「伊藤が？」

「バックアップがいなかったことを考えれば、外注にまちがいない。でもSOCOMをそこいらの殺し屋がもっている筈はないから、あいつらに近いフリーランスを雇って渡したのだと思う。辞めた人間を使うのはむしろ自然。確実というわけではないけど」

「あの野郎」

駒形はつぶやいた。

「俺を見て大喜びしたろうな」

「もし伊藤なら、きのうのSOCOMをもっている。引っ越しをしたのも、外注を引きうけたからとも考えられる」

川口に着いた。伊藤の部屋にはまだ明りがついていなかった。両側の部屋も暗い。車をコインパーキングに止め、五階にあがった。手袋をはめ、ピッキングで「502」の扉を開錠した。

部屋に入り、扉に施錠《せじょう》した。部屋の中には段ボール箱が積まれている。カッターとガムテープ、軍手が床にほうりだされたままだ。引っ越しはしたものの、ほとんど荷ほどきはされていなかった。開いているのは衣類を詰めた段ボール箱だけだ。

床に腰をおろし、八畳間のベッドに背中を預け、待った。二人とも抗弾ベストを着け、拳銃を手もとにおいていた。

部屋は八畳と六畳の一DKだった。玄関からまっすぐ二つの部屋がつながっている。家捜《やさが》しは伊藤が帰ってきてからすることにした。明りをつけて物音を立てたくない。

暗い部屋ですわっていると、ねむけに襲われる。

駒形はすわっているだけなのに息を弾ませていた。緊張のせいか、何回かトイレにも立った。音をたてられないので、排水はしていない。

午前零時を回って少ししたとき、通路に足音がして、扉に鍵《かぎ》がささった。

わたしたちは立ちあがり、離れて立った。

扉を開けた人物が玄関の明りをつけると、まっすぐ八畳間に入ってきた。わたしは正面からグロックをその顔に向けた。

「動いても声をだしても撃つ」

銃口をまっすぐのぞきこめる位置においた。伊藤は目を細め、顔をそむけようとして思いとどまった。

ジーンズにグレイのパーカを羽織《はお》り、ショルダーバッグを斜めにかけている。駒形が手錠をとりだし、うしろ手にかけた。手錠はもち歩いていたのだ。わたしが見ると、小さく頷いた。

伊藤の目にはおもしろがっているような表情が浮かんでいる。ガムテープを口に貼《は》りつけ、ショルダーバッグを肩からとった。

「腹這《はらば》いになれ」

駒形が命じ、伊藤は言葉にしたがった。

ショルダーバッグを駒形が開けた。中に手袋をした手をさし入れ、SOCOMをとりだした。

「あんたのいった通りだ。予備の弾もいっぱい入っているぞ」

バッグの口を傾けてみせた。マガジンが四本あった。

わたしはグロックをホルスターにしまい、SOCOMを手にした。スライドを引き、サプレッサーを寝ている伊藤の後頭部にあてた。

ぴくりと体が反応した。

「当然、覚悟はしているでしょう。こういう仕事をしていれば、いつか自分も殺される。一瞬ですむだけマシね」

「待てよ」

駒形が切迫した声でいった。

「いきなり殺すのか。話を聞くのじゃないのか」

「どうせたいしたことは知らない。生かしておいても意味ないし」

「情報がとれるかもしれない」

「話を聞いてから殺す？　それでもいいけど」

「殺す殺さないはあとだ。とにかく話をさせよう」

駒形が伊藤の体を仰向《あおむ》けにした。表情が一変し、目に涙がにじんでいた。

「半分だけテープをはがして」

わたしはいった。駒形は言葉通りにした。大きくは口を開けないが、話はできる。

伊藤は瞬《まばた》きし、わたしと駒形を交互に見た。

「刑事がこんなことしていいのかよ」

やがて小さな声でいった。

「お前が本当のことを話すなら、殺さないように頼んでやる」

駒形は答えた。声がかすれていた。

「無理に決まってる。平気で人殺しをする女だ」

伊藤はわたしを細目で見た。

「あなたもね。『連合会』に復帰したの？　それとも契約したわけ？」

伊藤は黙っていた。わたしは首をふり、ＳＯＣＯＭを顎《あご》の下にあてがった。

「契約だ」

早口で伊藤がいった。

「きのうの標的は誰だったの？　わたし、それとも刑事さん？」

「あの部屋にいる人間全部だ。武装はしていないといわれていた。あいつら嘘をつきやがった」

「あいつらって誰」

「だからあいつらだよ」

わたしは首をふった。

「名前をいいなさい」

「名前なんか知らない。お前らにあの部屋のことを教えた連中だ。俺にもカードキィをよこした」

「わたしたちを殺せと命じたのもそいつらなの？」

「ちがうよ。あいつらと接触したのはカードキィをもらうためだ」

「殺せと命じたのは？」

「話したら殺さないか」

「検討する」

「殺さないと約束しろ」

「約束してやる」

わたしが答える前に駒形がいった。

「約束してやるから、洗いざらい喋《しゃべ》るんだ」

伊藤の目が駒形からわたしに移った。

「この女にも約束させろ」

駒形がわたしを見つめ、小さく頷いた。

「わかった」

わたしはいって、ＳＯＣＯＭを伊藤の顎から外した。

「起こしてくれ。これじゃ話しにくい」

伊藤が頼んだ。駒形が上半身を起こしてやった。伊藤はあぐらをかき、大きく息を吐いた。

「いいぞ。何でも訊けよ」

「『連合会』のことを」

「俺がひっぱられたのは五年前だ。その頃世話になっていた団体の代表に話がきて、その縁で移った」

「団体？」

駒形が訊いた。

「『平成義心団《へいせいぎしんだん》』という右翼だ。福岡にいたときの先輩の紹介で入った」

「出身は福岡なの？」

わたしは訊《たず》ねた。

「小倉だ」

「本名は？」

「飯合《めしあい》」

「『連合会』が新しい名前と身分をくれたのね」

伊藤は頷《うなず》いた。

「『義心団』から移るときの条件だった。俺は高一のときに傷害致死でつかまっている。そのあとはつかまるようなヘマはしていない。犯歴を消して、別人になれるといわれた。どうでもよかったが、向こうがそうしろといったんで、伊藤になった。入ってすぐ、メキシコで訓練をうけた。『連合会』は、民族主義の最後の砦《とりで》で、我々は影の防人《さきもり》だと教えられた。日本のために働いたんだ」

「日本のために何をしたんだ？」

駒形は吐きそうな顔をしていた。

「〝害虫駆除〟だ。俺は手際《てぎわ》がいいと、メキシコのときの教官にもいわれてた。才能があるんだ」

わたしは小さく息を吐いた。そうやっておだて、優秀な殺人機械にしたてる。

「『連合会』には何人いたの。あなたみたいな人間が」

「六人、かな。皆いろいろだった。元警官て奴もいたし、沖縄で漁師だったって奴もいた」

「六人で一チームなの？」

「そうだ。リーダーは、小野《おの》さんだ。小野さんの上に南雲《なぐも》さんて理事がいて、外部との連絡調整をしていた」

「外部？」

駒形が訊いた。

「警察庁とか内閣官房にも、うちはパイプがあったんだ」

「それを見たわけ？」

「見ちゃいない。現場の人間とは別だからな。駆除する人間のリストを、理事がもらってきて、チームで作戦をたてる」

「小野というのは何者なの？」

「民族主義者で武術家だ。俺は、小野さんに殺されそうになって、辞めた」

「なぜ殺されそうになった？」

伊藤は恨むような目を駒形に向けた。

「あの婆《ばあ》さんの一件だ。お前に疑われているのが、桑畑さんを通して伝わった」

桑畑という名で思いだした。「連合会」の受付にいた、決して崩せない〝壁〟だ。

「殺したんでしょう」

わたしはいった。伊藤は唇をすぼめ、舌打ちした。

「あの婆《ばば》あ、いつもレジで小銭を数えやがって、うしろに行列ができてるのにまるで気にしない。害虫みたいなもんだった。だから駆除したんだ」

何かをいいかけた駒形を目で制し、わたしはいった。

「本当は楽しんだ。ちがう？」

伊藤の目をのぞきこんだ。伊藤は不思議そうにわたしを見返していたが、やがてにたりと笑った。

「少しな。使ってみたいナイフがあったんだ。けど年寄りだから、思ったほど血がでなくてよ。ずっと見てたんだけど、途中でつまらなくなっちまった」

「リーダーにそれがバレたのね」

「遊びで人を殺すのは何事だとかいいやがって。人殺しなんて、遊びじゃなけりゃできねえってんだよ。いちいち天下国家とか、正当化するほうがおかしいんだ」

吐き捨てるようにいった。

「何人殺したんだ」

駒形が抑揚のない声で訊いた。

「『連合会』で？　四人かな」

「それ以外では？　お婆さんのときみたいな遊びで」

わたしは訊いた。

伊藤は息を吸い、肩をそびやかした。

「別にいいじゃないか」

「お婆さんひとりじゃないってことね」

「関係ないだろう」

わたしは頷いた。確かに関係ない。

「あなたと今回契約するのを、小野という人は反対しなかった？」

「小野さんは知らないんだ。南雲さんから直接きた話だ」

「どんな内容？」

「『連合会』のことを調べて回っている、外国勢力のスパイがいる。罠《わな》をしかけたから駆除しろ、と」

「外国勢力？」

「はっきりとは聞いてないが、中国人のスパイを駆除した任務があったらしい。それを嗅《か》ぎ回ったのだろ、お前らが。日本語がうまいな。もしかして日本人なのか」

わたしは答えなかった。

「亀井《かめい》を殺《や》ったんだって？」

「亀井？」

「お前に撃たれた奴だよ。うちの特約病院に担《かつ》ぎこんだらしいが、ひと晩苦しんでくたばったとよ。ろくなもんじゃなかったが、あいつも刑事あがりだ」

「じゃあ今、チームは四人なの？」

「になるかな。補強するって、南雲さんはいっていたが」

「南雲とは、どう連絡をとっているんだ」

駒形が訊ねた。

「メールだよ。専用の携帯を渡されてる」

わたしは伊藤のパーカを探った。二台の携帯電話があった。

「どっちなの」

伊藤はひとつを顎で示した。ロックがかかっている。解除するための暗証番号を訊き、受信トレイを開いた。一通だけだ。

「お世話になっております。対象者二名に関し判明した情報を送ります。神村奈々、東京都新宿区神楽坂三の×の×神楽坂タワーハイム1022。駒形正治《せいじ》、東京都杉並区和田二の×の×パインハイツ504。よろしくご査収下さい N」

前日の午前十一時二十分着信で、登録されていないメールアドレスから送られていた。

わたしは息を吐いた。黙って駒形にさしだした。うけとり、目を走らせた駒形の顔色がかわった。

「あんたの住所も割れている」

わたしは小さく頷いた。

「中国人のスパイを駆除した話を聞かせて」

伊藤の目を見つめた。伊藤は首をふった。

「俺は知らない。もういなかった」

「わたしたちのことを、なぜ『連合会』はあなたに外注したの?」

伊藤はわたしから目をそらし、気をもたせるように宙を見た。

「なぜかな。もしかするとどっちでもよかったのかもしれない」

「どっちでもよかったとは?」

「お前らも殺したいし、俺の口も塞《ふさ》ぎたい。両方が殺しあえば、必ずどちらかは死ぬだろう。お前らが武装していないって嘘をつかれたんで、そうかなと思い始めた」

「代々木の部屋のことを教え、カードキィを渡したのは『連合会』の人間ではないのでしょう。なのになぜそう思うの」

「あいつらは、南雲さんのパイプだ。南雲さんにそういえといわれれば、そうする」

「つまり実動部隊のトップは小野で、その上に南雲がいる、ということか。南雲というのは何者なんだ」

駒形が訊いた。

「知らないね。どうせ本名じゃない。国会議員の秘書をやってたって噂《うわさ》は聞いたことがある。俺をひっぱったのも南雲さんだ」

「年齢は？」

「七十近い爺《じじ》いだ。桑畑さんと昔、いっしょに働いていたことがあるらしい」

「わたしの仕事を知ってる？」

「週刊誌の記者だと思ってたが、もちろんちがうよな。前は変装してたろう。中国のスパイだろう」

いって駒形を見た。

「金で買われたのか、刑事のくせに」

研究所のことは、伊藤にまでは伝わっていないようだ。

「ふざけるな」

駒形が伊藤に詰めよった。わたしは手をあげて、制した。

「わたしたちを、どう殺すつもりだったのか教えて」

伊藤は疲れたように首を揺すり、

「今日はずっと、お前らの家の前をいったりきたりだった。どっちかが帰ってきたらやるつもりだったが、帰らないんで、ここでひと眠りして、朝方またいこうと思ってた」

と答えた。

「殺したあとの処理は？」

「メールを送れば、あっちでかたづけることになってた」

「かたづける？　条件があったのね」

駒形が怪訝《けげん》そうにわたしを見た。

「路上で射殺して逃げたら、事後処理が面倒になる。屋内での処理で目撃者なしといった条件がなかったら、偽装は難しい」

「あんた詳しいな」

伊藤が低い声でいった。わたしは息を吸いこみ、伊藤を見すえた。

「条件A、屋内、目撃者なし。条件B、屋外、目撃者なし。条件C、屋外、目撃者不明。条件D、回避不能の事故遭遇」

伊藤が目をみひらいた。

「なんだよ、なんで知ってんだ。お前仲間なのか。まさか、お前もいたのか」

駒形を見やり、わたしはいった。

「マニュアルが同じ」

「おい、どうなってる。なんとかいえよ」

わたしは伊藤に目を戻した。

「あなたたちが真似《まね》ただけ」

「どういうことだ」

伊藤の声が大きくなった。

「静かにしろ」

駒形が小突き、わたしを見た。

『もし現場にいたら反対した』と義父はいった。彼が現場を離れたあと、新設された機関だと。

そうならばなぜマニュアルがいっしょなのだ。

吐きけを感じた。嘘が多すぎる。

深呼吸し、伊藤に目を戻した。

「自宅を知っている『連合会』の人間はいる？」

「いるわけないだろう」

当然だ。わたしも自宅を知っていたのは大場だけだ。

「他に訊きたいことある？」

わたしは駒形を見た。駒形は唇をかんだ。

「山ほどあるが、今はちょっと混乱してて、うまく訊けそうもない」

わたしは頷き、伊藤の口にガムテープを貼りなおした。伊藤は大きく目をみひらき、身をよじった。

「静かに。殺すわけじゃない」

告げると、おとなしくなった。

わたしは駒形に合図を送り、伊藤から離れた。低い声で話しあう。

「あなたはともかく、わたしの自宅まで伝わってる。どうしてわかったのだろう」

「想像もつかない」

「あいつのいった通りかも。どちらでもよかった。わたしたちとあいつのどちらが死んでも、厄介払いができると考えた者がいた。つまり、どちらの組織にもかかわっている」

「根っこは同じか」

駒形の顔が一段と暗くなった。

わたしは後悔を感じ始めていた。わたしの軽率な行動がすべてを招いている。伊藤に対する好奇心が「連合会」を刺激し、この状況を生みだした。研究所と「連合会」の上層部には同じ人物がいて、わたしを処理することを決断した。研究所の処理チームを使えないので、「連合会」に外注させ、伊藤の排除にも利用しようとしたのだ。結果がどう転がろうと、研究所も「連合会」も、殺人をそうではなく見せかける偽装はお手のものだ。

伊藤には同情も罪の意識も感じないが、駒形には本当に申しわけなく思った。彼が生きのびられる可能性は、限りなく低い。なぜならわたしや伊藤とちがって、影の世界の住人ではないから。彼には、殺人者という過去がなく、沈黙を守らなければならない枷《かせ》は存在しない。

「どうするんだ、これから」

わたしは目で伊藤を示した。

「あいつを自由にするわけにはいかない」

「殺すのは駄目だ」

駒形は小声でいって首をふった。

「逮捕して裁判にかけられるとでも思っているの。逮捕なんかできっこない。許可が下りない。万一、逮捕できたとしても、裁判になる前に釈放されるか、口を塞がれる」

「だからって殺していいのか」

「じゃあ自由にする？　そしてまたわたしたちを狙《ねら》うか、気にくわない誰かを遊びで殺すのを許す？」

「わかってる。わかっているが、頼む、殺さないでくれ」

駒形の目に涙がにじんでいた。

わたしは息を吐いた。携帯電話を手にし、瀬戸圭子の携帯を呼びだした。瀬戸圭子が協力し、尚《なお》かつ秘密を守ってくれるという確証はない。だが頼める人間は、瀬戸圭子と栃崎くらいしか思いつかなかった。

「はい」

ぶっきら棒な返事があった。

「力を借りたい。大場さんを殺《や》った奴をつかまえた」

一瞬、沈黙があった。その間に瀬戸圭子が、どこか飲食店らしきところにいることがわかった。音楽や話し声が聞こえる。

「待って」

移動する気配があり、電話の向こうが静かになった。

「どこにいる？」

「埼玉の川口。殺ったのはやっぱり外注で、そいつのマンションをつきとめ、今拘束している」

「わかんない。なぜ？」

「なぜって？」

「処理しないで拘束している理由」

「情報をとりたかった。外注は、例の組織に昔いた男で、わたしの主人を殺したのもその組織の仕業《しわざ》だった。まだいろいろ訊《き》きたいことがでてくるかもしれないから、処理せずに生かしておきたい。でも連れ歩くわけにはいかない」

「あたしにどうしろっていうの」

「どこかにおいて監視していてほしい」

「面倒くさい。嫌よ。だったら処理する」

瀬戸圭子にそうさせれば、駒形は知りようがない、とふと思った。

が、わたしはいった。

「一昼夜でいい」

瀬戸圭子は沈黙した。やがて訊ねた。

「どこで？」

「ここでもいいけど、条件Dの可能性がある。セーフ《S》ルーム《R》を使いたい」

「川崎は使えないわよ」

「他にもあるでしょう。前に泊まった幕張とか」

成田空港からの早朝便に備え、Aチーム全員で泊まった部屋がある。空港近くのホテルへの前泊や、早朝のタクシー使用は、万一の場合、記録に残るからだ。

「あそこか。まだ使えるかな。使えれば、研究所に鍵があると思うけど」

「解約したとは聞いてない。たぶん大丈夫。場所を覚えているから、わたしは先にいっている」

「今から？　あたしはお酒飲んじゃってる」

「朝になったら、道も電車も混む」

瀬戸圭子は息を吐いた。

「わかった、わかった。連絡する」

わたしは電話を切った。

「どうなった？」

「同僚に預ける。二十四時間は見張ってくれる。そのあいだに『連合会』の別の人間を何とかする」

駒形には意味がわからないようだった。

「何とかするって、何のために？」

「主人の処理について調べる。辞めたあとだから、伊藤は具体的な事情を知らない」

「待った。それをして何かかわるのか」

わたしは首をふった。

「わたしとあなたの状況はかわらない。『連合会』は、研究所との手打ちに応じる気はないみたい。伊藤が使えなくなったらどうするかはわからないけれど」

「伊藤が使えなければ、もうしかけてこないとは思わないか」

わたしは駒形を見つめた。告げるべきかどうか迷っていた。こんな気持になるのは初めてだった。以前なら、何の情もこの男には抱かなかったろう。

今も男として駒形を意識しているわけではない。あるのは、ただ罪の意識だ。笑える、と思った。人殺しにすら感じたことのない罪の意識を、生きているこの男に抱くとは。

「伊藤が駄目でも何かはしかけてくる。特にあなたには。わたしは、向こうの連中と同じ側の人間だけど、あなたはちがう。だから向こうは、あなたを自由にしておけない」

駒形は瞬きした。やがて言葉の意味を理解したのか、

「そんな」

呻《うめ》くようにつぶやいた。

「暗黙のルールのようなもの。あなたは法の側の人だからあいつらを告発できる。わたしや伊藤は告発すれば、自分が破滅する。つまり研究所や『連合会』にとって危険なのはあなた」

わたしは息を吸いこんだ。謝罪をするなら今だった。が、うまく言葉がでてこなかった。

「だからといって、『連合会』をまた刺激するようなことをして大丈夫なのか」

「これはわたしの問題。なぜ主人が死んだのか、『連合会』がかかわっているとわかった以上、どうしても知りたい」

駒形は目を伏せ、つぶやいた。

「そんなにご主人を想《おも》っていたんだな」

「ちがう」

駒形は顔をあげた。

「主人の死に驚きはしたけれど、怒りはない。わたしは、先に死ぬのは自分だと思ってた。そうでしょう。向こうは大学の教師で、わたしは人殺し。なのに順番が逆になった」

「だから理由をつきとめたいのか」

「それだけじゃない。子供のことがある」

「息子さんに何の関係があるんだ」

「主人の死の理由が、もしもわたしにあるなら、同じことが息子に起こらないとも限らない。それは絶対に防ぐ」

「撃たれる直前に大場さんがいっていた〝取引〟のことだな」

わたしは頷いた。

「生まれて初めて、死ぬのを恐いと思った。死ねば、あの子はひとりぼっちになってしまうから。でもそれより恐いのは、あの子を失うこと。わたしが理由でそうなるのは、耐えられない」

深呼吸し、駒形の目を見た。

「だからあなたを巻き添えにするわけにはいかない。ただ、別行動をしたとしてもあなたの危険はかわらない」

駒形の顔がこわばった。

「すごく勝手だな。そう、思わないか」

「思う。あなたを巻きこみ、破滅させようとしている」

「そうじゃない。あんたは人殺しだと自分で認め、そればかりか才能があるとまでいった。そんな人間が、自分や家族が死ぬのを恐れるのか。息子さんには悪いが、自業《じごう》自得《じとく》だろう。あんたは、これまで、誰かや誰かの家族の命を奪ってきたんだぞ。俺がいいたいのはそのことだ」

「だからいったでしょう。自分が死ぬのは恐くなかったって」

駒形は首をふった。

「それが勝手だというんだ。死刑になるのは恐くない。だから人を殺したという奴《やつ》とあんたは何もかわらない。自分が殺されるなら、人を殺してもいい、あんたがいっているのは、そういうことだ」

息が詰まった。自分の顔色がかわるのがわかった。

わたしと駒形は見つめあい、どちらも口をきかなかった。わたしの〝殻〟をつき破ったことに駒形も気づいていた。

わたしは顔をそむけた。

「そうね。その通り。わたしはずっとそう思って暮らしてきた。人を殺して心のバランスを崩さないでいるためには、自分にそういいきかせる以外の方法はない。人を殺した者はいずれ殺される。それまでの時間は、自分を苦しめないでおこう。人を殺すのを正当化できる理由なんてない。だからそう考えるより他になかった。研究所にいる限り、それはいかにも仕事で、事務的に考えられた」

駒形は伊藤を目で示した。

「あいつもあんたも同じだ。能力があるとおだてられ、本来なら決してしたくない筈《はず》なのに、その感情が生まれないように洗脳された。あんたたちに殺人を命じる奴らは、手をよごさず現場にも立ちあわない。ゴミを撤去しろといい、運びだすところも見ないのだから、何も感じるわけがない。でも、あんたはちがう。だから、『感じない』、『仕事だ』と、思いこむよう教育された。最初に人殺しをしたとき、あんたは子供だったから、冷酷にできたろう。子供のほうが冷酷だからな。でも大人になってから、後悔した筈だ。なぜあんなことをしてしまったのか、と。その気持を殺させてきたのが研究所だ。あんたたちは機械でなけりゃならない。機械が反省したり後悔したら、機械を動かす奴らが困る」

「そう。消耗品。消耗品なのに、家族をもったのがまずまちがいだった」

「まちがいじゃない。家族をもったから、あんたは人を殺すことの恐さに気づいた。伊藤はまだわかってない」

わたしは伊藤を見た。わたしたちのやりとりは聞こえていない。ただ不安げにこちらを見ている。

わたしは苦い笑いをかみしめた。

「だからってもう、どうにもならない。でしょう?」

駒形を見た。無意味だとわかっていたが、「そうじゃない」という言葉を、期待していた。

だが駒形は顔をそむけた。

「そうだな」

わたしは鳩尾《みぞおち》が冷たくなり、その場にしゃがんだ。怒りを感じた。何の権利があって駒形はわたしを責め、闘志を奪うのだ。

「ひどいわね」

つぶやいた。

「気づかせておいて、それだけ。救いは与えない、ということ？　あなたは神様なの」

駒形は首をふった。

「ちがう。俺は、ただ……」

「ただ、何よ」

「何でもない」

「いいなさいよ」

わたしは駒形をにらみつけた。駒形は苦しげに息をし、何度も唇をなめた。

「俺、俺がいったのは、あたり前の、いわば正論だ。一度、俺はあんたにそれをぶつけたがはね返された。でも今ならちがう、と思って。その通りになった」

「気分がいい？」

「そういうのじゃない。でも俺はほっとしている。あんたの口から本当のことを聞けたから、あんたと行動を共にできる」

「何をいっているの」

駒形はつらそうな顔になった。

「俺は、あんたといっしょにいたい。だがその前に、あんたの口から、人殺しを何とも思わない人間じゃないと聞きたかったんだ」

「何の意味があるの」

駒形は首をふった。

「俺には意味があるんだ」

「わからない」

「たぶん、あんたの考え通り、俺は終わりかもしれない。刑事でいられなくなるか、下手をすれば殺される。でも俺をひっぱりこんだことを、とやかくいう気はない。俺はずっと伊藤を追いかけていたし、あいつと同じような仕事をしていたあんたのご主人の事件を担当した時点で、こうなるのは避けられなかったんだ。きのう、ひとりになってそう思った」

わたしは駒形を見つめていた。

「いったろう。初めて会ったときから、あんたにすごく興味があった。落ちつきすぎていたからな。最初は、自分の勘が理由だと思った。あんたには何かある、ご主人の死に関係しているのじゃないか、気になるのはそのせいだ、と。だがそうじゃなくて、あんたのことを好きなんだと気がついて、混乱したよ。だってあんたはそのとき、自分は人殺しなんだと平然といったのだからな。俺は何度も殺人の現場を見て、人殺しを追いかけてきた人間だ。なのに、自分は人殺しでその才能があるというような女が、気になって気になってしかたがなくなってしまったんだ。おかしいだろう。もっと知るしかない。知れば、こんなわけのわからない気持から醒《さ》めると思っていた。ところが、事態はさらに悪く悪く転がった。撃ち合いになってもあんたは落ちついていて、『わたしを撃たないで』といった。いわれなけりゃ本当に、動転していた俺は、暴発事故を起こしていたかもしれない。

きのう、すごく落ちこんだ。あんたは本当に殺しのプロで、刑事の俺はまるで素人《しろうと》みたいだったからだ。だが、あんたが自分を人殺しだといったときから、ずっと感じていたんだ。あんたは、本当はそういう自分から逃げだしたい。でも逃げられないから、いっそプロ中のプロでいてやろうと腹をくくっているんじゃないか、と。あんたの中にある、その覚悟みたいなものが、俺はすごく腹立たしくて、それをぶっ壊すことができたら、あとはどうなってもいいと思った。俺は刑事なのにあんたに惚《ほ》れちまった。別に、あんたといっしょになれるなら刑事を辞めてもいいとか、そんなことをいいたいわけじゃない。どうせ俺は刑事をやってられなくなる。それならどうしても、あんたの口から、人殺しを好きでやっていたのじゃない、といわせたかった」

　わたしは首をふった。

「わけがわからない」

「いいよ、わからなくても。俺は――。すまない、あんたは嫌な気分かもしれないが、納得できた。あんたとあんたの息子さんのために、いっしょに行動できる」

　わたしは立った。

「この先、わたしが誰かを殺しても？」

「自分か、息子さんか、誰かを守るためなら、大丈夫だ」

　わたしは顔をそむけた。生まれて初めてだった。母親とその恋人を殺し、それからずっと平気だと思ってきた。だから、誰とも、大場とすら、苦しくなる気持について話しあったことはない。

　当然だ、と気づいた。もし大場も同じ気持を感じていたら、部下には話せなかったろう。

　深呼吸した。崩れてはいけない。崩れたら、洋祐に何が起こったのかを知り、智に同じことが起きるのを防げなくなる。

わたしはまだもうしばらく、プロの人殺しでいなければならなかった。

19

駒形が車をとりにいき、今いる建物の下までくるのを待った。

携帯に連絡が入るのを待つあいだ、わたしは伊藤に告げた。

「あなたをここで殺すべきだとわたしはいった。わかるわね。生かしておいても何のメリットもないから」

伊藤はわたしを見つめている。

「もう気がついていると思うけれど、わたしは『連合会』と同じような仕事をしている機関の人間。中国のスパイじゃない。これからあなたを連れて移動する。理由は、あなたを殺さないでおくため。だからもし騒いだり逃げようとしたら、わたしはしたかった通りにする」

口のガムテープをはぎとった。伊藤は唾《つば》を飲み、いった。

「どこへいくんだよ」

「あなたを監禁できる場所。どこかはいけばわかる」

「助けてくれるのか」

「死にたくない？」

伊藤は目をそむけた。

「まだ、死にたくない」

低い声でいった。

「死にたくないと思うのが恥ずかしいの」

「ああ」

わたしは黙っていた。

「いつか殺されるとは思ってた。だからそのときがきたら、じたばたしたくなかった。だがまさか今日だとは思わなかった」

「いつなら納得したの？　一年後？　二年後？」

自分の言葉に残酷な響きを感じた。伊藤はわたしだ。わたしは、自分が問われて嫌な言葉を伊藤にぶつけ、楽しんでいる。

「わかんねえよ、そんなの。とにかく、まだ死にたくない。あんただってわかるだろう。他人を殺すのと、自分が殺されるのをいっしょにできるか」

「でも殺したらいつかは殺されると思っていたでしょう？」

「つかまって死刑になるって意味か？　それはないね。下手を打って相手に殺されるかもしれないと思ってただけだ」

「じゃあこれがそうね。あなたはわたしたちを殺すのに失敗したから、今こんな目にあってる」

「どうやってここのことを調べたんだよ」

「刑事がいっしょだもの。簡単よ」

「俺は売られたわけじゃないんだ」

ほっとしたように伊藤はいった。「連合会」が自分の救出に動く可能性があると考えているのかもしれない。

「売られてはいないけれど、古巣が救いだしてくれるとは思わないほうがいい。あなたもわたしも消耗品だから」

「でるところにでれば困る奴《やつ》がいるだろう。邪険にはできないさ」

「そうやって威《おど》したことがあるの？」

「小野さんにはいってやった」

「そうしたら何といわれた？」

「でるところなどない。誰もお前のいうことなんて真《ま》にうけない。真にうける奴がマスコミにいても、ニュースにはできない。しようとすればそいつが事故にあうだけだって」

たぶんその通りだろう。研究所もきっと似たような対応をする。

伊藤はわたしを見つめた。

「あんたはどう思う？　同じ仕事をやってきたんだろう。許せなくないか。きたない仕事をさんざん押しつけておいて」

「そんなものじゃない？　マスコミに泣きついたとして、もし本当にあなたやわたしのしてきたことが明らかになったら、結局死刑にされる」

伊藤は呆然《ぼうぜん》とした表情になった。

「そんな……。俺はただの兵隊だ。なのに死刑なのか？　それはねえよ」

わたしは首をふった。

「任務で四人殺し、それ以外の楽しみで何人殺したの？　万にひとつ、任務の殺人が許されたとしても、遊びの殺しが許される筈《はず》がない」

「役得だよ、役得。それくらいお目こぼしがあったっていいじゃないか」

駒形の懇願がなければ、撃っていた。わたしと同じような道具で、同じように消耗品かもしれないが、いや、だからこそ生かしておきたくないと思った。

その瞬間、携帯電話が鳴った。

「下についた」

駒形だった。

「降りていく」

預かっていた鍵《かぎ》で手錠を外した。ショルダーバッグの中でＳＯＣＯＭを握った。

「さっきいったことを覚えているわね。立ちなさい」

伊藤は言葉にしたがった。玄関まで進んだとき、

「なあ」

と、わたしをふりかえった。

「ここにまた帰ってこられるかな」

わたしは黙っていた。伊藤の表情が一変した。

「本当は、俺を殺す気なんだろう」

ＳＯＣＯＭをバッグから抜いた。銃口を目と目のあいだに向けながら、うしろに退《すさ》った。

標的の手が届く位置で銃をかまえてはならない、と教官に教わった。被弾を避けられないと知った標的は何をするかわからない。

伊藤は目をみひらいた。

向かってこい、と心の中で思った。とびかかってこい。撃ってやる。

「殺さないでくれ」

不意にいって伊藤は床に膝《ひざ》をついた。

「頼む。頼むよ。何でもするから殺さないで」

泣き声をだし、床に額をこすりつけた。

わたしは深呼吸した。吐きけがこみあげている。

伊藤に対してではない。そうするよう仕向けた自分に対してだ。

「立ちなさい。逆らわなければ、ここに帰ってこられる」

「本当か、本当だな」

「本当よ」

伊藤はひざまずいたまま、わたしを見上げた。

泣きべそをかいた顔は、どこにでもいるような、ふつうの男に見えた。狂気も残酷さも感じない。

この男が女になればわたしだ。命乞《いのちご》いは、わたしだってするだろう。

人殺しを何度もくりかえし、さも覚悟を決めたプロであるかのような言葉を口にしておきながら、いざ自分の死と直面したら、動揺し、何とかして生き長らえようとする。

消耗品などという言葉に、何の意味もない。

他人を消耗するのと、自分が消耗されることはまるでちがう。

めまいを感じた。喉《のど》もとまでせりあがってきたものを生唾で押し戻した。

「いきなさい」

濁った声がでた。

部屋をでて、エレベータに乗りこみ一階まで降りた。

ビルの前に止まったレンタカーの後部席に伊藤をすわらせ、反対側に回りかけたところで耐えられなくなった。レンタカーのトランクに手をつき、わたしは吐いた。

体を低くして吐いたので、駒形は気づいていなかった。

「高速、湾岸と京葉とどっちでいけばいい？」

伊藤の隣に乗りこんだわたしに訊《たず》ねた。

「京葉。高速を幕張で降りたら十四号を千葉方面に向かって」

「了解」

首都高速七号線から京葉道路に入り、幕張インターには三十分足らずで到着した。

うろ覚えの記憶を頼りに、以前使った部屋のあるマンションを捜した。二度道をまちがえ、インターチェンジを降りてから三十分かかって、ようやく目的のマンションにたどりつけた。

オートロックのない、古いマンションだった。防犯カメラも備っていない。近くにある運送会社の独身寮として部屋の多くが使われている、と聞いていた。

わたしは瀬戸圭子の携帯を呼びだした。

「今どこ？」

「タクシーでそっちに向かってる。船橋を過ぎたところだから、あと二十分くらい」

「了解」

マンションに併設された駐車場で、ライトを消しエンジンを切って待つよう、駒形に指示した。駐車場には研究所が契約したスペースがある筈だが、それがどこかはわからなかった。空きスペースは多くある。

やがて足立ナンバーのタクシーがマンションの前で止まり、瀬戸圭子が降りた。タクシーが走りさるのを待たず、キャリーつきのバッグをひいて玄関をくぐった。

「あなたはここに残って」

わたしは駒形にいった。駒形は驚いたようにわたしをふりかえった。

「なぜだ」

「なぜでも」

栃崎とちがい、瀬戸圭子は自分の顔を知られるのを嫌がるだろう。

わたしの携帯が鳴った。

「部屋に入った。異状はない」

瀬戸圭子はいった。

「今から上がる。五分かからない」

「了解」

伊藤をうながし、車を降りようとすると駒形がいった。

「約束してくれ」

目が伊藤を示している。わたしは頷《うなず》いた。

「約束する。逃げようとしない限り、殺さない」

「逃げない。絶対、逃げない」

早口で伊藤がいった。

部屋は五階建てのマンションの三階にあった。エレベータはなく、階段だけだ。

途中、誰にもいきあうことなく、部屋に入ることができた。八畳と六畳の部屋にダイニングキッチンが付属している。押入れの中の布団《ふとん》と冷蔵庫をのぞけば、ダイニングテーブルがあるだけの、がらんとした部屋だ。

そのダイニングテーブルを前に瀬戸圭子がすわり、煙草《たばこ》を吸っていた。

「お疲れさま。無理をいってごめんなさい」

伊藤を先に部屋に入れ、六畳間に正座させ、手錠をかけ、口にテープを貼《は》った。

瀬戸圭子は髪をかきあげ、煙草をくわえて伊藤を見た。

「こいつが大場さんを殺《や》った奴？」

わたしは頷き、ＳＯＣＯＭをダイニングテーブルにおいた。

「これがその銃」

瀬戸圭子は煙を吐き、煙草を灰皿におくとＳＯＣＯＭを掌《てのひら》にのせた。

「重いな。サプレッサーのせいね。バランスが悪そう」

手を上下させ、銃口を伊藤に向けると安全装置を外して引き金をひいた。撃鉄がカチンと音をたてた。

伊藤は張り裂けそうなほど目をみひらいていた。テープの下でくぐもった声をあげる。

「なんだ。ハンマーが起きてたから、撃てると思ったのに」

瀬戸圭子はつまらなそうにいって、遊底をひいた。第一弾が薬室に入った。わたしはＳＯＣＯＭに手をかぶせた。

「殺さないで。大事な情報源よ」

瀬戸圭子は不満げにわたしを見た。栃崎に頼めばよかったと、わたしは後悔していた。

「こんなこといいたくないけど、今さらご主人の件を調べてどうするの？」

ＳＯＣＯＭをおき、おいていた煙草をつまみあげて瀬戸圭子は訊ねた。

「どうもしない。ただ知りたいだけ」

薬室に弾丸を装塡《そうてん》せず撃鉄だけを起こして渡したのは、瀬戸圭子を試すためだった。

同時に瀬戸圭子の恐しさを伊藤にわからせる目的もあった。

予測した通りの行動を瀬戸圭子はとった。試されたと気づいているだろうが、それに怒ったりはしない。その気になればいつでも伊藤を殺せるとわかっているし、試しあいは処理チームの中では遊びのようなものだ。

「そういうのって感心しないな」

瀬戸圭子は息を吐いた。

「意味がないよ」

「あなたにはね。わたしにはある」

「仕返ししようと思ってる？」

「思ってない。運が悪かったのか、理由があって殺されたのか、それを知りたいだけ」

「知ったって仕返ししないんじゃ、意味なくない？」

わたしは無言で首をふった。

瀬戸圭子は両手を広げ、のびをした。

「二十四時間ね。明日の晩までってことね」

「お願い。もしのびるようだったら、栃崎に頼む」

「あいつも退屈してるからやるんじゃない。なぜ最初に頼まなかったの？」

「腕がいいのはあなただから」

かすかな笑みを瀬戸圭子は浮かべた。

「監視するのに腕の良《よ》し悪《あ》しは関係ないよ」

わたしは伊藤をふりかえった。

「こいつは任務以外でも、遊びで何人か殺してる。そういうのが平気な男」

「へえ」

初めて興味を惹《ひ》かれたように、瀬戸圭子は伊藤を見やった。

「そうなんだ。何ていう組織なの?」

「『関東損害保険事業者連合会』」

瀬戸圭子は笑い声をたてた。

「いい勝負ね、うちと」

わたしは頷いた。

「どうやら国内専門らしい」

笑みが消えた。

「枡本もそうなの?」

「もしかすると」

「むかつく」

瀬戸圭子は再び伊藤を見た。

「あの男はかかわってない。辞めたあとだった」

わたしは急いでいった。

「何人いるの？　その関東何とかに」

「処理チーム？　六人、今は四人。補充してなければ」

「少ないね」

「まだ詳しいことは何もわかってない。これから調べる」

「どうやって？」

「こいつが連絡用に渡された携帯がある。それを使う」

瀬戸圭子は無言で考えていたがいった。

「こいつがつかまったのを、向こうはまだ知らない？」

「定時連絡の規則がなければ」

あるとしても、次に伊藤が連絡を義務づけられているのは明朝だろう。二十四時間を期限と考えたのは、それを過ぎたら渡された携帯からのメール連絡が不可能になるだろうからだ。

伊藤に発注した南雲は、二十四時間連絡がとれなければ、メールアドレスを抹消し、使用した携帯電話を処分するはずだ。

「なるほど。いいよ、殺さないで預かっておく。どうせチーム全員、待機命令がでてるし」

「よろしく」

わたしは財布をとりだした。

「タクシー代とか食費をおいていく」

三万円をテーブルにおいた。瀬戸圭子は断わらなかった。

「ここが向こうに知られることはまずないと思うけれど、気をつけてね」

わたしはいってSOCOMをとりあげた。

「もっていくんだ、それ」

「45はきたなくなるっていったでしょう」

瀬戸圭子は口を尖《とが》らせた。

「ちょっと試したかったな」

「すんだらあげる」

「約束ね」

マンションをでると、駐車場の車に乗りこんだ。

「殺してないよな」

「もちろん」

　わたしは時計を見た。午前三時近かった。

「これからどうする？」

「メールを打って、待つ」

　伊藤が渡されていた携帯電話をとりだした。

　南雲からの〝業務連絡〟に考えていた返信文を打ちこんだ。

『神村です。伊藤章三こと飯合の身柄を確保しています。お訊ねしたい件があるので穏便な形での接触を希望します。午前十時までにメールでの返信を願います。接触地点は』

　ここまで打ち、考えこんだ。

「どうした？」

「伊藤の元上司とどこで会えば安全なのかを考えてる。屋内だと襲撃をうけかねない」

「新宿署はどうだ」

　わたしは首をふった。

「警察は一番信用できない。情報を管理しやすいから。向こうがその気になれば何でもできる」

　駒形は傷つけられたような顔になった。

研究所という選択肢もあるが、他の所員を巻きこむのはためらわれる。閉鎖空間でなく、狙撃《そげき》も回避できる場所はどこかないだろうか。

思いついた。だが向こうに準備期間を与えないよう、直前まで伝えないことにした。

『接触地点は、そちらの返信を待って連絡します。なお、こちらの希望を拒絶した場合は、伊藤の情報をもとにした告発が、連合会に対しおこなわれる可能性が生じます。それはわたしたちにとっても最終的な判断となりますので、これを避けるべくご高配ください』

駒形に見せた。

「告発できないといったじゃないか。あんたは向こうと同じ側なので」

「そう。でもあなたはちがう。告発は、わたしではなくあなたがする、と向こうは考える」

「じゃああんたは告発する気がないのだな」

「ない。もしわたしがすれば、わたし自身や研究所のことも明るみにでる。そんな泥仕合は誰も望まない」

駒形を見つめた。

「このメールをうけとれば、向こうはあなたとわたしがチームだと考えるでしょう」

「俺は殺されるのか」

「か、腫《は》れものに触るように扱われる」

「生きのびたとしても警察にはいられない？」

「そこまでは断言できない。向こうも穏便な解決を望むのであれば、あなたに何かを提示してくる可能性はある」

「何か？」

「昇進、栄転」

駒形は息を吐いた。

「それはそれで嫌な気持になる。警察が殺人機関と同じ穴のムジナだったということだ」

「そうじゃない国のほうが少ないのじゃない。警察に限った話じゃないけれど、政府機関はどこの国でも、殺人を合法的におこなえる権力をもっている」

駒形は暗い表情になった。

「そんなことはわかってる。それでも俺は公安《ハム》じゃないから、警察の正義みたいなものを信じていたい」

「今さらこんなことをいうのは悪いけれど、警察が国家権力から独立した機関だったら、あなたは捜査一課からトバされなかった。研究所も『連合会』も、警察と同じ穴のムジナだからこそ、新宿署に追いやられた」

「だったら俺による告発は、連中の脅威にはならないだろう」

わたしは首をふった。

「あなたは警察官だけど、警察そのものではない。あなたが警察官としての知識、経験をもとにして告発をおこなえば、さまざまな人の耳や目に触れる。結果あなたは職を失うかもしれないけれど、犯罪者にはならない。それがわたしと異なり、向こう側にとって困る存在である理由」

駒形は天を仰いだ。

「わかる、わかるよ。さっきの説明を聞いてそうだろうと思った。俺はあんたに駄々をこねているだけだ」

わたしは駒形を見つめた。

「いいわ、こねても。あなたはわたしにそうする権利がある」

「権利とか責任とか、そういう話じゃない。もっとガキっぽい、感情的なことなんだ」

わたしは手をのばし、駒形の頰《ほお》に右手の甲で触れた。駒形は驚いたように目をみひらいた。

「あなたが正しい。もっと感情を言葉にするべきだった。わたしはそれに慣れてない。感情をだすことがまるでなかったから」

携帯電話のメール送信ボタンを押した。

「送ったのか」

「送った」

「電池を抜いておけよ。電源を切っていても、発信局を特定される危険がある」

携帯電話の裏蓋《うらぶた》をはずし、電池を取り出した。

「俺とあんたの電話もそうしておいたほうがいい」

わたしは駒形の携帯をうけとった。駒形が車のエンジンをかけた。

「この車は大丈夫かな。わたしが個人で借りたレンタカーだけど」

「あんたを公開捜査の対象にしない限りは大丈夫だろう。携帯の電波追跡は、公安の連中の得意技なんで危ない」

そして駐車場をでると、ハンドルを切った。

「安全を考えると、朝までこのまま千葉にいたほうがいいが、向こうからの連絡にすぐ対応するためには都内がいい」

わたしを見た。

「どっちにする？」

少しだけ、さっきより自信をとり戻したように見える。

「都内」

「都内のどこだ」

「あなたに土地鑑があって、安全かそうでないかがわかるところがいい」

わずかに間をおき、駒形はいった。

「新宿だな」

20

レンタカーを返却し、わたしたちはタクシーで新宿歌舞伎町に向かった。歌舞伎町のラブホテルにチェックインした。

「こんなところに泊まるなんて思わなかった」

ダブルベッドと小さな応接セットしかない部屋に入ると駒形はいった。

「新宿署員は使わない？」

「誰だって職場に近いところは避ける」

ラブホテルに泊まろうといったのはわたしだった。駒形とセックスするためではない。

睡眠をとるのが目的だ。

シャワーを先に浴び、コンビニエンスストアで買った下着をつけた。

「シャワーどうぞ」

駒形がバスルームにいるあいだにベッドに入った。智のことを考えた。今は安全な筈《はず》だ、と自分にいい聞かせた。義父がどこまでわたしの味方かはわからないが、智だけは守ってくれる筈だ。だからこそ拳銃をもっていた。

駒形がバスルームをでた。わたしはベッドの空いた側に背を向け、目を閉じた。

駒形がベッドに横たわった。大きなため息が聞こえた。

やがてヘッドボードに組みこまれたコントロールパネルで部屋の明りを消した。彼が何かを期待していたとしても、今ではない。いつだとはいえないが、今ではなかった。

一日のうちに二回も殻を脱ぐことはできない。

目覚めて腕時計を見るため、コントロールパネルに触れた。部屋がぱっと明るくなり、駒形が驚いたようにはね起きた。

「ごめんなさい」

午前七時だった。伊藤から奪った携帯に返信メールが届いているか気になったが、まだ電源を入れるべきではない。移動できる態勢が整ってからだ。

「もう少し寝ましょう」

わたしはいって、明りを消した。

「びっくりした」

駒形がつぶやいた。そして訊《たず》ねた。

「寝られたか」

「ええ。あなたは」

「途切れ途切れだ。寝るのは得意なのに」

「得意？」

「捜一にいたころは捜査本部《チョウバ》が立つと、所轄《しょかつ》の道場とかでザコ寝だった。明りも消さないし。それでもよく寝られたものだが」

「わたしは逆」

「逆とは？」

「家にいるときはあまりよく寝られない。任務でホテルとかに泊まると、ぐっすり寝られるの」

「子供さんがいるからだろう」

「かもしれない」

「今どうしているんだ」

「義父といっしょにいる。旅行に連れていくようなことをいってた」

「義理のお父さんは、あんたの仕事のことを知っているのか」

「知ってる。研究所を作ったメンバーだから」

「やっぱりそうなのか。キャリアが皆かかわっているわけじゃないのだろう？」

「ええ。夫と結婚するときにわたしのことを調べ、研究所の人間だと初めて知ったみたいだけど」

「反対しなかったのか」

「本当はしたかったかもしれないけれどしなかった。そういう意味では公平な人ね。反対したとしても、夫は聞かなかったろうけど。でも――」

「でも、何だ」

「『連合会』と研究所のマニュアルが同じだったのが気になる」

「どう気になるんだ」

「義父は、『連合会』は自分が引退したあとに新設された機関だといった。マニュアルは活動の基本だから、まるで異なる形で発足したとは思えない。研究所のマニュアルを作ったのは義父なの」

「じゃあ義理のお父さんに報告がまったくいっていない筈はないな」

「そう思う」

「義理のお父さんは今は何をしている？」

「公職からは引退している。けれど息子をひきとりにきたとき、拳銃をもっていた」

駒形は息を吐いた。

「まるで別世界だ。今まで俺が世の中だと思ってきたものは、上っ面《うわつら》だけでしかなかった。お父さんはいくつなんだ」

「七十五」

「なのに拳銃か。どうなってる」

「義父にしかわからないと思う」

「訊《き》いてみるか」

「それが一番難しい。本当のことは決していわないような気がするし、それを嘘《うそ》だといえるだけの材料は手に入らない」

「そんなことはないさ。伊藤を使っていた南雲に会えば、お父さんに関して訊きだせるかもしれない」

「それができたとして、問題は、わたしがどうすればいいかわからないということ。義父が嘘つきだとわかっても、何をすればいい。殺したら智は本当にひとりぼっちになる。義父かわたしかでいえば、智のためには義父が残ったほうがいい」

「義理のお母さんは亡《な》くなっていたな」

「ええ。男手ひとつで育てられたのに、夫は義父とは仲がよくなかった。喧嘩《けんか》はしなかったけど、互いによそよそしい感じ」

駒形はしばらく黙っていた。眠ったのだろうかと疑い始めた頃、いった。

「やっぱり母親だ。義理のお父さんは、子育てがあまりうまくなかったのだろう。その点を考えても、あんたが息子さんを育てるべきだ」

「そうしたい。でも難しい。夫がいるあいだはわたしに何かあっても、きちんと育ててくれると思っていたけど」

駒形が寝返りをうった。わたしのほうを向いたようだ。

「あんた死ぬ気なのか」

「いいえ。生きのびられるかどうかわからないだけ。『連合会』と研究所の根が同じなら、わたしはどちらからも邪魔な人間になってる」

「俺だってそうだ」

「確かにそう。でもあなたとちがって、わたしは処分しやすい」

「いっしょだ。代々木のことを思いだすと、夢を見ているような気分になる。人が撃たれて殺されてるのに、平然とかたづけにやってくる連中がいるのだからな。たとえ誰だろうと、あんな連中がいるのなら殺すのは簡単だ」

わたしは答えなかった。

「軍隊でも警察でもない。でも国の機関だという。法の担保がないような、そんな組織がうまくいくわけないいんだ。どこかでおかしくなる。あんたのお義父《とう》さんのように頭のいい人に、なぜそれがわからなかったのだろう。それを訊いてみたい」

「そうね。そういう質問なら、嘘で答えないかもしれない」

駒形が上体を起こす気配があった。

「もう寝られそうもない。動こう」

「まだ寝ていたほうがいいのじゃない？」

「無理だ」

コントロールパネルに触れ、部屋を明るくした。

わたしが隣にいることも彼を寝つけなくさせているのだと気づいた。駒形の顔は腫《は》れぼったく、眠る前よりもむしろ疲れているようにすら見えた。

おそらくわたしも似たような顔をしているにちがいない。

壁の片側は鏡張りで、駒形は映った自分の顔を見ている。両手でごしごしと顔をこすった。大きくため息を吐《つ》く。

「顔を洗ってくる」

ベッドから立ちあがった。その間にわたしは衣服を身につけた。下着の上に備えつけのガウンを着て寝ていたのだ。

身仕度が整うとホテルをでた。靖国《やすくに》通りに面した喫茶店に入り、コーヒーを飲んだ。

始発待ちのうちに眠ってしまった水商売らしき男女のグループと、出勤前に立ち寄ったと覚《おぼ》しいスーツ姿の男たちが入り交じっている。

伊藤の携帯電話に電池をはめた。電源を入れ、メール確認をおこなう。

『接触の件、了承した。連絡を待つ　N』

返事が届いていた。

「くそ」

駒形が低い声でいった。電源を入れた自分の携帯電話を見ている。

「どうしたの？」

「きのうの夜中から今朝にかけて、課長から何回も着信が入ってる。用もないのに電話をしてくる人じゃない」

「あなたを捜せと命じられたのね」

「おそらくな。接触場所を署にできないといったあんたは正しい。で、どこで会う？」

「主人の勤め先」

「大学か」

わたしは頷《うなず》いた。

「学生以外の人間がかたまっていたら目立つ」

「悪くない」

わたしは自分の電話の電源を回復させた。メールも着信もなかった。

洋祐の同僚だった小林にかけた。小林は二度の呼びだしで応《こた》えた。

「おはようございます」

「おはようございます。朝早くすみません」

「いえ。今日は早めにでていたんで」

「もう大学にいらっしゃいます？」

「います」

「あの、主人の部屋を見られますか。それとも、もう——」

「大丈夫です。荷物は運びだしましたが、まだ空いているので。何か」

「担当の刑事さんがご覧になりたいとおっしゃっていて」

「わかりました。部屋に鍵《かぎ》はかけていないので、いつでもご覧になれます。もし僕に用事があるなら、携帯で呼びだして下さい。学内にいますので」

「ありがとうございます」

喫茶店をでて、タクシーで大学に向かった。

一限の講義を受ける学生でキャンパスはにぎわっていた。

洋祐が使っていた部屋は、デスクとキャビネット、応接セットが残されているだけになっていた。教員棟の窓からは大学の中庭が見える。懐《なつか》しい、とふと思った。

この部屋から何度も同じ景色を見た。

プロポーズされたのもこの部屋だった。

南雲にメールを打った。一時間後、この中庭にきてもらいたい。小さな噴水を囲んでベンチがある。そこで。

大学の中で銃をふり回す愚は彼らもおかさないだろう。ライフルを使って狙撃《そげき》するのも難しい。学生は好奇心が強い。見かけない大人が大きな荷物をもって教室に入ったり屋上にあがれば必ず注目を浴びる。

返信が届いた。

『了解した　N』

四十分後、男がひとり中庭に現われた。白髪まじりの髪を短く刈り、ジャケットにチノパンをはいている、年齢は五十くらいに見える。

ベンチに腰をおろすと、手にしていた鞄《かばん》からパソコンをとりだし、膝《ひざ》においた。

確かに学生に見えない年齢の人間は何ももたないでいるよりパソコンを打っているほうが、キャンパスでは目立たない。

目に見える範囲には、学生しかいない。

「あいつね」

「本当にひとりできたようだな」

「キャンパスの出入口に張りこませているのかもしれない」

「車で拉致《らち》か。それなら人目を惹《ひ》かない」

わたしは駒形をふりかえった。

「あなたはここにいて。わたしは携帯のイヤホンマイクをつけていく。もし怪しい奴《やつ》が現われたら教えて」

「わかった」

互いの携帯電話を通話の状態にして、イヤホンマイクを耳にさし、わたしは部屋をでた。

教員棟の玄関で確認した。

「状況は？」

『かわらない。見える範囲は大丈夫そうだが気をつけて』

空メールをNあてに打った。パソコンを膝にのせていた男がジャケットから携帯をとりだすのを見て、わたしは足を踏みだした。

男が携帯から顔をあげた。ショルダーバッグの中にわたしは右手をさし入れ、男の前に立った。

「南雲さん？」

男は頷いた。

「神村さんか。連絡を下さってありがとう」

遠目で見たときより年齢が上だとわかった。おそらく六十を過ぎている。

「ここは、ご主人の勤め先でしたね」

「ええ。わたしの母校でもある」

「そうだった。気がつかなけりゃいけなかったな」

ため息とともにいって、尻《しり》をずらした。

「すわって下さい」

わたしが隣にすわると、パソコンを閉じ、笑みを浮かべた。

「いやあ、よかった。どうやって連絡をとったものか困っていたので」

「何のための連絡？」

南雲はわたしのほうは見ずに、噴水や向かいのベンチにいる学生に目を向けたまま答えた。

「不毛な争いを終わりにしたいという。先にあやまります。伊藤を使ったのはまちがいでした。私にも焦《あせ》りがあった。それに、亀井が亡くなったので、スタッフを抑えるためにも何かせざるをえなかった」

「わたしに銃を向けようとした男？」

南雲は頷いた。

「あれは事故のようなものだったと、状況を冷静に聞けばわかる。亀井は、銃の扱いに習熟していなかった」

「そんな人間にもたせたの」

「そうなのですが、あなたの正体があのときはわからなかった。中国側の報復かもしれないと思った」

「苗佳を処理した理由は？」

南雲は沈黙した。

「中国側からの依頼じゃなかったの？　だったら報復はありえない」

「何から説明すればいいか」

南雲は困ったようにつぶやいた。本当に困惑しているように見えた。

「彼女ではなかったのです」

「苗佳じゃない？　人ちがいをしたということ？」

「いや、人ちがいではない」

ようやく気がついた。

「まさか」

南雲は頷き、わたしを見ずに告げた。

「ご主人が対象者でした」

「なぜ？」

「私にはわかりません。理由は知らされない」

「そんな筈はない」

「そうなんです。お宅とちがって、スタッフの情報管理能力に問題があるため、うちには知らされない。ただし苗佳は、中国の元工作員だったので、それを内部には知らせた」

「取引があったというのは？」

「何の取引です？」

「わたしが上海で連行されたとき、解放するための条件」

南雲は首をふった。

「知りません。本当です」

「苗佳の名も上から降りてきたの？　それとも適当に選んだわけ」

「まさか。上から降りてきたものです。上が誰かは訊かないで下さい。私が知っているのは窓口だけだ」

動揺していた。そのようすは駒形からも見てとれたようだ。

『大丈夫か』

答えずに南雲を見た。

「どうやって終わらせる？」

「これきりで」

南雲はいった。

「我々は亀井を失い、そちらもスタッフをひとり失った。終わらせましょう。あの刑事も沈黙を約束するなら不問にする。彼には、警察の上司から話をしてもらいます」

「伊藤は？　生きているから、このままではおさまらない」

「解放していただければ、私のほうで説得します。もろもろ危険な傾向があるので解雇しましたが、むしろ手もとにおくべき人間でした」

わたしは深呼吸した。

「窓口の名を教えて」

「それは無理です」

「いわなければここであなたを撃つ」

心外だとでもいうように南雲はわたしを見た。怒りより、冷ややかさのこもった目だ。

「撃たれてもいえませんよ。わかるでしょう」

ここで威嚇《いかく》射撃はおこなえない。馬鹿《ばか》げた威《おど》しだ。

『よせ』

駒形がいった。

「なぜ主人が対象者にされたのか理由を知りたい。それをつきとめなければ終わらせられない」

　南雲は頷いた。

「気持はわかります。身内の死は誰にとってもつらい。あなたのようなプロでもね」

「わたしの情報をどこから得たの？」

「わかっているでしょう。答えられないことは答えられない。我々の仕事は、そういうものです」

　教員棟を見上げた。駒形を捜したわけではない。なぜここと家の往復にしか興味のなかった人間が、暗殺の対象にされたのか理解できなかった。

　はっとした。取引があった、といったのは大場だ。大場が嘘をついたのか、南雲が嘘をついているのか。

　南雲がここで嘘をつく必要はない。答えられないといえばすむことであって、洋祐が対象者だったという嘘は、事態をより複雑にするだけだ。

　では大場が嘘をついたとすれば、その理由は何だ。

　洋祐が計画にしたがって処理された、という真実をわたしに知らせないためだ。つまり大場は「連合会」とつながっていた。

「大場さんは事故だった。伊藤は、わたしと駒形さんを処理する予定だった。ところがドアを開けたらそこに大場さんがいたので撃ってしまった。そうでしょう?」

『何? 何をいってるんだ』

駒形が耳の中で叫んだ。

南雲はすぐには返事をしなかった。それが答で、そうとわたしが悟ったことにも気づいたようだ。

「現場では予想外のことが起こりがちです」

伊藤の言葉を思いだした。

『もしかするとどっちでもよかったのかもしれない』

わたしに武装しろ、と大場はいっていた。

『両方が殺しあえば、必ずどちらかは死ぬだろう。お前らが武装していないって嘘をつかれたんで、そうかなと思い始めた』

わたしは息を吐いた。

「大場さんを失ったのは、『連合会』にも痛手ね。あの人は優秀だった」

南雲は無言だった。

「もしかすると窓口というのは、大場さんだったのじゃない?」

名刺の素材やマニュアルが同じなのも、それで説明がつく。大場は経験者として「連合会」の設立や活動にかかわった。だからこそ、わたしが「連合会」に触るのを嫌がった。所長の指示だ、調べるな。

「答えられません」

「でしょうね。でも、なぜだろう」

「なぜ、とは？」

「大場さんは、わたしを今の仕事にひっぱった。なぜ同じような組織をもうひとつ作ろうとしたのかがわからない」

南雲は息を吸いこんだ。わずかだが迷っているようだ。

やがて決心したのか、答えた。

「殺人の才能をもつ人間と社会の関係を平穏に保つ方法は、そう何通りもありません。一生、檻《おり》の中に閉じこめるか、死なせるか、コントロールできる形でその才能をいかしてやるかです。国益にもっともかなう形を選んだ」

「それはつまり、思ったよりも人殺しの才能をもつ人間が多かったということね。研究所だけでは受けいれきれないから、『連合会』を作ったわけ？」

「才能があっても適性に欠ける者もいます。『連合会』には、適性に欠ける者を育成する目的もあるのです」

「伊藤は任務以外でも殺していた。それがたとえバレても、あなたたちが守ってくれると思っていた」

「今回のことで彼は成長が見こめます。学んだでしょうから」

わたしは南雲を見つめた。その正体が何となくわかったような気がした。

「医者なの？」

南雲は小さく頷いた。誇らしげにいった。

「鑑定医をしています」

「じゃあ見抜くのはお手のものだ」

「私の意見を述べましょうか」

不意に目が輝いた。

「何？」

「才能があって適性がある者は、往々にして独善的な判断を下します。結果、単独行動に走りやすい。適性に欠ける者は、それを自覚させれば、集団のための行動を優先するようになる」

「『連合会』の人間のほうが扱いやすい？」

「あなたのような行動はとらない。とりたくともとれるだけの判断力をもたないからです」

わたしは息を吐いた。

「人を殺したことはある？」

「ありません」

「命令するだけなんだ」

南雲は瞬《まばた》きした。その目に不安が浮かんだ。

「私はただのメッセンジャーです」

「大場さんはちがった。現場にも立ち合い、作業に協力した」

「私にその能力はありません」

「残念ね。あればあなたも成長した」

南雲の顔がわずかに歪《ゆが》んだ。侮辱と感じたようだ。

「また連絡する」

わたしは告げた。

「もう連絡はとれません。私の携帯は破棄します」

わたしは南雲の目を見た。

「あなたは自分の言葉を忘れている。わたしは独善的で単独行動をとる人間なの。あなたが連絡を拒否すれば、『連合会』に直接いく」

南雲は凍りついた。

「それは」

「もしかしたら今頃『連合会』は移転していて、上野から跡形もなく消えているかもしれないけれど、知りたいことを知るための行動をわたしはやめない」

南雲は無言でわたしを見つめている。

「分析しているの？」

「いや。ただ、そういうあなたの心理を考慮するなら、わかりました、携帯は生かしておきます」

わたしは頷いた。

「なぜ主人が対象者にされたのか、理由を答えられる人間と話したい」

「報復を考えているのですか」

「ただ知りたいだけ。争いを望んではいない。理由を知ることができれば伊藤を解放するし、告発もしない」

南雲は深々と息を吸いこんだ。

「刑事もあなたの考えに同調しているのですか」

「彼は彼の考えで動いている。わたしについていけないと思えば、別行動をとるでしょう。ただし警察組織を使って彼の行動を制限するのは、むしろ反発を招く」

南雲は頷いた。それはわたしの言葉に同意するというより、感情を刺激しないのが目的のようだった。会話の途中から、南雲はわたしを〝患者〟として観察し始めたように感じていた。

「あなたの要求は伝えます。ただそれが通るという保証はできません」

「期限を設ける。二十四時間」

わたしは南雲を見て告げた。

「短かすぎる。せめて四十八時間にして下さい」

「電話で何人かと話せばすむことに四十八時間は必要ない」

「前例のない判断を迫るのですよ。対象者がご主人であったのを明したことすら、大きな譲歩なんです」

「ありがとう。わたしに恩に着せているのならいうけれど」

南雲は一瞬、怒りの表情を浮かべた。

「もっと理性的になりませんか」

「充分、理性的なつもり。ここであなたを撃ち殺さずにいるのだから。あなたはわたしを殺せと命じた」

「だからそれについてはあやまった」

わたしは微笑《ほほえ》んでやった。

「あなたは自分をただのメッセンジャーだといった。にもかかわらず、わたしを説得しようとしている。強引に事態に幕を引きたいのでしょうけれど、それはできない。大場さんから聞いていなかったの？　わたしが扱いにくい人間だと」

「大場という人物が、『連合会』に関与していたとは、私はひと言もいっていないし、認めてもいません」

「そうね。ここでの会話は、誰かに聞かれている。責任を問われたくないのでしょう」

南雲ははっとしたような顔になった。わたしがわざと彼を怒らせたことに気づいたようだ。

「油断のならない人だ」

感心したように首をふった。

「こちらとは比べものにならないくらい、優秀な人が揃《そろ》っているのでしょうね、お宅には」

「あなたが許可なしでわたしに伝えられる情報がこれ以上ないというのなら、話は終わり。ここから立ち去って」

南雲はほっと息を吐いた。

「承知しました」

膝の上にのせていたパソコンを鞄にしまい、立ちあがった。パソコンにマイクと送信機が仕込まれているのかもしれない。

「では」

軽く手をあげ、南雲は歩き去った。わたしはベンチにすわったまま、彼を見送った。その姿が見えなくなるまで、彼に歩み寄る者はいなかった。

21

教員棟の、洋祐が使っていた部屋に戻ると、駒形が煙草《たばこ》を吸っていた。

「あいつのいったこと、信用できると思うか」

「あなたを不問に付す、という話？　ありえなくはない。でもいずれ警察を辞めて、自分たちの仲間にならないかと誘われるでしょうね。口を塞《ふさ》がないつもりなら、目の届く場所におくしかない」

「冗談じゃない。殺人機関なんかに入ってたまるか」

いってから気づいたらしい。

「悪かった」

わたしは首をふり、自分の携帯電話から、栃崎の携帯を呼びだした。

「今、話せる？」

「家にいる。大丈夫だ」

「大場さんを殺した人間をつかまえた。瀬戸さんに監視を頼んでいるのだけれど、今夜までという約束なの。替わってもらえないかな」

「あんたは何をしているんだ」

「その男は外注で、雇ったのは主人を殺した組織だというのがわかった。理由を知りたくて動いている」

「どんな組織なんだ？」

「向こうのいいぶんでは、できの悪い研究所《うち》」

栃崎は笑い声をたてた。

「冗談だろ」

「本当。同じような機関があったの。国内向けで」

「信じられないな」

「監禁している男に会えばわかる。少し前までそいつも所属していた」

「そいつを処理するわけじゃないんだな」

「ええ」

「どこにいるんだ」

「以前使った幕張のセーフルーム」

「あそこか。まだ使えたんだ」

「鍵《かぎ》を瀬戸さんにもってきてもらった」

「向こうが奪還を試みる可能性は？」

「あるかもしれない」

栃崎は黙った。

「危険を感じたら離脱してくれてかまわない」

「そいつはどうする？」

「残していっていい。向こうは身柄が欲しいだけ」

「その場合、処理したほうがいいのか」

「必要ない」

「そうか。なあ、今こんなことをいうのは変だが、大場さんが亡《な》くなって、そろそろ潮どきかな、と思い始めているんだ。Bチームといっしょになるというのも、あまり楽しくなさそうだ」

「幕張で会ったら話しましょう。今夜から二十四時間だけ、お願い」

「わかった」

「この電話はつながらなくなる。メールは定期的に確認するから、何かあったらメールを打って」

「あんたの旦那《だんな》が殺されたのは、俺たちの仕事と関係があるのか」

「わからない」

「夕方までには瀬戸と合流する」

「ありがとう」

電話を切った。聞いていた駒形がいった。

「理由を話せる奴《やつ》が、本当にでてくると思うか」

「理由による」

駒形は落ちつかない表情だった。

「最初に考えたのが、あんたのご主人が狙《ねら》いの犯行の偽装だ。しかし大学周辺でご主人が恨まれる理由は見つからなかった」

「だからわたしを疑った」

駒形は頷《うなず》いた。

わたしは考えをまとめようとしていた。義父と話す必要がある。しかし何をいって、何をいわないでおくべきかが難しかった。

義父の携帯にかけた。呼びだしは留守番電話サービスにつながった。

不安が大きくなった。大丈夫だ。誰といるより、義父といるのが、智にとって最も安全なのだ、と自分にいい聞かせた。

「連合会」は、義父と智を、伊藤との交換のカードには使えない。

わたしが電話をおろすと、

「義理のお父さんか」

と、駒形は訊《たず》ねた。わたしは頷いた。

「そうだな。義理のお父さんなら何か手がかりをつかめるかもしれない。ただ、『あなたの息子さんを殺したのは、これこれこういうわけです』と、素直に答える奴がいればだが」

わたしが電話をかけた理由を誤解していた。が、訂正はしなかった。

「二十四時間、どこで待つ？　まさかずっとここにいるわけにはいかないだろう」

「『連合会』の情報がもっと欲しい」

「どうやって？　上野に張りこむのか」

わたしは首をふった。もっと高次の情報が必要だ。

「所長に会う」

「所長？　この前、川崎で会ったのは――」

「あれは副所長。所長は、杉井という人」

「杉井……」

「でもその前に会っておきたい人がいる」

「誰だ」

「研究所の顧問で、主人の恩師の大学名誉教授」

「ここにいるのか」

「ここではなくて北斗大学」

わたしは北斗大学の電話番号を調べ、倉科教授が出勤しているかどうかを問い合わせた。

「名門だな」

教授は、午後には大学にでてくる、ということだった。北斗大学は文京区にある。

「いきましょう」

「一日にふたつの大学にいくなんて、学生以来だな。しかもこんな状況で」

駒形はあきれたようにつぶやいた。

北斗大学の受付で、駒形は警察官で、わたしは倉科教授の教え子の神村洋祐の未亡人だと告げた。すでに出勤していた教授は、受付の照会に対し、わたしたちを案内するよう指示した。

北斗大学の教員棟は、洋祐の大学とは比べものにならないほど近代的な建物だった。大学そのものが、高層ビルを含んだビル群だ。付属する病院もある。

倉科教授の部屋は、見はらしのよい二十五階にあった。小さな応接室も備わっていて、わたしたちはそこに通された。

コーヒーがだされ、やがて倉科教授が現われた。長い白髪がライオンのたてがみのようにふくらみ、茶のスーツの肩に、白くフケが積もっている。

「奥さん――」

声が大きいのは、耳が悪いせいだと本人はいっているが、ほんとうは地声なのだと洋祐から聞いたことがあった。決して大柄ではないのに、近くにいると圧倒される存在感がある。

「ご主人のお葬式にうかがえず、申しわけなかった。どうしても外せない学会があって……。神村にも詫《わ》びの電話をかけた」

義父と大学の同級生で、その縁で研究所の顧問をつとめている、と聞いていた。

「元気か、神村は。息子さんがあんなことになって、がっくりきているのじゃないかと心配していたんだが」

「義父《ちち》なら大丈夫です。今、息子と旅行にいっています」

「うん、それがいい。お孫さんが希望を与えてくれる。年をとっても希望は必要だ。それがなくなると、本当にお迎えを待つだけになってしまうからな」

ようやく駒形を紹介できた。

「先生、こちらは主人の事件を担当して下さった刑事さんです」

「事件？　あれは火事じゃないのか」

「殺人です」

わたしは告げた。倉科は無表情になり、わたしと駒形を見比べた。

「誰が殺したかをお訊《き》きにならないのですか」

「訊いてもしかたがない。つかまえるのは、警察の仕事だ」

「警察にはつかまえられない犯人です」

わたしはいった。

倉科はまばたきし、わたしを見つめた。

「研究所ではありません。もうひとつのところです」

わずかに間をおき、

「神村から聞いたのかな」

と、倉科は訊ねた。

「他の人からも。先生はそこの顧問もしていらっしゃるのですか」

「まさか」

倉科は首をふった。

「でも存在はご存じだった」

駒形がいった。倉科は駒形を見つめ、

「ええと、新宿警察署に所属しておられるのでしたね」

とつぶやいた。

「はい。副所長の中嶋さんにもお会いしましたし、業務のこともうかがいました。最初は信じられませんでしたが」

倉科はわたしに目を移した。

「許可が下りたのだね」

「やむをえない状況でした。駒形さんと副所長の大場さんと三人でいるときに襲撃をうけ、大場さんが亡くなったんです。襲ってきたのは、その、もうひとつのところに雇われた人物でした」

「すまないが、なぜ私のところにきたのか、理由を教えてもらえるかな」

警戒している。洋祐は「宇宙人のような」人物だと評していたが、決して研究所の実態に無関心な人間ではない、ということだ。

「先生にいろいろ教えていただきたいのです」

わたしはいった。

「何を教えられるだろう、私が」

意外そうに倉科はいった。

「もうひとつのところに関することを」

倉科は首をふった。

「その期待には沿えない。その、もうひとつのところが創設されたというのは、いつだったか聞かされたが――」

「どなたにです？」

わたしは言葉をさえぎった。いらだたしげに倉科は眉《まゆ》をひそめた。

「誰だったかな。杉井くんかな。いちおう耳に入れたい、といっていたような気がする」

「どうお感じになりました」

「やはり、と思ったよ」

「やはりとは？」

駒形が訊ねた。

「国外のみでの活動では限界があるだろう。設立目的を果たしていくには、いずれ国内での活動制限を解除するのではないかと思っていた。私がそれに賛同するかどうかは別の話だ。もし打診されたら反対したろう。ところが、新設のところでそれをやるというので、でる幕ではないな、と」

咳《せき》ばらいした。

「倫理的な問題をいっているのではない。神村の話では、研究所では選りすぐりの人物を起用していて、独断や暴走は決して起こらない。自分をコントロールできるメンバーしか所属していない、ということだった。あなたが神村くんと結婚するときも、苦渋の判断ではあったが、反対するのは研究所の否定につながると彼は思ったようだ。つまりそれだけあなたを信用しているんだ。にもかかわらず、もうひとつ作ると聞いたとき、本当に同じような人間をまた集められるのかと私は疑った。研究所は、神村以下、本当に我が国の未来を考える人間が、何年も準備をして発足させた機関だ。私の説得にも、神村は何年もかけた」

「先生の説得とは？」

駒形が訊ねた。倉科はわたしを見やり、苦笑した。

「私は研究所の顧問だ。表看板として統計業務を掲げている『消費情報研究所』にはちょうどいい人材だ。統計学をかじっていれば、たいていの人は私の名を知っている」

「つまり先生は、研究所の実態を知っていて顧問をひきうけたのですか」

「そうだ」

わたしは駒形を見た。責める気なのか。だが駒形はそれ以上は何もいわなかった。

「妙に聞こえるだろうが、統計学と世俗は背中合わせだ。たとえば君にとって大切な人が亡くなれば君は泣き、子供が生まれれば喜ぶ。数字でいえばマイナス1とプラス1に過ぎない。統計学は数字を解析し、そこに意味を見いだす学問だ。その意味は、悲しみや喜びとは異なるが、大切なのは結果ではなく未来なのだ。数字が教えるのは過去ばかりではなく、未来の姿でもある。そういう点では、統計学に現在はない。連続する過去が、現在という通過点を経て未来につながっている。では現在は、私たちに意味をもたないのか」

倉科は首をふった。

「現在の変化は未来へとつながる。逆にいうなら、変化しない現在の未来と、変化した現在の未来は、先にいくほど大きく異なってくる。研究所の活動は、現在を変化させ未来をよりよくするものだと私は理解した。統計学に世俗的な倫理をもちこむ余地はない。数字はあくまでも数字だからだ。大切なのは、数字の変化がもたらす未来だ。私は、研究所の活動が、日本の未来によりよい変化をもたらすという神村の言葉に賛同した」

駒形は息を吐いた。

「私には難しい話です」

「ひとつだけ神村に注文したのは、実際の活動がどのようにおこなわれたかという報告はしないでほしい、ということだ。冷酷に聞こえるかもしれないが、私も人である以上、そうした事実の重みを背負いたくはない」

「倫理ではなく、法的な問題とかは考えなかったのですか」

「それが重要な意味をもつなら、神村は私ではなく法学者を顧問にしたのではないかね。ただ、法律を研究することと法律を守ることは、異なるものであるから、あまり意味がなかったろうが。法学者は、法の不備を責めることはできるだろうが、法をおかした者を正当化できない」

駒形はわたしを見て、首をふった。

「先生は南雲という鑑定医をご存じですか」

わたしは訊ねた。

「南雲……、いや」

倉科は首を傾《かし》げた。

「もうひとつのところに所属している人物です。彼の話では、主人は処理対象者でした」

倉科はまばたきした。

「神村くんが、かね」

「はい。主人の死は、彼らの処理計画がもたらしました」

倉科は横を向いた。考えている。

「理由を聞いたかね」

「いいえ。知らされていないと南雲はいいました。そこは、研究所より情報統制が厳しいからというのです」

「神村くんをどうにかして、未来におけるどんな変化を期待できたというんだ？　奥さんに心当たりは？」

「ありません」

倉科は唸《うな》った。

「妙だ。実に妙だ。私の知る限り、神村くんの存在の有無が、何か——」

考えこんでいる。

「所長に会いたいと思っています」

わたしはいった。

「杉井くんに会う？」

「はい。所長なら、何かご存じだと思うので」

「そうだな。知っているだろう」

「所長に会う道を、先生に作っていただきたいんです」

「そうか。杉井くんは今、研究所にはでていなかったな」

倉科は右手の人さし指でテーブルを叩《たた》いた。ふと思いついたように訊ねた。

「よもやとは思うが、危害を加える気ではないだろうね」

「刑事さんがいっしょです」

わたしは駒形を示した。倉科は首をふった。

「それは意味がない。研究所の実態と活動を知った上で、奥さんと行動を共にしているのだから、通常の刑事としての活動は、この人には期待できまい」

さすがだった。駒形の手が縛られていることを見抜いている。

「確かにおっしゃる通りです。しかし目の前で、人が傷つけられるのを放置はしません」

駒形はいった。

「それにわたしも危害を加える気はありません。報復をしたいのではなく、情報が欲しいだけです」

倉科は頷いた。

「わかった」

立ちあがり、応接室の隅におかれた電話をとりあげた。

「あ、倉科ですがね。『消費情報研究所』の杉井くんに電話をつないでもらえるかな。いや、研究所にはいないと思うので、どこにいるかを調べて。

そう。そうだ。お願いします」

ソファに戻り、いった。

「研究室の人間に頼んだので、見つけてくれるだろう」

「できれば、わたしからのお願いだというのをいわないで、話がしたいとだけおっしやっていただけませんか」

「奥さんのことをいうと、話さない可能性がある、と？」

「はい。疑っているわけではありませんが、なるべくバイアスのかからない形で情報を得たいんです」

倉科は髪をかきあげた。指先を櫛《くし》のように使い、フケがさらに落ちた。

「そうだね。杉井くんに隠す気があれば、準備する機会を与えることになる」

駒形を見た。

「いっしょに亡くなったのは女性だったと聞いたが？」

「中国人で、元情報機関にいた人間でした」

「彼女と神村くんは、その、親しかったのかな」

「そういう情報はありませんでした。おそらく面識はなかったと思います」

倉科はわたしに目を移した。

「感心しない処理方法だね。故人の名誉ばかりでなく、遺族への配慮も足りない」

「処理活動に携わる人間は、あまりそういうことを考えません。重要なのは活動の実態が明らかにならないための努力で」

わたしは低い声でいった。倉科は大きく息を吐いた。

電話機が鳴った。立ちあがった倉科は、

「はい、そうか。じゃあつないで下さい」

と応《こた》えた。

「もしもし、倉科です。いやいや、どうも。お忙しいですか。大丈夫、そう、よかった。実はちょっと話したいことがあって。ええ、まあ、できれば今日中に」

相手の声に耳を傾けていた。

「そう、そう、そうしていただけると。ご足労をおかけしますが、こちらにお越し願えませんか。ええ、コーヒーくらいはだしますよ」

わたしは駒形と目を見交した。

「はいはい。じゃあお待ちしています。申しわけない。よろしくです」

電話を切って、わたしたちを見た。

「早速きてくれるそうだ。一時間半ほどでくる、といった」

22

杉井を待つあいだ、わたしと駒形は、大学のカフェテリアで軽食をとった。

「信用できるかな」

「倉科先生？　わからない。でも他にできることがない」

「上野を洗うという手はあるが、人も時間も足りない」

「うちと同じなら、個人情報は徹底的に偽装されている。玉ネギの皮をむくようなもの。時間ばかりかかって、結局は何も手に入らない」

わたしは自分の携帯電話をチェックした。メールは届いていない。義父からの着信表示があった。留守番電話サービスがメッセージを預かっている。

再生した。

「電話をくれたようだね。今は鬼怒川《きぬがわ》にきている。智は元気だから心配しないように。また連絡をする」

ほっとした。

洋祐が処理対象者であったことを、義父に教えたら、どう反応するだろう。激昂《げっこう》はしない、と思った。ただ理由については知ろうとする。苗佳をいっしょに処理したのは、義父に「洋祐が巻きこまれた」と思わせるための「連合会」による工作だったのではないだろうか。

ふと思った。

そうであるなら、「連合会」には義父に近い人間がいるのだろう。倉科教授がいうところの、「遺族への配慮」とは、それだったのかもしれない。

遺族とは、わたしではなく義父だ。当然のことだ。同じ処理活動員である、わたしへの配慮など、露ほども考えなかったにちがいない。

約束の時間が近づくと、わたしと駒形は倉科教授の部屋に戻った。応接室に倉科の姿はなく、二人だけで待った。

やがて倉科がドアを開けた。

「今、受付から電話があった。杉井くんがきたそうだ。ここに案内してもらう」

わたしは立ちあがり、頭を下げた。

「いろいろとありがとうございます」

「いや。初めだけ、同席させてもらってかまわないかね。呼びつけておいて知らん顔というわけにもいかない」

「お願いします。先生のご協力をいただいたことがわかれば、所長も本当のことを話してくれると思いますので」

倉科は頷《うなず》いた。

やがて杉井がやってきた。杉井は背の高い瘦《や》せた男で、白人の血が混じっているような彫りの深い顔をしている。スーツは年齢のわりには細身の仕立てだ。

「先生、ごぶさたしています」

わたしと駒形の姿を見ても驚いたそぶりは見せず、倉科の手を握った。動作のひとつひとつが洗練されていて、どこか冷酷そうに見える。

「神村さん」

倉科の手を離すと、わたしに向きなおった。

「いろいろ大変だったそうですね。こちらは？」

「新宿署の駒形といいます。神村さんのご主人の件を担当しました」

杉井はかすかに顎《あご》を動かした。

「誓約書をいただいた方ですね」

「はい」

倉科がいった。

「二人はあなたに訊《き》きたいことがあるそうだ。あなたへの仲介を頼まれて、断われなかった。神村くんは私の教え子だったし、親しい友人の息子だ。亡《な》くなったのは私にとっても他人《ひと》ごとではない」

「わかります」

わたしたちがこの場にいることで倉科を咎《とが》めるようすもなく、杉井は頷いた。

「所長は、わたしたちが先生といっしょだとご存じだったのですか」

「いいや。が、先生のほうから会いたいといわれたので、おそらく今回の件だろうとは思っていました」

淡々と杉井はいった。

「私はこれから会議があるので失礼する。早めに終われば顔をだすが、そうならなくとも気にせずに。では、失敬」

倉科はいって、部屋をでていった。入れちがいにコーヒーが三人分運ばれてきた。

三人だけになるのを待って、杉井が口を開いた。

「大場くんが亡くなったのは大きな痛手です。任務とは別の状況で命を落とすことになるとは思わなかった。研究所は活動を休止している」

「これからどうなるのですか」

「どうなるでしょう」

杉井はまるで表情をかえずにいった。

「解散ということはないだろうが。現在、上の人たちが協議をしている」

「研究所は被害者です。それなのになぜ上が協議をするのですか」

「私にもそれはわからない。おそらく、もうひとつの機関との関係が問題になっているのでしょう。大場くんが、研究所にとっては要《かなめ》のような人物だったということもありますが」

「所長は、『連合会』の存在を、今回の件が起こる前からご存じだったとうかがいました」

「知ってはいた。とはいえ、耳にしたというだけです」

「それは誰から知らされたのです？」

駒形が訊《たず》ねた。杉井はまっすぐ駒形を見た。

「申しわけありません。誓約書にサインしていただいたといっても、それを話すわけにはいきません。神村さんに対しても同様だ」

「大場さんを撃った人物に訊問《じんもん》をしました」

わたしはいった。

「監禁しているとも聞いています」

杉井はわたしと目を合わせずにいった。

「研究所の指示なのかという問い合わせがありました。それに対して回答を保留している」

「保留？」

駒形が訊いた。

「そうです。神村さんの単独行動だと向こうに思われるのはよくない。所員をコントロールできていない、という印象を与えるし、場合によっては神村さんを敵視させてしまう」

「彼らには単独行動だとわかっています。南雲という『連合会』の人間と話しました」

杉井は無言だった。

「ご存じでしたか」

わずかに間をおいた。宙を見ながら、

「接触したという情報はありました」

と答えた。

「やりとりの内容についてはいかがですか」

「ここであなたから聞けます」

わたしに目を向けた。

「重要なことは二点、あります」

その目を見返して告げた。

「主人の死は、『連合会』による処理活動の結果です。対象者は、いっしょにいた中国人女性ではなく、主人でした」

杉井の表情はまったくかわらなかった。

「もう一点は？」

「大場さんは『連合会』とも関係していました。撃たれたのは偶然です。襲撃した人間の狙《ねら》いはわたしだったと思います」

杉井はわずかに息を吸いこんだ。

「なぜ偶然だと思うのです」

「状況です。襲撃者がドアを開けた瞬間、そこに立っていたのが大場さんでした。襲撃者は反射的に発砲した」

「反射的に？」

「そうです。襲撃者は戦闘訓練をうけてはおらず、ただ殺人を好むという理由で採用され、その嗜好《しこう》が『連合会』に危険をもたらすと思われて解雇された人物です。にもかかわらず『連合会』はその人物にわたしの処理を外注しました」

「本人がそう、話したのですか」

「はい」

杉井は首をふった。

「正直な人物だ」

「病的な男です」

駒形が吐き捨てた。

「いくら病的で、反射的に発砲するような状況だったとはいえ、大場くんを知っているなら避けられたのではないですか」

「その男は、大場さんが『連合会』に関係しているとは知らなかったと思います。その男の口から、幹部として名前がでた人間の名はちがいました」

「何という名です？」

「ひとりは南雲です」

「もうひとりは？」

「所長からおっしゃって下さい」

杉井は瞬《まばた》きした。

「意味がわからないが……」

「所長がご存じの『連合会』の関係者の名を教えていただきたいのです」

杉井は黙った。困ったような顔をしている。やがて訊ねた。

「何のために？」

「主人が対象者にされた理由を知りたいのです。所長がご存じなら、その必要はありませんが」

「もちろん知らない。あなたは、『連合会』関係者への訊問をしたいのですか」

わたしは頷いた。

杉井は息を吐いた。

「大場くんが関係していたとは信じにくいのですが、生きていたら、彼に訊けたでしょうね」

「大場さんはわたしに嘘《うそ》をつきました。それでむしろ『連合会』に関係しているという疑いをもったのです」

「どんな嘘をついたんです」

「前回の任務で、わたしは上海の警察に拘束されました。しかし逮捕、起訴されることなく釈放された。その際に、中国と日本とのあいだで取引があった、と大場さんはいいました。取引条件は、主人といっしょにいた中国人女性の殺害でした」

杉井の目が真剣味を帯びた。

「その話をしたのはいつです？」

「大場さんが撃たれる直前です。主人の死に関する調査をわたしがしたいといったとき、大場さんは協力的でした。いっしょにいた女の身許《みもと》を知る情報源にも会わせてくれました」

「情報源？」

杉井は怪訝《けげん》そうに訊ねた。

「おそらく公安関係の人間だと思います。その伝手《つて》でわたしたちは女性が住んでいたマンションの鍵《かぎ》を借り、部屋の調査に向かいました。ですがわたしは途中で、情報の入りかたに疑問をもちました。意図的に誘導されているような気がしたんです。主人の死が、あくまでもその中国人女性殺害の巻き添えだったのだとわたしに思いこませようとしているのではないかと」

「その女性は元工作員だと聞いた。であるなら充分、ご主人が巻き添えになった可能性はある」

「今はそれにすら疑問をもっています」

駒形が驚いたようにわたしを見た。

「彼女は、サリー・アンというカナダ人のパスポートで入国していました。しかし本当は苗佳という中国人で中国情報機関に追われている元工作員だったと知らされました。彼女の部屋には別人名義の台湾籍パスポートがあり、中国から台湾、カナダと逃亡したという、聞いていた経歴と合致するものでした」

「ならばなぜ疑問をもつのです？」

「サリー・アンという名前を調べたのは駒形さんですが、それ以外のすべては大場さんのパイプを通した情報で、部屋にはそれを裏づけるような証拠があった。主人が、裏切り者の工作員の処理に巻きこまれたと考えざるをえない証拠です。にもかかわらず、わたしは違和感をもちました」

杉井は首を傾《かし》げた。わたしは言葉をつづけた。

「情報機関が、敵側に寝返った工作員を処理するというのは、不自然ではありません。ですがそれに、海外の工作員の手を借りるというのは奇妙です。わたしは彼女と主人を処理したのが『連合会』ではないかという疑いをもち、苗佳のマンションを調べたとき、大場さんにもそれを話していました。大場さんは否定しませんでした。『連合会』は、日本の機関です。そこが中国人元工作員の暗殺をおこなったというのが、わたしの違和感の正体でした。あえて日本の機関に情報を洩《も》らすような取引をなぜ中国側がしたのか。日本側が苗佳を殺さずに訊問したら、中国側に不都合な事態がもたらされるかもしれない。大場さんを通して知った情報提供者は、苗佳のもつ情報にはほとんど利用価値がない、といっていましたが」

「どうもあなたのいっていることがわかりません」

「こういうことだろう」

駒形がわたしを見ながらいった。

「まず、サリー・アンという名前を、公安畑の人間が私に知らせてきた。それによれば、サリー・アンは中国の元工作員で、今は古巣に追われている身だという。だが日本で何をしていたのかは不明だった。そこに、大場さんが知る公安関係者が情報提供者だという男を紹介し、彼女の本名、経歴、日本での住居が判明した。住居にいってみると、台湾籍のパスポートやカナダ紙幣など、情報と合致する証拠があり、神村さんは納得する筈《はず》だった。にもかかわらず、彼女は何かがおかしいと感じていた。すると大場さんが、中国と日本のあいだで取引があったらしいといいだしたのです。彼女を釈放する見返りに、日本側がある条件を呑《の》んだ。その条件が苗佳の暗殺だったかもしれない、と。事件の発端が自分にあると思わせ、神村さんを牽制《けんせい》するような話です」

　杉井は駒形とわたしを交互に見た。

「それはつまり、どういう意味ですか」

「仮にすべてが嘘だったとしましょう。死んだ女性はサリー・アンでも苗佳でもない。中国の元工作員だというのもでたらめだ。私に情報をもたらした公安の人間は、嘘をついたか、偽《にせ》の情報を握らされた。それをさらに裏づけるために、大場さんは神村さんと私を、公安関係者や苗佳の面倒をみていたという中国人に会わせた。その上、苗佳が暮らしていたという部屋まで用意して、私たちが調査できる手筈を整えた。すべては、神村さんのご主人が、巻き添えで殺されたと思わせるための演出だった」

「誰が演出したのです？」

「大場さんです。ご主人の死の、本当の理由を、何としても神村さんには秘密にしておきたかったからです。ご主人が亡くなった状況に対し、神村さんは最初から疑いをもっていました。ご主人と女性が火事に巻きこまれて亡くなったのだと、まったく信じなかった。そうなるのを見越して、大場さんは女性が工作員だったという理由を用意した。しかし二人を殺害したのが中国の工作員ではなく、『連合会』だったことに神村さんは気づいていた。そうなると、さらにいいわけが必要になる。そこで苦しまぎれに、中国との取引の話をもちだしたのです」

「なぜそんなことをする必要があったんですか」

駒形はわたしを見た。

「俺が答えていいか?」

わたしは頷いた。

「神村さんを失いたくなかったからです。工作員としても、人間としても。大場さんは神村さんが研究所から離れるのを止めたかった。ご主人が亡くなったのは偶然ではなく、標的だったからだというのを、神村さんにだけは知られたくなかったのだと思います」

「しかし『連合会』は神村さんを殺そうとしたのでしょう?」

「神村さんを失いたくないというのは大場さんだけの感情です。『連合会』の中には、神村さんや私を危険視する者がいて、大場さんに知られないように、外注の殺し屋を雇った。だから大場さんは、マンションに襲撃があるとは予測できなかった」

杉井は眉《まゆ》をひそめ、黙っていた。やがて訊ねた。

「では亡くなった女性は何者なのですか」

「さあ。身許がバレさえしなければ、誰でもよかったのかもしれません」

「上海の警察から神村さんが簡単に釈放された理由は? それについてはどう説明を

するのです」

「何らかの取引があったのは事実かもしれません。所長はご存じありませんか」

わたしは杉井を見た。杉井は首をふった。

「あったとすれば、政府レベルのことでしょう。私には知らされていません」

杉井は黙りこんだ。

駒形の推理は正しい。大場は、わたしを大切にしていた。人間としてというより、おそらく処理要員として。

洋祐が死んだことで、わたしの能力が衰えるのを恐れていたのだ。まして、研究所と同じ目的で設立されたもうひとつの機関が対象者として洋祐を処理したとわたしが知ったら、何が起こるか予測できなかった。単独でわたしが報復に走ると考えたのかもしれない。

何という皮肉だ。わたしに真相を気づかせまいとそこまで努力していた大場が、「連合会」の殺し屋に、事故のように突然殺されてしまった。

杉井は大きく息を吸いこんだ。

「大場さんは『連合会』に関係していたからこそ、神村さんのご主人が対象者であったのを知っていた。そしてそれを神村さんが知ったら研究所をやめてしまうと恐れていたというのですか」

「そうです」

わたしは答えた。

「重要なのは、なぜ主人が『連合会』の処理対象者にされたのか、ということです。主人は統計学者で、国家機密にも反国家的な活動にも関係していなかった。そんな人をどうして『連合会』が処理したのか、それを知りたいのです」

杉井はわたしの目を見た。

「あなたが知りたいのは、その理由に自分が関係していると疑っているからではありませんか」

わたしは小さく頷いた。

「そうなのか」

駒形は小さな声でいった。

「あんたたち夫婦はうまくいっていたのだろう」

「うまくいっていた。だけど、わたし以外に、彼が殺されなければならない理由は思い浮かばない」

答え、杉井を見返した。

「主人の処理は、わたしへの報復であった可能性があります。つまり研究所の活動内容と構成員の情報が洩れている」

「『連合会』が、あなたへの攻撃としてご主人を殺したというのですか」

「わたしへの報復を意図した人間が、『連合会』を動かしたのです。『連合会』がどのように処理対象者を決定しているか、ご存じですか」

杉井は首をふった。

「知りません。おそらく委員会のような上位機関が決定しているのだとは思いますが」

「だとしても大場さんは、あんたのご主人が暗殺リストに入っていたのを知っていたことになる。なぜ止めなかったんだ?」

駒形が訊ねた。

「そうね。偽装工作をしてまで真実を隠そうとするくらいなら、主人を対象者から外す努力をしてもおかしくない」

「してはみたが、できなかった。結果、ご主人は殺された。そこでやむなく偽装工作をした?」

「それはどうでもいい。重要なのは、誰がなぜ、主人を対象者にしたか。それがわたしへの報復なら、わたしは決定機関のメンバーに恨まれているということになる」

「その考えは感情的です。もし決定機関のメンバーに、あなたに恨みをもつ者がいるなら、なぜあなた自身を対象者にしなかったのですか」

わたしは黙った。同じことを大場とも議論した。そのときは、まず個人の報復を仮定し、そうであるなら洋祐の存在まで相手はたどりつけない筈だ、と考えた。もし組織の報復なら、敵は研究所の概要について情報を入手していることになる、と大場はいった。そして——。

「マニュアル」

わたしはいった。

「何のマニュアルです？」

杉井が訊ねた。

「研究所が、対立する組織による攻撃をうけたときのためのマニュアルがある、と大場さんはいっていました」

「あります」

杉井は否定しなかった。

「今は、そのうちのひとつにしたがっている状況です。しかしそのことと、ご主人に何か関係があるのですか」

「主人の死は、わたしに対する報復だけでなく、義父に対する報復にもなります。その点ではわたしひとりを殺すより効果的です」

「それを『連合会』が意図したというなら戦争じゃないか。『連合会』対研究所の」

駒形がつぶやいた。

「戦争じゃない。研究所は攻撃をうけていることに気づいていないもの」

大場は武装指示をだした。すべて知っていたからなのか。だがなぜそんな事態になったのだ。

大場は止められなかったのか。

「なるほど。ご主人の死は、神村さん個人のみならず、研究所全体にダメージを及ぼすのが目的だったというのですね。もしそうなら攻撃はまだつづく。所員に緊急呼集をかけなくては」

「それは危険です」

わたしはいった。駒形もつづいた。

「俺もそう思う。一カ所に集めたら、攻撃してくれといっているようなものだ」

「確かにそうです。しかし――」

杉井は額に手をあてた。

「『連合会』も研究所も、作られた目的は同じだ。我が国の治安や安全保障のための機関です。それなのになぜ争うのです？」

「それは処理命令を下した人間にしかわからない。名前を教えて下さい」

わたしの言葉に、杉井は目を上げた。

「現場の統轄《とうかつ》をしている人間は、元自衛官で佐官クラスだったと聞いたことがあります。あとは、責任者、つまり私の立場の人間ですが、橋田《はしだ》という人物です」

「橋田、何と？」

「橋田しかわかりません。最高検にいたという話です」

「元検事なら調べればわかる」

駒形がいった。わたしは記憶を探っていた。研究所での任務で、橋田という名前を見聞きした覚えはない。

「マニュアルには――」

杉井がいった。

「組織的な攻撃をうけた際、反撃か撤収のふたつの選択肢があります」

「撤収は、国外における活動を前提にしたものです。国内で撤収はありえない」

わたしは首をふった。

「確かに。ですが反撃を指示するのは、不特定の人間を対象とした処理活動を許可することにつながる。私はそれは避けるべきだと思う。所員が自らの身体《しんたい》を守るための反撃は禁じられませんが」

「『連合会』に働きかけることはできないのですか。どうせ上はつながっている。上を通じて、馬鹿《ばか》な攻撃はやめろと指示してもらえばいい」

駒形がいった。

「そうした指示は、とうに下っていると私は考えています」

杉井は初めていらだたしげな表情を浮かべた。

「問題は、現場にしたがう気持があるかどうかです。感情的になった活動員は、自分にとっての成果が得られるまでは、指示を無視するかもしれない」

「何でそんなことになるんだ」

駒形は眉をひそめた。

「立場によって、異なる視点があります。『連合会』の人間にとり、神村さんのご主人を処理したのは任務だった、と仮定しましょう。現場の活動員は、神村さんはもちろん、研究所の存在すら知らなかった。あくまでも上位機関の指示に基き、ご主人に対する活動をおこなった。そこに神村さんが現われ、『連合会』について調査し、尾行にあたった活動員に怪我《けが》を負わせた――」

「死亡したそうです」

わたしはいった。

「尚《なお》さらですね。『連合会』の人間は、神村さんの行動をどううけとめるか」

「報復？」

駒形がつぶやいた。

「そうけとめてもおかしくない。神村さんがご主人の復讐《ふくしゅう》で、『連合会』を標的にしている、と。そこで彼らは対抗策をとることにした」

「結果、大場さんが死に、しかし実行者はとらえられた」

わたしはいった。杉井は頷いた。

「順番でいえば、次は『連合会』が報復する番だ。神村さんのご主人に対する処理は、彼らの中では攻撃ではない。争いは、神村さんがしかけたと思っている」

「すると攻撃しているのはわたしで、『連合会』は防衛しているだけだと？」

「彼らがそうけとめている可能性はある。『連合会』全体に対する攻撃だと考えれば、結束を固めるでしょう」

「待って下さい。そうなると、『連合会』は善で、神村さんが悪だ」

駒形の言葉に杉井は答えた。

「そういうことです。彼らの中には、研究所についていまだに知らない者もいるかもしれない。神村さん個人による報復攻撃にさらされていると考え、神村さんさえ排除すれば事態は沈静化すると思っている」

「だったら尚さら上からの指示にしたがおうとは思わない」

「その通りです」

「わたしが死ねば、すべては丸くおさまる？」

杉井は何もいわなかった。

「あんたもそう思っているのか」

駒形はにらみつけた。

「思っていません。私が思うのは、研究所対『連合会』なんて構図は避けなければならないということだけだ。神村さんはできればこれ以上の行動は慎んで、事態が沈静化するのを待っていただきたい。ご主人に対する処理命令を下したのが誰であるのかはそれからでも調査できるのではありませんか」

わたしは黙っていた。杉井は初めわたしの話を聞くふりをしたが、今は説得する方向に論を展開させている。

そしていまいましいことに、杉井の言葉には論理性があった。

駒形もそれに気づいていた。勢いを失った顔でわたしを見ている。

「ではどうしろ、と？」

「とらえている外注の暗殺者を解放して下さい。訊問は終えているのでしょう」

わたしは頷いた。

「傷つけましたか」

首をふった。

「その人物を解放することが、彼らに対するメッセージになります。辞めたとはいえ、かつては同僚だった人間を無傷で解放すれば、報復する意志をあなたが捨てたのだと彼らはうけとめる」

南雲の要求と同じだ。わたしはおかしくなった。わたしの知らないどこかで、方針がすりあわされている。

「何を笑っている？」

駒形が訊いた。

「何でもない。所長の意見に沿う方向で考えてみます」

杉井は微笑《ほほえ》んだ。

「よかった。事態が収束したら、研究所についての意見をぜひ聞かせて下さい。神村さんは、今後も重要な所員です」

そして駒形に目を移した。

「あなたについては、可能な限り穏便な処置がとられるよう、関係方面に働きかけるつもりです。その上で、今の職にとどまるのを難しいと感じられるなら、別の仕事をご紹介することもできます」

駒形は無言だった。

「よく、考えて下さい」

杉井はわたしたちふたりに告げ、応接室をでていった。

しばらくはどちらも口をきかなかった。

駒形が煙草《たばこ》に火をつけた。

「本当にそうするのか」

「所長の言葉がたぶん正しい。『連合会』を使って、組織的な攻撃を研究所に加えても、得する人間はいない。事態が大きくなればなるほど、上位機関も含め、関係者全員が危険にさらされてゆく」

駒形は頷いた。

「確かにそうだな。政治家や役人が、命とりになるような真似《まね》をするわけがない。あとは謎《なぞ》が残るだけ、か」

「そう。なぜ主人が殺されたのか。それだけ」

「いずれは解明できると思うか？」

わたしは首をふった。

「たぶん無理。夫を殺されて怒りをもつ権利は、わたしにはない。ましてやその理由を知ろうとする権利などあるわけがない」

駒形は吐息を煙にした。

「誰がいうんだ、そんなことを」

「わたしの中の自分がいっている」

駒形は黙った。やがていった。

「やめられないんだな」

「やめられない。生きていようと思ったら」

駒形は首をふった。

「本当はまちがっていると気づいているのにそれを認めたくなくて、やりつづけることで正当化できると思いこみ、破滅した奴《やつ》を俺は何人も見てきた」

「でしょうね」

「わかっているのだろう。自分もそうだと」

わたしは駒形を見た。

「その通り。でもわたしには戻る道も、やりなおす場所もない。先へ進むか、立ち止まって終わるか、どちらかしかないの」

駒形は黙った。口もとに力がこもった。激しい言葉が浴びせられるのをわたしは覚悟した。

が、駒形は何もいわず、目を伏せた。煙草を灰皿に押しつけ、荒々しく息を吐くといった。

「幕張に戻ろう」

23

大学の近くでレンタカーを借りた。運転は駒形がした。わたしは携帯に電池をはめこみ、義父の携帯を呼びだした。今度はつながった。

「今、どちらです？」

「観光を終えて旅館に入ったところだ。智は疲れたみたいで、今は寝ている。起こそうか？」

泣きたくなるほど智の声が聞きたかった。

「いえ。観光ってどこに？」

「忍者ショーとかをやっているテーマパークだ。なかなか楽しめたよ」

「そうですか」

「そちらの状況は？」

「杉井さんとお会いしました。当面の打開策を検討するために」

義父はわずかに沈黙し、

「何といっていた」

と訊《たず》ねた。

『連合会』と研究所の対立だけは避けたい、と。わたしの行為は、向こうからすれば、報復行為のように見える。したがってわたしが行動を慎めば、事態は収束に向かうというのです」

「かもしれないが……」

つぶやいて義父は言葉を止めた。

「橋田という人をご存じですか。元検察官の」

「橋田謙次郎《けんじろう》さんだね。そういえば、そうだったな。理事長就任を打診されていると、相談をうけたことがある」

「『連合会』の、ですか」

「ああ」

「洋祐さんの件ですが、対象者はいっしょにいた女性ではなく、彼だったそうです」

義父は無言だった。

「ご存じだったのですか」

「今朝、知らされた」

「理由は？　どういう理由で処理されたんです」

「わからない」

「わからない？　お義父《とう》さんはそれ以上訊《き》かなかったのですか」

「智が横にいた」

わたしは息を吐いた。

「わたしは知りたいと思っています。誰がなぜ、そんな指示をだしたのか」

「自分に関係があると思っているのだね」

「他に考えられません」

「やめなさい」

「どうしてですか」

「君の考えが正しいとしても、それは結果、自分を苦しめる。智のためにも好ましいこととは思えない」

「智には、洋祐さんが必要でした。わたし以上に、洋祐さんが必要でした」

「そんなことはない。父親より母親のほうが、子供には大切だ」

経験からくる言葉なのだろう。義父はあるときから洋祐をひとりで育てた。

「それでも、わたしより彼が生きるべきでした」

義父は沈黙し、やがていった。

「いずれにせよ、洋祐は戻らない。今は、未来を考えるべきだ」

今度はわたしが沈黙した。

「君の調査は、事態をより混乱させるかもしれない。杉井さんの指示に、今はしたが

ってわたしが正しいのだろう。まちがっているのはわたし

だ。

義父も味方ではない。おそらく、皆が正しいのだろう。まちがっているのはわたし

「状況が落ちついたら、また調べたいと思っています。それも駄目でしょうか」

「私の立場では何ともいいようがない」

「お義父さんは、理由を知りたくないのですか」

「もちろん知りたい。が、知ったとして、洋祐は戻るかね？」

「いいえ」

「これは、私や君がうけいれなければならない試練だ。人並みに、身内の死を悲しんだり、責任者に憤《いきどお》ったりする資格は、私たちにはない。耐えるしかないんだ」

「わかります」

「では、そうしなさい。君の状況について、別の筋からの報告も得られるよう手配する。危険がなくなれば、神楽坂に智を帰せるし」

「わたしも早くそうしたいと思っています。ただ、なぜ洋祐さんが処理されなければならなかったかを知らない限り、危険がなくなったと確信できません」

「そうだな。洋祐の件が君に関係あるのなら、当然だ」

「所長の指示にはしたがいます。ですがお義父さんに調べていただくわけにはいかな

いでしょうか」

　義父は再び沈黙した。

「わたしに原因があるのなら、研究所にいる限り、今度は智かもしれないと思ってしまうんです」

「それは——ないだろう。そこまで君を苦しめたいのなら、直接君に向かう筈《はず》だ」

「洋祐さんを奪い、智を奪い、最後がわたしかもしれません」

　自分で口にして恐しくなった。そこまでの憎しみを、誰がわたしに浴びせているのか。

　憎まれる覚えがないわけではない。誰なのか、が問題なのだ。わたしからすべてを奪いたいほど憎んでいる人間は、きっといる。わたしがしてきたことを知る〝被害者〟なら。

「見えないものに怯《おび》えてはいけない。洋祐の死が報復と決まったわけではない。もしかすると、私や君が知らないところで、あいつが反国家的な活動をおこなっていないとも限らない」

「そんなことはありえません。お義父さんもご存じの筈です」

「いや。親子であろうと夫婦であろうと、秘密はあっておかしくない。どんなことでも、ありえないというものはないんだ」

わたしは息を吐いた。そうだったらどれほど楽だろう。智を奪われる恐怖を感じないですむ。

わたしが黙っていると、義父はいった。

「いずれにせよ、情報がないのに、二人でいいあったところで始まらない。君はとにかく、事態を落ちつかせることを念頭におきなさい。智は心配ない。私がついている」

「お願いします」

電話を切った。無言でいると、駒形が口を開いた。

「なあ、『連合会』は、どんな人間を抹殺しているんだ?」

「そんなこと、わたしにわかるわけがない」

わたしは荒い口調で答えた。

「だが研究所と同じ目的で作られたのなら、少しは想像がつくのじゃないか」

息を吐いた。額に手をあて、渋滞している首都高速を見つめた。

「ひとくくりでいえば、反国家的な活動をしている人間。海外での大がかりな犯罪に手を染めている。日本に対して敵対的な国に、大金を供与したり、武器に転用できる機械や部品を密輸しようとしている。放置すれば、日本と日本人に対する、諸外国の印象を著しく悪化させる可能性がある者。そういう者は海外に頻繁に渡航して捜査や逮捕を逃れ、もし逮捕されても国内法の罰則が甘いので再犯をくりかえす。わたしたちが対象者にしてきたのはそういう連中」

「やったことに比べて、刑罰が軽すぎると思う奴《やつ》は確かにいる」

「法で裁けないから殺すわけじゃない。法はある、ちゃんと。でも長期間刑務所に閉じこめられないですむ方法を、そいつらは知っている。人を殺しているのにそれを立証できないから対象者にしたというケースはない。報いをうけさせるために、研究所があるわけじゃない。国益を守るためだけにある」

「あんたのご主人が対象者にされるような活動をしていた可能性は？」

「あると思う？」

「俺も調べた。ないな」

「あの人は、国家やお金儲《もう》けには興味がなかった。大切にしていたのは家族と仕事だけ。広い視野をもてない人ではなかったけど、もたないと決めていた」

「断言できるんだな」

わたしは頷《うなず》いた。

渋滞を抜けると早かった。幕張インターで高速道路を降り、伊藤を瀬戸圭子に預けたマンションに到着した。

「また車の中で待っていて」

「なぜ俺がいっちゃ駄目なんだ」

「あなた自身のため。研究所とのかかわりは、少なければ少ないほうがいい」

駒形は納得のいかない顔をしていた。今さら何をいっている、という表情だ。が、わたしは無視し、瀬戸圭子の携帯を呼びだした。

「はい」

「状況は？」

「変化なし」

そっけなく瀬戸圭子はいった。危険な状況におかれていたら「危険なし」という。それは決められた合言葉だ。

「今、下にいる」

「あら」

「上がっていく」

「了解」

思い出し、栃崎の携帯を呼びだした。もしまだ幕張に向かっていないなら、無駄足を踏ませずにすむ。

呼びだし音が鳴っているが、応答がない。

運転中かもしれない。

わたしはレンタカーを降りた。マンションの玄関をくぐり、階段で三階にあがった。扉のインターホンを押すと、錠を解く音が聞こえた。ノブを回し、中に入った。正面のダイニングテーブルを前に瀬戸圭子がすわり、こちらを見ていた。三和土《たたき》に入り、うしろ手に扉を閉めた。

靴を脱いで廊下にあがった。

「伊藤は？」

「寝ている。ずいぶん早くカタがついたのね」

瀬戸圭子は笑みを浮かべていた。違和感をもった。こんなときに笑う女ではない。

瀬戸圭子が玄関の鍵《かぎ》を開けた筈はなかった。開けたとすれば、テーブルのところにすわるのが早すぎる。伊藤が開けたとしても、他の部屋は廊下の奥にしかない。

廊下の右手には風呂場《ふろば》が、左手にはトイレと洗面所がある。わたしは足を止めた。

「どうしたの？」

「別に。トイレにいきたいの」

「じゃいきなさいよ」

瀬戸圭子の言葉が終わらないうちに、伊藤が洗面所からとびだしてきた。右手に包丁を握りしめている。

まっすぐに突きだされた包丁をわたしはショルダーバッグで受けとめた。狭い廊下ではよける空間がなかった。

包丁はバッグに刺さり、ガチンという金属音をたてた。中に入れたSOCOMに当たったのだ。

伊藤の唇には薄笑いが浮かんでいた。わたしが違和感をもたずに廊下を進んだら、うしろから襲いかかったにちがいない。

伊藤が包丁を引き、今度はまうえにふりかざした。バッグをその顔めがけて投げつけ、腰に右手を回した。

伊藤は反射的に包丁をもった腕で顔をかばった。バッグが手首にあたって落ち、ドスンと音をたてた。

伊藤が手をおろしたときには、腰から抜いたグロックをその胸に向けていた。伊藤の目が丸くみひらかれた。

「嘘《うそ》――」

引き金をひいた。轟音《ごうおん》とともに火炎が伊藤の胸めがけてのび、着弾の衝撃でその体が爪先《つまさき》立ちになった。そのまま仰向《あおむ》けにまっすぐ倒れる。

何かが胸を強打した。わたしはよろめき、ひざまずいた。

瀬戸圭子が立ちあがり、ベレッタをかまえた両手をまっすぐこちらに向けていた。長いサプレッサーが銃口にはめこまれている。

「どうして?!」

わたしは咳《せき》こみ、思わずいった。瀬戸圭子は首を傾《かし》げ、

「命令?」

と、語尾をあげていった。

「あなたがいると、いろいろ問題があるみたい」

わたしは床に身を投げだした。ボンという銃声の直後、玄関の扉がガタッと揺れた。廊下の壁に体を押しつけた。次の弾丸が壁を削り、床に刺さる。

狙《ねら》いもろくにつけず、グロックを頭の上にさしあげ、たてつづけに引き金をしぼった。左手で落ちていたバッグをひきよせる。

銃撃が止まった。わたしは洗面所に這《は》いこんだ。グロックは弾を撃ち尽していた。バッグからSOCOMをとりだし、遊底を引いた。

立ちあがり、深呼吸した。倒れている伊藤の足が見えた。靴下の先が破れ、親指の爪《つめ》がのぞいている。

しばらく動けなかった。代々木で襲われたのと逆の状況だ。瀬戸圭子には動き回る空間があるが、わたしにはない。廊下に体をさらせば、あちらからはすぐにでも狙い撃てる。

胸に手をやった。サプレッサーは、銃弾の速度を鈍らせ、威力を落とす。七・六五

ミリという中口径であったのとサプレッサーをとりつけたのが、わたしに幸いした。もうひとつ、「きたなくなる」のを嫌った瀬戸圭子が、わたしの顔ではなく胸を狙ったことも。

抗弾ベストにくいこんだ弾が指先に触れた。

「どうする？」

声を張りあげると、胸が痛かった。肋骨《ろっこつ》にひびが入ったかもしれない。

返事はなかった。

わたしは洗面台にかかっているタオルをとった。鏡に押しつけ、上からＳＯＣＯＭの銃把で叩《たた》いた。くぐもった音とともに、鏡が割れ、破片が落ちる。

細長い破片を左手にとり、床に膝《ひざ》をついた。廊下と洗面所の仕切りの低い位置から、鏡の破片をさしだした。

リビングのようすが映った。一見、何もなかったように見えた。鏡の角度をかえ、瀬戸圭子の姿を捜した。

床の黒い染《し》みが見えた。伊藤の血かと思った。だがちがった。染みはブラシでこすったように動いた形跡がある。

瀬戸圭子の血だ。わたしは破片をおき、廊下に立った。

苦しげな咳が聞こえた。

ＳＯＣＯＭをかまえ、リビングに入った。瀬戸圭子がリビングの隅の壁に背中をもたせかけ、人形のようにすわっていた。右のわき腹に大きな血の染みがあった。

「やっちゃった」

わたしを見上げ、低い声でいった。舌をちらっとのぞかせる。

「先に当てたのはわたしなのに」

「だから抗弾ベストをつけたほうがいいといったのよ」

瀬戸圭子はぐらりと顔を動かした。首をふったつもりのようだ。ベレッタは両足のあいだに転がっている。

わたしはＳＯＣＯＭを向けたまま歩みより、そのベレッタをとりあげた。

「栃崎がきたら、病院に運んであげる」

「栃崎なら、もうきたよ」

瀬戸圭子は苦しげに答えた。わたしは息を吸いこんだ。

リビングにつながった六畳間をのぞいた。栃崎がうつぶせに倒れていた。大きな血だまりが体の下に広がっている。

「あなたがやったの？」

「伊藤。うまいよ、刃物の使い方」

目がわたしからそれ、横たわっている伊藤を見やった。

「一発か。やっぱり45は強いわ」

「なぜ栃崎まで殺したの」

「だってあいつ馬鹿《ばか》なんだもん。仲間を殺《や》るのは嫌だって」

瀬戸圭子は唇を尖《とが》らせた。

「どうせ、こうなるのに、さ」

「どうせ？」

わたしは瀬戸圭子のかたわらに、血で服をよごさないよう注意しながらしゃがんだ。

「どうせってどういうこと？」

「『連合会』といっしょになるんだよ。初めからそのつもりだったみたい」

「誰が」

「大場さん」

「どういうこと？」

瀬戸圭子は顔をしかめた。

「あー、痛い。当たったのはさ、跳弾なんだよ。だから抜けてないの。やばいよね。内臓に入ってると思う？」

「苦しむよ、入っていたら」

「ワイン飲めなくなっちゃうかな。それなら生きててもしょうがない」

「大場さんが何といったの?」

「枡本の件を調べてたら、あたしがデータをとり寄せたのを知って、話しにきた。国外だけでの処理は効率が悪すぎる。でも国内には別チームがあるから、整理統合しないと、いろいろ危ないだろうって。整理された奴が何をするかわからないから、まずそこから始めるといってた」

――じゃあいっしょになるんだ
研究所で会ったとき、瀬戸圭子が口にしたのを思いだした。もしかすると研究所がなくなるかもしれないとわたしがいったのに、そう返した。

「なぜなんだろう」

わたしはつぶやいた。大場はわたしにはいわなかった。

「あんたに教えなかったわけ?」

瀬戸圭子は意地悪げに訊いた。わたしは頷いた。

「決まってるじゃん。旦那《だんな》殺したところと仲よくやれる?」

わたしは黙っていた。わからなかった。洋祐が対象者として処理されたと初めから知っていたら、わたしはどう感じたろう。理由を理解できたら、うけいれたのか。

実際にうけいれられたかどうかはともかく、うけいれるべきだとは考えたろう。

「でも、ちょっと嬉《うれ》しかったね」

瀬戸圭子はつづけた。

「あんた、大場さんと寝てたでしょ。あたしは寝てない。なのに、先にあたしに話してくれたから」

「大場さんはわたしも処理するつもりだったの？」

「そんなのわからないよ。あの人は完璧《かんぺき》な処理機関を作りたかったのじゃない？　別に愛国心とかそんなのは関係なくて、確実に処理を実行できる人間だけを集めたかったのよ。そういう点では、あんたよりあたしを気に入っていたかも」

「そうね」

わたしは頷いた。不毛な会話だと思った。大場はもう生きていない。

「わたしの処理命令は誰からきたの」

「聞いてどうするの？　仕返しする気？」

「仕返しじゃない。自分の身を守りたいだけ」

「だからそのために、命令をだした人間を殺すつもりなんでしょう。同じことよ」

わたしは瀬戸圭子の目を見ていった。

「わたしはあなたを殺さない。なぜだかわかる？　あなたは命令にしたがっただけだから。命令されたときはきっと喜んだろうけど、命令がなかったら、わたしを殺そうとはしなかったでしょう」

瀬戸圭子は無表情になった。

「おもしろくないのね、殺さないといわれたことが。本当は死にたくないくせに」

「殺しといたほうがいいよ」

低い声で瀬戸圭子はいった。

「次は失敗しないから」

「命令が撤回されなかったら、でしょう。命令がなくてもわたしを狙う？」

瀬戸圭子は考えていた。やがて答えた。

「いや、なかったら狙わない。無駄じゃない？」

「そういうところは好き。プロらしくて」

わたしは微笑《ほほえ》んだ。

「なに、その、上からのいいかた」

瀬戸圭子は怒ったようにいった。

「だって上だもの。今の状況を考えればわかるでしょう」

「絶対、殺す」

瀬戸圭子がいった。

「やっぱり、絶対、殺す」

わたしは首をふった。

「それはプロらしくない。プロじゃなかったら、生きのびられない」

「最初から気に入らなかったもの。あんたがいつも一番手で、あたしは二番手だった」

「それは客観的に見て、そのほうがうまくいくと思われていたからじゃない――」

「あんたはさあ」

瀬戸圭子はわたしの言葉をさえぎった。

「結婚もしてガキも作って、研究所の外ではまるでまっとうな人間みたいなフリしていたよね。それがずっとムカついてたんだ。あたしは男に興味ないし、この仕事しかできない。だったらあたしが一番手になるべきじゃない。あたしはこれしかないのに、あんたには他のものがあるんだから。だから死ぬことなんか恐《こわ》くないんだよ。どっちかが死んで、どっちかが生き残る。それしかないじゃん、この世界。生き残る側にならなきゃ、それで終わり。そう思ってあたしは生きてきた。あんたはちがうだろう」

「ちがわない」

「じゃあなんで結婚して、ガキまで作ったんだよ」

荒々しく瀬戸圭子はいった。

「結婚したのは、よりプロに徹するため。子供を作ったのは、自分を試してみたかったから」

「試す？」

「自分の子供を、殺しても平気な人間かどうかを」

「で、どうだった？」

「平気な人間じゃなかった。だからわたしは少しかわったかも」

「改心したんだ」

瀬戸圭子は嘲笑《ちょうしょう》を浮かべた。

「最悪だね。命乞《いのちご》いをするより格好悪いよ」

わたしは息を吐いた。

「別に。格好いいとか悪いとかなんてどうでもいい。わたしはこの仕事を誰よりもうまくやれるとわかっている」

瀬戸圭子は首をふった。

「いつまでもじゃないよ。それにうまくやれる奴だって、生き残れないときもある」

「そうね。そうなったとき、あなたとわたしではちがう」

「どういうこと？」

「あなたは引退したら何も残らない。役に立たなくなった元人殺し。わたしは母親で、子供がいる」

瀬戸圭子は頬《ほお》を張られたような顔をした。上目づかいにじっとわたしを見ていた。

歯をくいしばり、やがていった。

「あんたの子供を殺してやる。あんたより先に」

わたしは頷いた。

「そういえば殺してもらえると思ったのでしょう。でも殺さない。壊れたプライドをずっとかかえていきなさい」

「撃てよ！」

瀬戸圭子は声を張り上げた。

「撃てったら」

わたしは携帯電話をとりだした。月がかわっていないので、非常時連絡先の番号は同じ筈だ。

「はい」

応《こた》えた声は、前回とはちがい女だった。

「職員番号、二〇三」

「二〇三。状況は？」

「職員二〇五が急病。さらに部外者一名も急病。二〇四が発熱」

「くり返します。職員二〇五が急病、二〇四が発熱、さらに部外者の急病が一名」

「そう」

「現在地を確認します」

「必要ない。登録されている。幕張のS・R」

わたしは告げて電話を切り、電池を外した。

瀬戸圭子はぎらぎらと光る目でわたしを見ている。

「絶対、後悔するよ」

「そんなに死にたいの？」

わたしはいって首をふった。

「プライドなんてつまらない。それがわかっただけでも、わたしはよかったと思ってる」

「ふざけるなっ」

瀬戸圭子は叫んだ。わたしは伊藤の死体をまたいだ。こいつはプロじゃない。また人を殺せる喜びに酔って、わたしが銃で武装しているのを忘れていた。

「大場さんがいってた」

玄関まできたとき、瀬戸圭子の金切り声が聞こえた。

「あんたの旦那を殺せといったのは、旦那の親父《おやじ》だよ。笑っちゃうね。それで家族だっていうのだから」

ノブを回し、部屋をでた。

24

ひとりで車に戻ると、駒形は眉《まゆ》をひそめた。

「伊藤は？」

「わたしを殺そうとした」

「あんたの同僚は？　ついていたのじゃないのか」

答えず、助手席にすわった。

「車だして」

駒形は息を吐き、レンタカーを発進させた。

「で、どこへいくんだ？」

「とりあえず休む」

わたしはいった。

「どこで」

「どこでもいい。少し頭を整理したい」

わたしは目を閉じ、頭をヘッドレストにもたせかけた。

「伊藤は？　死んだのか」

「死んだ」

「あんたの同僚は？」

「生きてる。怪我《けが》してるけど」

「ほっとくのか?!」

「大丈夫。回収の手配はした」

「いったいどうしてそんなことになった」

「少し黙ってて」

やはりわたしだ。わたしが理由でなければ、義父が処理命令を下す筈《はず》がない。だが、なぜわたしではなく、洋祐を処理したのだ。

頭が働かなかった。

瞼《まぶた》の向こうが暗くなり、目を開いた。

「どこ」

「ホテルだ」

ふてくされたように駒形がいった。わたしは頷《うなず》き、車のドアを開けた。

「部屋に入ろう」

ラブホテルの駐車場だった。部屋に入ると、わたしはベッドに横たわった。駒形は安物のソファにすわり、煙草《たばこ》をくわえた。

「どうしようか」

つぶやくと、駒形がわたしを見た。

「俺にはもうわからない。誰かを捜すとか、起こったことの理由を調べるとか、それなら俺でもやれる。だけど今のこの状況で、どうしようかといわれてもな」

吐き捨てるようにいって、煙を吹きあげた。わたしは天井を見上げていった。

「ふたつの組織は統合されるはずだったみたい。たぶん『連合会』は創設されたときから、研究所と将来はひとつになると決められていたのでしょうね。だから統制官を同じ人間がつとめていた」

「統制官?」

「大場さんの職名。研究所の開設当初はそう呼ばれていた。処理チームのメンバーは、工作官だった。でも役所のような職名はまずいということで廃止された」

ふん、と駒形は鼻を鳴らした。

「伊藤が襲ってきたのは、同僚がそうしろといったから。研究所は、わたしの処理を決めたようよ」

「あんたを?! なぜだ」

「統合の邪魔になるからじゃない。わたしの存在が、軋轢《あつれき》の原因になっている」

「待てよ。あんたのご主人が殺された件と、それは何か関係があるのか」

「わからない。同僚がいってた。主人の処理を指示したのは、父親だって」

「父親って、ご主人の？」

「そう」

「馬鹿《ばか》な。実の息子だろう。なぜ殺すんだ」

「それもわからない」

駒形は黙った。頭を働かせているのだ。駒形が何かを見つけてくれるのをわたしは願った。わたしの頭は役に立たない。

「その同僚が嘘《うそ》をついた可能性は？」

やがて駒形が訊《たず》ねた。

「低い。怒っていた。嘘をつくほどの余裕はない」

「仲が悪かったのか。ご主人と父親は」

「よくはなかった。反りがあわない、と主人はいってた。早くに母親が亡《な》くなって、二人きりだったけど、いっしょにいた時間は少なかったみたい」

「憎みあっていたか」

「それはない。会えばふつうに話していた」

「あんたとの結婚に、父親は反対しなかったのか」

「したかったろうけど、しなかった。する資格がない、とわたしにはいった」

「ご主人はあんたの仕事を知っていて、プロポーズしたのか」

「わたしは主人の教え子だった。彼が知っていたのはそれだけ」

「だが、そのときはもうかかわりをもっていたのだろう、研究所と」

「もっていた」

「じゃあ誰かから教えられていたかもしれない」

「まさか。聞いたら、まずわたしに確かめたでしょう。それに、人殺しだとわかっていて結婚する？」

「俺だったらできない。夫婦喧嘩《げんか》をしたら殺されるかもしれないからな。ご主人を殺したいと思ったことはあるか」

「ない。喧嘩をしたこともない」

「あんたの義理の父親の気持になって考えてみよう。自分がかかわっている暗殺機関のメンバーの女と、息子が結婚したいといってくる」

「許可は得なかった。主人は自分で結婚を決め、義父には報告だけした。おそらく義父が反対しても、決心はゆらがなかった」

「だとしたらふつう、息子からあんたを遠ざけようとする筈だ。どこか外国にやるとか。あんたの義父にはそれができた」

「ええ。やろうと思えばできた」

「しなかったのはなぜだ」

「わからない」

「結婚を喜んでいたのか」

「喜んでいたとは思わない。悲しんでいるそぶりもなかったけど。孫ができてからは、かわいがっている」

「殺すならあんただよな。息子じゃなくて」

「何のために殺すの？」

「確かに。殺すなら結婚する前だ。孫ができてからじゃ遅すぎる」

いって、駒形は立ちあがった。

「会いにいこう」

「義父に？」

「そうさ。会いにいって訊《き》くんだ」

「智もいっしょよ」

「息子さんは、俺が預かる。あんたとお義父《とう》さんが話をしているあいだ。どこにいるんだ」

「鬼怒川《きぬがわ》温泉」

「鬼怒川か。三時間くらいだな。車なら」

「本気なの」

「ご主人が殺された理由を知りたいといってたじゃないか」

「本当のことをいうとは思えない」

「いわせるんだ。あんたには訊く権利がある」

「権利なんかない」

「それは悲しむ権利だ。訊く権利はある。なぜなら、殺されたのは、あんたの息子の父親だからだ」

わたしはベッドの上で起きあがった。

義父の言葉を思いだした。洋祐が殺された直後に交した会話だ。

『君が洋祐のプロポーズを何度も断わったというのは聞いていた。相手に愛情がないのなら、無理強いしてはいけない、といったこともある。彼は、ちがう、と答えた。自分のプロポーズに応《こた》えないのは、別の理由がある』

それは何だといったのか、わたしは義父に訊ねた。

『わからない。何なのだと訊いても、いいたくない、と』

あのとき、一瞬わたしは疑った。わたしの過去と今の仕事を、洋祐が知っているのではないかと。

知っていて、わたしと暮らしていたなら、洋祐は完璧《かんぺき》に芝居を演じていたことになる。

そしてもうひとり、演じた者がいた。

『では、これは罰かね。私と君への』

だとしたら、わたしたちが死ぬべきです、とわたしはいった。

『それでは軽すぎるだろう。自分が死ぬより、大切な者が死ぬほうがつらいときもある。特に私のような年になると』

わたしは目をそむけた。あのとき義父は、深い悲しみに沈んでいたとまでは思わないが、傷ついていたようには見えた。

あれも芝居だったのか。

「いきましょう」

わたしがいうと、駒形は受話器をとりあげた。内線ボタンを押し、耳にあてた。しばらくそうしていたが、首をふった。

「つながらない」

受話器をおろし、わたしを見た。

「直接フロントにいってみるか」

わたしは不意に頭がすっきりするのを感じた。

「まずいかも。ラブホテルのフロントには必ずカメラがあるけど、それを停止させれば、これほど処理活動をしやすい環境はない」

ベッドのヘッドボードに部屋のライトコントローラーがあった。それに触れ、照明を落とした。

「バスルームに入って、シャワーをだして」

駒形は一瞬目をみひらいたが、無言で言葉にしたがった。バッグからSOCOMをだし、残弾を確認した。薬室に一発、マガジンに三発だ。グロックは弾を撃ち尽し、S・Rにおいてきた。指紋は残していない。かわりに、瀬戸圭子のベレッタがある。それを腰にさしこみ、SOCOMを握ったまま、ベッドのかけ布団《ぶとん》をまくりあげた。枕《まくら》を中に押しこみ、布団をふくらませた。

照明を落としても、ヘッドボードのコントロールパネルの光で、部屋はまっ暗にはならない。駒形がバスルームから顔をのぞかせた。

「バスルームの明りはどうする」

「つけて。あなたはトイレに」

部屋には、大型のベッドと応接セット、小型の冷蔵庫があるだけだ。それにバスルームとトイレが独立してついている。

入口の扉は二重だった。三和土《たたき》の手前に内扉があり、さらにホテル内の廊下とつながった外扉がある。今はどちらも閉まっている。

手前の扉に歩み寄ったとき、小さな金属音が聞こえた。廊下との境の外扉のロックが外された音だ。

応接セットのソファの裏側に隠れた。カチリという音にどきりとしてふりかえった。トイレのドアが細めに開き、駒形がリボルバーを手に顔をのぞかせている。

目を入口に戻した。内扉のノブが動いた。

ドアごしに撃つこともできるが、外したくなかった。この狭い室内で乱射されたら、被弾は避けられない。

ノブが回りきると、内扉がゆっくり開いた。サプレッサーつきのMP5SDの銃身がつきだされた。九ミリ弾を使うサブマシンガンだ。キイボードを叩《たた》くほどの銃声しかたてない。

チャチャチャッという音とともに小さな火花ていどのマズルフラッシュがきらめき、ベッドと布団が詰めものを舞いあがらせた。

ドアが大きく開かれ、ボディアーマーとヘルメットをつけた男が踏みこんできた。ヘルメットには光学装置がつき、右目の上にかぶさっている。背後に同じ姿の男がもうひとりいた。

先頭の男は確実に仕止められるが、うしろの男は難しい。先頭の男の体が盾になるからだ。うしろからMP5SDを撃ちまくられたら、おしまいだ。

先頭の男がベッドに歩み寄るまで待った。布団をめくる瞬間、男はこちらに背を向けた。
反撃に備えているのだ。屋内での戦闘訓練をうけている証拠だった。
先頭の男が完全に室内に入った。うしろの男は、扉と扉のあいだで待機している。
恐怖のあまり発砲したくなる気持をこらえた。

ソファの陰から身をのりだし、扉と扉のあいだにいる男の光学装置を狙《ねら》って、SOCOMの引き金を絞った。結果を確かめず、体を左にひねった。先頭の男がさっとふりかえり、MP5SDをかまえた。

たてつづけにSOCOMを発射したが、アーマーに当たった。弾速の遅い45ACPは、アーマーの前では威力を失う。男は一瞬よろけながらも、MP5SDを発射した。銃弾が手前のガラステーブルを粉砕し、ソファの下部につき刺さる。スローモーションの映像を見ているようだった。わたしは覚悟した。

不意に頭上で銃声が轟《とどろ》き、映像が速度をとり戻した。銃声はさらにつづいた。男のヘルメットが傾き、MP5SDの銃口がそれた。さらに首から血しぶきがあがって、男は膝《ひざ》から崩れ落ちた。

最初に撃った男に目を戻した。三和土にうずくまり、動かない。
トイレの扉が開き、駒形が姿を見せた。リボルバーを握っている。手ぶりでそこにいろと合図し、わたしは部屋の入口に歩みよった。眉間《みけん》に弾丸が入った男は、絶命していた。その死体を動かし、外扉に耳を押しつけた。

バックアップは必ずいる。問題はその位置だ。部屋のすぐ外か、廊下の少し離れた場所か。

SOCOMの残弾は一発。かさばるベレッタを腰から抜き、マガジンを調べた。七・六五ミリ弾が四発、薬室に一発だ。SOCOMをベレッタにもちかえた。45ACPに比べると、ひどく攻撃力が落ちた気分になる。

外扉を開けた瞬間に撃たれるということはない。バックアップは、仲間かどうかをまず確認する。

死体から血で濡《ぬ》れたボディアーマーを外し、身につけた。ジャケットの下に着ている抗弾ベストよりはるかに堅固だ。

貫通力を落とすベレッタのサプレッサーを外そうとしたが、ビスどめされている。

わたしは歯をくいしばった。

やるしかない。内扉を閉め、死体をもたせかけると外扉のノブを回し、内側に引いた。

扉の外に人はいなかった。今いる部屋は、廊下のつきあたりにある。でて右が、エレベータホールだ。

待った。廊下に人の気配がする。

バックアップは、内部のようすを確認せずには撃てない。同士討ちの危険がある。

わたしは頭上を見た。天井まで二メートル強あって、内扉と外扉のあいだは、狭いところで幅が五、六十センチだ。三和土の広さだけなのだ。壁から箱型の照明がつきでている。

死体の肩に足をかけ、照明のカバーをつかんで、体をもちあげた。

足音がした。複数だ。

背中を壁、両足の爪先《つまさき》を反対側の壁に押しつけ、三和土の天井のすぐ下に浮かんだ。体をつっぱらせることで、宙に固定した。

頭とグレイのスーツの肩が見えた。ボディアーマーとヘルメットは着けていない。足の筋肉が震え、ふくらはぎが痙攣《けいれん》をおこしそうだ。

「おい」

男が声を発し、内扉にもたせかけた男の死体にかがみこんだ。

「やられてる」

背後をふりかえって小声でいった。革のジャケットの男が頭をのぞかせた。

ベレッタのサプレッサーをそのうなじに向け、引き金をしぼった。男はがくんと首をふってひざまずいた。

限界だった。ふりかえったグレイのスーツの目の前にわたしは落下した。男がのけぞり、わたしは下からサプレッサーを男の下腹部に押しあてた。男は右手を腰のホルスターにのばしたまま、凍りついた。

「他に仲間は？」

革ジャケットの背中がわたしの下にあって、ごぼっ、ごぼっと濁った咳《せき》をしていた。

グレイのスーツは目をみひらき、首をふった。

「全部で何人？」

「四人」

即座に男が答えた。わたしは立ちあがり、男の腰の銃を奪った。ＳＩＧだ。

左膝が痛んだ。落ちたときにぶつけたのだ。

インドアコンバットの訓練をうけていたのが役立った。遮蔽物《しゃへいぶつ》の少ない狭い空間では、縦のポジションどりが被弾を防ぐのに役立つ。

廊下をのぞいた。人けはない。騒ぎになっているようすもない。

男にベレッタを向け、外扉と廊下のあいだに倒れている革ジャケットを示した。

「中に入れて」

男は革ジャケットの肩をつかみ、ひきずりこんだ。咳は止まっていて、三和土に血だまりができている。

外扉を閉めた。内扉を開けると、MP5SDを二挺《ちょう》手にした駒形がいた。

「予備のマガジンもある筈」

「とりあげた」

男をソファにすわらせ、わたしはライトコントローラーで部屋の照度をあげた。駒形は、まっ白な顔だったが、おちついていた。

「どこなの？」

男の顔にベレッタを向け、わたしは訊ねた。男はひきつった顔で仲間の死体を見つめている。ようやくわたしを見た。

「本当だった。めちゃくちゃ凄腕《すごうで》だって聞いてたが」

わたしは息を吐き、

「どこからきたの？」

と質問をくり返した。

「渋谷だ」

「渋谷のどこ」

「東一丁目にできたばかりの施設がある」

「何の施設だ」

駒形が訊いた。

「処理部隊専用の施設だ。地下に訓練所があって、医療設備もある――」

「いつできたの？」

わたしは男の言葉をさえぎった。

「先月だ。部隊の再編成がある、と聞かされた。うちと、海外専門でやってきたチームとが統合される。新しい部隊の基地になる予定だ」

「俺たちのことは何といわれてきた」

駒形が訊ねた。

「海外専門チームから離脱し、統制官を殺した裏切り者だと。回避不能の緊急処理の命令だ」

「どうやってここをつきとめたの？」

「幕張から尾行した。お宅らのS・Rの情報は全部もってる」

「回収のスケジュールは？」

「今日中だ。このホテルは閉鎖した。警視庁への協力依頼もすんでいる」

「立って。渋谷に案内しなさい」

駒形は驚いたようにわたしを見た。

「本気か」

「所長はわたしたちを処理するつもりだった。事態の沈静化というのは、わたしたちが死ぬことよ。つまり、どこに逃げても追っ手がかかる」

「だからって相手の本拠地に乗りこむのか」

「あなたはこなくていい。わたしがひとりでいく」

「馬鹿をいうな」

「あなたはわたしの保険になる。二人でいったら、二人とも殺されて終わり。どちらかひとりが生き残れば、それは爆弾になる。現役警官のあなたのほうが爆発力が大きい」

男が驚いたように駒形を見た。

「警官だって⁈　本当か」

「いつまでかはわからない。もしかするともう、失職しているかもしれん」

駒形は低い声で答えた。

「車はどこ？」

わたしは男に訊ねた。

「下の駐車場だ」

「ここからは別々よ」

駒形に告げた。

「お義父さんの件は？」

「今はなし」

「どうやって連絡をとりあう？」

「携帯でも何でも。わたしたち二人の安全を確保できたら連絡する」

嘘だった。駒形もそれに気づいた。

「あんた――」

いいかけ、黙った。

「それとここをでたら、すぐに救急車を呼んで。もしかすると、一人か二人は助かるかもしれない」

「わかった」

わたしは男に命じた。

「立ちなさい」

25

わたしたちのレンタカー以外、駐車場には車が二台あるきりだった。荷室に窓のないパネルバンと紺のクラウンだ。男はクラウンのキィをもっていた。

「わたしたちが先にでて、待ち伏せがないと確認したら連絡する」

ホテル外で待機している部隊はないと、男はいった。緊急出動したので人員の手配が間に合わなかったというのだ。嘘《うそ》である可能性は低い。待ち伏せをわたしに知られたら、即座に殺されるとわかっているからだ。

男を運転席にすわらせ、バスタオルにくるんだMP5SD二挺《ちょう》と予備マガジンをもって、わたしは後部席にのりこんだ。

一生逃げ回ることなどできない。研究所と「連合会」は、統合に向けわたしを不要と判断したのだ。いや、不要ではなく、障害だ。

何が原因でこうなったのか。

きっかけは洋祐の死だ。「連合会」が洋祐を処理し、それを調べだしたわたしが「連合会」の人間を死亡させた。おそらくその段階では、わたしが研究所に所属する者だと知っていたのは大場だけだったろう。わたしを危険視した「連合会」は代々木の「苗佳のマンション」を用意した。そこでわたしと駒形を処理する筈《はず》だったのが、伊藤の失態で大場が死亡した。

それが事態を混乱させた。

研究所と「連合会」の、両機関にまたがって情報を掌握していた大場が死んだことで、双方とも事態の収拾に向け計画をたてられる人間を失った。

「連合会」における大場の位置がどのレベルであったかはわからないが、ふたつの機関の上位組織は、わたしの処理を決定した。

短絡的な判断だ。わたしは腹立たしさを感じた。なぜそんな単純な決定を下したのだ。

邪魔者は消せといわんばかりだ。結果、栃崎が死に、瀬戸圭子は重傷を負い、「連合会」も工作員を数名失った。

「あなたの名前は？」

ふと思いつき、わたしは運転している男に訊《たず》ねた。

「土田《つちだ》」

男は短く答えた。運転は滑らかで、怯《おび》えている気配はない。運転中に撃たれるとは考えていないようだ。実際、そんなことをして、危険にさらされるのはわたしのほうだ。

「どこにいたの、『連合会』の前は」

「自衛隊だ。そのあと漁師をしてた」

「命令は、わたしの処理？」

「あんたともうひとり」

瀬戸圭子の失敗の連絡をうけ、研究所は「連合会」の工作員を出動させた。瀬戸圭子が連絡したのは中嶋だろう。杉井は、わたしたちと会った時点で、処理を決心していたにちがいない。瀬戸圭子が失敗さえしなければ、最も穏便にわたしを処理できた。

「渋谷にいって何をするんだ。よければ俺にも協力させてくれ」

土田がいった。

「協力？」

「あんたの腕はわかった。殺されたくないからな。俺にできることなら、何でも協力する」

わからないのは義父だった。洋祐の処理命令を下したのが本当に義父なら、事態が混乱するのを予測できた。処理をどうしても避けられないなら、洋祐とわたしを同時に殺せばよかったのだ。

「わたしの腕のことを、誰から聞いたの？」

「大場さんだ」

土田が答えた。

「撃ち合いだけなら俺たちが勝つだろう。だが判断の速さや行動の的確さにおいて、あんたに勝てる奴《やつ》はいない、といわれた。あんたは戦争屋じゃなくて、本物のプロだと。いわれたときは頭にきた。何いってやがる、先に殺せる奴が一番なんだってな。まさか四人でいって、負けるとは思わなかった」

勝ち負けで人殺しを考えたことなどない。確かに戦争屋だ。そしてそれがこの土田とわたしのちがいだ。

「大場さんが殺《や》られたと聞いたときも驚いたよ」

「わたしじゃない。伊藤を知ってる？」

「あの変態か」

「彼が殺った」

土田は運転中にもかかわらず、わたしをふりかえった。

「あんたじゃないのか。あんただって聞いたぞ」

「誰から？　南雲？」

「小野さんだ」

小野をとばし、南雲が自分を雇ったと伊藤がいっていたのを思いだした。南雲は、伊藤を動かしているのを小野に隠していたのだ。結果、大場を死なせたのは、わたしになった。

誰もが嘘つきだ。南雲も、杉井も。

「南雲さんを知っているのか、あんた」

土田が訊ねた。

「今朝会ったばかりよ」

土田は黙りこんだ。その理由を考えているようだ。

「南雲と大場さんでは、どちらの立場が上だったの」

「南雲さんだ」

研究所と似ている、とわたしは思った。中嶋と大場はどちらも副所長だが、中嶋のほうが格上だった。実戦を知らない人間が上に立っている。

「小野という男は？」

「現場のリーダーだ。渋谷にいけば会える」

わたしは携帯電話に電池をはめこんだ。駒形に安全を知らせ、それから義父にかけた。

「はい」

「智と話させて下さい」

義父はつかのま黙った。

「今、ここにはいない」

わたしは時計を見た。午後七時を回っている。

「どこにいるのですか」

義父は無言だった。

「お義父《とう》さん――」

「智は大丈夫だ。君は、どうしている？」

下腹部が氷のように冷たくなった。「君は、どうしている？」——義父は、この数時間のできごとをすべて知らされているにちがいない。

「確認したいことがあって動いています」

義父が智を危険にさらす筈がない。あれほどかわいがっている孫なのだ。だが、その孫の父親、血を分けた息子を、この男は殺させた。

「落ちつくのを待つ筈ではなかったのかな」

責めているようには聞こえない口調で義父は訊ねた。

「それができないんです」

「できない、とは？」

「研究所と『連合会』は、わたしの処理を決めたようです。この二時間のあいだに、双方から襲撃をうけました」

「そんな筈はない」

声だけでは、嘘をいっているのかどうかが判断できなかった。

「事実です」

「だが襲撃はうまくいかなかった。だから君は私と話している」

「はい」

義父は沈黙した。

「智はどこにいるのですか」

「安全な場所だ。呼びだしがあり、私たちは急遽《きゅうきょ》東京に戻った」

「ではお義父さんはどこに？」

「今は、関係者の事務所にいる」

「関係者？」

「先ほど君が訊《き》いた、橋田さんのところだ。今後の対策を協議するつもりだ」

「教えて下さい。智はどこです？」

「教えるわけにはいかない。不測の事態を避けたい」

「不測の事態？」

わたしは笑い声をたてた。目に涙がにじんでいた。

「今だって不測の事態だらけです。お義父さんが洋祐さんの処理を命じたのだと聞かされたんですよ」

義父は答えなかった。

「本当なんですね」

「それは、会って説明したい」

「わかりました。でも、なぜわたしもいっしょに処理しなかったんです？　そうすればこうなるのを避けられたかもしれないのに」

　義父は息を吐いた。

「理由はふたつある。ひとつは、君という人材を失うことを惜しんだ。もうひとつは、これが主な理由だが、智には母親が必要だからだ」

　わたしも息を吐いた。智が安全だという、義父の言葉は信じてもよいような気がした。

「今、渋谷に向かっています」

「渋谷？」

「東一丁目に新しい施設ができたそうですね」

「あそこか。なぜ、そんなところに？」

「何が起こったかを説明できる人間がいると思うからです」

「無謀だね」

「そう思うなら、わたしに手だしをしないよう、伝えて下さい」

　駒形のことはいわずにおいた。切り札といえるほどではないが、さらすカードは少なければ少ないほどいい。

「努力はする」

「それでは」

わたしは電話を切った。電池を外す必要はもうない。わたしが向かう場所を、これで多くの人間が知ったろう。

土田に訊ねた。

「『連合会』の処理チームには、あと何人いるの」

「小野さんを別にしたらあとひとりしか残ってない。浦山《うらやま》さんて、女の人だ」

赤坂の路上で会った女だ。

「たぶん渋谷にはいない」

「なぜ」

「一昨日から、理事長に呼ばれて特別任務についている」

「特別任務？」

「中身は知らない。本当だ」

車は、六本木通りの青山トンネルを抜けていた。

土田が左のウインカーを点《とも》した。

「もう、近くだ」

「とりあえず一度、前を通りすぎて」

「わかった」

ＭＰ５ＳＤを点検した。予備も含めて、フル装弾されたマガジンが三本ある。それだけで九十発だ。

　土田は並木橋の交差点につながる道を、左に曲がった。

「左側に見える建物がそうだ」

　低層のマンションや一戸建てに混じって、四階建ての褐色の建物があった。敷地はかなり広く、小規模な博物館か何かの記念館のように見える。大学や女子校が近くにあるので、違和感なく街に溶けこんでいた。

「学生が多いんだとよ、この辺は。だから人の出入りがめだたなくていいらしい」

　建物と同じ褐色の高い塀には、防犯カメラがいくつもとりつけられ、一カ所だけある切れ目にシャッターが降りていた。その前を通りすぎ、土田は車を左折させた。大学の敷地に隣接した坂を登る。

「止めて」

　わたしは命じた。土田はハザードを点し、クラウンを路肩に寄せた。

　あたりは高級住宅地である上に、小学校、中学校、高校から大学までもが集まっている。さすがにこの路上で、「連合会」が襲撃をしかけてくるとは思えなかった。

「携帯を見ていいか。音を切っていたが、きっとかかってきていると思うんだ」

　土田がいった。

「どうぞ」

土田は上着からとりだした。

「やっぱりな。めちゃくちゃ着信があるし、メールも入ってる」

「さっきの施設にはどうやって入るの？」

「シャッターのリモコンがある」

運転席のサンバイザーを示して土田は答えた。

塀に囲まれているとはいえ、敷地内に入ったとたん発砲される可能性は低いだろう。が、消音性能の高いライフルでの狙撃《そげき》なら、充分考えられる。

あとは義父がどこまで抑えこめるかだ。

「いって」

わたしはいった。「連合会」の工作員が残り少ないことは、土田だけでなく、伊藤からも聞いている。より確実な処理が要求されるこの状況では、まず対象者であるわたしを屋内に誘導する筈だ。

「何をするんだよ」

土田の声に初めて不安がにじんだ。

「嘘をついた人間がいる。なぜ嘘をついたのかを訊きたい」

土田は体をねじり、わたしを見た。

「何だって？　何をいってるんだ、あんた」

「いいから。いきなさい」

「殴りこむのかよ」

わたしは笑った。

「なぜそんなことをするの」

「だって俺たちは、あんたを殺そうとした」

「それは仕事でしょ。命令されたからしたにすぎない」

「恨んでないのか」

「別に」

土田は再びわたしを見つめ、ほっと息を吐いた。

「やっとわかったよ。大場さんがあんたには敵《かな》わないといったわけが。あんたは本当に冷静なんだな」

わたしは無言だった。MP5SDの発射システムをフルオートにし、予備マガジンをショルダーバッグに入れて、首から斜めがけした。残弾四発のベレッタも入っているのでショルダーストラップが肩にくいこむ。

土田はクラウンをシャッターの前に止め、サンバイザーにはさんでいたリモコンを操作した。

塀にとりつけられた照明が点灯し、クラウンを照らしだした。同時にシャッターが上がりだす。

わたしは狙撃に備え、運転席の背もたれの陰で身を低くした。高威力の狙撃用ライフルなら、土田の体とシートを貫いて、わたしを仕止められる。ただしその場合、サプレッサーは使用できない。銃声は、この住宅街に響き渡るだろう。

シャッターが上がりきるのを待たず、土田はクラウンを敷地内に進入させた。一刻も早く自陣に帰りつきたい気持なのだろう。

「車はふだん、どこに止めているの？」

「そこだ」

建物の正面に車寄せがあり、乗用車やバン、バイクが数台止まっていた。

「じゃあそこに止めて」

土田はわたしの言葉にしたがった。エンジンを切ろうとしたのでいった。

「エンジンは切らないで」

「ここにいるのか」

「そう」

わたしをふりかえり、何かいいかけたが、

「わかった」

と正面を向いた。

わたしが屋外にいる限り、相手は強力な武器を使えない。建物に入ったら、銃声に配慮する必要はなくなる。訓練用の施設があるとなると、防音設備は整っている筈だ。わたしは褐色の建物を観察した。見える範囲では、出入口は中央部にある一カ所だけだ。

建物は横長の四階建てで、長いほうの面に各階、窓が四つある。すべてブラインドが降りているが、一、二階の右側の四つの窓からは明りが洩《も》れていた。

狙撃手が潜むとすれば、一、二階の左側のブラインドの陰だろう。三、四階にも待機していておかしくはないが、射入角を考えると、止まっている車内を狙《ねら》い撃つには上層階からは難しい。

出入口のガラス扉の向こうに人影が立った。扉ごしにこちらを観察しているようだ。やがて扉を押し開け、外に現われた。

長身の男だった。黒い革のジャケットにハイネックのセーターを着ている。髪を短く刈っていた。背すじをぴんとのばし、やや外股《そとまた》の歩きかたで近づいてくると、五メートルほど離れた位置で立ち止まった。

「彼は？」

わたしは運転席の背もたれにぴったりと体を寄せたまま訊ねた。

「小野さんだ」

わたしはサイドウインドウをおろした。

「上着を脱いで」

わたしはおろした窓ごしにいった。

「話しあおう」

小野がいった。

「そのつもりよ。だから上着を脱いで」

小野はジャケットを脱いだ。抗弾ベストと腰のホルスターが露《あら》わになった。

「上着と銃をおいてこちらにきなさい。この窓の前に立って」

小野の口もとがわずかにゆるんだ。わたしが小野を盾にしようとしているのに気づいたようだ。

ジャケットを地面におき、その上にホルスターから抜いた銃をのせた。ＳＩＧだ。

まっすぐ歩みよってくる。

「止まって」

窓から五十センチほどまできたところで命じた。小野はぴたりと足を止めた。

「マイクはどこ？」

近くから見ると、小野は五十歳くらいだった。体型や動きは若々しいが、目もとや固く結んだ口もとに年齢が表われている。顎《あご》が細く、容赦のなさを感じさせる。

「セーターの内側だ」

「外して投げなさい」

ベルトの上から手をさしこみ、小野はピンマイクを引き抜いた。送信機はベルトの背中側に留められていた。うしろも見ずに、マイクと送信機を投げすてた。

「いいわ。じゃあズボンと靴を脱いで」

「おい」

土田があせったようにわたしにふりむいた。

「わたしならバックアップの銃かナイフを足につけておく」

小野は無言で言葉にしたがった。下半身はボクサーパンツとソックス、右足首に留めた小型のホルスターだけという姿になった。

「外して」

小野は足首のホルスターを外し、脱いだブーツのかたわらにそっとおいた。私物は大切にする性格のようだ。

わたしは後部席を横に移動した。

「乗りなさい」

ドアを開け、小野は乗りこんできた。かすかにローションの匂《にお》いがした。

「私は小野という」

「彼から聞いた」

わたしは土田を示した。

「他のメンバーはどうなった？」

「まっすぐここには帰ってこられない」

小野は瞬《まばた》きした。

「君が無力化したのか」

「協力者がいました。その者とは現地で別れました」

土田が早口でいった。

「黙ってて。次に勝手に話したら、撃つ」

わたしはいった。土田の後頭部が上下に動いた。

「要求を聞こう」

小野はわたしを見つめた。細く、切れ長の目は、蛇を思わせる。

「わたしと駒形に対する処理命令を撤回する文書を作ること。それに橋田理事長と杉井所長二人の署名捺印《なついん》がほしい」

「そんな書類は作れない」

「駒形が告発する」

「彼はもう警察官ではない」

「マスコミは？　テレビ、新聞、週刊誌。駒形は、わたしが研究所について知っていること、おこなってきたこと、すべてを書いた告白文のコピーをもっている。それは、わたしに何かあったらインターネット上にも公開される」

嘘だったが、確かめる手段はない。

小野はすぐには何もいわなかった。やがて、

「冷静だな」

といった。

「そうじゃないと思っていた？」

「逆上して大場さんを射殺したろう」

「逆上もしていないし、大場さんを殺してもいない。南雲が、あなたたちのところにいた伊藤を雇って、その伊藤が失敗した」

「伊藤の話は聞いた。なぜ幕張にいたのだろうと思っていたが、そういうことだったのか」

「瀬戸圭子は生きているの」

「病院にいる」

「回収班は共通というわけね」

「ある意味、処理要員以上に特殊な仕事だからな」

「わたしの要求はどうなの？」

「私の一存では答えられない」

「責任者に電話をしなさい」

「電話は上着の中だ」

土田の背に触れた。びくりとする。

「電話を渡して。いっておくけど南雲を責任者だとわたしは思っていない。彼は嘘をついた。嘘をつかない人間の判断を知りたいの」

「嘘をつかない者などいない」

「外にはね。内にはついてほしくない。そう思わない？　あなたも南雲にだまされたのだから」

小野の口もとがはっきりわかるほどほころんだ。

「おもしろい。想像していた人間とはまるでちがった」

土田が肩ごしに携帯電話を手渡した。

「ヒステリーをおこして撃ちまくっていると思った？」

「まあ、近いな」

携帯電話を操作し、耳にあてた。

「小野です。対象者一と交渉しています。二は現場におりません。一は、理事長と研究所所長両名の署名捺印入りの、処理命令撤回書を要求しています。要求が通らない場合、一の経歴告白文がインターネット上に公開され、同時に対象者二によるマスコミとの接触も示唆《しさ》しています」

電話を耳から外し、いった。

「時間が必要だそうだ」

「三十分以内」

小野は首をふった。

「不可能だ」

「そう？　理事長も所長も待機している筈だけど」

小野は電話を耳にあてた。

「延長は不可能です」

相手の返事を聞き、わたしに訊ねた。

「書面はここにもってこさせるのか」

「そう。神村直祐《なおすけ》氏に届けさせてもらいたい」

「神村？」

小野はわずかに眉《まゆ》をひそめた。

「そういえばわかる」

わたしはいって、自分の携帯電話をとりだし、義父の携帯電話にかけた。すぐにでた。

「交渉の内容は伝わっていますか」

前おき抜きで訊ねた。義父は一瞬沈黙し、

「ああ」

とだけ、答えた。

「お義父さんと智の二人でここに文書をもってきていただきたいのです」

「智も？」

「智がどこで誰といるかが心配なので」

「私を」

いって、義父は言葉を切った。咳《せき》ばらいし、

「恨んでいるだろうね」

とつづけた。

「理由を聞きたい。あなた自身の口から」

「智の前で、かね。それなら今話そう」

「電話では聞きたくありません。智は、そのときは離れたところにいさせます」

義父は大きく息を吐いた。

小野が会話をやめ、わたしを見ていた。

「誰なんだ」

低い声でわたしに訊ねた。

「聞いてない？　義理の父よ。神村直祐」

「どうなってる」

小野は顔をしかめた。

「おい」

土田がいった。建物のガラス扉が開き、別の男が姿を現わした。南雲だった。

南雲はまっすぐ車に近づいてくるといった。

「小野くん、交替だ。交渉は私がひきうける」

わたしには一切、目を向けなかった。小野はわたしを見た。

「交替は許可しない」

小野は南雲を見やった。

「聞こえましたか」

「神村さん、私から説明しなければならないことがあります。いろいろと手違いが生じたので――」

「手違いで今あなたを撃つこともできる。伊藤が大場さんを撃ったように」

南雲の顔がこわばった。

「土田さん」

わたしはいった。

「あなたたちに指示を下したのは誰？」

「指示って？」

「あのホテルにいってわたしたちを殺せと命じた人間よ」

土田は沈黙した。

「大丈夫。聞いたからってその人を殺しはしない」

「南雲さんだ。だが指示はもっと上からきていた筈だ」

「誰と話している？」

義父の声が聞こえた。

「『連合会』の命令系統に混乱が生じているようです。個人的に退職者を使い、それが死者を生みました。大場さんです」

「個人的にではない！」

強い口調で南雲がいった。

「では誰からの指示だったの」

南雲は黙った。

「今はそんな話をしているときなのか」

小野がいった。

「話をしないなら殺し合うしかない。できるのはそれくらいよ、わたしたちには」

「神村さん、あなたの軽率な行動が、すべての原因となったのです」

「主人が殺された理由を調べたことをいっているの？」

「そうです。なぜ我慢しなかったのです。あなたはプロだ。身内であろうと死は死だとうけいれるべきだった。伊藤に接触し、監視チームに死者までだした」

「それが本音ね。朝とはいっていることがちがう」

南雲ははっとしたような顔になった。

「どうやら私も向かったほうがいいようだ」

義父がいった。

「文書のことを忘れないで下さい」

「それは私の判断を超えている」

「嘘はやめて下さい。お義父さんの判断は、強い力をもつ筈です」

義父は黙った。

「お待ちしています」

わたしは電話を切った。

「本当のことをいいます」

　南雲がいった。

「わたしにはそれが本当かどうかわからない」

「とにかく聞いて下さい。ただそれには、小野くんと土田くんに、席を外してもらう必要がある」

「彼らにも聞いてもらう。それが嫌なら、話さなくていい」

「あなたという人は――」

　南雲は絶句した。小野がいった。

「南雲さん、彼女に通常の交渉方法は通用しない。レベル的に我々を超えています」

「わかっている。だからこそ――」

　いって、荒々しく息を吐いた。

「いいでしょう。このまま話します。訓練だったのです」

「訓練？」

　小野がふりむくと、南雲は頷《うなず》いた。

「神村さんがご主人の死のことを調査し始めたとき、大場さんが考えたんです」

　南雲はわたしを見つめていった。

「つづけて」

「神村さんの調査を止めさせるのはおそらく難しいだろう。止めるよう命令《めい》すれば、ご主人の死が処理活動であったことを逆に教えるようなものだ。であるなら、神村さんに比べ、能力の低い『連合会』の工作員の訓練にそれを利用しようと大場さんはいいだしたのです」

「意味がわからない」

　わたしはいった。

「あなたにはわからないでしょう。あなたは戦闘技術を除けば、処理活動に必要な情報収集手段や現場での判断方法、それらに基く行動の手順を、誰かに教わったことなどない。その必要がないほど高い能力をもっているからです。しかし、多くの人間はちがいます。戦闘能力は高くても、状況に応じた指示なしでは誤った判断や行動をすることがある。優秀な兵士が戦場で命を落とすのは、多くの場合、作戦で想定されていない事態に直面したときです。戦闘能力は、作戦の成否を決める一要素に過ぎない。重要なのは、事態の推移に柔軟に対応できる判断力と、その判断の結果がもたらす状況を予測する想像力です。

　あなたにはすべてをあわせた能力があり、それは第三者による訓練で身についたものではない。おそらくもともとの才能に、生きのびるためのさまざまな工夫が加わって、そうなったのです。大場さんは、それを『連合会』の工作員に学ばせたいと考えた。あなたが伊藤を利用して、新宿署の刑事を牽制《けんせい》するという案をたてたとき、大場さんは予測したんです。おそらくあなたは伊藤の正体に気づく。そして『連合会』に対しても疑問を抱くだろう。疑問をもったあなたは調査をするし、遠からず『連合会』の実態もつきとめる。であるなら、あなたに対応させることで『連合会』の工作員の訓練がおこなえると考えたのです。上野に訪ねてきたあなたを工作員に尾行させ、それに失敗すると、今度はあなたを確保させようと試みた。あなたは新宿署に我々の協力者がいると考えたようですが、駒形を監視対象においたのは、大場さんの指示でした」

「じゃあ、彼らは訓練でわたしを拉致《らち》しようとしたわけ？」

南雲は首をふった。

「工作員にあらかじめ訓練だといえば、あなたの行動を分析しようとは考えない。それに訓練と知れば、あなたへの指示もどこかからでていると考え、指示者の意図を先読みすることに意識が向かってしまいます。それくらいの能力は彼らにもありました」

「訓練なのに銃をもたせた」

「あれは愚かな失敗です。あなたは丸腰だと、私は大場さんから聞いていた。だから銃までは必要ないといったのに、亀井がもちだしていたのです。彼は、現場のリーダーだったので失敗したくないという気持が強かったのでしょう。結果、あなたは能力の高さを証明し、『連合会』側は未熟さを露呈した」

「訓練なんかに何の意味があるの。それでひとり死んだ」

「重要です。仲間を失ったことで、彼らはさらに努力が必要だと気づいた」

「ではさっきわたしたちを襲わせたのも訓練だったの？」

南雲は下を向き、低い声でいった。

「私はもともと、大場さんの発案には反対していた。はっきりいって、大場さんはあなたを買いかぶっている、と考えていました。あなたに対する高評価には、個人的な感情も混じっている、いくら長期間あなたを監視していたからといって、そこまで優秀だという彼の意見には納得していなかった」

南雲はそこで言葉を切り、喘《あえ》ぐように深呼吸した。

「尾行、確保ともに失敗し、残念ながら大場さんのあなたへの評価が正しかったと証明されてしまった。一方で、私はあなたに対し危機感をもたざるをえなかった。いずれ『連合会』と『研究所』はひとつになる。そのとき、こちらのチームの人間を死なせたあなたの存在は、必ずしこりになる」

「それで伊藤を雇った」

わたしはいった。

「大場さんの死は、事故じゃなかったのね」

南雲は、はっと顔を上げた。

「あなたは、代々木のマンションにいる全員を殺せと命じた。わたしを対象にした訓練が失敗したことで、ひとつになったあとの機関内で、自分の影響力が低下すると予想したから。『連合会』の処理チームはあなたが集めた人間で構成されている。『研究所』でその役割を果たしたのは大場さんだった。より優秀な人間を集めた者が立場を強くする。そうなるのを、あなたは危惧《きぐ》した」

「ちがいます」

南雲は首をふった。

「あれは事故でした」

「大場さんから、わたしの能力について他に聞かされていなかった？」

「そういえば、何かいっていましたね。人間の心理を、行動から逆算できるとか」

「そう。あなたが伊藤を雇った行動の背景には、自分の立場を守りたいという欲求があった。そのために、わたしより大場さんの排除を優先させた。そこで伊藤には、まず大場さんを狙わせた。代々木のマンションで、なぜ伊藤がわたしたち全員を殺さずに逃げたのか、今わかった。大場さんが優先対象者だったから。大場さんを仕止めたあと、危険を感じた伊藤は、あの場に留まらなかった」

南雲は小さく何度も首をふった。

「それは誤解です」

「伊藤が白状したのよ」

南雲は目をみひらいた。ショックをうけたように数歩、後退した。

「そんな筈はない」

「嘘よ。伊藤からは何も聞いていない。でも今のあなたの態度で、大場さんを対象者にしていたのがわかった」

南雲はわたしを見つめた。

「あなたは医者で、特に伊藤のような人間に興味をもち、研究の対象にしてきた。だから伊藤に、誰かを殺して誰かは殺すな、という命令が通じないことはわかっていた筈。『連合会』にいたときは、伊藤には仲間がいたので、行動を抑制できた。しかし単独での殺人を伊藤に命じたら、それはできない。伊藤は人殺しにのめりこむ。自らの身に危険が及ばない限り、その場にいる全員を殺すまで撤収しなかったでしょう。伊藤を雇った時点で、あなたは伊藤のその〝弱点〟を利用するつもりだった」

伊藤は「あの部屋にいる人間全部」と答えた。全部という言葉に、伊藤はきっと反応したろう。ひとりでも多く殺せるチャンスを求める男だった。

おそらく代々木のマンションを設定したのもこの南雲だ。公安関係者に見えた男たちを大場にひきあわせ、あのマンションに誘導した。

「論理的な話だ。伊藤は確かにそういう奴だった」

小野がいった。

「小野くんまで何をいっている。私がそんな派閥争いを好む人間だと思うのかね」

「派閥争いとはちがう。どちらが上手に人殺しを操れるかというだけのこと。おそらくあなたは欠点のはっきりした人間に、それを矯正させて満足を感じるのね。朝、キャンパスでわたしにいったように、『連合会』は、明らかに研究所より能力の劣る工作員が多かった。それを鍛えて、研究所より優れたチームを作ることをめざしていたのじゃない？　そうすれば、大場さんより自分のほうが管理者として上であると証明できる」

「的外れの話だ。あなたに何がわかる。私は専門家だ――」

「何の？」

わたしは言葉をさえぎった。

「何の？　治療の、です。社会病質者や反社会性パーソナリティ障害の鑑定や治療を長くおこなってきた」

「あなたが『連合会』でしてきたのは治療？」

「ちがう」

小野が低い声でいった。

「小野くんは黙っていろ」

わたしは首をふった。

「あなたにとって観察は楽しかったでしょうね。人殺しの心理を分析し、どんな状況で、人殺しの能力が最大限に発揮されるのかを実験した。けれどもあなたは、実際の人殺しに立ちあうことはなかった」

「そんなことはない。私も立ちあった」

「では訊くけど、そのときの作戦は誰がたてたの？ 侵入の手順、殺人の手段、撤収のタイミングと方法について、あなたが計画をたてたの？」

「それは私の仕事ではない。私の仕事は、精神面での管理や暴走を防ぐことだ」

「大場さんとはそこがちがった」

「当然だ。大場さんも、私の患者だった」

「彼はあなたに治療を求めていたの？」

「それはなかった」

「なのにあなたは患者だと思っていた。患者が、医師であるあなたより高い評価をうけるのは、かなりの屈辱でしょうね」

南雲は頬を張られたような表情になった。

「何をいってる――」

「あなたを言葉の罠《わな》にかけただけよ。大場さんに殺意をもっていた可能性を、今あなたは認めた」

南雲は言葉を失ったように、何度も瞬きした。怒りをおさえこもうと努力しているのがわかった。

「不愉快でしょう。一患者にすぎないわたしに、こんな風に分析されて」

南雲はわたしから目をそらした。どこかにあるかもしれない反論の糸口を捜しているように見えた。

わたしは南雲の急所を刺したことに気づいた。大場を排除した今、わたしへの処理命令は、あとかたづけに過ぎなかったのだ。

だがそれが明らかになったからといって、わたしの安全が保証されるわけではない。南雲への「連合会」内部での信頼は揺らぐだろうが、わたしを生かしておく理由にはならない。

「とにかく、車を降りて話し合いましょう」

くいしばった歯のあいだから言葉を押しだすように南雲はいった。

この男の欠点は、自分が優位にあると思えなくなると冷静さを失うことだ。現場向きではない。

「あなたを交渉者にはしない」

「神村さん、私を交渉者にしなかったら、誰をするんです。よく考えて下さい。私は今、あなたの味方です」

「味方？」

わたしは笑った。

「二度も自分を殺させようとした人間を、味方だと考えるのは無理ね。『連合会』の処理チームに残っている人間がほとんどいないから、そういっているのでしょう」

「確かに立て直しは必要です。そのためにこそ、神村さんは重要な存在になる」

「立て直しなんて不可能よ。研究所も『連合会』も、解体される」

「確かに一度解体しなければ、ひとつにはなれません」

「そうじゃない。存在が公《おおやけ》になる危険がある。だから解体される」

「それは絶対にない。私たちのような存在は、国家の安全保障のためにも、必要なのです。公になることなどありえません。公になれば法に基く国家という概念が崩れる。国家を国家として存続させるために、決して社会には伝わらないように力が働きます」

「かもしれない。でもその中に、わたしやあなたが必ず入っていなければならないという理由はない」

南雲は首を傾《かし》げた。

「どうも神村さんのいっていることがわかりません。私もあなたも、必要な人間でしょう？」

「人殺しの組織に必要な人間なんていない。有効に使える人間がいるだけで。それは上から下まで、すべていっしょ。国家の存続？　ここにいる全員が死んだって、国家はなくならないでしょう。かわりはいくらでもいる。人殺しも、その人殺しを上手に使って気分をよくするお医者さんも。国家は、ひとりひとりの顔も名前も気にしない。ただ〝役割〟を果たす人間がいればそれでいいのよ」

「現実的ですね」

シャッターの向こうでライトが点り、機械音が聞こえた。

「わたしの交渉者がきたようよ」

南雲はふりかえり、あがり始めたシャッターからさしこむヘッドライトに手をかざした。

「誰だ」

黒塗りのアルファードが見えた。

「理事長」

南雲がつぶやいた。

「なんで理事長がくるんだ」

アルファードは敷地内に進入すると、わたしたちの乗る車と建物の中間で停止した。運転席と助手席の双方から、男たちが降り、スライドドアの前に立った。

わたしの携帯電話が鳴った。義父だった。

「どこにいる？」

「止まっているクラウンの中です」

「君が降りないと、私たちを降ろすわけにはいかないと、護衛の人間がいっている」

「智はどこです？」

「いっしょにいる。今は寝ているが」

「ドアを開けて、智の姿を見せて下さい。そうしたら車を降ります」

アルファードのスライドドアが半分開いた。

女の姿が見えた。赤坂でわたしに特殊警棒を抜いた女だ。その膝《ひざ》に智が頭をのせていた。

こみあげた不快感を、わたしは抑えようと深呼吸した。

「起きる心配はない。朝まで眠っている」

「何をしたんです」

「薬を飲ませた」

正しい選択だろう。智に悪い記憶を残さないためには。だが、無性に腹立たしかった。

「大丈夫だ。そんなに強い薬ではないし、体に害もない」

先回りして義父がいった。

「わかりました」

智と女は、アルファードの中央にある座席にいる。そのうしろの座席に、義父がいるのだろう。

わたしはクラウンを降りた。護衛の男たちが拳銃を抜き、わたしに狙いをつけた。

「銃を捨てろ」

男のひとりが告げた。

「捨てたほうがいい。あいつらはうちの人間じゃない」

小野が低い声でいった。

南雲が動揺したようすで後退《あとじさ》った。

「君らは何だ」

男たちは答えなかった。わたしはMP5SDを地面においた。

「バッグも降ろせ」

護衛の男が命じ、言葉にしたがった。アルファードのスライドドアが全開になり、義父の姿が見えた。他にはいない。

「理事長は？　それは理事長の車でしょう？」

南雲が訊《たず》ねた。

「橋田さんはここにはきません。事態の収拾は私が任されました」

義父が座席から立ちあがり、いった。

「あなたは誰方《どなた》です？」

南雲は眉をひそめた。

「神村です」

「あなたが……」

義父はアルファードから降りたつと、あたりを見回した。

「研究所と『連合会』の活動を停止します。再開までの期間は未定です。当面、ふたつの機関の指揮は私がとることになりました」

「聞いていません。証明するものはありますか」

「証明するもの？」

心外そうに義父は南雲を見つめた。

「ええ、何か、書類のような――」

「存在しない機関の指揮権の所在を記した書類を、あなたは求めるのか」

「しかし、それでは指揮を預けるわけにはいきません。せめて理事長からお話をいただかないと」

南雲はくいさがった。わたしは別のことを考えていた。書類が作られないのは当然だ。わたしと駒形に対する処理命令撤回書も同様だった。処理命令があったと決して認められないのだから、存在しない命令の撤回書などありえない。

撤回書を要求したのは、あくまでも智に会うための方便だった。ただ連れてきてくれと頼んでも、義父は智の安全を理由に退けたにちがいなかった。取引の形をとる必要があると、わたしは思ったのだ。

「橋田さんが退任されたのを知らないのですか」

「いつです?!」

「三十分ほど前に。それについては、あなたにもメールが届いているでしょう。『関東損害保険事業者連合会』の理事長を退任する旨《むね》の。後任として、私の名も記されている筈《はず》です」

「そんな。申しわけありませんが確認しますので、このままお待ち下さい」

「かまいませんよ」

義父が頷くと、南雲は建物の中に急ぎ足で入っていった。

義父はわたしに目を向けた。

「命令の撤回書もない、ということですね」

義父は小さく頷いた。

「作りようがない。君もわかっていたと思うが」

わたしは頷きかえした。義父は厳しい目で宙を見すえた。

「どこかでボタンのかけちがいが起こってしまった。それが、機関の存続を危うくさせている」

「存続は難しいと思います」

義父は息を吐き、わたしに目を戻した。

「必要なものだ。存続が難しいなら、新たに作る他ない。幸いにして、任務を担《にな》いたいといってくれる人間はいる」

「そこの二人のように？」

「彼らはただの警護だよ」

「わたしを処理するためにきたのではないのですか」

義父は首をふった。

「君が私に危害を加えるのを恐れた者がつけただけだ」

「では銃をしまわせて下さい。ずっとわたしに向けています」

義父はつかのま沈黙し、

「銃をしまいなさい」

といった。ひとりが首をふった。

「車内にまだ二人います」

「俺は丸腰だ」

小野がいった。

「俺もです」

土田がつづいた。

「では二人とも車を降りて、両手を見える位置にだして下さい」

小野がクラウンのドアを開け、降りた。両手を胸の高さにあげている。土田もそれを見て、同じことをした。

「我々は『連合会』の処理チームに属しています」

小野が低い声でいった。

「つまり私の指揮下にあるわけだ」

「確認がとれれば。ずいぶん急な話ですから」

義父は首をわずかに傾けた。

「あなたが小野さんか」

「そうです」

義父は土田に目を向けた。

「土田です」

義父は小さく頷き、

「二人とも中に入って下さい」

と告げた。

「ここからは、私と彼女で話します。秘密保持の観点からも、それが望ましいので」

「わかりました。その前に服を着てよろしいですか」

「もちろんです。ただし、銃はおいていって下さい」

小野がズボンとブーツをはき、上着を手にとって、わたしをふりかえった。

「いっしょにやれるなら、楽しみだ。あんたは本物のようだ」

「そうなる前に殺されないように」

わたしは低い声でいった。小野は瞬きした。

「全部をきれいにして作り直すという手もあるから」

「マジかよ」

土田がつぶやいた。小野は頷いた。

「どう転がるか。確かにまったく読めないな」

土田に目配せした。

「いくぞ」

二人がクラウンを離れ、建物に歩いていった。義父の護衛のひとりがあとからつづいた。

「さて、どこで話そうか。ここでこうしていてもいいが、少し冷える」

三人が建物に入るのを見届け、義父がいった。

「こちらの車の中はどうですか」

義父は残った護衛を見た。男が動いた。まだ拳銃を手にしている。回りこむようにアルファードからクラウンに近づいてきて、わたしがおいたＭＰ５ＳＤとバッグをとりあげた。その間、わたしと義父のあいだに立とうとはしなかった。つまり、義父も銃をもっていて、その射線をさえぎらないよう注意をはらったのだ。

クラウンの後部席の床に、もう一挺《ちょう》のＭＰ５ＳＤがタオルにくるんでおいてあるのを、男は見逃した。

わたしは後部席のドアを開け、すわった。結果として、義父が前の席にすわる確率が高くなる。近すぎてはむしろ話しにくい、と人は感じるからだ。

義父が歩みよってきて、運転席のドアを開いた。

「助手席のほうが楽です」

わたしはいった。

「そうしよう」

　義父がクラウンの前を回りこむあいだに、わたしはMP5SDを足もとにひきよせた。

　助手席にすわり、ドアを閉めた義父は息を吐いた。エンジンをかけたままなので車内はあたたかい。

「私を、殺したいと思っているかね」

　ドアによりかかるようにして体をねじり、義父はわたしを見た。

「いいえ。そんなことをしたら智はひとりぼっちになってしまいます。それはおわかりの筈です」

　義父は頷いた。

「いいかね？」

　と訊ね、小ぶりの箱をとりだした。細巻きの葉巻が入っていた。窓を少しおろし、義父は火をつけた。濃い煙が、窓のすきまから外に流れでた。

「ボタンのかけちがいは、十二年前から始まっていた」

　その煙の行方を目で追いながら、義父はいった。

「洋祐さんと結婚したときからですか」

　義父は返事のかわりに咳ばらいをした。わたしは外を見た。残った護衛は、右手に銃を握ったまま、クラウンから五メートルほど離れた位置に立っていた。さほど腕がよくなくても、外からわたしを射殺できる。

「彼は、知っていた」

今となっては、不思議に驚きはなかった。処理の理由として、それ以外は考えられなかったからだ。

ただ、どうしてそうなったのかがわからなかった。

「どうやって知ったんです？」

「感じたんだそうだ。初めて君と会ったときに」

わたしは黙っていた。

「母親の話を彼から聞いたことはあるかな？」

「高校生のときに亡《な》くなったと聞きました」

「そうだが、亡くなりかたは？」

まさか。

「当時、私たちは久《く》が原《はら》にあった官舎に住んでいた。五階建てだがエレベータがなくてね。彼の母親、私の家内は、酔って階段を踏み外し、頭を強打した。脳挫傷《のうざしょう》で二日間ほど昏睡《こんすい》状態ののち、死亡した」

「その場にいらしたのですか」

「私がかね？　いや、極左グループのアジトを摘発する捜査の指揮をとっていて、一週間近く、帰宅していなかった」

「洋祐さんは？」

「もちろん、いた。事故は、深夜の十二時過ぎに発生した。家内は外で飲んで帰ってきて、自宅のある五階まであがったところで酔いが回り、めまいを起こしたようだ」

「それが真実ですか」

「わからない。ただ家内には当時、不倫関係の男がいた」

「事故の目撃者は？」

「いない。悲鳴と音を聞いて、下の階の人間がでてきたときには、家内は踊り場に倒れていたそうだ」

「洋祐さんはどこに？」

「自宅の勉強部屋だ。下の階の人間が知らせるまで、本人は騒ぎに気づかなかったといった」

　わたしは義父から目をそらした。

「事故だったのですよね」

「そうではないという証拠はない」

「不倫相手の男性は？」

「警察官で、事故が起こったときは勤務する署にいた」

「洋祐さんはその男性の存在を知っていたのですか」

義父はつかのま黙った。

「知っていた、と思う。確認をしたことはないが」

今度はわたしが黙る番だった。ありえないという考えしか浮かばない。

「たとえお母さまのことが事故ではなかったとしても、本当のわたしを見抜く理由にはならないのではありませんか」

「君は、『連合会』にいた人間の本質を見抜いたと聞いている」

「洋祐さんとわたしはちがいます。わたしは人殺しを知っている人間です。一度なら ず人を殺し、そういう人生を送ってきた者が、どんな目で他人を見るのかわかってい ます。第一、洋祐さんがそういう人だったら、わたしにもわかった筈です」

「彼は、自分の感情を、親である私にも決して悟らせなかった。そう、高校生くらいの頃から、ずっと」

「わたしに見せていたのは嘘《うそ》の顔だと?」

「嘘ではないだろう。だがすべてではなかったと思う。君らが上海旅行から帰ってきたあと、私は彼に呼びだされた。『奈々に仕事を辞めさせてほしい』といわれた」

義父に目を戻した。

「仕事を？」

「そうだ。洋祐ははっきりといった。『もうこれ以上、人殺しをつづけさせてほしくない。日に日に彼女が疲れていくのを見ていられない。だからお父さんの力で、彼女を辞めさせてほしい』」

「嘘」

無意味な言葉が口を突いた。

「自分が真実を知っていることは、君に絶対に知られたくない。死ぬまで気づいていないフリをつづけるつもりだ、といった。おそらく、長期間、彼は君のことを観察していた。もちろん容易だったにちがいない。夫婦だからね」

「しかしわたしは海外でしか仕事をしていません」

「上海のときは、同じところにいた」

「智もいっしょです。尾行とか監視は不可能だった筈です」

「本人にできなくても、人を雇うという方法もある。そこまでやっていたかどうかはわからないが、君が何日間か家を空けると、問題のある日本人が海外で死亡する。その確率は、偶然をはるかに超え、意味をもつ数字だと、彼はいっていた。それをもとに倉科先生を詰問《きつもん》し、研究所の仕事を訊《き》きだしたようだ」

わたしは、ずっと、だましているつもりでいた。

「彼の要求は厳しかった。ただちに君を辞めさせなければ、研究所の実態を公表するといった。そうなったら君の立場が損なわれるといっても聞かなかった。本当に責任を問われるべきなのは、君たち現場の人間ではなく、委員会やさらに上位の人間たちだ、と。君らは兵士で、いわば前線で戦っているに過ぎない。兵士に戦闘命令を下している者が裁かれるべきだといった」

間をおき、義父は言葉をつづけた。

「彼は憤《いきどお》っていた。君の才能を見抜き、プロの人殺しに仕立てた研究所や、そこに属する者を。彼らは君を利用している。そして君は利用されていることに気づいていない。だから何としても止めたいのだ、と。もちろん私から君に話すことはできなかった。そんな真似《まね》をしたら、彼は研究所の実態を暴《あば》く報復にでたろう。結果、それで君が傷ついたとしても、後悔を感じないようなところが彼にはあった。独善的とはいわないが、自分の中で決定し、行動した結果もたらされる痛みは、それを当然としてうけいれるような」

わかっている。洋祐はそういう人だった。どこまでも優しく、しかし決して妥協しない。

「だから、処理命令を?」

「それを決心したのは、上海で君が拘束された際の状況を聞いたときだ。上海市内かその近辺で、問題ある日本人が殺害されるかもしれないという、匿名《とくめい》の通報が上海警察に入っていたと、上海市公安局にいる友人から、あとになって私は知らされた。上海市公安局は、暴力団組長の木筑定夫の入国に神経を尖《とが》らせ、オリエンタルパークホテルを監視下においていた。その最中での通報だ。洋祐は、君が上海で任務にあたるのを予測していた」

「だから、おおぜいの警官がロビーに配置されていた……」

「上海側はターゲットが木筑のみで、しかも実行者も日本人なら、任務遂行のあと逮捕すればよいと考えていた節がある。しかし『血性帮《パン》』の首領、楊仲則を君が射殺したことで状況がかわった。『血性帮』の勢力拡大を助長したのは北京筋で、その背景には上海市政府との対立がある。楊の死が、上海市政府による暗殺だと北京側にとられれば、報復と粛清が待ちうけている。そこで上海市政府は、楊の死を木筑の側近である藤本の責任にした。やくざと中国マフィアのいさかいが原因である、と事件をすりかえたのだ。第三者が現場にいたのでは、その形は難しい。君が釈放されたのはそれが理由だ」

「洋祐さんはわたしが捕まるのを望んでいたのですか」

「いや。警戒の厳しさに、君が任務の遂行を断念することを願ったようだ。君は、彼が考えるよりはるかに優秀だったわけだ」

わたしは黙りこんだ。「でも」と「なぜ」という言葉が頭の中で回っている。

「君を退職させることは考えられなかった。国内における処理活動の必要性が高まっていて、それを『連合会』に一任するのは危険だと委員会は判断していた。『連合会』の処理要員を集めたのは、あの南雲博士だが、何人かの要員は、適性はもっていても社会性に問題があった。社会性に欠ける処理要員は、個人的な事件を引き起こしかねない。それを憂慮した大場君は、研究所と『連合会』の合併を提言し、委員会もそれを了承した。合併が実施されれば、君には『連合会』の処理要員の指導にあたってもらう、と彼はいっていた。ふたつの機関を通じて、君が最も優秀な処理要員であるのは疑う余地がない。今後の活動のためには、君をリタイアさせるわけにはいかなかった」

わたしは深呼吸した。まず義父の言葉を検証するべきだ。洋祐が知っていたという義父の話が嘘なら、処理の理由は他にある。

だが、洋祐がすべてを知り、父親を脅迫していたという話には信憑性《しんぴょうせい》があった。理由は、洋祐の、わたしに対する気持だ。初めて会ったときから、死ぬまで、洋祐はわたしをずっと愛していた。それを感じていたからこそ、わたしは彼を自分の偽装に使った。良心の呵責《かしゃく》はなかった。彼に抱かれ、彼の子を産み、彼と暮らすことが、彼を何より幸福にさせると考えていたからだ。

だから信じなかった。洋祐が他の女と二人で死んだと聞かされたとき、情事があったとは思えなかった。

不意にわたしは悟った。洋祐の、わたしに対する気持を、わたしは不変で確固たるものだと信じていた。であるからこそ、わたしは心の均衡を失わずにいられた。海外で人を殺しても、東京の我が家に帰れば、夫と子供がいた。その二人との世界は人殺しの現実とはあまりにかけ離れているので、すっぱりと切り替えることができた。

洋祐がその世界を用意していたのだ。しかも、用意するために彼がわたしに向けた愛は、わたしが思っていたよりはるかに大きく深かった。

「思うに」

義父が低い声でいった。

「洋祐にも、君と同じような適性があったのだろう。君と彼とでは、生い立ちはまるでちがうが、適性とは環境で作られるだけではなく、生まれもったものもある」

「洋祐さんも、問題の解決に、わたしと同じ方法をとってきたとおっしゃるのですか」

「いや、それは、ないと思う。十二年前、彼が君の本質に気づいているかもしれないと疑ったとき、私は彼の周辺を調べさせたのだ。高校、大学、それ以降、不審な死はなかった」

「じゃあ、一度だけ？」

「おそらくは。その一度で、適性を封印したのだろう。つづけていけば自分がどうなるのかを予測したろうし。君の人生には大場君の出現があった。しかし彼には、そういう人間は現われず、かわりに君が現われた。今となってはあと知恵だが、彼は君を保護することで、自分と折り合いをつけようとしていたのかもしれない」

「折り合いって何です？　何を洋祐さんはわたしに求めていたのです？」

義父はわたしに目を向けた。

「それは、君にこそわかることではないかね。ひとつだけ確かなのは、私たちの親子関係が良好なものではなかったとしても、私への、何というか、復讐《ふくしゅう》めいた気持で、彼が君と結婚したわけではない。彼が、私と研究所の関係に気づいたのは、結婚してからだ。彼は、純粋に君を――」

いいかけ、黙った。

義父は真実を話している、とわたしは思った。現役の警察官であったときから、研究所を作り、多くの殺人を指示してきた今日まで、数限りなく嘘をついてきたであろう義父が、今だけは真実を語っている。

自分の息子のことだから。その息子を死に追いやった責任を感じているから。

残酷な言葉を放った。

「責任を感じていらっしゃいますか」

義父の表情に変化はなかった。

「感じていないわけはない。二重の意味でね。研究所を作った人間のひとりであり、その存続のために息子を殺したのだから。だが、あえていうなら、死は死で、ひとつの死はひとつの死でしかない。死に順位をつけたり、この死は妥当で、この死は不適切だなどと考える権利は、私や君にはない。そして家内の死の責任がもし彼にあったのだとしたら、彼にも、なかった」

殺す者は、殺される。

「洋祐さんは、自分が殺されるかもしれないとは思わなかったでしょうね」

さらに残酷な言葉を放った。義父を責めることで、わたしはわたしを責めている。真実を知りながらも、嘘でわたしを包み、わたしを守ろうとした洋祐への罪の意識から。

「彼は素人《しろうと》だった」

その通りだ。わたしは自分が処理対象にされる可能性に敏感だった。しかし洋祐はそんな可能性など考えなかった。実の父親が自分の殺害を指示するとは思いもしなかったのだ。

実の母親を殺していたとしても。

「ひとつ、教えて下さい」

わたしは義父の目を見つめた。

「お義父《とう》さんは、洋祐さんを憎んでいましたか。お義母《かあ》様を殺したのだとしたら」

「いや。許してはいなかったが、理解はした。あのときの洋祐の精神状態では、母親の不行跡はうけいれられないものだったろう。ただ、彼が後悔することは願った」

「お義母様の死を、お義父さんはうけいれられたのですね」

「率直にいえば、ほっとした。家内には申しわけないが、酒と男性関係が、家族を苦しめていたのは事実だった。もちろん、だからといって家内を殺そうとはまったく思わなかったが」

それがわたしと義父のちがいだ。個人的な問題の解決に、わたしは人殺しを用い、それが有効であると子供の頃に知った。良心の呵責は感じず、さらに高校時代にも人を殺した。

大場が現われなければ、その後も同じように問題を解決しようとしたろう。そして、解決しなければならないと感じる問題はどんどん小さなものになっていき、やがては伊藤のように、「ただ気に入らない」という理由でも人を殺すようになったかもしれない。

自分はちがう、と信じてきた。楽しむために人を殺さない。ただ、他人より要領よく、それをおこなえる才能があるだけだ、と。

それは、殺す相手が、自分とは縁もゆかりもない人間だったからだ。わずかでも個人的な感情をもつ相手だったら、いずれはわたしも殺害の過程を楽しむようになったのだろうか。

「洋祐は、後悔していたと思う。その気持が、君に向ける愛情になった」

義父が言葉の矢を射返《いかえ》した。そして小さく息を吐いた。

「いずれにしても、洋祐をほうっておくことはできなかった。たとえ君が退職しても、研究所を告発することが、彼には死ぬまで可能だった」

「それはちがいます。洋祐さんは、社会的な使命感や倫理性に強くこだわる人ではありませんでした。洋祐さんが必要としていたのは、わたしとの平和な生活だけです」

「であるなら、これまでのままでよかった。今以上の変化を望む権利は、洋祐にもなかった。彼はうけいれなければならなかったんだ、偽りの家庭を。君をリタイアさせ、安心できる家庭を手に入れようと考えたのはまちがいだった。残念なことに、私は彼を説得できなかった」

「残念？　それだけなのですか」

「そうだ。何かを選び、何かを失う。万人が幸福になる選択や決断など存在しない。

だからこそ、研究所のような機関が必要とされるのだ。私は、彼の死を無駄にしたくない。君を選び、息子を失った選択がまちがっていたとは思いたくない」

わたしは泣いた。我慢できなかった。洋祐にあやまりたかった。責めたかった。なぜ真実を話さなかったのか。話してくれなかったのか。

わかっていたら、わたしは辞めた。人殺しをやめた。結果、処理対象者にされたとしても後悔しなかった。わたしが死んで、洋祐が生きていけば、それでよかったのだ。

義父はもう、人ではない。機関だ。義父が研究所であり、「連合会」なのだ。

だが義父がするのは決断や選択であって、実行では決してない。

「お義父さんは人を殺したことがありますか」

泣きながらわたしは訊いた。

「この手で、かね。ない」

「でしょうね」

「私のほうが苦しんでいるなどという気はない。自らの手を汚す行為のほうが尊い」

「嘘です。適性のある者にとって、それは楽しみになるとあなたは思っている」

「そういう者もいる。が、すべてではない」

わたしはしゃくりあげ、深呼吸した。頭がすっきりするのを感じた。

洋祐の本当の願いに気づいたのだ。

「洋祐さんはわかっていたと思います」

「何を、かな」

「自分が処理対象者にされることを」

「それはない。わかっていたら、殺されないための保険をかけた筈だ。駒形という刑事のように、自分に万一のことがあれば、告発がおこなわれるよう準備をした筈だよ」

「洋祐さんの望みは告発ではなく、わたしの退職です。あの人はきっと予測していた。自分が死んだら、その理由をわたしが調べ、それが研究所にあると気づくのを。そしてその結果、わたしはリタイアする」

義父は目を閉じた。短くなった葉巻が指と指のあいだで震えていた。

「私がそれを考えなかったと思うかね。もし彼がそう思っていたなら、個人と組織のちがいに対して、あまりにもナイーブだったとしかいいようがない。君は現場を退いたとしても、研究所との関係を断てない。君自身の安全のためにも。実際、君にはこの先、大場君の立場を担ってもらいたい。後進の発掘と訓練だ。この段階で話すことではないとわかってはいるが、理解してもらえるね」

「お義父さんよりも、洋祐さんのほうが、わたしを理解していました」

義父が目を開いた。わたしは足もとからＭＰ５ＳＤをすくいあげ後部席のドアを開くと、立っている男に向け、発砲した。

男は驚愕《きょうがく》の表情を浮かべたまま、その場に崩れ落ちた。

アルファードの車内で、女がはっとしたように立ちあがり、拳銃を抜いた。が、義父に当たるのを恐れたのか、撃ってはこなかった。

「何ということをする」

「お義父さんの銃を渡して下さい」

銃口を義父に向けた。義父は首をふった。

「無意味だ。気づかないのか」

「わたしに下された処理命令を、お義父さんは知らなかったというつもりですか」

「『連合会』内部の意思統一の問題だ。私は与《あずか》り知らない」

「では瀬戸圭子は？　彼女は、伊藤にわたしを殺させようとした」

義父は無言で首をふった。わたしはつづけた。

「できれば、わたしを残してうまく使いたい。でもそれが難しいなら、わたしも処理してクリアにしてしまう方法もある、と考えたのではありませんか」

「銃を捨てろ！」

アルファードの中で女が叫んだ。携帯を手にしている。助けを呼んだようだ。

「あなたこそ捨てなさい。わかっているでしょう。わたしには勝てない」

わたしは告げ、義父を見た。

「銃を」

義父が小型のオートマチックをさしだした。

「いったい何をするつもりかね」

「智とどこかで静かに暮らします」

義父は首をふった。

「できない。君にそんな権利はない」

「智にはあります」

義父は唇をひき結んだ。

不意にあたりが明るくなった。建物の外壁にとりつけられた照明がいっせいに点灯したのだ。

「車を降りて、立って下さい。お義父さんを人質にします」

「それは認められないだろう」

建物からばらばらと人がでてきた。南雲や小野、もうひとりの警護員、わたしの知らない男たちもいる。

「これは個人的な問題なんです。したがって、わたしの解決方法も個人的にならざるをえません」

「無謀だよ。それに智を巻きこむことになる」

「わたしが残っても、あなたが残っても、智はこれまでのような暮らしはできない。本当なら智に選ばせたいけれど、今は不可能です」

義父は険しい表情になった。

「君は興奮し、状況に対する判断力を失っているようだ。智の人生のためには、君と私の両方が必要だ」

「智に最も必要だったのは、わたしでもあなたでもなく、洋祐さんでした。それを奪ったのはあなたです」

義父は目をみひらき、何かをいいかけたが、わたしはつづけた。

「委員会でも研究所でもなく、あなたです。あなたは組織ではなく、ひとりの人間なのだから、こうなるのを避けることはできた筈です。でもそうしなかった。組織の論理と個人の論理をいっしょにしてしまった」

「それは当然だ。組織の論理が何より重要なのだ。個人の論理で組織を動かせば、結果、権力の暴走になってしまう」

「動かさなければよかったのです。あなたが組織を動かさなければ、洋祐さんは死ななかった」

「動かさないこともまた暴走になるのだ。必要な措置を必要なときにとるのが、組織だ。それが個人的な理由でさまたげられるのは阻止されなければならない。私が断腸の思いでことにあたったと、君はわからないのか」

「たとえそうだったとしても、お義父さんの負けです。洋祐さんの予測のほうが正しかった。わたしは研究所を辞めます」

「辞めるのは自由だ。私を殺すこともできる。だがどこへもいけはしない」

「それをこれから試します」

わたしは前部席の背もたれのすきまから運転席に移った。義父の拳銃のスライドを引いてから安全装置をかけ、ウエストにはさみ、

「ドアを開け、降りて下さい」

と告げた。

義父は初めて、いらだったような表情を浮かべた。

「なぜわからない。君のやろうとしていることは何も生まない。人も自分も傷つけるだけだ」

「そうでしょうね。でもわたしはやらなければならない。洋祐さんが願ったことだから」

わたしは淡々と答えた。

「そんなことを彼が望んでいたと思うか?!」

義父の声に怒りがこもった。

「望んだはずです。あなたが殺した結果」

わたしはMP5SDをもちあげ、セレクターをフルオートからセミオートに切りかえた。三十発まで入るマガジンも、フルオートだとものの三秒もかからず空になってしまう。

義父のボディガードを射殺するのにすでに三、四発使っているので、残弾を無駄にばらまくわけにはいかない。

「馬鹿《ばか》なことをいうな。本当に殺されたいのか」

「殺されることを考えなかった日は一日も、わたしにはありませんでした。そんな毎日でも何時間かそれを忘れられるときはありました。いつだったかは、おわかりですね」

わたしは義父に微笑《ほほえ》みかけた。

「君は結局、復讐を求めているのか」

「その権利はわたしにはない、と思っていました。でもある、と気づいた。まちがえないで下さい。洋祐さんが望んだのは復讐ではなく、わたしが研究所を辞めること。権利があると気づいたのはわたしです。なぜなら、洋祐さんを奪う権利のない人が、わたしから奪ったから」

銃床を肩にあて、銃口を義父の頭に向けた。

「車を降りて、わたしがいいというところに立って下さい」

トリガーに右手の人さし指の腹をあてた。

義父の顔はまっ赤だった。が、無言で助手席のドアを開き、降りたった。

「ドアは閉めずに。止まって！」

一メートルほど離れたところで義父は立ち止まった。わたしはクラウンのヘッドライトを点《とも》し、ハイビームにして助手席に移った。

建物の壁にとりつけられた照明は全部で三基あった。建物の内部にはスナイパーがまちがいなくいる。ライフルの射線が義父と重なるあいだは撃ってこない。

助手席から体を半分のりだした。義父の背中が正面にある。

「何があっても動かないで下さい」

正面からクラウンを照らしているライトにMP5SDの照準を合わせた。眩《まぶ》しい。左目をつぶり、小さくなった瞳孔《どうこう》が戻るのを待って、トリガーを絞った。ボンと音をたて、照明が消えた。そのまま照準を移動させ、ふたつめの照明を撃った。左目は閉じたままだ。

問題は三基目の照明だった。正面から見て建物右側の壁にとりつけられており、助手席からでは撃てない。が、狙《ねら》える位置にわたしが動けば、義父の体の盾から外れてしまう。

わたしは車を降り、義父の背中にぴったり寄り添った。一瞬、懐《なつか》しい匂《にお》いがした。洋祐と似た体臭を嗅《か》いだ。それは決して強いものではないが、洋祐に抱かれるとき感じたのと同じ匂いだった。

「そのままで」

義父の右肩の上からMP5SDをつきだし、三基目の照明も撃った。右目を閉じ、左目を開いた。暗くなった敷地をクラウンのヘッドライトが貫いている。

建物からでてきた男たちは、わたしが撃ち始めてすぐ、アルファードの陰や屋内に避難していた。

「右といったら右足を動かして。左といったら左足を動かす」

わたしは義父の耳にささやいた。照明を撃っているあいだは狙撃《そげき》される可能性が低いとわかっていた。

「まずはゆっくりさがって下さい」

クラウンのヘッドライトはアルファードと建物の中間を照らしだしている。その光を横切らないためには、クラウンの後部を回りこむ必要があった。

「こちらを向かずに、うしろ向きにさがって」

腰をかがめ、建物に対して義父の体と直線上に立つように意識した。

クラウンの左側面を二人羽織のように後退った。

「右、左、右。止まって」

クラウンのトランクを回りこみかけたとき、わたしは命じた。義父が一瞬よろけた。建物の二階左手の窓、ブラインドの内側がちかっと光った。

クラウンのリアウインドウが砕けた。トランクがへこみ、車体をつき抜けた弾丸が地面にあたって火花を散らした。

わたしはそのブラインドにフルオートに切りかえたMP5SDを撃ちこんだ。義父がしゃがみこもうとするのを、襟首をつかみ、許さなかった。ブラインドが吹き飛び、逃げる人影が見えた。

セレクターをセミオートに戻した。残弾はあと二、三発だ。

「では前へ。右、左、右……」

ライフルで狙撃されたのに義父も気づいていたろうが、撃つなとは叫ばなかった。

そこはたいしたものだ。

アルファードが二メートル先にあった。中央の座席に銃を手にした女がいて、こちらに向けている。智の寝顔がはっきり見えた。

「銃をそこにおいて車を降りなさい」

義父の肩ごしに命じた。女はスライドドアのかたわらに立ち、こちらをうかがった。

「いう通りにしなさい」

義父がいった。

「しかし――」

パン、という銃声がして女が地面に転げ落ちた。わたしと義父は体をすくめた。

まっ白な顔をした瀬戸圭子が、アルファードのかたわらに立っていた。点滴台を左手で引き、右手に拳銃を握っている。瀬戸圭子は車内に銃口を向けた。

「銃を捨てな。息子が死ぬよ」

着ているガウンの下に巻かれた包帯が見えた。

医療設備もある、と土田がいっていたのを思いだした。ここで治療をうけていたのだ。

「蹴《け》って」

MP5SDを地面においた。

言葉にしたがった。

「他にももっているんだろ」

瀬戸圭子はいった。

「早く捨てな！　息子の頭が吹っ飛ぶよ」

「私に渡せ」

義父がいった。拳銃を抜き、彼の手に押しつけた。

義父がさっとわたしの前から離れた。

「よし、もういい。瀬戸君、よくやった」

「殺すから」

瀬戸圭子が無表情に告げた。

「まず息子。それからあんた」

「よせ」

義父がいった。

「甘いねえ。やっぱりおじいちゃんだ」

瀬戸圭子はせせら笑い、撃った。義父がぐっと唸《うな》り声をたて、体を折った。

「何をするっ」

小野と残ったボディガードが叫んで走りでてきた。わたしは義父の右手にとびついた。

瀬戸圭子がうしろを向き、その勢いで点滴台が倒れた。

小野たちの頭上に向け、発砲した。

「これはこの女とあたしの勝負なんだ。邪魔するなっ」

叫んだ。点滴のチューブで思うように銃があやつれず、針を引き抜いた。わたしは義父の手から銃をもぎとろうとしていた。が、義父は離さなかった。あきらめ、アルファードに走った。

瀬戸圭子がアルファードの車内をのぞきこんだ。飛びこんだわたしは智の上におおいかぶさった。

「どきなよ。両方いっしょじゃ駄目なんだから」

「この子は関係ない」

「あるよ、何いってるの。あのときいってたじゃない。自分は母親だって。だからこの子を先に殺す。あたしを殺さなかったことを後悔させるっていったろう」

瀬戸圭子の銃を見た。短銃身のリボルバーで、おそらくは38口径だ。貫通力は高くない。抗弾ベストを着たわたしの体を射抜いてまでは、智を傷つけないだろう。

わたしがベストを着けているのを瀬戸圭子は知っている。冷静ならまず頭を狙ってくる。だが今の瀬戸圭子にそれはない。

わたしは開いた両手を前にだし、頭を下げて瀬戸圭子に向かっていった。瀬戸圭子が撃った。一発目が胸に当たって、二発目が右の掌《てのひら》をつき抜け、肩に当たり、ぐいと体がよじれた。痛みは感じない。

左手の親指で瀬戸圭子の右目を突いた。瀬戸圭子が叫び声をあげ、わたしの体をつきとばした。

それでも離さなかった。左手で瀬戸圭子の顔をつかみ、突いた指を眼窩《がんか》にひっかけていた。勢いで眼球を抉《えぐ》った。わたしたちはひとかたまりになってアルファードから地面に落ちた。

倒れている女の銃が目に入った。同じようなリボルバーだった。瀬戸圭子の目から指を抜き、それを拾いあげた。

「があああっ」

瀬戸圭子が叫び声をあげ、残った左目をみひらいた。わたしはそこにリボルバーの銃口を向け、引き金をひいた。

がくんと頭をのけぞらせ、倒れこむ姿に上海で撃った楊仲則の姿が重なった。

智のもとに戻った。小さく口を開き、寝息をたてている。ほっとした。アルファードのスライドドアを苦労して閉じると、床にすわりこんだ。

体をよじりパンツのポケットから携帯電話をとりだした。右腕がまるで動かせず、燃えるような痛みがある。

駒形の携帯を呼びだした。すぐに駒形は応《こた》えた。

「状況は?!」

「よくない。でも智と会えた」

「無事なのか、息子さんは」

「大丈夫。これからここをでていく。それにはあなたの協力が必要」

「どうすればいいんだ」

わたしは頭を上げ、アルファードのフロントガラスごしに状況を観察した。

瀬戸圭子が血だまりの中に倒れ、うずくまった義父の周囲に人が集まっていた。指揮をとっているのは南雲ではなく、小野のようだ。

「待って」

スライドドアを細めに開いた。

小野が険しい目をこちらに向けた。義父のもうひとりのボディガードが銃を掲げると、

「よせ！」

と止めた。

「あんたに指示されるいわれはない」

ボディガードがいった。小野の手が動いた。ボディガードの右手首をつかみ関節を決めて銃を奪いとった。一瞬の早業《はやわざ》だった。呆然《ぼうぜん》としているボディガードに銃を向けた。

「これで理由ができたろう」

ボディガードは両手をあげ、後退した。小野はわたしに目を戻した。

「要求を聞こう」

わたしは義父を見た。

「死んだの？」

「弾は抜けているからたぶん大丈夫だ」

「わたしと息子をここからだして。でていけない場合は、駒形がただちにインターネット上で告発を始める」

携帯電話をかざした。

「許可できない」

南雲が叫んだ。わたしは小野を見つめた。

「わたしはあなたの判断を聞いている」

「小野君、許可できないといったろう」

「告発にはあなたの名前も載せる」

わたしは南雲を見つめた。

「あなたが鑑定医の立場を利用して、人格障害者を暗殺者に仕立てたことも発表される」

南雲は瞬《まばた》きし、口を閉じた。

「逃げるところなんかどこにもないぞ」

小野が低い声でいった。

「じゃあ撃ち合いをつづけるの？　できたばかりの施設が使えなくなるわよ」

小野がぐっと頬《ほお》をふくらませた。そのとき義父が何かをいった。建物の中から運ばれたストレッチャーに移されている。その場にいた全員が、横たわった義父を見た。

「いかせなさい」

義父の声が聞こえた。

「だしてやれば、彼女は告発しない。彼女はもう、終わった人間だ」

そういうことか。この先、わたしはずっと研究所と「連合会」が合体した機関に命を狙われる。

小野が息を吐き、わたしをふりかえった。

「シャッターをあげて」

わたしは小野に告げた。義父の言葉が罠《わな》である可能性はもちろんあった。車の運転席ほど狙撃されやすい場所はない。どんな体勢をとろうと、ハンドルを握る限り、正面からの弾丸はよけられない。

だからこそわたしはクラウンを動かさなかった。

小野が小さく頷《うなず》いた。アルファードのスライドドアを閉じ、わたしは運転席に回った。エンジンはかかったままだ。

右半身全体が異様に重く、掌と肩からの出血が血だまりを作った。

「これからここをでていく」

わたしは電話に告げた。

「どこで合流する？」

「首都高速環状線」

サイドブレーキをリリースし、シフトをドライブに入れた。あたりが明るくなった。シャッターがあがり始めた。

ダッシュボードにティッシュボックスがあった。何枚もひき抜き、掌と肩の傷にあてた。

激痛をこらえ、右手を太股《ふともも》に押しあてて指を丸め、ティッシュの束を握りこむ。死ぬほどの出血ではない。少なくとも一、二時間のあいだなら。

アクセルを踏んだ。アルファードは前進し、照明の下に入った。体が自然にこわばっていく。わたしは上半身をさらしている。

あがりきったシャッターをくぐり、アルファードは敷地の外にでた。ハンドルを切って、アクセルを踏みこむ。

二十メートルほど走り、ブレーキを踏んだ。ルームミラーをのぞきこんだ。照明が消え、シャッターが降り始めている。

車で追いかけ、公道で発砲してまでわたしを止める気はない、ということか。

当然だ。いつでも彼らはわたしの居場所をつきとめ、処理することが可能だ。小野のいった通り、どこにも逃げる場所などない。

日本国内にも国外にも。わたしを「終わった」と称した義父の言葉は正しい。

肩に入った弾丸は貫通しておらず、少しでも体を動かすたびに激痛が走った。が、そのおかげでわたしは失神せずにすんでいる。

高樹町《たかぎちょう》の入路からアルファードを首都高速に進入させた。谷町ジャンクションをそのまま進み、環状線に入る。

携帯が振動した。

「はい」

「今、どこだ?」

「代官町の出口を過ぎたところ。こちらは黒のアルファードで走っている」

「外回りか内回りか」

「外回り」

「しまった、俺は内回りだ。そのまま走っていてくれ。入りなおす」

わたしは苦笑した。どちら回りかを伝えていなかった。もちろんわたしのミスだ。

多くの車に追い越されながら、六十キロから七十キロのスピードで環状線を走りつづけた。ときおりミラーの中で智を見た。眠っている。

いつか話せるだろうか。彼の父親が、彼の母親を、いかに深く愛していたかを。そして愚かな母親は、その愛の真実に気づかなかった。

父親は命をかけて、母親を泥沼から救いだそうとした。父親の死が、母親の目を覚まさせた。

目覚めたその世界に、父親はいない。母親は悔い、そして初めて父親を愛した。とりかえしのつかない、愛だ。どれほど愛しても、それを彼に伝えることはできない。

せめて息子に伝えたい。が、伝えれば、息子は母親の正体を知る。

だが、いつかは伝えよう。死ぬ前に。

半ば意識を失いかけていた。グレイのプリウスがアルファードの前にすべりこみ、ハザードを点滅させたのを見て、わたしははっとした。

ライトをパッシングし、合図を送った。

プリウスに後続して、環状線を走りつづけた。やがてプリウスがウインカーを点した。駐車帯に入れ、と指示している。

プリウスにつづき、首都高速の駐車帯に入った。車を二、三台止められるだけのスペースしかない。

プリウスから駒形が降りてきた。わたしは運転席から動けなかった。

駒形は助手席のドアを開け、中をのぞきこむと眉《まゆ》をひそめた。

「怪我《けが》してるのか」

「うしろに智が乗ってる。薬で眠らされているけど」

「こっちに移す」

スライドドアを開け、駒形が智を抱きあげた。何年か前から、わたしは智を抱っこできなくなっていた。最後に抱っこできたのは、小学校に上がる前だろうか。

抱きあげられても智は目を覚まさなかった。

プリウスの後部席に智を寝かせ、駒形はわたしを見た。

「あんたもこっちに乗れ。あいつらはNシステムでその車を追跡できる」

頷き、シートベルトの留め金を外した。アルファードの運転席から降りようとして、膝《ひざ》に力が入らず、落ちかけた。

駒形が抱きとめてくれた。呻《うめ》いたわたしに、

「撃たれたのか」

と目をみひらいた。

「まだ死なない。手と肩だから」

プリウスに乗り移ったわたしは、携帯電話と拳銃をさしだした。

「これを処分して」

駒形は頷き、携帯電話から電池を外した。拳銃は指紋をふきとって、ポケットにしまった。

「まずいわよ。それでひとり殺してる」

「心配するな」

わたしは瞬きし、駒形を見つめた。やけに視界が暗い。

駒形が上体を折ってわたしにおおいかぶさった。助手席のシートベルトを留めたのだ。

「もう、無理みたい」

わたしはつぶやいた。瞼《まぶた》が閉じた。

26

ひどく眩《まぶ》しかった。目を開けると、古くさい無影灯の光が、自分の裸の上半身を照らしだしているのがわかった。右肩の中を、何かが動き回っている。痛みはないが、筋肉がひきつれるような違和感があった。

病院なのか。

となれば、駒形はわたしを救うために逮捕される道を選んだのだ。銃創をみた医師はまず通報するだろう。

目を閉じた。逮捕されるより、この眩しさが嫌だ。

目を開けた。智がいた。目を大きくみひらいて、わたしを見ている。

思わず笑い、右手を動かそうとして動かないことに気づいた。肩と掌《て》の両方が固定されている。

痛みは、少しおいて襲ってきた。

「痛いの?」

智が訊《き》いた。

「大丈夫」

首を回し、病室にしては奇妙な場所なのに気づいた。ベッドがやけに大きい。部屋の大半を占めている。ラブホテルのようだ。

「待っててね」

智がいって、体をひるがえし、わたしの視界から消えた。

キングサイズのベッドのかたわらに点滴台が立っていた。それを見て、瀬戸圭子の最期《さいご》を思いだした。

何を見ても、殺した誰かを思いだす。

駒形と智が視界に現われた。駒形はTシャツの上にヨットパーカを羽織っている。

「どこなの？」

「新宿だ」

駒形が答えた。

「ここは、まあ、病室みたいなもんだ。潰《つぶ》れたラブホテルと、隣りあわせの古い医院をくっつけて、病院をやってる奴《やつ》がいて」

「モグリなのね」

駒形は頷《うなず》いた。

「昔から知ってる医者なんだ。免許は、とり消されたが」

「そう」

「あんたから預かったものは、きっちり処分した。だから心配するな。ここにあんたたちがいることは、誰も知らない」

「ここ、お金がかかるでしょう」

駒形はちらっと笑みを見せた。

「俺に借りがあるんだ。俺が現役だった間は返せなかった。意外と義理がたい奴で、『これで返せる』って、喜んでる」

「ママ、おなかは？　喉《のど》、かわいてない？」

智が訊《たず》ねた。

「かわいているかも」

「これ」

紙パックのジュースにストローをさしたものを智はさしだした。

「ありがとう」

ストローを唇ではさみ、飲んだ。パイナップルジュースだった。

「おいしい」

智を見て、微笑《ほほえ》んだ。少し得意そうな顔をしている。

「ゆっくり休んでくれ。当面は安全だ。智くんは、俺がケアする」

駒形が目配せした。

「この人のいうことをちゃんと聞いてね」

智にいった。智は頷いた。

「じいじのところには、もういかないんでしょう」

「当分は」

「いいよ。ママといる」

涙がこぼれそうになり、わたしは唇をかんだ。

「ママを少し寝かせてあげよう」

駒形が智をうながし、部屋をでていった。

次に目覚めたとき、頭ははっきりしていたが、痛みは前より強まっていた。暗がりの中で動かずにいると、部屋が少し明るくなった。

点滴の袋をもった駒形が入ってきた。目を開けているわたしに気づいた。

「看護師さん」

わたしはいった。

「人手不足の病院でね。あんたのおしっこも俺が捨ててる」

尿道にカテーテルが入っている感覚があった。

「智は？」

「隣の部屋で寝ている。強い子だな」

点滴のチューブを新しい袋につなぎかえ、駒形は答えた。

「外はどうなってるの」

「何もかわらず、だ。ホテルの件は、暴力団の抗争で処理された。渋谷で何があった？」

話した。駒形は無言で聞いていた。

「あんたの旦那《だんな》、すごい人だな」

聞き終えると、いった。

「そう。気づかなかった、ずっと」

「あんたよりうわてか」

「ええ。死んでしまってからわかった。ずっと守ってくれていた」

駒形は深々と息を吸いこんだ。

「あなたはどうなったの？」

「正直、俺にもわからない。署に連絡していないし、部屋にも帰ってないんだ。誰かが手打ちをしたがっているとしても、電話もメールも基本的につながらなくしてある」

「たぶん、殺しにくる」

駒形は小さく頷いた。

「いちおう、俺なりにやれることはした」

「何を？」

「あんたから聞いた話、俺が経験した話、関わった人間の名前も全部入れて、文書ファイルにして、あんたのいた研究所あてに送った。一日一度、安否確認の連絡に俺が応《こた》えなかったら、そのファイルがネットに公開される。新聞社あてにも送られる手筈《てはず》だ」

「そんなことまでできたんだ」

「こずるい商売が得意な奴らに知り合いが多いんでな。ただ、それで一生安泰、とはとても思えないが」

夢のまた夢だ、と思った。洋祐と智と暮らしていた時間が夢だった。今は夢から覚め、厳しい現実しかない。

「必要ならわたしを使うといい。証言する」

駒形は息を吸いこんだ。

「智くんはどうなる？」

「あの子の安全と隔離が条件」

駒形は首をふった。

「そんな力は、この国のマスコミにはないな。テレビ局だって新聞社だって、役人には逆らえない」

わたしは黙った。智さえ守られるなら、それでよかった。洋祐もわかってくれる筈だ。殺されて洋祐のそばにいけるなら、わたしはかまわない。

本当に洋祐を愛することができる。今度こそ全身全霊で、洋祐を愛する。

駒形のパーカの中で携帯電話が鳴った。見覚えのないスマートフォンをとりだし、耳にあてた。

「俺だ、どうした？」

　相手の声に耳を傾けていたが、

「そうか。ありがとう」

　といって、電話をおろした。わたしを見つめた。

「信用できる、公安《ハム》の友人からだ。神村さんが亡《な》くなった。心不全、ということだ。遺体は故人の遺志で献体され、葬儀はおこなわれない」

「撃たれた傷が原因の筈はない。弾は抜けていると聞いた」

「感染症を発症したんだ。院内で、高齢者があと二人、死んでいる」

「どこの病院？」

「さあな。だが感染症が原因ということになっている」

　偶然なのか、誰かの指示なのか。

「ひとつだけいえるのは、これで時間が少し手に入ったってことじゃないか。一時的にせよ、研究所と『連合会』は、実質的な指揮官を失った。新しい指揮官は、状況の把握に手間どるだろうからな」

「そうね」

　半月、長くてひと月だろう。それから彼らはわたしを捜し始める。

「一日一日を、生きのびる。そうしているうちに、やれること、やるべきことが見えてくるのじゃないか」

駒形がいった。

洋祐は、わたしが仕事を辞め、生きつづけるのを願った。わたしの、彼への愛は、それを一日でも長びかせることでしか、証明できない。

ならば、証明するまでだ。

解説

池上冬樹
（文芸評論家）

三年ぶりに読み返して、あらためて『ライアー』は傑作だと思った。三年前も昂《こう》奮《ふん》・感動して、その年の国産ミステリのベスト1にしたけれど、今回再読しても、その昂奮と感動はいささかも薄れなかった。それどころか、前回とは異なるところに面白さを感じたし、『ライアー』にはここ十年のエンターテインメントのエッセンスが詰め込まれていると思った。読めば現代の潮流がわかるはずだが、それを語るにはやや遠回りをしないといけないだろう。少し枕が長くなるが、許されたい。

小説よりも影響力の強いハリウッド映画の話からはじめるなら、エンターテインメントの潮流がかわったのは、映画『ボーン・アイデンティティー』（二〇〇二年。原作ロバート・ラドラム、監督ダグ・リーマン、主演マット・デイモン）からではないかと思う。カーチェイスや銃撃戦のアクションではなく、人間と人間がぶつかり格闘する激しさや痛さを見せる映画にしたいと製作者たちがインタヴューで語っていたが、その言葉通りに、骨と骨がぶつかり、筋肉がねじれる痛みがある。一対一のアクションがこれほどまでに迫力に富み、魅力をもつものなのかと改めて思わせた。

危機的状況に対峙《たいじ》して、個人の肉体と精神が限界まで試され、陰謀と謀略の謎《なぞ》をといていくことの面白さ。それはラドラムの原作と比較すればいい。当時は暗殺者という事実を大きく見せて、冷戦構造のなかでの諜報《ちょうほう》戦争を明らかにすることに意味があったけれど、映画はもはや冷戦構造などにさしたる関心をもたず、組織内部の謀略と暗闘に重点をおく。国家や組織に帰属することに重要性はなく、いかに窮地にたたされたヒーローが己《おの》が力によって勝利を得るのかという点にある。そのほうが現代人にとってリアルだからである。

〝映画の成功に優秀な頭脳は必要ではない。大事なのは作り手と大衆の欲求が一致すること、無意識が時代と同調する瞬間だ〟(フランソワ・トリュフォー『わが人生の映画たち』)という言葉があるけれど、『ボーン』の製作者たちは大衆の無意識を敏感にかぎとり、時代の精神と同調したともいえる。私生活をもたぬ孤独なヒーローの活劇の映画は『ボーン・スプレマシー』(二〇〇四年)、『ボーン・アルティメイタム』(〇七年)『ボーン・レガシー』(一二年)、『ジェイソン・ボーン』(一六年)と続いている。

ボーン・シリーズの成功は活劇への渇きが大衆の欲望の底にあることを見せつけた

のだが、小説の分野では、個人の精神と肉体をとことん追求した人気シリーズが、『ボーン・アイデンティティー』が生まれる五年前から始まっていた。リー・チャイルドの元軍人ジャック・リーチャーもので、第一作は『キリング・フロアー』（一九九七年）。翻訳は二〇〇〇年に出たが、放浪生活を送る元軍人のリーチャーが身に覚えのない殺人容疑をかけられた背景を探る物語は、冒頭から読むものをひきつけてやまなかった。アクション・ヒーローでありながら観察眼が鋭く、ほとんどシャーロック・ホームズばりの推理力を誇るのに驚くし、その読みの鋭さが敵との対決で発揮される場面にはわくわくした。銃器と格闘技に関する細部の描写が半端《はんぱ》ではなく、まるで自分が戦っているかのような感覚を抱かせた。活劇場面は喚起力《かんきりょく》に富んで生々しく、サスペンスはぞくぞくするほどである。『反撃』（九八年）『警鐘』（九九年）と続き、世界で大ヒットシリーズとなり、第九作『アウトロー』（二〇〇五年）は一二年に、第十八作『ネバー・ゴー・バック』（一三年）が一六年にそれぞれトム・クルーズ主演で映画化された。原作と映画の違いは、映画がより肉体的なアクション（格闘）を強烈に視覚化していることだろう。『ボーン』シリーズの観客に訴えるかのように。そもそもリーチャーもののほうが刊行は早いのに。

この活劇の魅力をひたすらに追い求めたのが、マーク・グリーニーの『暗殺者グレイマン』(二〇〇九年)だろう。『暗殺者の正義』『暗殺者の鎮魂』『暗殺者の復讐《ふくしゅう》』『暗殺者の反撃』と二〇一六年までに五作書かれているが、いまやジャック・リーチャーものと並んで冒険小説の最高峰といっていい。各国の諜報機関やマフィアに狙《ねら》われ、様々な死闘を繰り広げる内容で、被弾や骨折の激痛にあえぎながらも敵を倒そうとする、その強靭《きょうじん》な精神と詳細な武器と格闘の知識による冒険活劇はまさに圧倒的で、最初から最後まで全篇にわたって行なわれるからたまらない。

その一方で忘れてならないのは、テレビ・ドラマでのヒロインの物語の多様化である。女性弁護士が活躍する『グッド・ワイフ』(二〇〇九年〜一六年)、女性刑事と女性検視官がコンビを組む『リゾーリ&アイルズ　ヒロインたちの捜査線』(一〇年〜)、女性検視官を主人公にした『ボディ・オブ・プルーフ　死体の証言』(一一年〜一三年)、一度見たら忘れることのできない記憶力を誇る女性刑事の捜査活動『アンフォゲッタブル　完全記憶捜査』(一一年〜)など、アメリカのテレビ・シリーズの収穫としてあげられるものにヒロインものが多い。

そしてここに小説の分野でのヒット・シリーズをおくといい。こちらもテレビよりも先行していて、科学捜査官リンカーン・ライム・シリーズのスピンオフとして二〇〇七年にスタートした、ジェフリー・ディーヴァーの女性捜査官キャサリン・ダンス・シリーズがそうだ。『スリーピング・ドール』から始まり、『ロードサイド・クロス』『シャドウ・ストーカー』『煽動者《せんどうしゃ》』と巻を重ねているシリーズは、ボディランゲージを分析する科学、すなわちキネシクスの専門家で尋問の天才、〝人間嘘《うそ》発見器〟を主役にすえる。そんな専門家のダンスもまた、事件と同じくらいに女性の性に戸惑うヒロインであり、最新作『煽動者』では自身の恋愛問題と息子の非行問題に悩んでいる。

女性の探偵を主人公にした小説は、スー・グラフトンのキンジー・ミルホーン・シリーズ（『アリバイのA』）やサラ・パレツキーのV・I・ウォーショースキー・シリーズ（『サマータイム・ブルース』）が牽引《けんいん》役となり、八〇年代からどっとふえたけれど、これらは男性探偵の向こうをはった女性版ハードボイルドであり、女性であるがゆえに社会から差別を受け、困難な状況であるなかでいかにして己が信条を貫きとおすかという視点に重きが置かれ、主人公たちが女性の性（妊娠、出産、母性、子との絆《きずな》など）を強く訴えるものではなかった。しかし『グッド・ワイフ』や『ボディ・オブ・プルーフ』、近作のキャサリン・ダンスものがそうだが、妻や母親、または娘としての存在を自覚することが大きなテーマとして捉《とら》えられ、より深く家庭というテーマが物語の前面に迫《せ》り出してきた。

ということで、本書『ライアー』となる。作者がどこまで意図したかはわからないが、ここには活劇の復権ともいうべき颯爽《さっそう》たるアクションの面白さ、凄《すさ》まじい組織内部の暗闘、切々たるヒロインの女性性の葛藤《かっとう》、深く響きわたる家族愛といったものがある。冒頭にも書いたが、ここ十年のエンターテインメントのエッセンスが詰め込まれているし、まさに必読の小説といえる。物語は、まず、強烈なアクション場面から始まる。

大学教授の夫と小学生の息子とともに上海《シャンハイ》旅行を楽しんだ最終日、神村奈々は、旧友と会うという口実で別行動をとる。「消費情報研究所」の仲間とともに計画を練り、奈々はホテルの部屋のクローゼットに身をひそめ、事故死に見せかけて、日本のヤクザを殺すのだ。運悪く、上海市公安局に連行されるものの、簡単な尋問にあっただけで釈放され、家族と合流し無事に帰国することができた。

だが不幸は突然襲いかかる。夫の洋祐が焼死したのだ。新宿のマンションで、それも娼婦《しょうふ》らしき女と一緒に。単なる事故なのだろうか。夫は絶対に浮気をするような性格ではなく、また女の身元が一向に判明しないことも不審だった。目標は女で、夫は巻き添えを食ったのか。奈々が不審に思い追及していくと、次々に敵があらわれて、戦いを余儀なくされる。

いやあ面白い。わくわくするではないか。読者の昂奮をそいではいけないので簡単に紹介したけれど、冒頭の上海のホテルの場面から鮮烈なアクションが連続する。女性の一人称一視点で、実によく抑制をきかせ、きびきびと話を進め、静かな昂奮を呼び起こす。緊迫感もみなぎり、なかなかのものだ。

統計学の教授である夫の洋祐と、小学生の智との三人暮らしをする神村奈々、四十一歳。勤務先の消費情報研究所は政府の非合法組織で、国家に不都合な人物を「処理」するのが任務で、もちろんそのことを夫には秘密にしていたが、夫の事故死のあと、身辺が慌《あわ》ただしくなり、謀略に巻き込まれて死の危険にさらされていくというストーリーである。

人間の「処理」は国外に限られ、事故死や病死と判断されるように偽装をほどこすのだが、殺人であることに変わりはない。いわば奈々は凄腕《すごうで》の殺人者であるけれど、フリーランスの殺し屋ではなく、非合法組織の工作員という設定が生きている。そこには組織の論理が働き、命令に背くことはできず、だが同時に内部での軋轢《あつれき》の種をうみ、また闘争にも発展しかねず、別の組織も絡《から》んでの騙《だま》しあい・殺しあいに拍車がかかることになる。

そんな壮絶な戦いを繰り広げる一方で、奈々は良き妻であり、優しい母親でもある。夫との関係を振り返り、要職にある義父（この存在が『ライアー』という物語の興《きょう》趣《しゅ》をいちだんと高めている）と情報を共有しながら調査をして謎を解いていく。文中の言葉を使うなら、〝人間の心理を、行動から逆算できる〟能力を使い、洞察を深め、死地を潜《くぐ》り抜けながら、私生活では母親として一人息子に惜しみない愛を注ぐ。大沢在昌の小説なので、ときに権力や組織論をめぐる対話が饒舌《じょうぜつ》に流れ、アクションの昂奮が薄れたり、展開が滞ったりする部分がなきにしもあらずではあるけれど、それでもプロの殺し屋としての酷薄さと母親の愛の深さが両立する世界はめざましく、それを違和感なく読ませるからたまらない。

作者の名誉のためにいっておくけれど、大沢在昌が時代の流行をとりいれて小説を書いたわけではない。肉体の限界に挑むようなすさまじいアクション小説は大傑作『毒猿　新宿鮫《しんじゅくざめ》Ⅱ』（一九九一年）からすでに書いているし、女性を主人公にしたアクション小説もすでに『天使の牙《きば》』（九五年）や『撃つ薔薇《ばら》―ＡＤ２０２３　涼子』（九九年）にあるし、女性が人間を観察する点は、ディーヴァーのキャサリン・ダンスものよりも早く、「裏」のコンサルタントを生業とする『魔女の笑窪《えくぼ》』（二〇〇六年）で書いている（しかも一段とクールに、時にどぎつく）。つまり『ライアー』の勝利は、ベストセラー作家が時代の潮流をマーケティングして書いた作品ではなく、トリュフォーの言葉を使うなら、〝作り手と大衆の欲求が一致〟したことにある。作家の〝無意識が時代と同調〟した賜物《たまもの》であり、無意識のうちに大沢在昌という作家の傑出した点が凝縮されたのである。

　とくに印象深いのは、愛の不可思議さである。喪失から始まる愛があることを静かに、だが実に力強く描いている。相手が存在しているときに感得できなかったものが、相手の存在が失われたときにはじめて感得できるのである。これは長く生きていないと見いだせない愛の形でもある。『ライアー』がひときわ素晴らしいのは、時代の潮流に沿っていることもあるが、何よりも後悔と懺悔《ざんげ》と諦観《ていかん》から始まる愛があることを、あらためて切々と高らかに謳《うた》いあげているからである。大人にならなければ決してわかりあえない愛の姿が、ここにある。それをエモーショナルに訴える終盤は、まことに感動的であるし、できるなら、どういう形であれ、神村奈々と再会したいと思う。それほど神村奈々は忘れがたいヒロインであり、本書『ライアー』は傑出したアクション小説であり、愛の小説であるからだ。

（二〇一七年一月・新潮文庫版より再録）

この作品は2017年3月新潮文庫より刊行されました。
なお、本作品はフィクションであり実在の個人・団体などとは一切関係がありません。

徳間文庫

ライアー

2023年4月15日 初刷
2023年7月20日 3刷

著者 大《おお》沢《さわ》在《あり》昌《まさ》
発行者 小宮英行
発行所 株式会社 徳間書店
東京都品川区上大崎三─一─一 〒141─8202
目黒セントラルスクエア
電話 編集〇三(五四〇三)四三四九
販売〇四九(二九三)五五二一
振替 〇〇一四〇─〇─四四三九二
印刷 大日本印刷株式会社
製本

ISBN978-4-19-894851-1 (乱丁、落丁本はお取りかえいたします)

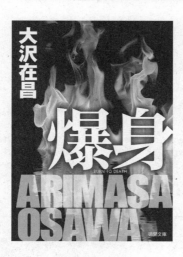